Connie Glynn lebt in London, England, und schrieb bereits als kleines Mädchen gerne Geschichten. Mit fast einer Million Followern ist sie heute eine der erfolgreichsten Prinzessinnen auf YouTube, Twitter und Instagram. In ihrem anderen Leben ist sie Autorin und schreibt sich direkt ins Herz der Prinzessin, die in jeder von uns wohnt. Ihre auf fünf Bände angelegte Serie *Prinzessin undercover* erscheint in über fünfzehn Ländern und machte Connie Glynn 2017 zur meistverkauften Jugendbuchautorin im Vereinigten Königreich.

Alle Bände der Serie *Prinzessin undercover*:

Band 1: *Geheimnisse*
Band 2: *Enthüllungen*
Band 3: *Entscheidungen*
Band 4: *Hoffnungen*
Band 5: *Versprechen*

Weitere Informationen zum Kinder- und Jugendbuchprogramm der S. Fischer Verlage finden Sie unter *www.fischerverlage.de*

Connie Glynn

Prinzessin undercover

GEHEIMNISSE

Band 1

Aus dem Englischen
von Maren Illinger

FISCHER Taschenbuch

Zu diesem Buch ist im Argon Verlag ein Hörbuch, gelesen von Monika Oschek, erschienen, das im Buchhandel erhältlich ist.

Aus Verantwortung für die Umwelt hat sich der Fischer Kinder- und Jugendbuch Verlag zu einer nachhaltigen Buchproduktion verpflichtet. Der bewusste Umgang mit unseren Ressourcen, der Schutz unseres Klimas und der Natur gehören zu unseren obersten Unternehmenszielen.

Gemeinsam mit unseren Partnern und Lieferanten setzen wir uns für eine klimaneutrale Buchproduktion ein, die den Erwerb von Klimazertifikaten zur Kompensation des CO_2-Ausstoßes einschließt.

Weitere Informationen finden Sie unter: www.klimaneutralerverlag.de

FSC www.fsc.org MIX Papier aus verantwortungsvollen Quellen FSC® C014496

Erschienen bei FISCHER Kinder- und Jugendtaschenbuch
Frankfurt am Main, August 2022

Die englische Originalausgabe erschien 2017 unter dem Titel
The Rosewood Chronicles – Undercover Princess
bei Penguin Books Ltd., London

Lektorat: Carla Felgentreff

Satz: Dörlemann Satz, Lemförde
Druck und Bindung: GGP Media GmbH, Pößneck
Printed in Germany
ISBN 978-3-7335-0459-5

Für meine wundervolle Familie und alle hinreißenden Hexen,
die mein Leben verzaubert haben.

Ganz besonderen Dank an Richard und Mark,
die mich bei jedem Schritt aufs heftigste unterstützt haben,
an Holly und Ruth, die mir geholfen haben, meine Vision
zu verwirklichen, und an Evan für seinen mathematischen
Beistand. Und ein letztes Dankeschön geht an meine
wunderbaren, wohlwollenden Leser – danke, danke, danke.

ERSTER TEIL

Willkommen in Rosewood Hall

Prolog

Es gibt Orte auf dieser Welt, an denen es wahrscheinlicher scheint, dass wundersame und erstaunliche Dinge passieren, als irgendwo sonst. Man erkennt sie an ihrer besonderen Atmosphäre, die an eine andere Zeit, eine andere Welt erinnert. Manchmal sind es Orte in der Natur, ein verborgener Wasserfall oder eine unberührte Wiese mit blühenden Wildblumen. Manchmal sind es Orte, die von Menschenhand gemacht sind, ein verlassener Spielplatz in der Dämmerung oder ein staubiges Antiquitätengeschäft voller Geschichten. Manchmal aber, wenn auch nur selten, existiert ein solcher Ort in einem bestimmten Menschen. Er mag auf den ersten Blick nicht besonders charismatisch oder intellektuell wirken, doch je mehr Zeit man mit ihm verbringt, desto deutlicher tritt seine Kraft zutage, alles zu verändern und alles zu erreichen.

Prinzessin Eleanor Prudence Wolfson, Alleinerbin von König Alexander Wolfson und Thronfolgerin von Maradova, lebte weder an einem solchen Ort, noch war sie selbst einer dieser besonderen Menschen. Doch sie hatte beides bitter nötig.

»Und ich werde auf diese Schule gehen!« Eleanor knallte eine Werbebroschüre auf den Tisch, dass die Frühstücksteetassen auf ihren Untertassen hüpften.

Alexander Wolfson blickte nicht einmal von seiner Zeitung auf.

»Nein«, sagte er entschieden.

»Ich bin die nächste Anwärterin auf Maradovas Thron. Da werde ich doch wohl wenigstens die klitzekleine Entscheidung treffen können, auf welche Schule ich gehen will!«

Alexander hob den Blick zu seiner Frau, Königin Matilde, die ihm gegenübersaß.

Sie zuckte die Schultern. »Damit hat sie nicht unrecht, Alex«, sagte sie liebenswürdig, ließ anmutig ein Zuckerstück in ihren Tee gleiten und rührte langsam um, während sie ein Lächeln unterdrückte.

Das war nicht die eheliche Solidarität, die König Alexander sich erhofft hatte.

»Siehst du?«, rief Eleanor. »Sogar Mum findet, dass ich recht habe!«

Alexander blickte weiter auf seine Zeitung und spielte den Gelassenen. Er trank einen Schluck Tee.

»Edwina.« Er gab der Haushälterin ein Zeichen. »Wären Sie so freundlich, die leeren Teller in die Küche zu bringen?«

»Aber gewiss, Eure Majestät.« Edwina stapelte fachmännisch die vollgekrümelten Teller und verließ den Speisesaal so behände, dass ihre Füße auf dem Eichenparkett kaum zu hören waren. Die großen Flügeltüren schlossen sich mit einem leisen Knarren hinter ihr.

Als Alexander sie in sicherer Entfernung wähnte, tauchte er wieder hinter seine Zeitung und sagte: »Die Antwort lautet Nein.«

Eleanor stieß einen empörten Schrei aus und stampfte mit

dem Fuß auf. »Du könntest dir die Broschüre wenigstens mal ansehen!«, fauchte sie und riss ihrem Vater die Zeitung aus der Hand.

Nun konnte Alexander dem Blick seiner Tochter nicht länger ausweichen.

Eleanor war nie ein einfaches Kind gewesen. Sie war alles andere als die typische Prinzessin. Sie führte lieber hitzige politische Debatten oder schlich sich auf laute, wilde Rockkonzerte, als gepflegte Konversation zu treiben. Und mehr als alles andere verabscheute sie komplizierte höfische Zeremonien – davon ging sie zumindest aus, da sie sich bislang geweigert hatte, an einer solchen teilzunehmen. Aber sie war klug, selbstbewusst und leidenschaftlich, und das war für König Alexander wichtiger als die traditionellen Werte, die von ihr erwartet wurden. Auch wenn er fand, sie könnte zumindest ihrer Großmutter gegenüber ihre Zunge etwas im Zaum halten.

Doch so sehr er sich auch wünschte, dass Eleanor glücklich war und ein Leben ohne die Verpflichtungen des Königshauses führen konnte – an der Tatsache, dass sie eines Tages Königin werden und die damit einhergehende Verantwortung akzeptieren musste, war nicht zu rütteln. Er war fest entschlossen, seiner Tochter beizubringen, dass man sogar Spaß an den königlichen Pflichten finden konnte. Genau das hatte er selbst lernen müssen, als er jung war.

»Du gehst nach Aston Court wie alle Herrscher von Maradova in den letzten hundert Jahren, und es wird dir dort gefallen, ob es dir passt oder nicht!«

Matilde gluckste und nippte an ihrem Tee.

»Nein.« Eleanor imitierte den strengen Tonfall ihres Vaters. »Ich gehe nach Rosewood Hall in England!«

Eleanors Stimme schwankte nicht. Auch sie war fest entschlossen. Über die Schwelle von Aston Court würde man sie nur schreiend und tretend befördern.

Alexander seufzte tief.

Für Eleanor hieße der Eintritt in Aston Court mehr, als ihren Willen nicht zu bekommen, wie es für die meisten Teenager der Fall wäre. Er wäre das Ende ihrer Freiheit als Prinzessin. Sie würde sich der Öffentlichkeit offiziell als Thronfolgerin von Maradova zu erkennen geben müssen, sie wäre nicht länger in der Lage, sich vor den royalen Zeremonien zu drücken, sie würde aufhören müssen, sich die Haare zu färben, und anfangen, sich königlich zu kleiden. Ihre Verpflichtungen würden sie voll in Beschlag nehmen, und sie würde nie wieder ein annähernd normales Leben führen können.

Alexander nahm seine Zeitung und faltete sie sorgfältig zusammen. Er stellte sich auf das bevorstehende Brüllduell ein, eine häufige Übung, seit Eleanor im Teenageralter war.

»Bitte, Dad!«

König Alexander war überrumpelt. Es kam selten vor, dass seine Tochter ihn um etwas bat – dafür war sie viel zu stolz. Er blickte in der Erwartung auf, ihren üblichen Schmollmund zu sehen, doch stattdessen sah er einen Ausdruck echter Verzweiflung. Für einen Moment konnte er sich nicht mehr daran erinnern, warum er unbedingt nein sagen musste. Dann fiel es ihm wieder ein: Aston Court war die einzige Schule, die Eleanors Sicherheit gewährleisten konnte, nachdem sie der Öffentlichkeit offiziell als Prinzessin vorgestellt worden war. Nur dort konnte man sie rund um die Uhr bewachen und auf ihre Zukunft vorbereiten. Aston Court war die einzige Option! Doch trotz dieser Überzeugung streckte er vorsichtig die Hand aus, als Eleanor ihm die Broschüre unter die Nase hielt.

Sie legte ihre Hand auf seine und drückte sie sanft. »Du sollst sie nur lesen, mehr verlange ich nicht.«

Auf der anderen Tischseite nippte Königin Matilde wieder an ihrem Tee, bevor sie die Tasse geziert auf die Untertasse stellte. »Vielleicht liegt es am Tee, aber ich hatte schon immer eine Schwäche für England. Du nicht auch, Alexander?« Sie blickte ihren Mann an, und ihre sorglose Miene bewölkte sich, als ihr Blick den seinen traf. Der maradovische König hielt dem Blick seiner Frau für die gefühlt längsten Sekunden seines Lebens stand.

Schließlich stieß er einen langen Seufzer aus und hob kapitulierend die Hände. »Na schön, ich lese die Broschüre. Mehr aber nicht!«

Eleanor quietschte vor Freude und Erleichterung. »Juhu! Danke, danke, danke! Ich weiß, dass sie dir gefallen wird, Dad, das verspreche ich dir.« Damit stopfte sie sich ein Croissant in den Mund und rannte nach draußen, bevor der König Zeit hatte zu verstehen, was gerade passiert war.

Die Tür knallte hinter ihr zu und ließ Alexander und Matilde mit klingenden Ohren zurück. Wieder sah der König seine Frau an, während das Geräusch langsam verhallte. Sie lächelte unschuldig.

»Sie kann da nicht hin«, brummte er. »Es ist zu gefährlich,

die einzige Erbin des maradovischen Königshauses in einem x-beliebigen britischen Internat herumstolpern zu lassen.«

Matilde wurde wieder ernst und legte ihr Besteck sorgfältig vor sich auf den Tisch, so dass alle Gabeln, Messer und Löffel auf einer Linie waren.

Als sie aufblickte, sah Alexander ganz deutlich das Feuer in ihren Augen.

»Du weißt so gut wie ich, dass Rosewood keine x-beliebige Schule ist. Und außerdem« – sie hielt einen Augenblick inne und zwang ihn, ihr in die Augen zu sehen – »wurde sie, wie du schon gesagt hast, noch nicht vorgestellt. Niemand weiß, dass sie eine Prinzessin ist. Es könnte also der beste Weg sein, sie ihre letzten sorgenfreien Jahre genießen zu lassen, bevor sie ihre königlichen Pflichten übernimmt. Wir wissen beide, dass *du* dir eine solche Chance gewünscht hättest.«

Alexander war vor den Kopf gestoßen. Hatte er seine Frau richtig verstanden?

»Willst du damit sagen, dass sie *undercover* auf diese Schule gehen soll?«, fragte er ungläubig.

Matilde knipste ihr Lächeln wieder an und ließ den feurigen Blick verlöschen, als würde sie einen Hut absetzen.

»Vorerst musst du einfach nur die Broschüre lesen.« Sie hob die Teetasse an den Mund, dann hielt sie inne und fügte hinzu: »Wenn etwas schiefgeht, können wir immer noch Jamie schicken.«

Alexander starrte seine Frau entsetzt und bewundernd zugleich an. Dann begann er zu schmunzeln. Er hatte das vage Gefühl, dass das Thema mit der Durchsicht der Broschüre noch nicht beendet sein würde.

1

In St. Ives gibt es eine kleine, blau angestrichene Bäckerei, an deren rau verputzter Fassade üppiger Blauregen emporklettert. Hinter dem Schaufenster liegt eine dicke Staubschicht auf den stoffbedeckten Auslagen, die in der Luft glitzert, wenn die Sonne darauf scheint. Eine ausgeblichene rot-weiß gestreifte Markise hängt über der Tür, und darunter befindet sich ein Schild mit der Aufschrift *Ms Pumpkin's Feinbäckerei*, obwohl dort schon seit vielen Jahren nichts mehr gebacken wird. Über der Bäckerei liegt eine kleine Wohnung, die früher schlicht und hübsch eingerichtet war, jetzt aber mit geschmacklosem Plunder und kitschigen Gemälden vollgestopft ist – das Ergebnis des erfolglosen Versuchs der neuen Besitzerin, eine heimelige Kulisse zu schaffen. Eines der Zimmer jedoch wurde von der neuen Besitzerin nicht angetastet. Dort befinden sich die glücklichen Erinnerungen des Hauses.

In diesem Zimmer auf dem Dachboden des Hauses ihrer Stiefmutter Beady in der Straße Bethesda Hill Nummer 12, St. Ives, lebte Lottie Pumpkin. Sie hatte sich dort, in der gemütlichen Dachstube mit Blick aufs Meer, ihren Rückzugsort geschaffen. Auf dem Boden lagen alte, knarzende Holzdielen, die Wände waren voller Fotos aus ihrer Kindheit, und aus den Büchern quollen die Märchen. So war es zumindest gewesen. Denn heute sollte sie ihr Zimmer verlassen, das Haus und auch Cornwall. Heute zog sie nach Rosewood Hall.

»Lottie!« Beadys durchdringende Stimme schrillte in Lotties Ohren, als sie gerade das letzte Kleidungsstück in ihren Koffer legte.

»Ja?«, antwortete sie und kniff unwillkürlich die Augen zu. Sie hörte Schritte, und schon erschien ihre Stiefmutter im Türrahmen. Eine cremige grüne Maske bedeckte ihr Gesicht, und ihre roten Haare steckten unter einem straffen Handtuchturban. Beady war eine ausgesprochen schöne Frau, die ihr Aussehen sehr ernst nahm. Außerdem war sie viel zu jung für die Verantwortung, sich um Lottie zu kümmern, und es war überaus großzügig von ihr, sich für das Kind einer anderen aufzuopfern, woran sie Lottie regelmäßig erinnerte.

»Ich habe ganz vergessen, dass du heute abreist!« Sie sagte es, als wäre es amüsant.

Lottie schenkte ihr das freundliche Lächeln, mit dem sie ihr stets begegnete. »Das macht nichts, ich –«

Bevor sie den Satz beenden konnte, verfiel Beady in lautes Gegacker. »Wie konnte ich das nur vergessen? Du redest ja von nichts anderem!« Sie lachte wieder. »Obwohl es nichts Besonderes sein kann, wenn sie dich angenommen haben.« Lottie zuckte zusammen, und Beady schlug die Hand vor den Mund. »War doch nur Spaß, Lottie. Du darfst nicht alles so ernst nehmen.«

Lottie lächelte angespannt weiter, doch Beadys Blick war

bereits zu den beiden pinkfarbenen Koffern am Boden gewandert.

»Die sind aber groß. Ich hoffe, du erwartest nicht, dass ich dich zum Bahnhof bringe. Du weißt doch, wie geschwächt ich bin.« Beady verzog gekränkt das Gesicht, als hätte Lottie sich wieder einmal rücksichtslos verhalten.

»Nein, nein, das ist schon in Ordnung«, erwiderte Lottie so freundlich sie konnte. Sie wollte Beady auf keinen Fall verärgern. Sie wusste ja, wie schwer es für sie gewesen war, für Lottie zu sorgen, nachdem ihre Mutter gestorben war. Sie wollte ihr das Leben so leicht wie möglich machen. »Ollie und seine Mutter fahren mich hin.«

Beady hob missbilligend die Augenbrauen. »Das ist aber wirklich sehr nett von ihnen. Ich hoffe, du bedankst dich anständig.«

»Natürlich.« Lottie nickte, und Beady wirkte besänftigt.

»Gut, also …« Beady verstummte und schaute sich um, als sähe sie das Zimmer zum ersten Mal. Sie biss sich auf die Unterlippe, musterte Lottie von oben bis unten und holte dann tief Luft. Anscheinend verlangten ihr die nächsten Sätze besonders viel Kraft ab. »Du hast hart gearbeitet … Ich hoffe, du wirst nicht enttäuscht.«

Lottie schluckte. Sie wusste, wie erleichtert Beady war, dass sie in Rosewood angenommen worden war und sie das Haus endlich für sich haben würde. Mit der Aufnahme in Rosewood hatte Lottie nicht nur ein Versprechen eingelöst, das sie vor langer Zeit ihrer Mutter gegeben hatte, es war auch das größte Geschenk, das sie ihrer Stiefmutter machen konnte.

»Danke«, erwiderte Lottie.

Beady winkte ab. »Ich muss jetzt die Gesichtsmaske abwaschen. Gute Reise.«

Als sie weg war, packte Lottie weiter, doch schon nach kurzer Zeit wurde sie erneut unterbrochen.

»Was um alles in der Welt hast du denn da an?«, ertönte Ollies spöttische Stimme. Er stand mit verschränkten Armen in der Tür und schaute zu, wie Lottie die letzten Gegenstände aus ihrem Zimmer in die Koffer quetschte.

»Ollie!« Lottie schlug sich die Hand aufs Herz, das plötzliche Auftauchen ihres besten Freundes hatte sie erschreckt. »Wo kommst du denn her? Und wie oft muss ich dir noch sagen, dass du anklopfen sollst?« Sie schnaufte von der Anstrengung, ihren Koffer zu schließen.

Ollie war vierzehn, genau wie Lottie, doch obwohl er größer war als sie, hatte er noch sein kindliches Gesicht, das ihr immer Eiswaffeln am Strand und andere glückliche Kindheitserinnerungen ins Gedächtnis rief.

»Ich hab mich an der bösen Hexe vorbeigeschlichen. Hast du schon gesehen, dass ihre Haut grün geworden ist?«, fragte Ollie mit einem gehässigen Grinsen.

Lottie lachte, hatte aber seinen vorherigen Kommentar noch nicht vergessen. Sie schaute an sich hinab und strich sich unsicher über das Kleid. »Was genau gefällt dir denn nicht?«, fragte sie entrüstet.

»Ist das nicht ein bisschen zu schick für den ersten Schultag?«

»Zu schick?!« Nicht zu fassen. »Nichts ist *zu schick* für Rosewood Hall! Ich muss ins Bild passen.«

Lottie begann, an einem inexistenten Fleck an ihrem Kragen herumzuwischen. »Die meisten Schüler tragen wahrscheinlich maßgeschneiderte Kleider aus Gold oder so.«

Ollie schlenderte lässig ins Zimmer und setzte sich auf Lotties Bett. Er schürzte die Lippen und schaute sich um. Normalerweise hingen überall Lotties handgemachte Sonderbarkeiten, doch jetzt war der Raum nackt und kahl. Alles, was sie besaß, steckte in den beiden pinkfarbenen Koffern.

»So«, begann Ollie und griff in seine Tasche, »wenn du mal kurz deine Sorgen vergessen kannst, was die anderen von dir halten …« Er zog einen zerknitterten Umschlag und ein verblasstes Polaroidfoto hervor, das Lottie von seiner Pinnwand kannte. »Das ist für dich.«

Lottie streckte die Hand aus, doch Ollie zog den Umschlag zurück. »Den Brief darfst du erst im Zug lesen!«

Lottie nickte ergeben, und er legte ihr vorsichtig beide Geschenke in die Hand. Das Foto hatte sie schon tausendmal gesehen: sie beide am Strand, die Nasen eisverschmiert, ein strahlendes Lächeln auf den verzückten Gesichtern. Obwohl die Farben langsam Richtung Sepia gingen, konnte man die Krone auf Lotties und die Hörner auf Ollies Kopf noch immer deutlich erkennen. Als sie klein waren, hatten sie darauf bestanden, diese Verkleidung immer und überall zu tragen. Ollie hatte sich selbst zu Puck aus Shakespeares *Sommernachtstraum* ernannt, nachdem sie eine Aufführung des Theaterstücks gesehen hatten. Er war begeistert gewesen, mit welchem Unfug die Figur davonkam, und schloss daraus, auch er würde mit allem davonkommen, solange er nur die Hörner trug. Lotties Krone dagegen hatte eine weniger fröhliche Geschichte. Ihr Finger verharrte kurz über der Krone auf dem Foto, und sie spürte einen Stich, als sie an den Tag zurückdachte, an dem sie sie bekommen hatte.

»Ich geh schon mal runter, damit du dich verabschieden kannst«, sagte Ollie, bevor er mühelos die beiden Koffer anhob und sie die Treppe hinunter zum Auto trug. Als er weg war, legte Lottie seine Geschenke sorgfältig zu ihren wichtigsten Habseligkeiten, die sie auf dem nun nackten Bett aufgereiht hatte, um sie nicht zu vergessen. Einen Gegenstand nach dem anderen steckte sie in ihre Handtasche: zuerst das verblichene Foto und den Brief von Ollie, dann ihr liebstes Skizzenbuch, ihren treuen Plüschgefährten Mr Trüffel, ein gerahmtes Bild von ihrer Mutter Marguerite bei ihrem Schulabschluss, und schließlich – etwas unpassend inmitten der anderen Dinge – die halbmondförmige Krone, ihren wertvollsten Besitz. Gerade mal sechzig Minuten hatte sie gebraucht, um ihr gesamtes Leben in die zwei pinkfarbenen Koffer, ihre Jeanshandtasche und die kleine Schultertasche mit dem weißen Riemen zu packen. Sie betrachtete den leeren Raum.

Ich hab's geschafft, Mum, dachte sie. Ich gehe nach Rosewood, genau wie ich es dir versprochen habe.

2

An Lottie (die Ehrenprinzessin von St. Ives)

Liebe Lottie,

ich habe das Gefühl, Dich im letzten Jahr kaum gesehen zu haben, weil Du ständig gelernt hast, und jetzt bist Du unterwegs ans andere Ende des Landes. Ohne Dich wird hier nichts mehr so sein, wie es war, aber Du wirst bestimmt genügend Abenteuer für uns beide erleben.

Eigentlich wollte ich Dir zum Abschied ein Märchenbuch schenken, weil ich weiß, wie sehr du Märchen magst, aber ich fürchte, Du hast sie schon alle, deshalb habe ich Dir stattdessen dieses Foto geschenkt, damit es Dich jeden Tag an meine Wenigkeit erinnert.

*Ich kann es kaum erwarten, all die verrückten Geschichten zu hören, die Du in Rosewood erleben wirst. Ich bin so stolz auf Dich, dass Du es geschafft hast, aber ich werde Dich schrecklich vermissen ***Pause zum Tränenvergießen, schnief*** WIE KANNST DU ES WAGEN, MICH IN DIESER TOURISTENFALLE ALLEINZULASSEN???*

VERRÄTERIN!!! (Siehst Du, wie vorbildlich der Selbstschutzmechanismus meine Trauer in Wut verwandelt??)

Dein Freund Ollie

PS: Bring mir bitte eine goldene Krone mit – ich nehme mal an, dass Du gleich bei Deiner Ankunft eine bekommst ;)

Lottie lächelte, als sie den Brief ihres besten Freundes ein zweites Mal las, und erlaubte sich einen Augenblick der Wehmut, weil sie ihr einfaches Leben in Cornwall hinter sich ließ. Sie schaute durch das Zugfenster auf die üppige grüne Landschaft, die dahinter vorbeiraste, und dachte an den Tag im letzten Jahr zurück, an dem sie ihre Bewerbung für Rosewood Hall abgeschickt hatte. Vor fünf Jahren hatte sie ihrer Mutter versprochen, dass sie einen Weg finden würde, dort angenommen zu werden. In der Nacht hatte es gestürmt, und draußen war es matschig und nass gewesen. Ihre Mutter hatte in vier Decken eingewickelt auf der Veranda gesessen, mager und schwach von der Krankheit, die sie verzehrte, doch in ihren Augen hatte eine unnachgiebige Kraft geglommen. Sie hatte Lottie angesehen und ihr warmes Lächeln gelächelt.

»Du kannst alles schaffen, was du dir vorgenommen hast, Prinzessin.«

Das Bewerbungsverfahren war mühsam und einschüchternd gewesen. Stipendien vergab Rosewood nur an Bewerber mit herausragenden Leistungen, die Schule rühmte sich ihrer Exzellenz. Rosewood war kein Internat, für das man sich einfach entscheiden konnte, es konnte nicht jeder die Werbebroschüre nehmen und sagen »Da will ich hin«.

Lottie hatte keine Möglichkeit gehabt, die Schulgebühren selbst aufzubringen. Doch sie hatte nicht aufgegeben. Sie hatte unermüdlich gearbeitet, auf Freundschaften und Hobbys verzichtet, war auch am Wochenende früh aufgestanden, um ihre Pflichten im Haushalt zu erledigen, bevor sie sich in ihrem Zimmer einschloss und unerbittlich lernte. Die ganze Zeit über träumte sie von dem Tag, an dem sie durch die Tore von Rosewood Hall schreiten und ihren Platz inmitten der Elite annehmen würde. Bereit, die Welt zu einem besseren Ort zu machen.

»Sehr geehrte Fahrgäste, in Kürze erreichen wir Rosewood Central. Bitte achten Sie beim Verlassen des Zuges darauf, dass Sie Ihr Gepäck bei sich haben.«

Während sie nach ihren Koffern griff, fragte Lottie sich, ob sie die einzige Rosewood-Schülerin war, die mit öffentlichen Verkehrsmitteln anreiste. Sie nahm an, dass die meisten Schüler mit dem Auto gebracht wurden, doch auf dem Lageplan, den Ollie und sie studiert hatten, war auch ein Landeplatz eingezeichnet – kamen sogar welche mit dem Hubschrauber? Hätte sie ebenfalls versuchen sollen, auf diese Weise anzureisen? Sie wusste, dass der Gedanke albern war, doch er erinnerte sie wieder einmal daran, wie viel sie von den anderen Schülern unterschied.

Mit plötzlicher Nervosität tastete sie in ihrer Handtasche nach der Krone. Ihre Mutter war eine phantastische Geschichtenerzählerin gewesen und hatte Lottie jeden Abend vor dem Schlafengehen ein Märchen vorgelesen. *Cinderella* war Lotties Lieblingsgeschichte, und sie hatte ihre Mum gebeten, ihr jede Version des Märchens vorzulesen, die sie finden konnte. Die Unterschiede zwischen den einzelnen Versionen hatten sie fasziniert. Ihre Mutter hatte ihr erklärt, dass sich Märchen – so wie die meisten Dinge auf der Welt – mit der Zeit entwickelten und veränderten. Was Lottie am stärksten anzog, war der vorherrschende Impuls, Gutes zu tun. Ganz gleich, welche Version der Geschichte sie gelesen hatten, die Güte der Prinzessin blieb gleich, und sie war das Vorbild, dem Lottie nacheiferte. Deshalb hatte Lotties Mutter ihr zu ihrem siebten Geburtstag die silberne Krone mit dem Halbmond geschenkt. Es war ein Erbstück der Pumpkins, das von Generation zu Generation weitergereicht wurde.

Die Landschaft vor dem Zugfenster verschwamm mit Lotties Erinnerungen an diesen Tag.

»Diese Krone wurde unserem Ururgroßvater geschenkt, der vor langer Zeit die Ehre hatte, in Rosewood Hall ausgebildet zu werden. Sie wurde in der Familie weitergegeben, bis mein Großvater sie mir vermacht hat. Irgendwann, wenn du selbst Kinder hast, wirst du sie an sie weitergeben.«

Lottie konnte den Worten ihrer Mutter kaum folgen. Sie war außerstande, die Augen von dem zierlichen Gegenstand in der Schachtel zu lösen.

Vorsichtig setzte sie die Krone auf. Doch ihr siebenjähriger Kopf war einfach … zu klein. Die Krone rutschte ab und landete auf dem harten Parkettboden im Wohnzimmer, wo sie inmitten der mit Geburtstagskuchen vollgefutterten Kinder sehr fehl am Platz wirkte. Empfindsam, wie sie war, hatte

Lottie angefangen zu weinen. Nicht etwa, weil die Krone ihr nicht passte, sondern weil die Krone – dieser makellose, wunderschöne Gegenstand, der in ihrem bescheidenen Zuhause so unpassend wirkte – alles um sie herum schmerzhaft gewöhnlich wirken ließ. Ihr Funkeln war verheißungsvoll, doch ihr Licht erhellte nur, wie glanzlos die Welt um sie herum war.

»Lottie heult schon wieder«, maulte eins der Mädchen.

»Halt die Klappe, Kate«, sagte Ollie. »Sei nicht fies, nur weil du beim Eierlaufen verloren hast.«

»Ich hatte aber auch den kleinsten Löffel!«

Der kurze Wortwechsel bekümmerte Lottie noch mehr – jetzt waren auch noch ihre Gäste unzufrieden. Doch als sie schon drauf und dran war, sich in Tränen aufzulösen, rettete ihre Mutter die Stimmung.

»So, ihr Lieben, beruhigt euch. Kate, ich habe eine kleine Entschädigung für dich, und Lottie, mein Schatz, du kannst die Krone hiermit feststecken.« Marguerite nahm zwei Haarklammern aus ihrer Schürzentasche.

»Und jetzt hört mal alle her – diese Krone ist etwas ganz Besonderes.« Sie hielt sie hoch, damit alle sie sehen konnten, und Lottie bemerkte, wie natürlich sie in ihrer Hand aussah. »Sie hat nämlich Zauberkräfte.«

Die Kinder beruhigten sich augenblicklich und warteten gespannt auf eine von Marguerites zauberhaften Geschichten.

»Wer diese Krone trägt, kann alles erreichen, was er sich vorgenommen hat, und wer sie berührt, gewinnt alle guten Eigenschaften einer Prinzessin.«

Während sie sprach, steckte Marguerite Pumpkin die Krone vorsichtig auf Lotties Kopf fest und strich ihr die Haare zurück, um die Klemmen zu verdecken.

»Welche drei guten Eigenschaften einer Prinzessin fallen euch ein?« Sie sah die Kinder an, die unter ihrem Blick schüchtern wurden. »Wie wäre es mit Mut? Findet ihr, dass Prinzessinnen mutig sind?« Die Kinder nickten eifrig. »Und was noch?«

»Schön!«, rief Ollie.

Marguerite lachte leise. »Nun ja, oft sind sie schön, aber die Schönheit kommt von innen, denn sie sind …« Sie hob die Hand und wartete, dass jemand ihren Satz beendete.

»Freundlich!«, sagte Kate und lächelte Lottie zu.

»Sehr gut, Kate. Und was noch?«

»WAHNSINNIG!«, schrie Ollie. Alle lachten, nur Lottie verdrehte die Augen.

»Äh … hilfsbereit?«, schlug Charlie vor. Es wurde still, während die Kinder nach der dritten Eigenschaft suchten. Bis es Lottie traf wie ein Blitzschlag. Diese Eigenschaft erschien ihr plötzlich als die wichtigste auf der Welt, und sie sollte Lotties Einstellung für immer verändern.

»Sie gibt niemals auf!«

Lottie wusste, kaum dass sie es ausgesprochen hatte, dass sie sich genau das von der Krone wünschte: die Kraft, niemals aufzugeben und eine unaufhaltsame Quelle des Guten zu sein, ob es der Welt nun gefiel oder nicht.

Der Gedanke, dass sieben Jahre vergangen waren, seit sie die Krone bekommen hatte, war sonderbar. Ihr Leben hatte sich dramatisch verändert, als ihre Mutter zwei Jahre später gestorben war, und manchmal kam es ihr immer noch so vor, als wäre das alles ein schrecklicher, trauriger Traum.

Lottie schüttelte den Kopf, um die schmerzhaften Gefühle zu vertreiben, und schloss die Finger um die Krone in ihrer Tasche. Sie nahm sich einen Moment Zeit, um sie zu betasten, leicht über die Juwelen an der Vorderseite zu streichen. Am liebsten hätte sie sie aufgesetzt, doch solange sie im Zug war, musste die Berührung reichen.

Dann wiederholte sie im Stillen ihre geheime Zauberformel. »Sei freundlich, sei mutig und gib niemals auf!«

Sie würde es schaffen. Sie würde dazugehören. Sie würde es in Rosewood zu etwas bringen, genau wie sie es ihrer Mutter versprochen hatte.

»Wir erreichen jetzt Rosewood Central. Für Rosewood Hall bitte hier aussteigen.«

Lottie griff entschlossen nach ihren Koffern. Sie war bereit für das nächste Kapitel ihres Lebens, und sie würde allen beweisen, dass sie ihren Platz an dieser Schule verdient hatte.

3

Am Bahnhof stieg Lottie in einen der bereitstehenden Zubringerwagen. Er setzte sie vor dem Eingang der Schule ab, einem großen, zweiflügligen Eisentor, in das kunstvoll die Buchstaben *R* und *H* eingearbeitet waren. Hinter dem offenen Tor führte ein kurzer Bogengang zu einem großen überdachten Vorplatz, auf dem sich die ankommenden Schüler versammelten. Das Dach wurde von steinernen Pfeilern getragen, die mit eingravierten Rosenranken verziert waren. Der Wind, der um die Pfeiler strich, pfiff sonderbar schrill. Das Geräusch jagte Lottie einen angenehmen Schauder über die Wirbelsäule.

Sie schaute sich um und spürte Nervosität in sich aufsteigen, als sie die anderen Schüler und das unglaubliche Aufgebot an Luxuslimousinen musterte. Immerhin kannte sie einige der Marken, sie hatte schließlich nicht umsonst so viel Zeit mit Ollie verbracht. Der würde Augen machen, wenn er sie sehen könnte. Keiner der anderen Schüler schien sein Gepäck selbst zu tragen. Die meisten von ihnen unterhielten sich aufgedreht oder tippten wild auf ihren Mobiltelefonen herum, um letzte Nachrichten zu verschicken, bevor sie die Geräte an der Pforte abgeben mussten.

Rosewood nahm Schüler ab elf Jahren auf, viele kannten

sich also bereits, weshalb Lottie sich noch mehr als Außenseiterin fühlte. Sie hatte sich gerade bei ihrem Fahrer bedankt, als ein starker Windstoß das Geschwätz der Schüler übertönte. In dem Augenblick sah sie sie.

Ein mysteriöses Mädchen stand hinter dem Wagen, der Lottie hergebracht hatte. Mit ihren kurzen, pechschwarzen Haaren, der abgewetzten schwarzen Lederjacke und einem lässig über die Schulter geworfenen Gitarrenkasten sah sie anders aus als die übrigen Schülerinnen. Sie schien voller Leidenschaft zu sein – eine dunkle, drohende Gewitterwolke. Mühelos hob sie mehrere Koffer aus einer dunklen Limousine. Den Chauffeur, der ihr helfen wollte, wimmelte sie energisch ab, so dass ihm nichts anderes übrigblieb, als mit sorgenvoller Miene neben dem Wagen stehen zu bleiben. Das Gesicht des Mädchens war nicht ganz zu erkennen, weil es von einer großen dunklen Sonnenbrille verdeckt war. Lottie verspürte ganz plötzlich den starken Drang, sich dieses Mädchen genauer anzusehen. Sie hatte das Gefühl, als gebe es zwischen ihnen einen energetischen Strom – irgendetwas zog sie zu ihr. Doch bevor sie weiter über dieses seltsame Gefühl nachdenken konnte, wurde ihr die Sicht von einem laufenden Bücherstapel verstellt.

»Achtung, Verzeihung, Entschuldigung, Pardon!«

Eilig zog Lottie ihre pinkfarbenen Koffer aus dem Weg. Noch nie hatte sie eine so kleine Person mit so vielen Büchern gesehen. Es sah aus, als müsse sie jeden Moment umkippen, doch es gelang ihr, das Gleichgewicht zu halten und zielstrebig weiterzueilen. Das Mädchen war stärker, als ihre Statur vermuten ließ. Ihr Gesicht war hinter Büchern und

Schachteln verborgen, doch Lottie konnte eine Menge dunkler Kräusellocken sehen. Woher das Mädchen wusste, in welche Richtung es gehen musste, war ihr rätselhaft. Sie machte gerade einen Schritt zur Seite, da stürmte eine Gruppe Siebtklässler vorbei, als hätte sie es vorhergesehen.

»Hallöchen!«

Lottie zuckte zusammen, als das Gesicht des Mädchens mit einem strahlenden Lächeln und braunen, durch eine dicke Brille vergrößerten Augen neben dem Bücherstapel auftauchte. Sie erinnerte Lottie sofort an eine Eule.

Das winzige Eulenmädchen warf einen Blick auf Lotties Koffer. »Du musst neu in Rosewood sein – wie aufregend!« Sie musterte Lottie neugierig, bevor ihr Grinsen zurückkehrte. »Wie schön, dass du deiner Lieblingsfarbe so treu ergeben bist«, fügte sie lachend hinzu und deutete mit einem Nicken auf Lotties Kleid, Koffer, Hut, Schal und Tasche.

Lottie spürte, dass ihre Wangen heiß wurden, ein Reflex, mit dem sie seit ihrer Kindheit geschlagen war.

»Oh, äh, danke, ich –«

»Das ist ja ein beachtliches idiopathisches kraniofaziales Erythem, das du da zur Schau stellst.«

Das Eulenmädchen beugte sich vor, um Lotties Gesicht genauer zu betrachten, woraufhin diese unwillkürlich zurückwich. Sie hatte eigentlich angenommen, über einen ziemlich großen Wortschatz zu verfügen, doch diese Fremdwörter überstiegen ihre Kenntnisse.

»Auch Erröten genannt. Eigentlich sehr charmant, es kann allerdings auch ein frühes Anzeichen von Rosazea erythematosa sein …«

Während das Eulenmädchen fortfuhr, folgte Lottie ihr dümmlich nickend zum Eingang.

Kaum war sie durchs Tor gegangen, hatte Lottie das Gefühl, eine andere Welt betreten zu haben. Der Weg führte durch drei steinerne Bögen. Als sie darunter hindurchgingen, bemerkte Lottie am oberen Rand jedes Bogens eine Kupfertafel. Sie erkannte die vier Schutzpatrone von Rosewood: Florence Ivy in der Mitte, Balthasar Conch links und die Zwillinge Shray und Sana Stratus rechts. Sie blickten erwartungsvoll auf die Schüler herab, und Lottie musste unwillkürlich schlucken.

Sei mutig!, ermahnte sie sich.

»Ich persönlich finde es ja süß, aber wenn du zu Erythrophobie neigst, könnte es ein Problem werden.«

Das Eulenmädchen kicherte und drehte sich lächelnd zu Lottie. Die brauchte einen Moment, um zu verstehen, dass das Mädchen seinen Monolog beendet hatte und auf eine Antwort wartete.

»Erythrophobie?«, wiederholte sie. Musste sie das Wort kennen? Hatte sie sich gerade als ungebildet zu erkennen gegeben?

Das Eulenmädchen starrte sie an, bevor es wieder überraschend losprustete. Ihr Gekicher war wirklich niedlich.

»Entschuldige, ich hab mal wieder vor mich hin gebrabbelt. Hier …« Das Mädchen verlagerte sein gesamtes Gepäck auf einen Arm.

Lottie war sicher, dass diesmal wirklich alles herunterfallen würde, doch zu ihrer Verblüffung hielt der Stapel. Es war wie bei einer sonderbaren Zirkusnummer. Das Eulenmädchen griff mit der jetzt freien Hand in die Tasche und zog ein kleines Stück Papier heraus. »Ich bin Binah.«

Lottie nahm das Papier entgegen und stellte fest, dass es eine Visitenkarte war. *Eine Visitenkarte?* Sie waren vierzehn! Wozu brauchte eine Vierzehnjährige eine Visitenkarte?

Binah Fae
Freiwillige Bibliotheksassistentin
Anfragen zu Studienberatung und Nachhilfe
bitte per Post an:
Binah Fae, Stratus 304B, Rosewood Hall, Oxfordshire

Lottie überkam eine leichte Panik. Brauchte sie etwa auch eine Visitenkarte? War das unter den Kindern der Elite so üblich?

Sie rang einen Augenblick nach Worten, bevor sie herausbrachte: »Hallo, Binah. Ich bin Charlotte … aber du kannst mich Lottie nennen.« Sie hoffte inständig, dass ihr Vorname genügte, und zu ihrer Erleichterung lächelte Binah aufrichtig.

»Freut mich, dich kennenzulernen, Lottie.«

Die beiden Mädchen schritten unter dem letzten Bogen hindurch, und Lottie folgte Binahs Vorbild und übergab ihre Koffer einer Frau in einem Golfwagen, nannte ihren Namen und ihre Klasse und sah zu, wie ihr Gepäck den Hügel hinauf in Richtung der Wohnheime verschwand.

Dann drehte sie sich einmal langsam im Kreis und ließ den Blick schweifen. Hinter der dicken Mauer, die das weitläufige Schulgelände umgab, und auch hinter den Schulgebäuden wuchsen alte Rosengehölze. Rosen aller Farben und Arten säumten den Weg. Sie blühten nicht einfach, sie schienen wie durch einen geheimen Zauber regelrecht zu glühen.

Der Weg führte den Hügel hinauf zu einem weiteren steinernen Torbogen, durch den man in den Hof vor dem Empfangsgebäude gelangte. Den Eingang zur Rezeption bildete eine breite Eichentür, die von einem weiteren Bogen mit Dornenmuster umrandet war. Die feinen Dornen wanden sich um die Namen der einzelnen Häuser – Ivy, Conch und Stratus –, die jeweils für eine Eigenschaft im Motto der Schule standen: *Ehrlichkeit, Entschlossenheit, Einfallsreichtum.* Darüber befand sich eine goldene Inschrift: *Rosewood Hall – Akademie der herausragenden Erfolge.*

Lottie blieb stehen und musste an die Worte ihrer Stiefmutter denken. *Ich hoffe, du wirst nicht enttäuscht.*

Binah entging ihr plötzliches Zaudern nicht.

»Ist alles in Ordnung?«, fragte sie und legte den Kopf prüfend zur Seite.

»Ich bin nur …« Lottie verstummte. Sie wollte nicht zugeben, dass sie nervös war. »Müde von der langen Reise.«

Hätte sie nur gewusst, welchen Dominoeffekt ihre Worte auslösen sollten!

»Kommst du aus einem anderen Land?«, fragte Binah mit neu aufflammender Neugierde. »Das ist ja toll.«

Halt, was?

»Wir haben so viele internationale Schüler hier, du wirst dich ganz schnell zurechtfinden!«

»Warte, ich –«, versuchte Lottie einzuwerfen, um zu erklären, dass sie nur aus Cornwall kam, doch Binah plapperte schon aufgeregt weiter.

»Mach dir keine Sorgen.« Sie strahlte sie mit einem Lächeln an, das alle ihre perlweißen Zähne zur Schau stellte und bei dessen Anblick Lottie ein bisschen schwindlig wurde. »Du bist neu in Rosewood, und ich habe es mir zur Aufgabe gemacht, alles zu wissen, um allen helfen zu können.«

Lottie blinzelte. Es verblüffte sie, wie ähnlich Binahs Worte ihrem eigenen Vorsatz waren, Gutes zu tun. Sie öffnete den Mund, um das Missverständnis auszuräumen, doch Binah schaute an ihr vorbei.

»Wo wir gerade davon reden, da kommen auch schon drei, denen es genauso geht.«

Lottie folgte Binahs Blick. Drei wie aus dem Ei gepellte Schüler, zwei Mädchen und ein Junge, kamen auf sie zu. Eins der Mädchen hielt in der einen Hand einen Eiskaffee und in der anderen ein Handy, in das sie eifrig hineinredete. Sie trug einen übergroßen Pelzmantel, dessen Designerlogo Lottie nicht entging. Das Mädchen sah aus wie eine lebendig gewordene Barbiepuppe.

Das andere Mädchen und der Junge bewegten sich nahezu synchron. Sie waren einander in Statur und Kleidung so ähnlich, dass sie Zwillinge sein mussten. Sie waren ganz in Weiß gekleidet und erinnerten Lottie an zwei glänzende weiße Tauben.

»Binah!«, kreischte das Zwillingsmädchen und kam angerannt, um sie fest zu umarmen.

Binah erwiderte die Umarmung, dann stellte sie Lottie vor.

»Lola, Micky, Anastasia – das ist Lottie. Sie kommt auch aus dem Ausland.«

Lottie stöhnte innerlich auf und hoffte, dass niemand ihren Pass sehen wollte. Die Barbiepuppe verabschiedete sich von ihrem Gesprächspartner am Telefon und drehte sich zu Lottie.

»Sehr erfreut«, sagte sie mit einem leichten französischen Akzent und streckte die Hand aus.

Lottie schüttelte sie und merkte, wie kalt sie war.

»Hübsches Kleid«, fügte die Barbie hinzu.

Lottie wurde rot. Vermutlich war dem unbekannten Mädchen überhaupt nicht klar, wie beruhigend dieses kleine Kompliment auf sie wirkte.

»Oh, danke –«

Doch bevor Lottie weitersprechen konnte, wurde sie von der Barbie unterbrochen: »So, genug geschwatzt. Ich hab keine Lust, mir die Beine in den Bauch zu stehen. Außerdem will ich sichergehen, dass mein Gepäck nicht misshandelt wird.«

Die Zwillinge kicherten.

Binah beugte sich zu Lottie und flüsterte ihr ins Ohr: »Das ist Anastasia, die Tochter des französischen Botschafters. Sie ist sehr unterhaltsam.«

Lottie nickte und sah zu, wie Anastasia und die anderen durch den Torbogen schritten. Sie hatte plötzlich das Gefühl, ihnen nicht folgen zu können. Ein betörender Duft lag in der Luft. Die Mischung aus Lavendel und Rosen hatte die träumerische Schwere einer anderen Welt. Ehrfürchtig blickte Lottie zu dem Gebäude empor, das vor ihr aufragte. Es kam ihr so vor, als würde die Schule sie rufen, sie zu sich ziehen.

Sie war dafür bestimmt, hier zu sein, das wusste sie tief in ihrem Inneren. Die Krone, die versteckt in ihrer Tasche lag, fühlte sich glühend heiß an. Sie hatte es wirklich geschafft. Sie war in Rosewood. Mit einem Schlag ging ihr auf, dass sie nicht fürchtete, die Schule könne sie enttäuschen. Sie fürchtete vielmehr, sie könne die *Schule* enttäuschen.

»*Allez!* Manche von uns würden gern reingehen, bevor sie an Altersschwäche sterben. Vielen Dank.«

Anastasias Stimme riss sie aus ihrer Benommenheit und setzte ihre Beine in Bewegung.

»Was machst du denn?«, fragte Anastasia.

»Ich habe nicht die geringste Ahnung«, erwiderte Lottie. Und damit betrat sie zum allerersten Mal Rosewood Hall.

4

Die schweren Türen der ehrwürdigen, eichenholzgetäfelten Empfangshalle waren weit geöffnet, um die Schüler, alte und neue, willkommen zu heißen, die aufgeregt summend hereinschwirrten wie ein Schwarm gutgekleideter Bienen. Die schräg einfallende Nachmittagssonne verlieh der Szenerie die Aura eines Gemäldes. Wieder überkam Lottie das Gefühl, in eine andere Welt gestolpert zu sein.

»Die Willkommensansprache und das Feuerwerk gibt es später«, erklärte Binah. »Jetzt richtest du dich am besten erst mal in deinem Zimmer ein und ruhst dich ein bisschen aus oder probierst deine Uniform an. Wir treffen uns dann nachher wieder.«

Sie standen zu fünft in der Schlange für die Anmeldung. Binah hatte ein großes Heft mit Goldprägung hervorgeholt, das Lottie aus ihrem eigenen Willkommenspaket kannte, nur dass ihr Heft lila war, Binahs dagegen gelb.

»In welchem Haus bist du?«

Micky, Lola und sogar Anastasia horchten auf.

Bei ihrer Bewerbung hatte Lottie auch einen Test mit mehreren Was-wäre-wenn- und Multiple-Choice-Fragen ausfüllen müssen. Anhand ihrer Antworten war ermittelt worden, welches Haus am besten zu ihr passte.

»Florence Ivy.«

Die anderen wechselten einen belustigten Blick, und Lottie fragte sich augenblicklich, ob sie etwas Dummes gesagt hatte.

Binah lachte und klopfte ihr auf die Schulter. Bei jedem anderen hätte sich die Geste herablassend angefühlt, doch Binahs aufrichtiges Lächeln machte es unmöglich, sie als Beleidigung aufzufassen. »Entschuldige! Wir lachen nur, weil wir nie die vollen Namen verwenden. Wir sagen immer nur Ivy, Stratus und Conch.«

Lottie konnte nicht verhindern, dass sie schon wieder rot wurde.

»Du bist also in Stratus?«, fragte sie schnell und zeigte auf Binahs gelben Hefter.

»C'est n'importe quoi«, warf Anastasia mit unergründlichem Blick hinter ihrer Sonnenbrille ein.

Lotties Französischkenntnisse waren begrenzt, doch sie hatte immerhin verstanden, dass Anastasias Kommentar nicht gerade freundlich war.

»Binah ist die einzige Schülerin, der alle drei Häuser offenstanden. Und aus unerfindlichen Gründen hat sie sich für Stratus und gegen Conch entschieden«, erläuterte Anastasia.

»He!«, rief Lola gekränkt.

»Nichts gegen dich, Lola. Aber Conch ist eindeutig das bessere Haus und Rot die bessere Farbe.«

Lola und Micky verdrehten synchron die Augen. Offenbar waren sie solche Äußerungen gewohnt.

Binah zuckte die Schultern und versuchte so zu tun, als wäre nichts dabei, doch ihr verlegenes Lächeln zeigte, dass sie genau wusste, wie beeindruckend diese Auszeichnung war.

An der Anmeldung nahm ein Vertrauensschüler, auf dessen lila Namensschild *Freddie Butterfield* stand, Lottie das Handy ab und drückte ihr ein weiteres Willkommenspaket in die Hand. Obwohl sie gewusst hatte, was sie erwartete – während des Schuljahrs war die Nutzung von Handys strengstens untersagt –, hatte sie das Gefühl, einen Teil von sich selbst abzugeben. Seit dem Tod ihrer Mutter hatte sie so viel gelernt, dass sie kaum Zeit für Freundschaften gehabt hatte. Ollie war der Einzige, mit dem sie sich regelmäßig Nachrichten schrieb. Jetzt konnte sie ihm nicht einmal mehr eine E-Mail schicken, da die Internetnutzung streng überwacht wurde. Der Gedanke, ihn nicht einfach so erreichen zu können, machte ihr Angst.

»Herzlich willkommen in Rosewood, Charlotte … Pumpkin.« Lottie spürte die altbekannte Verlegenheit, als der Vertrauensschüler vor ihrem Nachnamen kurz stockte. »Diese Tasche enthält ein paar Geschenke von der Schule, deinen Schlüssel und den Transponder für das Wohnheim. Alles Weitere findest du in deinem Zimmer. Am Ende des Schuljahrs bekommst du dein Handy zurück. Vielen Dank. Ich wünsche noch einen schönen Tag.« Er klang so, als hätte er seinen Dienst schwungvoll angetreten, nun aber Mühe, die Begeisterung aufrechtzuhalten, nachdem er tausendmal denselben Text heruntergeleiert hatte.

Sie verließen die Empfangshalle und trennten sich an der Brücke, die zu Conch führte, von Anastasia. Ein Mädchen mit blonden Locken schien dort schon auf sie gewartet zu haben. Lottie beobachtete neugierig, wie Anastasia das Mädchen herzlich umarmte. Auch wenn Lottie sie erst seit wenigen Minuten kannte, schien es gar nicht zu ihr zu passen, so viele Gefühle zu zeigen.

Binah und die Zwillinge gaben ihr eine kleine Führung. Sie zeigten ihr die Haupträume von Stratus, dessen Wohnbereich, passend zum wolkigen Namen des Hauses, im höchsten Turm der Schule lag. Das Wappen von Stratus, das in die Tafel über dem Turmeingang eingraviert war, zeigte einen Merlinfalken, das Symbol für Einfallsreichtum. Dann verabschiedeten sie sich von den Zwillingen, die Lottie zuwinkten, bevor sie in den Turm hinaufstiegen.

Draußen begann Binah mit einem Vortrag über die verschiedenen Gebäude. Ihre Lippen bewegten sich so schnell, dass Lottie ihr kaum folgen konnte, und sie verwendete so komplizierte Wörter, dass es wie eine andere Sprache klang.

»Die alternierende Fenstersymmetrie der Versammlungshalle ist ein intendierter Pastiche des gotischen Stils aus dem 18. Jahrhundert ...«

Lottie nickte. Waren alle Schüler in Rosewood so gebildet?

Anastasia hatte gesagt, dass Binah die Einzige war, der in allen drei Häusern ein Platz angeboten worden war. Lottie spürte Entschlossenheit in sich aufsteigen.

So klug will ich auch werden!

Sie würde ihre Zeit in Rosewood nutzen, um so hart wie möglich zu arbeiten und etwas zu leisten, das ihre Mutter stolz machen würde.

Als sie die Hauptgebäude der Schule hinter sich gelassen hatten – was einige Zeit dauerte, Lottie war froh, ihr Gepäck nicht selbst tragen zu müssen –, gelangten sie auf einen gepflasterten Weg, der zu Lotties Wohnheim führen musste. Das vornehme Steinhaus mit dem schmiedeeisernen Tor befand sich, eingebettet in Rhododendronbüsche, auf halber Höhe des Hügels. Dank seiner Größe sah es aus wie ein Hotel – und beinahe war es ja auch eins. Lottie hatte gelesen, dass es viele Einzelzimmer mit eigenem Bad gab, eine Lobby, eine Küche, einen eigenen Speisesaal, eine Bibliothek und ein Studierzimmer. An der grauen Steinmauer rankte dichter Efeu empor, und vor den vergitterten Erkerfenstern wuchs üppiger Blauregen. Das also war ihr Zuhause für die nächsten vier Jahre.

»Welcher Architekturstil ist in deinem Land beliebt?«

Die unerwartete Frage riss Lottie aus ihren Betrachtungen. Sie sah Binah an, und die Worte blieben ihr im Hals stecken. Es würde nicht angenehm werden, das Missverständnis zu klären, aber sie musste es tun. Und zwar jetzt.

»Ich –«

Doch weiter kam sie nicht.

»Oh, schau mal, ist das nicht wunderschön?« Binah klatschte aufgeregt in die Hände.

Lottie folgte ihrem Blick zu dem Teich in der Mitte des Gartens neben dem Wohnheim. Dort befand sich die bronzene Statue eines Hirschs mit prächtigem Geweih und stechendem Blick, der ihr sonderbar vertraut vorkam.

Binah führte Lottie darauf zu.

»Das ist Ryley – der Wächter von Rosewood Hall und das Wappentier des Hauses.«

Lottie merkte, dass es ihr schwerfiel, den Blick abzuwenden. Schon hatte sie die Chance vertan, das Missverständnis aufzuklären, beinahe so, als hätte der Hirsch sie absichtlich daran gehindert.

»Na, komm.« Binah nahm Lottie sanft bei der Hand und führte sie zum Eingang. »Wir melden dich an und bringen dich in dein Zimmer. Du musst schrecklich müde sein nach der langen Reise.«

Lottie stöhnte innerlich. Ihr Aufenthalt in Rosewood hatte sie schon jetzt völlig erschöpft. Und dabei hatte der Unterricht noch gar nicht angefangen.

Binah brachte sie zur Tür und verabschiedete sich mit genauen Anweisungen: »Ich hole dich um neunzehn Uhr am Tor von Ivy ab und nehme dich mit zum Dornröschenzelt. Wenn du Hilfe brauchst, während ich weg bin, deine Hausvorsteherin ist Professor Devine –« Binah unterbrach sich und legte nachdenklich den Zeigefinger an die Lippen. »Sie wird allerdings nicht hier sein, weil sie die Begrüßungsrede hält. Aber ich bin sicher, dass einer der Vertrauensschüler dir gerne weiterhilft.«

Lottie hatte sich mit nahezu religiösem Eifer die Namen aller Lehrer und Fakultätsleiter eingeprägt, doch am gespanntesten war sie auf die stellvertretende Schulleiterin und Hausvorsteherin von Ivy, Professor Adina Devine.

Ollie hatte sich über ihren Namen lustig gemacht, der seiner Meinung nach wie der einer Hexe klang. Lottie hatte ihn daran erinnert, dass sie Witze über ungewöhnliche Namen nicht ausstehen konnte, und hinzugefügt: »Außerdem klingt er nicht nach einer Hexe, sondern nach einer Elfenkönigin!«

»Du hast Glück, Professor Devine ist wirklich toll«, sagte

Binah mit einem Lächeln. »Du darfst sie nur nicht gegen dich aufbringen. Sie kann so laut schreien, dass Glas zu Bruch geht.«

Bei der Vorstellung musste Lottie schlucken. Sie war nicht besonders gut darin, sich anschreien zu lassen.

Binah drückte sie kurz, und Lottie erwiderte die Umarmung fest. Am liebsten hätte sie ihre neue Freundin gar nicht gehen lassen. Binah hatte ihr schon jetzt so viel geholfen. Lottie hatte Angst, sich ohne sie verloren zu fühlen.

»Vielen Dank, Binah.« Sie umarmte sie noch einmal.

Binah lächelte beruhigend. »Du wirst hier bestens zurechtkommen, Lottie. Ich glaube, du bist genau das, was diese Schule braucht.« Damit verschwand sie hüpfend in Richtung Stratus.

Lottie fühlte sich mit einem Mal schrecklich allein. Alles wirkte so viel größer als noch vor wenigen Augenblicken.

Sei mutig!

Im eleganten Empfangsraum des Wohnheims fiel ihr Blick zuerst auf ein großes eichengerahmtes Gemälde. Es zeigte eine kleine, streng dreinblickende Frau mit schwarzen Haaren und lila Gewand, neben der ein Hirsch stand. Florence Ivy. Sie blickte finster und respektheischend aus ihrem Rahmen in die Welt und weckte Entschlossenheit bei allen, die sie ansahen.

Ich werde Sie nicht enttäuschen, Ms Ivy, dachte Lottie.

Eine pummelige rothaarige Vertrauensschülerin, deren Namensschild sie als *Eliza Looper* auswies, empfing Lottie an der Rezeption und hakte lächelnd ihren Namen ab. Ein leichter Geruch nach Pfefferkuchen umgab sie, und ihr sommersprossiges Gesicht erinnerte Lottie an eine Sternenkarte. Anders als Freddie vom Hauptempfang wirkte sie ehrlich begeistert, den Neuankömmlingen helfen zu können.

»Wie schön, dich kennenzulernen, Lottie!« Sie reichte ihr ein kleines gebundenes Heft, auf dessen Vorderseite in goldenen Buchstaben die Aufschrift *Stundenplan* geprägt war.

»Das ist dein endgültiger Stundenplan. Bald wirst du erfahren, in welcher Gruppe du bist, also mit wem du die meisten Kurse hast.«

Lottie nickte. Sie hatte bereits recherchiert, wie der Unterricht in Rosewood Hall strukturiert war. Jeder Jahrgang wurde in Gruppen mit etwa zwanzig Schülern aus demselben Haus eingeteilt, und in dieser Zusammensetzung fand ein Großteil der Kurse statt. Lottie hoffte inständig, dass sie in eine nette Gruppe kommen würde.

»Falls du Briefe schicken oder empfangen möchtest, findest du deine persönliche Postfachadresse in deinem Willkommenspaket. Päckchen kannst du in der Poststelle neben Stratus aufgeben und abholen.«

Wieder nickte Lottie. Sie hatte das Postsystem mit Ollie eingehend studiert, um ihm zu zeigen, dass sie einen Weg finden würden, in Kontakt zu bleiben.

»Du bist in Zimmer 221. Deine Zimmergenossin ist vor einer halben Stunde angekommen. Sie ist auch neu. Wenn ihr irgendwelche Fragen habt, wendet euch einfach an mich.«

Zimmergenossin! Das Wort schrillte in Lotties Kopf wie eine Alarmglocke. Wie hatte sie nur vergessen können, dass sie heute das Mädchen kennenlernen würde, mit dem sie sich ab jetzt ein Zimmer teilen würde.

Sie stieg die Treppe hinauf und kam zu Zimmer 221 am Ende des Gangs. Die Tür ragte groß und weiß vor ihr auf, mit ihrer Zimmernummer in glänzenden Goldziffern. Lottie holte tief Luft und drückte die Klinke.

Das Erste, was ihr auffiel, war die Größe des Raums. Ihr Zimmer in Cornwall erschien ihr dagegen wie eine Besenkammer. Hier gab es sogar einen Balkon. An der linken und an der rechten Wand stand je ein großes weißes Metallbett, dazwischen lag ein lila Perserteppich, genau mittig auf dem glänzenden Parkett. Auf dem Bett lag, ebenfalls lila, ihre neue Schuluniform und schien schon auf sie zu warten. Beim Anblick des nackten Bettes und der kahlen Wände stieg Vorfreude in ihr hoch. Wie schön es hier sein würde, wenn sie erst dekoriert hätte!

Die Seite des Zimmers, die bereits belegt war, wirkte allerdings nicht sehr ansprechend. Die Wände waren leer, bis auf ein gerahmtes Poster des Films *Denn sie wissen nicht, was sie tun.* Ihre neue Mitbewohnerin hatte sich nicht einmal die Mühe gemacht, ihr Bett zu beziehen. Sie lag mit einem Buch auf dem Gesicht reglos auf der Matratze. Schlief sie etwa?

Lottie war ganz hibbelig vor Aufregung, und das Mädchen lag da und machte ein Nickerchen! Sie spürte, dass sie ungeduldig wurde. Sie wusste, sie sollte sie schlafen lassen, doch sie konnte nicht anders. Sie griff nach der Klinke und ließ die offene Tür mit einem Rumms ins Schloss fallen.

Das Mädchen setzte sich abrupt auf. Das Buch fiel ihr vom Gesicht und gab die Sicht auf kurze schwarze Haare und durchdringende dunkle Augen frei.

Unfassbar. Es war das mysteriöse Mädchen vom Parkplatz.

5

»Du!«, murmelte Lottie.

Wenn sie das Mädchen schon aus der Ferne für mysteriös gehalten hatte, so wurde dieser Eindruck aus der Nähe noch verstärkt. Sie schien vor Rebellionslust nur so zu strotzen. Die menschgewordene Anarchie. Die beiden Mädchen hätten unterschiedlicher nicht sein können, diese Unbekannte war in allem Lotties Gegenteil. Und doch hatte sie etwas seltsam Vertrautes an sich.

Neben ihrer beneidenswerten Lässigkeit fühlte Lottie sich schüchtern und unbeholfen. Sie nahm an, dass die Haare des Mädchens gefärbt waren, sie waren zu schwarz, um natürlich zu sein. Ihre Augen waren dunkel geschminkt, und sie trug ein T-Shirt mit dem Namen einer Band, von der Lottie noch nie gehört hatte, aber plötzlich besorgt glaubte, sie müsse sie kennen.

»Wie bitte?«

»Hallo, entschuldige … äh, hi!« Lottie versuchte verzweifelt, ihr verblüfftes Schweigen weniger linkisch wirken zu lassen. »Kennen, äh … kennen wir uns?«

Ein schwer deutbarer Ausdruck huschte über das Gesicht des Mädchens. Sie kniff die Augen zusammen, bevor sie beinahe unverschämt grinste. »Das ist höchst unwahrscheinlich«, erwiderte sie und zog verwegen eine Augenbraue hoch.

Lottie wurde rot, obwohl sie selbst nicht wusste, warum.

Das Mädchen streckte ihr die Hand entgegen. Sogar ihre Hände waren völlig verschieden. Beim Anblick der abgetragenen Lederarmbänder und des abgesplitterten schwarzen Nagellacks schämte Lottie sich plötzlich für ihren kleinen goldenen Schleifenring und die sorgfältig lackierten Fingernägel – natürlich pink.

»Ich bin Ellie. Ellie Wolf.«

Lottie ergriff ihre Hand und spürte einen kleinen elektrischen Schlag, fand das Gefühl jedoch nicht unangenehm.

»Lottie ... Lottie Pumpkin«, erwiderte sie.

»Pumpkin? Wie der Kürbis?«

Lottie bereitete sich auf eine Flut von Witzen auf Kosten ihres Nachnamens vor, zu denen sie freundlich lächeln musste, doch zu ihrer Überraschung sagte Ellie nur: »Süß.«

Die Nachmittagssonne schien durch die Balkontür auf ihr zartes Schlüsselbein und spiegelte sich in dem rautenförmigen Anhänger um ihren Hals, in dessen Mitte ein Wolf eingraviert war.

Lottie blickte zu Boden. »Danke.«

Verlegenes Schweigen machte sich breit, gegen das Lottie schnellstens vorgehen wollte.

»Weißt du schon, in welcher Gruppe du bist?«, fragte sie eine Spur zu interessiert. Augenblicklich ermahnte sie sich, sich zu beruhigen. Sie wollte nicht übereifrig wirken.

»In Epsilon, glaube ich«, antwortete Ellie gleichgültig und zog eine ihrer Taschen aufs Bett.

»ICH AUCH!«

Wie war das mit dem Übereifer?, schalt Lottie sich im Stillen, doch Ellie lächelte, als fände sie ihre Begeisterung liebenswert. Lottie fühlte sich mit einem Mal sehr uncool, Ellie schien ihre Verlegenheit aber zum Glück gar nicht zu bemerken. Sie kramte in den Gegenständen auf ihrem Bett.

Lottie wandte sich ihren Sachen zu und hatte nach kurzer Zeit ihre Seite des Zimmers so eingerichtet, wie sie sie haben wollte. Sie hatte schon immer ein künstlerisches Händchen gehabt, hatte aufwendige Fotoalben angefertigt und in Skizzenbücher gezeichnet. Die Wände ihres Zimmers zu Hause in Cornwall, auf dem gemütlichen Dachboden über der Bäckerei, hingen immer voll mit kleinen Kunstwerken, Polaroidfotos an Wäscheklammern, Lichterketten und Wimpeln in hübschen Pastellfarben. So schuf sie sich ihre gemütliche Höhle, ihren sicheren Hafen.

Sie lächelte, rieb sich die Hände und bewunderte ihr Werk. Es war perfekt. Die rosa Bettwäsche, die kleinen Töpfe mit den pinkfarbenen Rosen, die Kerzen in den bunten Kristallständern auf dem Bücherregal. Alles sah genau so aus, wie sie es sich vorgestellt hatte, nachdem sie die Ausstattung der Zimmer in der Online-Galerie gesehen hatte. Außerdem hatte sie ihre schönsten Märchenbücher mitgenommen, ihr Briefpapier und Mr Trüffel, ihr Stoffschwein, das sich auf den feinen Kissen sehr wohl zu fühlen schien. Sie hatte es geschafft! Sie war offiziell in Rosewood Hall eingezogen und hatte diesen Ort zu ihrem eigenen gemacht.

Lottie drehte sich zu ihrer Mitbewohnerin um – und schnappte nach Luft. Auf der anderen Zimmerseite befand sich ein Kriegsgebiet. Es sah aus, als wäre eine Bombe explodiert. Auf dem Boden stapelten sich CDs und DVDs. Wer hatte heutzutage überhaupt noch CDs? Kleiderhaufen lagen neben Bergen zerfledderter Bücher und Papiere. Es war das größte Durcheinander, das sie je gesehen hatte, und dabei war das Mädchen doch gerade erst angekommen. Das Einzige, was Ellie sorgfältig aufgestellt hatte, war ein gerahmtes Foto. Es zeigte sie selbst mit ausgestreckter Zunge neben einem düster dreinblickenden Jungen in schwarzem Anzug.

Bei der sorgfältigen Planung ihres perfekten Zimmers war es Lottie nie in den Sinn gekommen, dass ihre Mitbewohnerin … eine Chaotin sein könnte.

Inmitten des Kuddelmuddels thronte Ellie im Schneidersitz mit ihren schweren schwarzen Stiefeln auf dem noch immer ungemachten Bett und löste mit einem Kopfhörer im Ohr und wilden Strähnen vor den Augen ein Sudoku.

»Interessanter Einrichtungsstil!« Lottie gab sich Mühe, freundlich zu klingen, doch in ihrer Stimme lag ein Hauch Schärfe.

»Was …? Boah!« Ellie strich sich die schwarzen Haare aus der Stirn und stieß einen Pfiff aus. »Hast du das alles gemacht?« Ihre Worte klangen eher entsetzt als beeindruckt.

»Ein gemütliches Zimmer ist mir sehr wichtig«, sagte Lottie leise und hoffte, dass die Absicht dahinter deutlich wurde.

»Ha!« Ellie schwang die Beine übers Bett. »Mein kreatives Chaos passt dir also nicht?« Ihre Stimme triefte vor Sarkasmus, und ihre Freundlichkeit war einem herausfordernden Ton gewichen, der Lottie nicht sonderlich gefiel.

»Na ja …«, begann Lottie, unsicher, wie sie die Situation

angehen sollte. Am liebsten hätte sie einfach gesagt, was sie zu Ollie in einem solchen Moment gesagt hätte: *Räum deinen Saustall auf, du Dreckschwein!*

»Ich kann dir gerne helfen, wenn du möchtest.«

Ellie sprang vom Bett und baute sich mit verschränkten Armen vor Lottie auf, die tapfer die Hände in die Hüften stemmte.

»Du willst also, dass ich aufräume?«, fragte Ellie.

»Die Heinzelmännchen machen es jedenfalls nicht«, entgegnete Lottie, selbst überrascht von ihrem Sarkasmus, der eigentlich gar nicht ihre Art war.

Ellie schnaubte. »Vielleicht gefällt es mir ja so?« Es schien ihr Spaß zu machen, Lottie auf die Palme zu bringen. Sie ging zu Lotties sorgfältig gemachtem Bett hinüber und schnappte sich Mr Trüffel.

»He!«, rief Lottie. »Sei vorsichtig!«

»Schon gut, schon gut«, sagte Ellie und warf sich das Schwein über die Schulter. »Ich brauche ihn nur zur Dekoration … da dir meine *Ästhetik* ja offenbar nicht gefällt.« Sie sprach das Wort gedehnt aus und malte dabei Gänsefüßchen in die Luft.

Da Lottie Streit verabscheute, sah sie stumm zu, wie Ellie ihr Stofftier auf einen der Haufen vor ihrem Bett setzte.

»Ta-daaa!« Sie grinste. »Jetzt hast du dein perfektes Zimmer.«

Lottie starrte sie mit aufgerissenem Mund an. Ellie machte sich über sie lustig. Sie spürte, dass ihr die Tränen kamen. An die Kränkungen und Sticheleien von Beady hatte sie sich mit der Zeit gewöhnt, doch sie hätte nie damit gerechnet, dass ihr in Rosewood etwas Ähnliches begegnen würde. Sie holte tief Luft und vollzog das mentale Ritual, das ihr schon so oft geholfen hatte: Sie schloss die Augen und stellte sich vor, die Krone ihrer Mutter zu tragen.

Sei freundlich, sei mutig und gib niemals auf!

Sie würde nicht nachgeben.

»Ellie, das ist nicht witzig.« Sie versuchte, entschieden zu klingen, aber sie war es nicht gewohnt, autoritär zu sein. »Gib ihn mir zurück.«

Ellie drehte sich um und zog eine Augenbraue hoch. »Na los, hol ihn dir!«, rief sie und rutschte vom Bett auf den Boden. »Komm auf meine Müllkippe.« Sie klopfte einladend neben sich. »Oder hast du Angst, dir dein Kleidchen zu ruinieren?«

Dieser Satz traf Lottie besonders. Sie hatte sich so über Anastasias Kompliment für ihr Kleid gefreut, für das sie so lange gespart hatte, und jetzt wurde diese Freude durch Ellies Spott zunichtegemacht.

Ellie legte sich in das Durcheinander auf dem Boden und ruderte mit Armen und Beinen wie bei einem Schneeengel. Einem Müllengel, besser gesagt, dachte Lottie.

»Ellie, pass auf!«

Aber es war zu spät. Ellie war gegen den Haufen gestoßen, auf dem Mr Trüffel saß. Der war heruntergefallen und hatte die Coladose umgekippt, die auf dem Boden stand, woraufhin sich das Durcheinander in einen Sumpf aus nassen, klebrigen Sachen verwandelte.

»Ups!« Ellie setzte sich auf und starrte die dunkle blubbernde Flüssigkeit an, die über das Holz in Lotties Richtung rann, ohne den Versuch zu machen, sie aufzuhalten. Zu Lotties Entsetzen landete ein Colatropfen auf Mr Trüffels Fuß, und sie hob ihn schnell auf.

»*Ups?* Was soll das heißen, *ups?*« Lottie merkte, dass sie wütend wurde. Noch nie zuvor hatte jemand sie so schnell in Rage gebracht. Sie hatte das Gefühl, ihr Körper stünde in Flammen. Es war ihr erster heftiger Ausbruch überhaupt, seit ihre Mutter gestorben war. Ganz plötzlich waren alle schlechten Gefühle, die sie seit langer Zeit niedergekämpft hatte, bereit zu explodieren.

Ellie zuckte nur die Schultern.

»Argh, na schön!« Lottie stürmte ins Bad, biss die Zähne zusammen und schnappte sich ein Handtuch. »Wenn du nicht aufräumst, mache ich es eben!«

Sie begann, die dunkle Flüssigkeit aufzuwischen, wobei sie Ellie entschlossen ignorierte.

»Herrgott – entspann dich!« Ellie nahm eins ihrer Bücher, setzte sich wieder aufs Bett und strich sich lässig die Haare aus der Stirn. »Du hast doch bestimmt ein Dienstmädchen, das hier saubermachen kann.« Sie kicherte.

Lottie spürte, wie ihr Magen vor Wut einen Satz machte.

Das reicht!

Ellie hatte offensichtlich ihren Spaß daran, sie zu reizen, aber sie würde nicht zulassen, dass sich irgendjemand ein falsches Urteil über sie bildete.

»Hör zu, ich weiß nicht, für wen du mich hältst, aber ich habe sehr hart gearbeitet, um an dieser Schule angenommen zu werden. Ich kann mir die Schulgebühren nicht leisten und musste für das Stipendium wirklich alles geben, deshalb könntest du dich wenigstens bemühen, deine Seite des Zimmers in Ordnung zu halten.« Sie klatschte das Handtuch auf Ellies Bett. »Oh, und du hast völlig recht: Ich will mein Kleid nicht ruinieren, weil ich, anders als andere Leute, nicht den Luxus habe, meine Sachen achtlos behandeln zu können!«

Ellie hörte sofort auf zu lachen.

Es folgte ein langes, beklommenes Schweigen. Lottie wusste nicht, wann sie das letzte Mal so ehrlich gewesen war. Sie warf Ellie einen zaghaften Blick zu und wartete ängstlich auf deren Reaktion, doch zu ihrem Erstaunen schien es ihrer neuen Mitbewohnerin aufrichtig leidzutun.

»Ich … Mir war nicht klar …« Ellie wandte den Blick ab und strich sich durch die Haare, wohl die größte Verlegenheitsgeste, zu der sie fähig war.

Lottie öffnete die Fäuste, die sie unwillkürlich geballt hatte. Dann merkte sie, dass die Zeiger der Uhr unaufhaltsam weitergerückt waren. Es war fünf vor sieben, in fünf Minuten war sie mit Binah verabredet.

Ellies beschämtes Gesicht berührte Lottie auf unerklärliche Weise. Sie hatte das Gefühl, dass gerade etwas Wichtiges zwischen ihnen passiert war. Sei freundlich, erinnerte sie sich, stieß ihren Ärger in einem langen Seufzer aus und fragte: »Kommst du mit zum Feuerwerk?«

Ellie blinzelte überrascht. Mit diesem plötzlichen Stimmungswechsel hatte sie nicht gerechnet.

»Ich gehe mit ein paar Leuten, die ich vorhin kennengelernt habe. Sie haben bestimmt nichts dagegen, wenn du mitkommst.«

Ellie betrachtete Lottie nachdenklich, bevor sie sich abwandte und ihr die Haare wieder vor die Augen fielen.

»Ich bleibe hier. Ich bin müde von der Reise und …« Ellie spielte an ihrem Anhänger herum. »Ich sollte wohl besser ein bisschen aufräumen.« Bei den letzten Worten lächelte sie Lottie entschuldigend an.

Lottie wusste selbst nicht, warum, doch aus irgendeinem Grund fiel es ihr schwer, ihre Zimmergenossin alleine zu lassen. Es war Jahre her, dass jemand sie so aus der Fassung gebracht hatte. Trotzdem fühlte es sich an, als könnte gerade Ellie sie verstehen.

»Danke.« Lottie überraschte sich selbst mit dieser Antwort. Sie hatte keine Ahnung, wofür sie sich bedankte.

Ellie lächelte – und Lottie hatte das Gefühl, sie hätten sich stillschweigend auf eine Waffenruhe geeinigt.

6

Wie verabredet holte Binah Lottie am Tor von Ivy ab und nahm sie mit über die Brücke zum Dornröschenzelt. Lottie schob die Gedanken an den Streit mit Ellie beiseite und konzentrierte sich auf die Frage, wie sie das Missverständnis über ihre Herkunft ausräumen sollte.

Im Dunkeln war der Campus mit den von flackernden Kerzen gesäumten Wegen sogar noch beeindruckender. Als sie das Dornröschenzelt erreichten, verstand Lottie sofort, warum es so genannt wurde: Die Tragpfeiler waren von Kletterrosen überwuchert. Es sah fast aus, als würde das Dach schweben. Drinnen trafen sie auf Anastasia, die immer noch ihre Sonnenbrille trug, Lola und Micky, beide mit Lutschern im Mund, und einen dunkelhäutigen, schlanken Jungen, den Lottie noch nicht kannte.

Beim Näherkommen hörte sie ihn sagen: »Ich werde mich jedenfalls weiter dafür einsetzen, dass die Ausgangszeit für Zehntklässler bis zweiundzwanzig Uhr verlängert wird.«

Anastasia lachte spöttisch. »Sag mal, Raphael, wie oft hast du es schon versucht? Erst fünfzigmal? Weiter so!«

Das Gespräch verstummte, als sie Binah und Lottie entdeckten.

»Hallo, Lottie!« Lola kam ihnen entgegen und umarmte

Lottie so herzlich, als wären sie beste Freundinnen. »Lottie, das ist Raphael. Raphael, das ist Lottie.«

Raphael verbeugte sich übertrieben förmlich. »Freut mich, Sie kennenzulernen, Miss …?«

»Pumpkin«, ergänzte Binah. »Wie der Kürbis.«

Raphael kicherte. »Binah, es ist zu früh für deine dummen Witze«, sagte er mit leichtem amerikanischem Akzent.

»Nein, ähm … so heiße ich wirklich.« Lottie spürte erneut die Hitze in ihre Wangen steigen und hoffte, die anderen würden nicht weiter nachhaken.

»Na los, Leute«, sagte Anastasia in diesem Moment. »Professor Devines Rede beginnt in zwanzig Minuten, und Saskia wartet schon auf uns. Gehen wir.«

Alle setzten sich in Bewegung. Lottie fragte sich, ob Anastasia gerade versucht hatte, die Aufmerksamkeit von ihr abzulenken. Doch war Anastasia so feinfühlig?

Als sie auf den Platz vor dem Festzelt kamen, war Micky mit seinem Lutscher fertig und zog sofort den nächsten aus der Tasche.

Er bemerkte Lotties irritierten Blick, fragte: »Willst du auch einen?« und zog ein ganzes Bündel aus der Hosentasche, das er ihr hinhielt.

Lottie nahm höflich einen Lutscher und steckte ihn ein.

»Das sind Tompkins.« Lottie zuckte zusammen, als Binah ihr ins Ohr flüsterte. »Die Lutscher … und Lola und Micky. Tompkins.« Lottie brauchte einen Augenblick, um zu verstehen, was Binah meinte. Tompkins war die größte Süßigkeitenmarke der Welt. Und die Zwillinge gehörten zur Familie? Kein Wunder, dass Micky so ein Leckermaul war.

Während Lottie diese neue Information verarbeitete, blieben sie stehen. Sie befanden sich inmitten einer Schülergruppe um das Mädchen mit den gekräuselten Haaren, das Anastasia vorhin umarmt hatte. Ihre wilde Mähne und ihre schlanke Figur ließen sie größer wirken als die anderen, und ihre Haltung war respekteinflößend. Sie trug eine rote Schärpe mit einem Bären, dem Wappentier von Conch. Also war sie eine der Sprecherinnen ihres Hauses.

Sie musterte Lottie eingehend und lächelte dann. »Ist das die Neue aus Ivy, die du erwähnt hast, Anastasia?«

Das muss Saskia sein, dachte Lottie. Sie fragte sich, was Anastasia noch über sie gesagt hatte. Das Mädchen erwiderte ihr höfliches Lächeln mit einem neugierigen Blick. Sie hielt ihr eine Büchertasche hin und bat: »Würdest du die bitte kurz halten?«

»Äh, klar, kein Problem.« Lottie nahm die Tasche und sah zu, wie Saskia eine Visitenkarte hervorholte, die sie Lottie im Tausch gegen ihre Tasche reichte.

Schon wieder. Sie musste sich dringend Visitenkarten zulegen!

»Ich bin Saskia«, sagte Saskia und streckte die Hand aus. »Sprecherin der elften Klasse von Conch.« Sie äußerte diese Information leichthin, doch Lottie war klar, dass sie damit eine wichtige Position innehatte.

»Ich bin Lottie«, erwiderte sie schüchtern.

»Was für ein schöner Name.« Saskia warf Anastasia einen Seitenblick zu. »Ich hoffe, Ani ist nett zu dir. Wir sind Kindergartenfreundinnen –«

Bevor sie ausreden konnte, drängte Anastasia sich zwischen Lottie und sie und hängte sich bei Saskia ein. Saskia warf Lottie ein vielsagendes Lächeln zu.

Lottie bemerkte am Rand der Menge mehrere Männer in dunklen Anzügen, die irgendwie bedrohlich aussahen. Was um alles in der Welt hatten die hier zu suchen?

»Wer sind die Typen in den schwarzen Uniformen?«, fragte sie neugierig.

»Das weißt du nicht?« Raphaels Stimme klang so entgeistert, als hätte Lottie gefragt, wie man bis drei zählt.

Doch Binah sprang ihr bei. »Es sind Leibwächter. Wie du weißt, gibt es hier viele Kinder wichtiger Leute –«

»Ich habe gehört, dass auch Partisten darunter sind«, fiel Raphael ihr ins Wort.

Lottie bemerkte, dass Anastasia kurz über den Rand ihrer Sonnenbrille sah, den Blick jedoch schnell wieder senkte.

Natürlich hatte sie selbst keinen blassen Schimmer, wovon er sprach. »Was sind Partisten?«

Bei dieser arglosen Frage blickten alle auf und drehten in einer Bewegung die Köpfe. Mickys Kiefer klappte buchstäblich nach unten, wobei ihm sein Lutscher aus dem Mund fiel. Saskia zog eine Augenbraue hoch und machte ein unergründliches Gesicht. Lottie zermarterte sich das Gehirn, wie sie aus der unbehaglichen Lage wieder rauskommen könnte, doch ihr fiel nichts ein.

»Woher kommst du noch mal?«, fragte Anastasia kühl.

Mist!

Lottie öffnete den Mund, doch sie brachte keinen Satz heraus. Sie spürte, dass ihre Hände feucht wurden. Jetzt – jetzt musst du das Missverständnis aufklären! Na los! Schnell!

»Also, äh, es ist so …«, stammelte sie. Doch weiter kam sie nicht.

»Liebe Schülerinnen und Schüler, herzlich willkommen in Rosewood Hall!« Eine melodische Stimme tönte über das Feld und schlug sofort alle in Bann. Lottie drehte sich um und sah eine etwa vierzigjährige Frau mit asiatischen Gesichtszügen in der Mitte der Bühne stehen. Sie trug einen weißen Hosenanzug mit einer lila Rose am Revers und hatte die Arme ausgestreckt, als wollte sie die Schüler näher zu sich heranwinken. Professor Adina Devine war genauso faszinierend, wie Lottie sie sich vorgestellt hatte. Als sie die Schüler und Lehrer von Rosewood anlächelte, lag in ihren Augen eine so aufrichtige Wärme, dass Lottie das Gefühl hatte, ihr Blick gelte ihr persönlich. Professor Devines weißer Anzug, der von den Bühnenscheinwerfern angestrahlt wurde, schien im Dunkeln regelrecht zu leuchten, und die langen gekreuzten Schatten hinter ihr sahen aus wie riesige Flügel. Lottie warf den anderen einen Blick zu und stellte fest, dass sie genauso beeindruckt waren. Auf Professor Devines linker Seite stand eine große, kräftige Frau mit glatten langen Haaren, viel Schmuck und einer gelben Rose, zu ihrer Rechten eine große Frau mit ebenholzschwarzer Haut und feurigen Augen, die eine rote Rose trug: die Hausvorsteherinnen von Stratus und Conch. Hinter ihnen, im Schatten kaum erkennbar, stand ein untersetzter Mann, der Lottie wegen seiner Statur und seiner Gesichtsfärbung an eine rote Bohne erinnerte. Sie erkannte in ihm sofort Professor Croak, den Direktor von Rosewood Hall, eine ziemlich ernüchternde Erscheinung im Vergleich zu den drei strahlenden Frauen.

Professor Devine sprach weiter: »Bevor wir die Feierlichkeiten beginnen, muss ich euch informieren, dass das Schwimmbecken von Conch renoviert wird und erst im neuen Jahr wieder betreten werden darf. Ich erwarte, dass sich alle daran halten, andernfalls gibt es eine schwere Strafe.« Sie machte eine Pause und sah ihr Publikum streng an, um deutlich zu machen, wie unerbittlich sie sein konnte. Dann setzte sie ihre Rede fort. »Ehrlichkeit, Entschlossenheit und Einfallsreichtum! Das sind die drei Grundpfeiler von Rosewood Hall. Jedes Haus ist Hüter eines dieser Pfeiler, und jeder Pfeiler stützt die anderen. Hier in Rosewood glauben wir daran, dass jeder Schüler, jeder Lehrer, jedes Haus und jede Gruppe nur mit der Unterstützung aller Großes erreichen kann. Jedes Haus braucht die anderen Häuser, um sein Potential zu entfalten, und nur durch die Einheit der drei Tugenden werden wir erfolgreich sein.«

Ehrlichkeit, Entschlossenheit, Einfallsreichtum – Lottie fand, dass ihr eigenes Mantra bestens dazu passte, und in ihr festigte sich der Vorsatz, an dieser Schule Erfolg zu haben.

»Ich begrüße diejenigen unter euch, die aus den Sommerferien zu uns zurückkommen – wir freuen uns, dass ihr wieder da seid, und ich möchte euch alle ermutigen, dieses Jahr nach noch besseren Leistungen zu streben. Diejenigen unter euch, die neu in Rosewood Hall sind, heiße ich ganz besonders herzlich willkommen. Ich bitte euch, die Gelegenheit zu nutzen, um eure neuen Mitschüler einmal genau anzusehen.« Lottie wandte sich folgsam zu Lola und Micky, die sie angrinsten und das Peacezeichen machten. »Eure Mitschüler werden euch eine unversiegbare Quelle der Inspiration sein. Einer von euch wird vielleicht mal ein Staatsoberhaupt, ein Olympiateilnehmer oder ein Nobelpreisträger.« Raphael verbeugte sich scherzhaft vor Binah, die würdevoll dankend nickte, so dass Lottie und die anderen ein Lachen unterdrücken mussten. »Macht das Beste aus den Möglichkeiten, die ihr in euch tragt. Diese Schule wünscht sich nichts mehr, als dass ihr euch verwirklicht: Nutzt eure Zeit hier weise, nutzt sie, um außergewöhnlich zu werden, und vor allem, gebt euch und eure Mitschüler niemals auf.«

Gib niemals auf.

»Vielen Dank, alle miteinander. Ich wünsche euch ein wundervolles Jahr in Rosewood!«

Lottie stand ehrfürchtig da, während Professor Devine die Bühne verließ und in einem leuchtenden weißen Lichtkreis davonschlenderte. Direktor Croak trat lächelnd in die Mitte, fügte hastig hinzu: »Viel Spaß beim Feuerwerk!« und folgte den Hausvorsteherinnen von der Bühne.

Alle hoben die Köpfe, als der erste goldene Lichtstrauß am Himmel explodierte. Gleich darauf folgte ein ganzes Bündel bunter Strahlen. Lottie stieß die Luft aus, die sie unwillkürlich angehalten hatte.

»Partisten sind quasi besonders geschulte Auftragskiller«, flüsterte Binah ihr ins Ohr, woraufhin Lottie zusammenzuckte. »Sie werden von klein auf in vielen verschiedenen Bereichen trainiert, von Fremdsprachen bis Kampfkunst, und beschützen die Mitglieder wichtiger Familien oder Gruppen. Sie lassen sich durch *nichts* aufhalten.«

Lottie hatte die Sache mit den Partisten schon fast wieder

vergessen, so sehr hatte Professor Devines Rede sie gefesselt. Dass sich geheime, speziell geschulte Leibwächter hier herumtrieben, kam ihr etwas übertrieben vor. Und doch ... Sie ließ den Blick schweifen. Am Fuß des Hügels sah sie das Empfangsgebäude, durch das sie vor wenigen Stunden gekommen war, und das große Tor, das Rosewood Hall vom Rest der Welt trennte. Alles leuchtete nun im Glanz des Feuerwerks, zuckende Blitze erhellten die Gebäude. Der ganze Campus erinnerte mehr an ein Zauberreich als an die wirkliche Welt. Brauchte man hier kampferprobte Leibwächter?

»In unserer modernen Gesellschaft sind sie eigentlich nicht mehr nötig«, fuhr Binah fort, als hätte sie ihre Gedanken erraten, »aber für viele Leute sind sie ein Statussymbol.«

Binah wandte den Kopf und sah einen der finsteren Anzugträger an. Sie lächelte. »Ich finde die Vorstellung eigentlich ganz romantisch. Du nicht auch?«

Lottie folgte Binahs Blick. *Romantisch?* So würde sie einen potentiellen Mörder nicht gerade bezeichnen. Sie musste allerdings zugeben, dass es ziemlich aufregend war. Ob sie je einen Partisten kennenlernen würde?

Als Lottie nach dem Feuerwerk zurück in ihr Zimmer ging, wäre sie beinahe über eine kleine weiße Geschenktüte gestolpert, die vor ihrer Tür stand. Sie hob sie neugierig auf und fragte sich, ob sie für Ellie war. Doch auf dem Anhänger stand *Für die Kürbisprinzessin*.

Lottie machte sich bereits auf einen dummen Witz über ihren Nachnamen gefasst. In der Tüte lag jedoch nur ein zerfleddertes Buch mit dem Titel *Unter Wölfen*. Sie musterte es einen Moment lang verwirrt, bevor sie es aufschlug. Auf der ersten Seite stand in goldener Schrift:

Ich kenne Dein Geheimnis.

7

Lottie erwachte mit einem schweren Druck auf der Brust. Sie hatte nicht gut geschlafen, weil sie die ganze Zeit darüber nachdenken musste, was das geheimnisvolle Geschenk zu bedeuten hatte und von wem es stammte. Sie wollte Ellie fragen, ob sie irgendjemanden gesehen hatte, doch ihre Zimmergenossin hatte bereits fest geschlafen, als sie zurückgekommen war. Kurz hatte sie sogar überlegt, ob vielleicht Ellie selbst es dort hingelegt hatte – schließlich war sie nicht bei der Rede und beim Feuerwerk gewesen –, doch sie vertrieb den Gedanken schnell.

Sie hatte das ungute Gefühl, dass das Geschenk etwas mit dem Missverständnis über ihre Herkunft zu tun haben könnte. Wahrscheinlich hielten sie alle für eine schreckliche Lügnerin. Sie hatte sich fest vorgenommen, gleich morgens nach Stratus zu marschieren, um Binah und den anderen noch vor der ersten Unterrichtsstunde die Wahrheit zu sagen.

Deshalb nahm sie sich, als sie in den Speisesaal von Ivy kamen, nur einen Toast und murmelte Ellie entschuldigend zu, dass sie noch etwas zu erledigen hätte. Ellie nickte gleichgültig und bot an, für sie zu unterschreiben, falls sie die erste Stunde schwänzen wolle.

»Was? O Gott, nein! Ich würde doch nie meine erste Stunde verpassen!« Lottie war entsetzt über die Selbstverständlichkeit, mit der Ellie den Vorschlag gemacht hatte.

Ellie grinste nur. »Also, ich werde mir jedenfalls das berühmte Rosewood-Frühstück schmecken lassen. Du kannst mir Gesellschaft leisten, wenn du mit deiner Erledigung fertig bist, oder wir sehen uns später im Unterricht.« Sie warf eine Blaubeere in die Luft, fing sie mit dem Mund auf und zwinkerte ihr zu.

Lottie warf einen wehmütigen Blick auf Ellies beladenen Teller. Sie hätte sich zu gern an dem herrlichen Frühstücksbüfett bedient, das mit allen Speisen bestückt war, die man sich wünschen konnte. Auch die Holztische vor den Fenstern, durch die man auf den Garten, den Teich und Ryley, den Hirsch, blickte, sahen anheimelnd aus. Sie schaute sich ein letztes Mal bedauernd um, bevor sie sich ihren Toast in den Mund stopfte, den Frühstückssaal verließ und den Hügel hinauf nach Stratus eilte.

Zu ihrer Enttäuschung musste sie dort feststellen, dass sie keinen Zugang zum Gebäude hatte. Sie wollte gerade zurückgehen, als sich eine große blonde Frau mit mehreren Kisten und Papierrollen in den Armen der Tür näherte.

»Ups!« Die Frau verfehlte eine Stufe, woraufhin sich ihr Gepäck auf den Boden ergoss und ihr Gesicht sichtbar wurde. Lottie erkannte Ms Kuma, die Hausvorsteherin von Stratus. Sie bückte sich schnell, um ihr beim Aufsammeln ihrer Sachen zu helfen. Ms Kuma war auch die Leiterin des Englischinstituts und unterrichtete Lotties Lieblingsfach. Sie kleidete sich in kräftigen Farben und trug auffälligen

Schmuck. Außerdem hatte sie irgendwie etwas Übernatürliches an sich, als könnte sie alles möglich machen.

»Vielen Dank, …?« Sie wartete darauf, dass Lottie ihren Namen nannte.

»Lottie«, erwiderte Lottie und hob die letzte Schachtel vom Boden auf.

»Vielen Dank, Lottie. Das ist wirklich sehr nett von dir. Ich muss vor der Personalversammlung noch schnell den ganzen Krempel in den Materialschrank bringen. Ich weiß gar nicht, wie ich das schaffen soll.«

»Das kann ich doch machen – geben Sie mir einfach alles«, bot Lottie an.

»Oh, das wäre wunderbar«, flötete Ms Kuma, überreichte ihr die diversen Bastelmaterialien und öffnete die Tür mit ihrer Chipkarte. »Es ist die kleine Holztür, wenn du dem Gang bis ans Ende folgst und dann nach rechts abbiegst.«

Schwankend unter der Last lächelte Lottie ihre neue Lehrerin an. »Kein Problem!«

Beinahe hätte sie mit der sperrigen Last die Tür des Materialschranks übersehen, die winzig war und einen komischen Holzknauf mit einem Gesicht darauf hatte. Er sah aus, als gehöre er ins Wunderland, nicht in eine Schule.

Vorsichtig öffnete sie die Tür und stellte fest, dass es kein Schrank, sondern eher eine kleine Kammer mit Regalen voller Mal- und Bastelmaterialien und einer großen Kommode an der Schmalseite war.

»O nein!« Lottie stöhnte, als ihr ein Döschen Glitzerstaub herunterfiel und aufsprang, doch dann sah sie wie gebannt zu, wie die Glitzerwolke durch die Luft flog und hinter der

Kommode landete. Lottie legte die restlichen Sachen ab, zog die Kommode nach vorn – und riss den Mund auf. In der Wand befand sich eine Klinke, die normalerweise von der Kommode verborgen war. Der kleine glänzende Metallgriff verlangte geradezu danach, heruntergedrückt zu werden. Lotties Neugier siegte. Sie drückte die Klinke, öffnete die schmale, direkt in die Wand eingelassene Tür und spähte in die dahinterliegende Öffnung. Vorne befanden sich Holzplatten und alte Stoffballen, doch dahinter schien ein Tunnel direkt in die Wand zu führen. Die Öffnung war breit genug, um bequem hineinzukriechen, und so dunkel, dass Lottie schauderte. Irgendwo in der Ferne konnte sie Wasser rauschen hören. Wohin der Tunnel wohl führte? Vielleicht hinunter zum Fluss?

Kurz entschlossen kroch sie hinein. Nach einigen Metern sah sie vor sich schwache Lichtstrahlen und krabbelte, so schnell und leise sie konnte, darauf zu.

Mit einem Mal hörte sie ein wohlbekanntes Kichern. Das war doch Lola! Lottie kroch weiter und spähte vorsichtig um die nächste Ecke.

»So, wie sie aussieht, könnte sie wirklich eine Prinzessin sein … mit den ganzen pinken Sachen und so.«

Lottie hätte beinahe gequiekt, als sie plötzlich Lola und Anastasia vor sich sah. Doch die beiden schienen sie nicht zu sehen. Lola frisierte sich unbeeindruckt weiter, und Lottie stellte verblüfft fest: Ich bin hinter einem Spiegel!

»Ich fand gleich, dass Pumpkin ein unglaubwürdiger Name ist.« Lola schnaubte. »Glaubst du, dass sie sich um Mitternacht verwandelt?« Sie kicherte.

Lottie hätte sich fast verschluckt. Sie redeten über sie. Und sie schienen zu glauben, dass sie … eine Prinzessin war? Mit angehaltenem Atem lauschte sie weiter.

»Sie muss die Prinzessin sein – das ist die einzig logische Erklärung«, sagte Anastasia.

Lottie konnte nicht fassen, was sie da gerade gehört hatte. Hatte sie etwas falsch verstanden, oder hatte Anastasia, die am wenigsten zu Späßen neigende Person, die sie je getroffen hatte, ernsthaft behauptet, Lottie sei in Wahrheit eine Prinzessin? War das ein Witz? Oder gab es auf der Schule wirklich eine geheime Prinzessin?

Das Geschenk!

Hatten das Buch und die unheimliche Nachricht etwas damit zu tun? Lotties Haut begann zu kribbeln.

»Ist das dein Ernst? Warum bist du dir so sicher?«, fragte Lola.

Lottie beugte sich vor und spitzte die Ohren.

»Na ja …« Anastasia hielt inne und neigte sich zu Lola. »Von mir hast du es nicht, aber ich habe gehört, dass die Prinzessin von Maradova sich für Rosewood statt für Aston Court entschieden hat. Schau mal …« Sie holte eine Zeitschrift aus ihrer Handtasche und blätterte darin. »Das ist die Königin von Maradova. Kommt sie dir nicht irgendwie bekannt vor?«

»Ach du heiliger Schokoladenkeks!«

Lottie musste sich den Mund zuhalten, um nicht laut zu lachen.

»Psst, sei still!«, zischte Anastasia. »Wir dürfen es niemandem sagen. Wenn es stimmt, dann will sie offensichtlich geheim halten, wer sie ist. Warum sollte sie sich sonst so einen albernen Namen wie Lottie Pumpkin zulegen?«

Lottie runzelte die Stirn. Sie hatte ihr Leben lang Ärger mit ihrem Namen gehabt, und jetzt musste er sogar für eine sonderbare Prinzessinnentheorie herhalten.

»Außerdem«, fügte Anastasia hinzu, »will ich ihr lieber nicht in die Quere kommen, wenn sie die Prinzessin von Maradova ist.«

Wieder hätte Lottie beinahe laut gelacht. Kurz fragte sie sich, ob sie wirklich in Rosewood Hall war. Vielleicht war sie im Zug eingeschlafen und träumte einen langen, hochkomplizierten Traum? Die Vorstellung, dass irgendjemand ausgerechnet sie für eine Prinzessin hielt, war einfach lächerlich. Gleichzeitig gab sie ihr das Gefühl, eine Schwindlerin zu sein.

»Ich habe gehört, dass sie ein ganz normales Leben führen will«, sagte Anastasia.

Plötzlich fiel Lottie der vorangegangene Abend wieder ein und Anastasias kühle Reaktion auf ihre Frage, was ein Partist sei.

Sie müssen denken, dass ich mich absichtlich dumm gestellt habe.

»Aber es ist doch sicher bekannt, wie die Prinzessin aussieht?«, wandte Lola ein. »Hast du sie noch nie bei irgendwelchen offiziellen Anlässen gesehen?«

Lottie beugte sich noch weiter vor.

»Sie zeigt sich nie in der Öffentlichkeit, sie weigert sich – das gehört anscheinend auch zu dieser Normales-Mädchen-Nummer.«

Lottie konnte sich nur schwer vorstellen, dass irgendjemand normal sein wollte, schon gar keine Prinzessin. Was für ein Mensch war die Prinzessin von Maradova?

»Micky und ich sagen garantiert nichts. Binah ist immer diskret. Und Raphael macht sowieso, was du sagst –«

»Gut«, fiel Anastasia Lola ins Wort. »Dann bleibt das zwischen uns fünf, okay?«

»Okay«, stimmte Lola zu.

»O Gott!«, murmelte Lottie hinterm Spiegel.

Sie musste dieses Gerücht unbedingt aus der Welt schaffen, bevor es außer Kontrolle geriet.

8

Obwohl der Unterricht am anderen Ende des Campus stattfand, kam Lottie zu ihrer ersten Stunde fünfzehn Minuten zu früh. Bedauernd begutachtete sie ihre Uniform. Nach der Kriecherei durch den Tunnel war sie zerknittert und obendrein mit einem Hauch Glitzer bestäubt, der sich nicht abklopfen ließ.

Ellie kam eine Sekunde vor dem Läuten hereingeschlendert und setzte sich auf den freien Platz neben sie. Sie hatte sich für die enge Hose mit dem Schottenmuster, Hosenträger und das Hemd mit dem Ivy-Wappen auf der Brusttasche entschieden. Es fehlte nur noch ein Bürstenschnitt, und sie hätte wie ein Skinhead der sechziger Jahre ausgesehen.

Die ersten zwei Stunden brachte Lottie mühelos hinter sich. Englisch war eines ihrer besten Fächer, und nachdem sie Ms Kuma am Morgen geholfen hatte, schien ihre Rolle als deren Lieblingsschülerin bereits festzustehen. Erst in der dritten Stunde spürte sie, wie anspruchsvoll der Unterricht in Rosewood werden würde. Mathe war noch nie ihre Stärke gewesen – bei ihrer Bewerbung hatte sie sich für die Matheaufgaben besonders anstrengen müssen –, und obwohl sie ihr Bestes tat, sich zu konzentrieren, kreisten ihre Gedanken bald nur noch um die Frage, wie sie das Gerücht aus der

Welt schaffen sollte, wenn sie Anastasia und die anderen in der Mittagspause sah. Wie konnte sie das Thema zur Sprache bringen? Sollte sie ihnen sagen, dass sie ihr Gespräch belauscht hatte und dass sie sich irrten?

Hi Leute, ich hab euch vorhin zufällig auf der Mädchentoilette hinterherspioniert, nachdem ich einer magischen Glitzerwolke in einen Geheimtunnel gefolgt war, und ich wollte nur sagen, dass ich nicht wirklich eine Prinzessin bin, aber danke für das Kompliment. Ihr seid echt süß!

Na ja … irgendwie erschien ihr diese Idee nicht ganz so gut. Um sich auf andere Gedanken zu bringen, begann sie, Kronen und Abendkleider auf ihren Notizblock zu kritzeln und sich zu fragen, wie die echte Prinzessin von Maradova wohl aussah.

»Lottie, wärst du so freundlich, aus deinen Tagträumen aufzutauchen und diese Gleichung zu lösen?«

Beim Klang ihres Namens riss Lottie die Augen auf und hob den Blick. Die ganze Klasse starrte sie an. Sie drehte sich unwillkürlich zu Ellie, die sich im ersten Teil der Stunde als Mathegenie entpuppt hatte. Sie hatte die Übungsaufgaben in Windeseile gelöst und würde vermutlich bald in einen höheren Kurs wechseln. Neben ihr fühlte sich Lottie doppelt unfähig. Sie warf ihrer Zimmergenossin einen flehenden Blick zu, doch die lächelte ihr nur aufmunternd zu.

Mr Trigwell gehörte eindeutig nicht zu den Lehrern, die Unaufmerksamkeit durchgehen ließen. Er war groß und beinahe unmenschlich dünn. Seine Arme und Beine wirkten etwas zu lang für seinen Körper, seine Nase hatte einen Höcker, und seine ganze Statur erinnerte Lottie an den

Slender Man, von dem sie im Internet gelesen hatte. Mathe bereitete ihr schon an guten Tagen Probleme, doch mit ihrem abgelenkten Kopf und ihrer instinktiven Angst vor Slender-Man-Trigwell nahm ihre Unfähigkeit, mit Zahlen umzugehen, entwürdigende Ausmaße an. Sie verließ den Kurs mit einer »Extra-Aufgabe für Lottie Pumpkin, deren Kopf sich anscheinend nach Füllmaterial sehnt«. Es war entsetzlich. Sie hatte keine Ahnung, wie sie diesen Kurs überstehen sollte.

»Ich kann dir Nachhilfe geben, wenn du willst«, bot Ellie an, als sie ihre Bücher in ihre Taschen packten.

»Wirklich?« Lottie fiel ein Stein vom Herzen. »Das wäre großartig! Wenn es irgendetwas gibt, wobei ich dir helfen kann, dann sag Bescheid.«

Ellie lächelte. »Da fällt mir bestimmt was ein ...«, sagte sie mit blitzenden Augen. »He, hast du nach dem Unterricht schon was vor?«, fragte sie dann. Lottie wollte gerade antworten, als sie fortfuhr: »Ist eigentlich auch egal – komm nur nicht vor halb sechs zurück. Ich hab eine Überraschung für dich.« Damit warf sie sich ihren Rucksack über die Schulter und stapfte zur Tür. »Vergiss nicht – halb sechs, auf keinen Fall früher!«

Lottie folgte ihr nach draußen und fragte sich, was um alles in der Welt ihre Mitbewohnerin geplant hatte.

Eigentlich hatte Lottie gedacht, sie würde ihr erstes Mittagessen in Rosewood gemeinsam mit ihren neuen Freunden im großen Speisesaal einnehmen, von dem aus man den Teich und das Gewächshaus überblicken konnte, und die Gelegenheit nutzen, die anderen besser kennenzulernen. Doch nun saß sie ganz allein auf der Veranda vor ihrer Artischockensuppe und einem sonderbaren Gemüse, das sie nicht kannte. Sie hatte vorgehabt, Binah, Lola und die anderen zu suchen, aber sie hatte noch immer keine Ahnung, wie sie mit dem seltsamen Gerücht umgehen sollte, und es war ihr ein düsterer Gedanke gekommen. Was, wenn einer von ihnen ihr das gruselige Geschenk gemacht hatte?

Sie wünschte, sie hätte ihre Mutter um Rat fragen können – aber sie war nun einmal auf sich gestellt. Ellie wollte sie mit diesem Problem nicht belästigen, und Ollie würde ihr ganz sicher nicht helfen können. Sie rührte gedankenverloren in ihrer Suppe. Während sie auf den Teich starrte, sah sie, wie eine zarte rote Libelle auf einem Seerosenblatt landete, wo sie augenblicklich von einem dicken Frosch verspeist wurde.

»Lottie!« Sie zuckte zusammen, als ein Junge hinter ihr ihren Namen rief. »Wir haben dich überall gesucht!« Mit einem Schlag saßen Lola, Micky, Anastasia und Raphael an ihrem gerade noch leeren Tisch.

»Ich habe nur … zu Mittag gegessen«, murmelte Lottie verlegen. Sie konnte ihnen ja schlecht sagen, dass sie ihnen aus dem Weg gegangen war, weil sie sie für eine Prinzessin hielten.

Lola beugte sich vor und stellte einen kleinen Teller mit einem Stück Erdbeerkuchen vor Lottie ab. »Der ist für dich. Wir haben ewig nach dir gesucht«, sagte sie dramatisch.

Da die Mittagspause gerade erst angefangen hatte, war das eindeutig übertrieben. Lottie lächelte.

»Vor uns kannst du dich nicht verstecken!«, sagte Raphael lachend, doch Lottie erstarrte bei seinen Worten. Lola rutschte auf ihrem Stuhl hin und her, und Anastasia warf Raphael einen strengen Blick zu. »Ich meinte nur, hier in der Schule … kann sich keiner verstecken«, stammelte er.

»Klar«, sagte Lottie und gab sich Mühe, nicht nervös zu klingen. »Was hättest du anderes meinen können?«

Lola quiekte wie eine Maus, und Anastasia richtete ihren strengen Blick auf sie.

Mit einem Mal fand Lottie es unerwartet lustig, sie an der Nase herumzuführen.

»Vielen Dank für den Kuchen«, sagte sie und stippte den Finger in die Sahnehaube. »Ich liebe Erdbeeren. Woher wusstet ihr das nur?« Sie schleckte die Sahne ab und sprach betont beiläufig.

»Oh, wir wissen alles über dich«, sagte Raphael mit einem Zwinkern. Der konnte aber wirklich nicht dichthalten. Gleich darauf stieß er einen kleinen Schrei aus. Anscheinend hatte Anastasia ihm unterm Tisch gegen das Schienbein getreten. Lola quiekte wieder.

Das würde auf Dauer recht anstrengend werden. Lottie musste etwas tun. Und sie wusste auch, was: Sie musste einen von ihnen dazu bringen, sich zu verplappern, damit sie das Missverständnis richtigstellen konnte.

»Das Essen hier ist toll«, begann sie begeistert. »So viele ausgefallene Sachen habe ich noch nie im Leben gesehen.« Das war nicht mal gelogen.

Lolas Augen weiteten sich, und wieder rutschte sie unruhig auf ihrem Stuhl herum.

Anastasia versuchte, ruhig zu bleiben, doch ihr Mund

zuckte. »Ach ja?«, fragte sie mit zusammengebissenen Zähnen.

»Ja! Und ich liebe die Uniform. Die ist viel schöner als meine eigenen Sachen.« Das stimmte nicht ganz, aber Lottie konnte der Versuchung nicht widerstehen, ein bisschen zu übertreiben.

Lolas Gesicht lief rot an. Es sah aus wie ein praller roter Ballon.

Es funktionierte!

Jetzt musste Lottie den Ballon nur noch zum Platzen bringen. Sie stieß einen langen Seufzer aus, stützte das Kinn auf die Hand und sagte verträumt: »Ich wünschte, mein Leben wäre immer so märchenhaft.« Dabei richtete sie den Blick auf Lola, die wie erhofft explodierte.

»ICH HALTE ES NICHT MEHR AUS!«

Bingo. Lottie musste ein Grinsen unterdrücken.

»Wir-wissen-dass-du-die-Prinzessin-von-Maradova-bist-und-wir-wissen-dass-du-so-tust-als-wärst-du-jemand-anders-und-wir-haben-es-niemandem-erzählt-und-nur-wir-und-Binah-und-Saskia-wissen-Bescheid-und-wir-werden-es-niemandem-sagen-VERSPROCHEN!!!«

»Lola!«, rief Anastasia. Aber es war zu spät.

Angespanntes Schweigen machte sich breit. Raphael schien sich sehr zusammenreißen zu müssen, um nicht zu lachen, und Lottie ging es ähnlich. Nur Micky beugte sich ungerührt vor, um eine Erdbeere von Lotties Teller zu stibitzen.

»Das ist ja interessant«, sagte Lottie bemüht ruhig. »Aber ich glaube, ihr habt die Falsche.« Nun war sie es, auf die

Anastasia ihren finsteren Blick richtete. »Ich bin geschmeichelt, aber ich habe keine Ahnung, wie ihr auf diese Idee kommt.«

»Weil –«, begann Lola.

»Es ist doch offensichtlich«, unterbrach Anastasia sie gereizt. »Uns kannst du nichts vormachen! Du siehst genauso aus wie deine Mutter, dein Name ist einfach lächerlich« – *Autsch!* –, »und du hast bereits gesagt, dass du aus einem anderen Land kommst.«

Zeit, reinen Tisch zu machen, dachte Lottie. Sie musste ihnen die Wahrheit sagen, selbst wenn das hieß, dass sie dann nicht mehr mit ihr befreundet sein wollten.

»Also, was das angeht ...«, begann sie. »Ich komme gar nicht aus einem anderen Land, das war ein Missverständnis.« Sie lächelte und hoffte, es würde etwas helfen. »Ich komme aus Cornwall, und mein Name ist Lottie Pumpkin.«

Alle schwiegen. Anastasia durchbohrte sie mit ihrem Blick, bis Raphael es nicht mehr aushielt. Erst gluckste er, dann lachte er los. Anastasias wütende Miene ignorierte er.

»Lottie ... oder wie auch immer wir dich nennen sollen ...« Er musste sich unterbrechen, um beim Kichern Luft zu holen. »Du bist die schlechteste Lügnerin, die ich kenne.«

Wie bitte?

Schnell fuhr er fort: »Wenn du deine Identität geheim halten willst, brauchst du dringend unsere Hilfe!«

O Gott! In Lotties Kopf drehte sich alles.

»Aber ich lüge nicht! Ich bin wirklich Lottie Pumpkin!«

Daraufhin musste Raphael nur noch mehr lachen, und diesmal fielen auch Lola und Micky mit ein.

»Hört auf! O Gott! Ich kriege keine Luft mehr!«

Lottie stöhnte innerlich. Sie hatte versucht, alles ins Reine zu bringen, sie war so ehrlich wie möglich gewesen, doch egal, was sie sagte, sie wollten ihr nicht glauben. Sie stöhnte wieder, diesmal laut, und vergrub den Kopf unter den Armen.

»Wir versprechen dir, dass wir es nicht weitersagen«, wiederholte Lola. »Dein Geheimnis ist bei uns sicher.«

Lottie ließ den Kopf auf der Tischplatte liegen. »Danke«, murmelte sie.

So hatte sie sich ihren ersten Schultag nicht vorgestellt.

9

Lottie stand eine gefühlte Ewigkeit vor der Tür zu ihrem Zimmer.

Da ihre letzten beiden Kurse Wahlfächer gewesen waren, war sie nicht mit Ellie und den anderen aus der Gruppe Epsilon zusammen gewesen. Sie würden sogar recht viele getrennte Kurse haben, da Lottie in erster Linie künstlerische Fächer gewählt hatte, während Ellies Schwerpunkt auf Naturwissenschaften lag. Jedenfalls war Lottie Ellies Anweisung gefolgt und bis Viertel nach fünf in der Bibliothek geblieben. Sie hatte nicht die leiseste Ahnung, was ihre Mitbewohnerin vorhatte. Aber wenigstens hatte sie nicht mehr so ein schlechtes Gewissen wegen des Prinzessinnen-Missverständnisses. Sie hatte getan, was sie konnte. Solange die anderen die Sache für sich behielten, hatte sie nichts zu befürchten. Im Augenblick war es ihr wichtiger, ihren nicht ganz so berauschenden ersten Eindruck von Ellie zu revidieren.

So stand sie nun also nervös vor Zimmer 221 und versuchte, sich eine nette Überraschung vorzustellen, rechnete jedoch eher damit, dass hinter der Tür irgendein gemeiner Streich auf sie wartete.

Sie hatte beschlossen, Ellie, Binah und den anderen vorzustellen, auch wenn sie nicht sicher war, wie das laufen würde. Die Vorstellung, dass Anastasia und Ellie einander bei einer Pyjamaparty die Fingernägel lackierten, war jedenfalls so absurd, dass sie unwillkürlich kichern musste.

Lottie holte tief Luft und öffnete langsam die Tür. Zu ihrem grenzenlosen Erstaunen fand sie ein makelloses Zimmer vor. Ellie musste früher zurückgekommen sein, um ihre Seite des Zimmers aufzuräumen und fertig einzurichten – und es sah ziemlich toll aus. Ihre beiden Seiten waren so gegensätzlich, wie sie nur sein konnten, getrennt durch den Perserteppich in der Mitte. Ellies Bücher, DVDs, CDs und Computerspiele standen ordentlich im Regal. Poster von alten Kultfilmen hingen an der Wand, und auf einem Wandregal standen alle möglichen Fanartikel verschiedener Bands. Ein buntes Durcheinander, das perfekt zu Ellies stürmischem Wesen passte.

»Ellie?«, rief Lottie vorsichtig, als sie in ihr neues, verschönertes Zimmer trat. Keine Antwort, doch aus dem Badezimmer drang wütende Musik.

»ELLIE!«, rief sie lauter.

»Ich bin hier. Äh … könntest du kurz reinkommen und mir helfen?«, ertönte Ellies Stimme aus dem winzigen Bad.

»Das Zimmer ist … O MEIN GOTT!« Lottie schlug die Hände vor die Augen. Ellie stand nur in Unterhose über die Badewanne gebeugt, dicke schwarze Farbtropfen am Hals. Ihre Wolfskette trug sie allerdings trotzdem. »Ups, äh, tut mir leid. Ich hätte nicht so reinplatzen sollen.«

Ellie lachte entspannt. »Schon in Ordnung«, sagte sie. »Wir sind doch beide Mädels. Das macht mir nichts aus.« Sie drehte den Hahn auf und hob den Duschkopf. »Komm rein. Ich brauche Hilfe beim Ausspülen.«

So kam es, dass Lottie sich über die blütenweiße Badewanne beugte und dickes schwarzes Haarfärbemittel aus den Haaren eines halbnackten Mädchens wusch, das sie gerade mal einen Tag kannte.

»Du machst das gut«, sagte Ellie fröhlich. »Hast du das wirklich noch nie gemacht?«

»Nein. Ich hatte zu Hause keine Freundinnen.«

Es folgte eine kurze Pause, bevor Ellie zugab: »Ich auch nicht.«

Schweigend sahen sie zu, wie das dunkle Wasser im Abfluss verschwand. Zu Lotties Erleichterung lief nach der Brüllmusik jetzt The Velvet Underground.

»Es tut mir leid, dass ich so ein Chaos gemacht habe«, sagte Ellie plötzlich mit leiser, aber klarer Stimme. »Und das mit deinem Schwein.«

»Mr Trüffel«, sagte Lottie.

»Mr Trüffel«, wiederholte Ellie mit einem kleinen Lächeln.

Lottie wusste nicht, was sie darauf erwidern sollte. Ellie schob den Duschkopf weg, drehte sich um und sah sie an. Die dunkle Farbe lief ihr noch immer übers Gesicht und zog schwarze Linien über ihre weiße Brust. Sie strich sich die Haare aus dem Gesicht. Ohne das dunkle Augen-Make-up, mit ihrem schlanken Körper und der flachen Brust, hätte man sie fast für einen Jungen halten können. Und doch hatte sie nichts Männliches an sich, ihre Figur war zart und feingliedrig.

»Die meisten Leute hier haben ihr Leben auf dem Silbertablett serviert bekommen«, sagte sie und sah plötzlich sehr ernst aus. »Die wissen gar nicht, was für ein Glück sie haben. Wenn ich gewusst hätte, dass du ein Stipendium hast ...« Sie verstummte und strich sich eine lose Strähne aus dem Gesicht. »Du bist nicht wie die.«

So hatte Lottie das noch nicht gesehen. Ihr Leben lang hatte sie geglaubt, man erlebe außergewöhnliche Dinge, weil man ein außergewöhnlicher Mensch war. In der ganzen Zeit, in der sie so hart gearbeitet hatte, um nach Rosewood zu kommen, hatte sie nie daran gedacht, wie leicht der Weg hierher für die anderen Schüler war. Doch obwohl Ellie die Worte als Kompliment gemeint hatte – *du bist nicht wie die* –, waren sie ihr unangenehm.

»Du bist anders, weil du dich anstrengen musstest, um herkommen zu können. Du weißt es zu schätzen und wirst etwas aus deiner Zeit hier machen.« Ellie grinste. »Ich bin wirklich froh, dass sie uns in ein Zimmer gesteckt haben.«

Lottie war verwirrt. Sie hatte das ganze letzte Jahr darauf hingearbeitet, zu beweisen, dass sie ebenso gut war wie die anderen Rosewood-Schüler. Sie wollte nichts anderes, als so zu sein wie sie, und jetzt behauptete dieses Mädchen, die anderen könnten nicht mit *ihr* mithalten. So wollte sie es nicht sehen, sie wollte nicht selbstgefällig sein, und sie wollte auch nicht, dass Ellie sie von ihren Mitschülern abgrenzte.

Trotzdem sagte sie: »Ich auch.« Die beiden Mädchen lächelten einander an. Vielleicht glaubte jede, sie könne die Sichtweise der anderen ändern.

»Und wenn dir irgendjemand weismachen will, dass du nicht hierhergehörst, schlage ich ihn für dich zusammen«, fügte Ellie hinzu und winkelte ihre schmalen Arme an wie ein Gewichtheber.

Lottie kicherte. »Danke. Aber bitte tu das nicht.« Als Ellie eine Schnute zog, fügte sie hinzu: »Ich bin sehr gut in der Lage, meine Feinde selbst zu erledigen.«

»Na schön. Dann lasse ich die ganzen verzogenen Schnösel eben in Ruhe.« Ellie seufzte sarkastisch und beugte sich wieder über die Wanne. Sie spülten weiter, bis das Wasser klar in den Abfluss rann und keine Spur der dicken schwarzen Paste mehr übrig war. Ellies Haarfärbemittel war besser als jeder Freundschaftstrank.

Als sie an diesem Abend zum Essen gingen, war die Stimmung eine ganz andere als am Vorabend. Sie hatten beschlossen, sich etwas in der Küche des Wohnheims zuzubereiten, statt in den großen Speisesaal zu gehen, den Abend allein zu verbringen und mit ihren Hausaufgaben anzufangen. Die Küche wurde jeden Morgen mit Zutaten für kleine Imbisse oder leichte Mahlzeiten wie Nudeln oder Sandwiches bestückt. Lottie bezweifelte allerdings, dass viele Schüler in der Lage waren, sich ihr Essen selbst zuzubereiten.

Als sie schließlich ins Bett gingen, waren alle Spannungen zwischen ihnen wie weggeblasen. Lottie stellte fest, dass sie sich in Ellies Gegenwart so wohl fühlte, als hätte sie ein neues Zuhause gefunden. Bei Ellie hatte sie nicht das Gefühl, sich beweisen zu müssen, sie musste nicht aufpassen, was sie sagte, sie konnte einfach … sie selbst sein.

Glücklich schlummerte sie ein.

»Lottie! Wach auf!«

Mit einem Schlag war Lottie hellwach. Ellie beugte sich über sie, mit wildem Grinsen und weit aufgerissenen Augen.

»Ich hab was Dummes gemacht!« Sie war außer Atem, als wäre sie gerannt. »Schnell, steh auf!«

Lottie setzte sich auf, alle möglichen Schreckensszenarien schossen ihr durch den Kopf: Ellie hatte die Schule in Brand gesetzt, den Direktor ermordet, das Zimmer wieder in Unordnung gebracht.

»Was ist los? Wie spät ist es?«, fragte sie besorgt. Auf dem Gang ertönten Schritte, die rasch näher kamen. »Ellie, was um aller Welt hast du getan?«

Ellie stopfte etwas unter Lotties Kopfkissen und flitzte zu ihrem Bett hinüber. Eine Sekunde später flog die Tür auf. Grelles Licht fiel aus dem Gang ins Zimmer, und Lottie legte schützend eine Hand vor die Augen.

»Ellie Wolf!«, sagte eine laute Stimme.

Zu ihrem Entsetzen erkannte Lottie die stellvertretende Direktorin und Hausvorsteherin von Ivy, Professor Devine.

Sie stand in einem langen weißen Nachthemd in der Tür, vom Licht umgeben, als würde sie leuchten, und die Haare zerzaust, als wäre sie aus dem Schlaf gerissen worden. »Würdest du mir bitte erklären, was du nachts um drei in der Küche zu suchen hattest?«

Lottie musste sich auf die Zunge beißen, um Ellie nicht selbst anzuschreien. *Ja, Ellie, was hattest du da zu suchen, du Idiotin?*, dachte sie.

Ellie gähnte schläfrig, als wäre sie gerade erst aufgewacht. Als ob die Professorin darauf hereinfallen würde!

»Was … was ist los?« Ellies Stimme klang tatsächlich überzeugend. Anscheinend war es nicht das erste Mal, dass sie die Unschuldige spielte.

»Ha!« Professor Devine lachte spöttisch. »Willst du mich zum Narren halten?« Obwohl ihre Stimme scharf war, bemerkte Lottie einen belustigten Unterton. »Ihr beide kommt jetzt mit.«

Sie beide? Wie unfair.

»Ach, und Ellie, nimm bitte die Schokoriegel mit, die du unter Lotties Kissen versteckt hast.«

Ellie sah Lottie fassungslos an. Wie konnte die Professorin das wissen?

Sie folgten der Hausvorsteherin schweigend über den Gang, Lottie in ihrem pinkfarbenen Disney-Prinzessinnen-Nachthemd, Ellie in einem Star-Wars-Schlafanzug – eine Aufmachung, die in dem barock anmutenden Korridor höchst sonderbar wirkte. Lottie malte sich die schrecklichsten Strafen aus. Das war so ungerecht! Sie hatte geschlafen. Sie war ein unschuldiges Opfer!

Als hätte sie ihre stille Anklage gehört, beugte Ellie sich zu ihr und flüsterte: »Ich wollte nur ein kleines Mitternachtsfest veranstalten, um unsere Freundschaft zu besiegeln …«

Lottie drehte sich zu Ellie und bedachte sie mit ihrem besten *Du-machst-wohl-Witze*-Blick, doch er schien ziemlich schwach auszufallen, da sie mit einem Mal beide grinsten und ihre ganze Willenskraft aufwenden mussten, um nicht laut zu lachen.

Sie kamen in einen Bereich des Hauses, den Lottie noch nicht kannte. Der Gang war breiter und sogar noch prunkvoller als in ihrem Gebäudeteil. Am Ende des Flurs befand sich anscheinend die Wohnung der Hausvorsteherin. Über der Tür hing ein großes, goldgerahmtes Gemälde eines zierlichen, lächelnden Mannes mit einer kleinen, eckigen Brille. Lottie erkannte den Gründer von Rosewood Hall, William Tufty.

Professor Devine öffnete die Tür und winkte die Mädchen herein. Lottie hatte ein eindrucksvolles Büro mit dunklen Möbeln erwartet, die richtige Umgebung für eine ordentliche Standpauke, doch zu ihrer Überraschung kamen sie in die gemütlichste Stube, die sie je gesehen hatte. Der Boden war aus rosigem Marmor, und in der Mitte lag ein großer weicher Teppich, auf dem ein sorgfältig dekorierter cremefarbener Beistelltisch mit einem zarten Rosenmuster stand. Drum herum waren breite rosa Sessel mit herrlichen Schnitzarbeiten und goldenen Beschlägen angeordnet. Samtene Lampenschirme tauchten das Zimmer in warmes Licht, das zu Professor Devines natürlichem Strahlen passte. In ihrem Nachthemd fühlte sich Lottie hier völlig fehl am Platz, und es hätte sie nicht gewundert, wenn der Raum zum Leben erwacht wäre und ihr und Ellie den Zutritt verweigert hätte.

»Setzt euch.«

Ellie und Lottie setzten sich nebeneinander. Lottie faltete nervös die Hände im Schoß, während Ellie sich zurücklehnte und wesentlich entspannter aussah, als es der Situation angemessen war.

Professor Devine brachte ein Tablett mit einem hübschen geblümten Teeservice und einem Teller mit Keksen herein. Damit hatte Lottie nicht gerechnet. Die stellvertretende Direktorin stellte das Tablett auf den Beistelltisch und setzte sich ihnen gegenüber.

»Ellie, das ist deine erste Verwarnung«, sagte sie streng. »Lass dich nicht noch einmal bei solchem Unfug erwischen.«

Lottie fiel ihre seltsame Ausdrucksweise auf. Beinahe konnte man denken, die Professorin ermahne Ellie, sich beim nächsten Mal geschickter anzustellen. Die beiden wechselten einen Blick, den Lottie nicht deuten konnte. Es schien eine Art Kräftemessen zu sein, bis Ellie schließlich kapitulierend seufzte.

»Woher wussten Sie, dass ich da war? Ich war doch ganz leise.«

Lottie hielt den Atem an. Jetzt hatte Ellie ihre Schuld selbst zugegeben. Doch die Professorin lachte nur.

»Du musst wissen, dass meine Augen und Ohren überall sind.« Sie tippte sich an die Nase. »Mir entgeht nichts.«

Ellie zog ungläubig die Augenbrauen hoch.

»Aber wenn ihr mich schon mitten in der Nacht weckt, könnt ihr mir wenigstens ein bisschen Gesellschaft leisten. Das ist eure Strafe.« Ihre Stimme war fröhlich und leicht, und auf ihren Lippen lag ein Lächeln, als sie ihnen Tee einschenkte.

»Frau Professor, Lottie hat gar nichts gemacht. Sie war nicht mal wach«, sagte Ellie ehrlich. »Ich wollte sie mit einer Mitternachtsparty in unserem Zimmer überraschen –«

Professor Devine hob einen Finger, um sie zum Schweigen zu bringen. »Lottie Pumpkin, richtig?«

Lottie nickte nervös.

»Pumpkin, was für ein reizender Name.« Die Professorin

sprach den Namen melodisch aus und schien sich wirklich daran zu freuen. »Du bist wohl ein Fan von Cinderella?«, fügte sie mit einer Geste auf Lotties Nachthemd hinzu.

»O ja«, erwiderte Lottie begeistert. »Ich liebe alle Neuinterpretationen alter Märchen.«

Ellie grinste spöttisch, und Lottie streckte ihr unwillkürlich die Zunge raus.

Die Professorin lachte gutmütig und trank einen Schluck Tee. »Ich habe schon viele Mädchen wie dich kennengelernt, Ellie. Anscheinend habe ich mir mit dir eine Unruhestifterin ins Haus geholt.«

Ellie zuckte nur die Schultern.

»Ich weiß, dass du nichts falsch gemacht hast, Lottie«, fuhr Professor Devine fort und lächelte Lottie herzlich an. »Aber das Schicksal hat dich und Ellie nun einmal in ein Zimmer gesteckt, und jetzt bist du für sie verantwortlich. Dasselbe gilt auch für dich, Ellie. Das ist eine wichtige Lektion für euch beide.« Ihr Gesicht wurde plötzlich sehr ernst. »Ich kann gar nicht sagen, wie wichtig es ist, dass ihr jungen Frauen alles tut, um einander zu unterstützen. Ihr lebt in einer Welt, die euch nur allzu gern herabsetzen und kleinhalten möchte. Doch wenn ihr zusammenhaltet, könnt ihr Großes erreichen.«

Lottie und Ellie sahen sich an. Es war wirklich ein Wunder, dass zwei so unterschiedliche Mädchen wie sie in einem Zimmer gelandet waren.

»Und jetzt ins Bett mit euch. Was habt ihr euch nur dabei gedacht, mich zu dieser Stunde noch einen Tee servieren zu lassen. Schrecklich unprofessionell!« Die Professorin zwinkerte ihnen zu, bevor sie sie zu ihrem Zimmer geleitete und in einer seidenweißen Lichtwolke den Gang hinunterschwebte.

Was für eine seltsame Nacht, dachte Lottie.

»Die Professorin ist cool«, sagte Ellie grinsend.

Dann kletterten beide in ihre Betten und kuschelten sich unter die Decken. Ein warmes Gefühl breitete sich in Lottie aus, als sie einen letzten Blick durch ihr zweigeteiltes Zimmer warf. Sie lächelte vor sich hin und hatte plötzlich das Gefühl, zu Hause zu sein. Vielleicht würde sie in Rosewood tatsächlich glücklich werden.

Doch während die Mädchen schliefen, geisterte etwas durch Rosewood Hall, das ihre Mitschüler ganz kribbelig machte. Unaufhaltsam wie Unkraut kroch ein Gerücht durch die Rosen, das ihr Leben für immer verändern sollte.

10

Der nächste Tag war einer der verwirrendsten in Lotties Leben. Irgendwie schien über Nacht jeder in Rosewood von Lotties angeblichem Geheimnis Wind bekommen zu haben. Als sie und Ellie an diesem Morgen durch den Speisesaal gingen, hörte sie überall Getuschel, und zu ihrem Schrecken musste sie feststellen, dass sie es genoss.

»Schau, da ist sie!«

»Sie sieht wirklich wie eine Prinzessin aus.«

»Ich fand ja gleich, dass Pumpkin ein komischer Name ist.«

Den letzten Kommentar überhörte sie.

Diese Prinzessin von Maradova scheint ja ein wichtiges Thema zu sein, dachte sie, als sie sich setzte.

Sie hatte vorhin mehrere kleine Geschenke vor ihrer Tür gefunden, Badekugeln, Parfüm und dergleichen, immer mit der dazugehörigen Visitenkarte. Warum sind die schon jetzt so gut darin, zu netzwerken und zu manipulieren?, fragte sie sich. Zum Glück konnte sie die Geschenke verstecken, bevor Ellie sie entdeckte, einer der Vorteile ihrer schrecklichen Angewohnheit, bis zur letzten Minute zu schlafen. Beim Gedanken, Ellie könnte von dieser lächerlichen Geschichte etwas mitbekommen, schauderte ihr. Da wollte sie es ihr schon lieber selbst sagen.

»Ähem … Guten Morgen.« Ein großer dunkelhaariger Junge mit runder Brille trat auf die kleine Tribüne vorne im Saal. Um die Schultern trug er einen kurzen lila Umhang mit Hirschemblem.

»Mein Name ist George Ogawa, ich bin Schüler der dreizehnten Klasse und Haussprecher von Ivy. Ich hoffe, ihr seid alle dabei, euch gut einzuleben«, sagte er mit einem gewinnenden Lächeln in die Runde, das er vermutlich vor dem Spiegel geübt hatte. Es ging jedoch ein wenig unter, da im Saal weiter aufgeregt getuschelt wurde. »Ich möchte euch daran erinnern, dass ihr bald die Möglichkeit haben werdet, euch einem Club oder einer Mannschaft anzuschließen. Diese Chance sollte sich wirklich niemand entgehen lassen.« Er räusperte sich kurz, und Ellie tat so, als müsste sie sich übergeben. Lottie sah sie streng an. Sie wusste, wie angesehen einige der außerschulischen Clubs und Mannschaften von Rosewood waren. »Es ist in eurem eigenen Interesse, euch genau zu überlegen, in welcher Position ihr Rosewood die größte Ehre machen könnt. Vielen Dank und guten Appetit!«

George verließ die Tribüne, und sofort plapperten alle im Saal wieder aufgeregt durcheinander. Lottie hörte ganz deutlich, dass das Wort »Prinzessin« hin und her flog, und hätte sich am liebsten unterm Tisch versteckt.

»Hier, probier mal.« Ellie schob ein Apfeltörtchen auf einem rosa Teller über den Tisch. »So eins hatte ich gestern schon, die sind echt gut.«

»Oh, ich kann leider nicht. Ich habe eine Apfelallergie«, erklärte Lottie und schob den Teller zurück.

»Du hast …?« Ellie verstummte und schaute sich im Saal um, als hätte sie jetzt erst das aufgeregte Summen bemerkt.

»Äh … warum starren dich alle so an?«, fragte sie, nahm sich ein Schokobrötchen und biss herzhaft hinein.

Lottie war erstaunt, wie unbeeindruckt Ellie von dem Geschnatter war. Wusste ihre Mitbewohnerin vielleicht längst Bescheid und wollte sie nur aufziehen?

»Weißt du es wirklich nicht?« Ihr Ton war schärfer als beabsichtigt, doch Ellie schien es nicht zu bemerken und aß unbekümmert weiter.

»Wir sind doch erst zwei Tage hier«, sagte sie kauend, schluckte und stopfte den Rest des Brötchens hinterher. »Was kannst du in der kurzen Zeit schon angestellt haben, dass alle über dich reden?«

In der Tat – wie um alles in der Welt hatte sie es geschafft, in zwei Tagen ein solches Chaos anzurichten? Lottie fand, dafür hätte sie eigentlich einen Preis verdient.

»Also …«, begann sie. Was machte es schon, wenn sie es Ellie sagte? Vermutlich würde sie es einfach nur zum Totlachen finden. »Es geht das lächerliche Gerücht um, dass ich –«

Weiter kam sie nicht, weil in diesem Moment Lola und Anastasia an ihrem Tisch auftauchten. Anastasia war bereits sorgfältig zurechtgemacht. Ihr Schottenkleid im leuchtenden Rot von Conch wirkte irgendwie gestärkter und makelloser als die Kleider der anderen Mädchen, und ihr Haar war ein perfekter seidigbrauner Wasserfall, ganz im Gegensatz zu Lotties verstrubbelter Morgenmähne. Bei ihrem Anblick hätte Lottie sich am liebsten eine Papiertüte über den Kopf gestülpt. Komisch war nur, dass Anastasia wieder ihre Sonnenbrille trug. Was hatte sie zu verbergen?

»ES TUT UNS SO LEID!!!« Lola ging doch tatsächlich theatralisch vor Lottie auf die Knie.

Anastasia setzte ihre Sonnenbrille ab und verdrehte die Augen. Vielleicht hatte sie die Brille nur aufgesetzt, um ihr Augenrollen unterstreichen zu können?

»Wir schwören, wir haben es NIEMANDEM gesagt, wir haben keine Ahnung, wie das passiert ist!« Lola blieb auf den Knien und blickte wie ein Hündchen zu Lottie auf. Jetzt starrten wirklich alle zu ihnen herüber. Lola griff in die Tasche und holte eine Schachtel Pralinen heraus. »Die sind für dich. Es tut mir leid, Lottie. So unglaublich leid.« Ihre Unterlippe zitterte, und sie sah aus, als müsste sie gleich weinen.

Lottie starrte die Schachtel an. *Tompkins Feinste Karamell-Selektion*. Sie hätte sich selbst in den Hintern treten können, dass sie sich über die Pralinen auch noch freute. Wie hatte sie zulassen können, dass die Lage so außer Kontrolle geriet?

»Steh auf, Lola! Mach dich nicht lächerlich.« Wenn Anastasia verärgert war, trat ihr französischer Akzent besonders deutlich hervor. »Wir haben es niemandem gesagt«, erklärte sie dann fest. »Versprochen. Keiner von uns. Wir wissen wirklich nicht, wie es herausgekommen ist.« Anastasia war todernst, so ernst, dass sie nicht einmal die Sonnenbrille wieder aufsetzte. Lottie bemerkte, dass sie dunkle Ringe unter den Augen hatte, als hätte sie schlecht geschlafen.

Mit einem Mal erinnerten sich alle an Ellie, die sie kauend anstarrte, als säße sie im Kino.

»Wer ist das?«, fragte Anastasia und zeigte mit dem Finger auf Ellie, ohne sie anzusehen.

»Das ist Ellie.«

»Ich bin Ellie.«

Ihre Stimmen ertönten gleichzeitig.

Anastasia befriedigte diese Antwort nicht. »Okay, aber WER ist sie?« Sie tat geradezu so, als bräuchte jeder, der sich in ihrer Gegenwart aufhielt, eine offizielle Genehmigung.

»Sie ist meine Mitbewohnerin.«

»Ich bin ihre Mitbewohnerin.«

Wieder sprachen sie gleichzeitig.

»Kann mir mal jemand erklären, was hier los ist?«, fragte Ellie dann. »Ihr zwei stört uns beim Frühstück. Darauf steht in meiner Familie quasi die Todesstrafe.«

Lottie verpasste Ellie unterm Tisch einen Tritt, musste sich jedoch das Lachen verkneifen.

»Sie weiß es nicht? Alle in der Schule wissen es, nur deine Mitbewohnerin nicht?« Anastasia sah aus, als wäre sie kurz vorm Explodieren.

»Ha! Ich weiß eine ganze Menge!«, entgegnete Ellie, während sie sich das Apfelküchlein in den Mund stopfte. »Zum Beispiel, dass sie eine Apfelallergie hat!«

»WAS?!«, kreischte Lola ungläubig. »O mein Gott, das passt ja perfekt. Eine Prinzessin mit Apfelallergie. Wie im Film!« Lolas Kichern wurde von Ellies Husten übertönt, die beinahe an ihrem Kuchen erstickte.

»*Was?*«

»Das wird mir jetzt alles zu kompliziert.« Anastasia verdrehte wieder die Augen und wandte sich an Ellie. »Deine

Zimmergenossin Lottie Pumpkin ist in Wahrheit die Prinzessin von Maradova.«

Ellie riss die Augen so weit auf, dass es so aussah, als müssten sie gleich herausfallen.

»Lottie?« Sie sah sie fragend an. Dann summte plötzlich eine Energie um sie herum, die nichts mehr mit ihrer entspannten Stimmung wenige Augenblicke zuvor gemeinsam hatte.

Lottie entging dieser Wechsel nicht. »Ich … ich konnte das Gerücht nicht aufhalten.«

»Ich dachte, du hättest ein Stipendium?« Ellies Stimme klang plötzlich sehr kühl.

»Ja … Ich wollte … Es ist …« Lottie versuchte, eine Antwort zusammenzusetzen, doch sie stolperte unentwegt über ihre Worte.

Ellie sprang auf und schob ihren Teller von sich. »Ich muss los«, sagte sie eisig und stürmte aus dem Speisesaal.

Lotties Herz klopfte laut. Ellies Reaktion war … unerwartet extrem.

Anastasia sah Lottie an und zuckte die Schultern.

Lola grinste. »Sie scheint nett zu sein!«, flötete sie.

Den Rest des Tages ließ sich Ellie nicht mehr blicken. Lottie hoffte inständig, dass sie doch noch irgendwann im Unterricht auftauchen würde. Sie hatte überall nach ihr gesucht: in der Bibliothek, im Garten, albernerweise sogar im Geheimgang in Stratus. Doch Ellie blieb verschwunden. In der Mittagspause war Lottie zurück ins Wohnheim gegangen, um nach ihr zu suchen – ohne Erfolg. Ihre Mitbewohnerin wollte offensichtlich nicht gefunden werden. Lottie hoffte, dass sie früher oder später in ihrem Zimmer auftauchen würde, hatte jedoch gleichzeitig Angst davor. Ellie hatte Lottie deutlich zu verstehen gegeben, was sie von Rosewood-Schülern hielt, die in ihrem Leben noch keinen Finger gerührt hatten, und nun glaubte sie, Lottie sei selbst eine von ihnen. Und nicht nur das, sondern noch dazu eine Lügnerin. Das Schlimmste war, dass das sogar stimmte. Sie hatte ein Stipendium, sie hatte alle Kräfte aufgeboten, um herzukommen – und doch hatte sie es nicht geschafft, das Missverständnis aufzuklären. Trotzdem kam ihr Ellies Reaktion komisch vor. Warum hatte sie so heftig reagiert? Das schien gar nicht zu ihr zu passen.

Nach der letzten Stunde suchte Lottie noch einmal den Campus ab, doch ihr Gefühl riet ihr, zurück in ihr Zimmer zu gehen. Unterwegs stieß sie mit Eliza, der Vertrauensschülerin, zusammen und fragte sie, ob sie Ellie gesehen habe.

»Oh, ich glaube, sie ist vor etwa einer Stunde zurückgekommen. Sie hat gesagt, sie fühle sich nicht wohl.«

Lottie bedankte sich und eilte nach oben. Sie wollte gerade die Tür zu ihrem Zimmer öffnen, als sie plötzlich Angst bekam. Was, wenn Ellie richtig wütend ist? Vielleicht kennt sie die Prinzessin von Maradova? Die Fragen wirbelten durch Lotties Kopf und ließen sie zögern. Sie griff in die Tasche und betastete ihre Krone. Du schaffst das, dachte sie. Stell dich deinen Ängsten. Vorsichtig öffnete sie die Tür und fand …

Nichts. Es war niemand da. Der Raum war nur schwach erleuchtet, und Ellie war nirgends zu sehen. Sie wollte sich gerade umdrehen und ihre Suche fortsetzen, als hinter ihr eine Stimme ertönte.

»Du bist eine Lügnerin!«

Lottie zuckte zusammen, drehte sich um und sah Ellie in der Tür stehen. Sie war stinksauer. Die Haare hingen ihr ins Gesicht und warfen dunkle Schatten unter ihre Augen, und ihre Fäuste waren so fest geballt, dass ihre Fingerknöchel ganz weiß waren.

Lottie schauderte. »Wie bitte?«

Ellie machte die Tür fest hinter sich zu, bevor sie noch wütender wiederholte: »Du bist eine Lügnerin.«

»Wo-wovon redest du?« Lottie spürte, dass sie anfing zu zittern, doch sie riss sich zusammen.

»Du bist nicht die Prinzessin von Maradova«, zischte Ellie.

Kalter Schweiß trat Lottie auf die Stirn, ihr Magen verkrampfte sich, und ihre Zunge wurde schwer wie Blei. Wie sollte sie Ellie verständlich machen, dass das alles ein riesiges Missverständnis war?

»Ellie, bitte lass mich erklären …« Lotties Stimme klang zittrig und seltsam schrill.

Ellie verzog das Gesicht zu einem freudlosen Grinsen. »Ich weiß, dass du gelogen hast, weil –« Sie unterbrach sich, um zu ihrem Bett zu gehen und wild in ihrer Tasche zu wühlen.

Lottie erwog kurz, durch die Tür, über den Campus und bis zurück nach Cornwall zu rennen, doch bevor sie den Gedanken in die Tat umsetzen konnte, hatte Ellie den Gegenstand gefunden, den sie suchte, und hielt ihn ihr unter die Nase. Es war der diamantförmige Anhänger mit dem Wolfswappen. Ellie klappte ihn auf, und ein winziges Familienporträt kam zum Vorschein: ein König und eine Königin mit einem kleinen Mädchen zwischen sich.

Lottie wurde blass, als sie erkannte, wer das kleine Mädchen auf dem Foto war. Sie hob den Blick, doch sie wusste bereits, wie der Satz enden würde.

»Weil …«, wiederholte Ellie, »*ich* die Prinzessin von Maradova bin.«

11

Die Spannung im Raum war beinahe unerträglich. Die beiden Mädchen starrten sich schweigend an, nur das leise Ticken der Wanduhr war zu hören. Ellies Augen glühten. Sie war unglaublich wütend. Lottie konnte ihren Zorn regelrecht spüren – derselbe Sturm wie vor zwei Tagen, als sie Ellie draußen vor dem Tor zum ersten Mal gesehen hatte. Sie zwang sich, etwas zu sagen, um das erdrückende Schweigen zu brechen.

»Ich habe versucht, ihnen klarzumachen, dass es nicht stimmt.«

Ellie lachte bitter. »Du bist so egoistisch – es ist unglaublich!«

Lottie zuckte zurück, als hätte sie eine Ohrfeige bekommen. Wenn sie auf etwas stolz war, dann auf ihre freundliche, offene, uneigennützige Art. Egoismus war ihr zuwider. Beschämt ließ sie den Kopf hängen. »Es tut mir leid.«

»Ich wette, du hast nicht eine Sekunde daran gedacht, was das für die richtige Prinzessin bedeutet, was?«

Da konnte sie nicht widersprechen. Sie hatte nicht eine Sekunde geglaubt, dass die Prinzessin von Maradova wirklich in Rosewood sein könnte. In ihren Ohren hatte sich das alles wie ein Märchen angehört. Plötzlich kam sie sich unglaublich dumm vor. Nicht nur, weil sie so gedankenlos gewesen war, sondern auch, weil sie gedacht hatte, man könnte sie wirklich für eine Prinzessin halten. Ein unbekanntes Gefühl machte sich in ihrer Magengrube breit, stieg aufwärts und schnürte ihr die Kehle zu. Sie hatte das Missverständnis nicht sofort aufgeklärt, es war ihre Schuld, dass sich das Gerücht verbreiten konnte. Sie hoffte inständig, dass sie Ellies Hoffnung auf ein ganz normales Leben damit nicht unwiederbringlich zerstört hatte.

Ellie starrte sie an. Lottie fiel einfach nichts ein, wie sie es wiedergutmachen konnte.

»Es tut mir leid. Ich habe gesagt, dass es nicht stimmt, aber niemand hat mir geglaubt.« Ihre Worte fühlten sich hohl und nutzlos an.

Ellie schnaubte. Sie schnappte sich das Foto von ihr und dem geheimnisvollen Jungen vom Nachttisch und ließ sich auf ihr Bett fallen, die Schultern nach vorn gekrümmt wie einen schützenden Panzer. Ihre zerzausten Haare bedeckten ihr Gesicht, während sie das Bild anstarrte. Lottie fragte sich, ob der Junge auf dem Foto ihr Freund war.

Mit einem tiefen Seufzer stellte Ellie das Bild wieder auf den Tisch. »Ich werde niemandem sagen, dass du es nicht bist«, erklärte sie dann.

Jetzt war Lottie vollends verwirrt. Sagte Ellie das, damit sie sich besser fühlte? Dann musste sie widersprechen.

»Du kannst es ihnen ruhig sagen. Ich hätte das aufklären müssen.« Mit neuerwachter Entschlossenheit setzte Lottie sich auf ihr Bett. »Mach mich ruhig zum Gespött der Schule. Ich habe es nicht anders verdient.«

»Nein, du verstehst mich nicht«, sagte Ellie. »Ich bin nicht sauer auf dich. Ich bin sauer auf die Situation. Aber …« Sie blickte wieder auf das Foto. »Vielleicht ist das Ganze ja eigentlich ein riesiger Glücksfall.«

Lottie blinzelte verständnislos. Was sollte an dieser Sache positiv sein?

»Vielleicht …« Ellie holte tief Luft. »Vielleicht können wir ja einfach so tun, als wärst du ich.«

»Was?«

Ellie ließ ihr schiefes Lächeln aufblitzen.

Lottie fasste sich wieder. »Na gut, wenn du das wirklich willst?« Sich sozusagen mit offizieller Erlaubnis als Prinzessin ausgeben zu dürfen – das klang wie eine Geschichte, die sie sich als Kind ausgedacht hatte.

Plötzlich begann Ellie lauthals zu lachen. Ihre plötzlichen Stimmungswechsel machte ihr so schnell keiner nach.

Sie wischte sich die Tränen aus den Augenwinkeln und prustete: »Es ist einfach zu komisch. Ich würde alles dafür geben, an deiner Stelle zu sein. Ich wollte immer nur eins: keine Prinzessin mehr sein. Und dann lande ich ausgerechnet mit einem Mädchen im Zimmer, das von Prinzessinnen besessen ist!« Sie stieß einen langen Seufzer aus. »Weißt du, dass ich, bevor ich hierhergekommen bin, in meinem ganzen Leben gerade mal zwanzig Menschen kennengelernt habe? Zwanzig!«

Lottie riss den Mund auf. »Puh«, sagte sie verblüfft. »Wie ist das überhaupt möglich?«

Ellie biss sich auf die Unterlippe und spielte an ihrem Anhänger herum. »Ich bin die Alleinerbin des maradovischen

Throns, aber ich hatte nie Lust dazu, der Öffentlichkeit vorgestellt zu werden und die Rolle der perfekten Prinzessin zu spielen … Deshalb haben meine Eltern eingewilligt, mich vor der Öffentlichkeit abzuschirmen, bis ich bereit bin, meine Rolle auszufüllen.«

Lottie hörte staunend zu. Das einsame kleine Mädchen, das Ellie gewesen sein musste, tat ihr schrecklich leid.

»Manchmal habe ich mich rausgeschlichen, aber dann gab es Gerede, und meine Eltern haben mir Hausarrest verordnet. Und jetzt bin ich hier, fünfzehn Jahre alt, und nur ausgewählte Mitglieder des maradovischen Königshauses wissen, wie ich aussehe.«

Lottie hatte immer gedacht, *ihr* Leben sei anstrengend. Aber wenigstens hatte sie ihre eigenen Entscheidungen treffen können.

»Übrigens bin ich gar nicht besessen von Prinzessinnen«, platzte es aus ihr heraus, bevor sie den Gedanken ganz zu Ende gedacht hatte. »Es ist nur … Ich weiß, es ist albern, aber …« Sie zögerte, doch sie hatte das Gefühl, Ellie die Wahrheit zu schulden. »Es ist wegen meiner Mum. Meine Mutter hat mir eine Krone geschenkt, bevor sie gestorben ist … und sie hat mir einen Satz beigebracht, der mir hilft, wie eine Prinzessin zu sein, wenn ich Angst habe.« Sie war sicher, dass Ellie sie auslachen würde. Trotzdem sprach sie weiter. *»Sei freundlich, sei mutig und gib niemals auf.* Dann sehe ich wieder klarer und fühle mich besser.« Verlegen wandte sie den Blick ab.

»Das ist nicht albern«, erwiderte Ellie zu ihrer Überraschung. »Du bist nicht albern, Lottie – du bist sehr klug.«

Lottie schaute auf und sah Ellies aufrichtigen Blick. Sie spürte Tränen in den Augenwinkeln. Sie hatte gar nicht gewusst, wie sehr sie diese Bestätigung brauchte.

»Danke«, sagte sie leise.

Ellie lächelte, bevor sie sich zurück auf die Kissen sinken ließ. Zerstreut malte sie mit dem Finger kleine Kreise in die Luft, bis sie sich abrupt aufsetzte und sich wieder Lottie zuwandte.

»Eleanor Prudence Wolfson«, sagte sie leise. »Das ist mein richtiger Name. Nur wenige Menschen kennen ihn.«

Lottie musterte sie aufmerksam, als begegneten sie sich zum ersten Mal.

»Freut mich, dich kennenzulernen, Prinzessin Wolfson.«

Ellie grinste, doch dann wurde ihr Gesicht wieder nachdenklich.

»Was ich nicht verstehe …« Sie rieb sich die Stirn. »Wie ist bekanntgeworden, dass ich in Rosewood bin? Wir haben nicht einmal die Schulleitung informiert.«

Diese Frage hatte Lottie sich noch gar nicht gestellt. Sie hatte einfach angenommen, dass die Leute in gewissen Kreisen einfach alles wussten.

»Anastasia hat behauptet, sie hätte ein Gerücht gehört, aber ich weiß nicht, wie der Rest der Schule es erfahren hat. Sie hat geschworen, sie hätte niemandem etwas gesagt.«

»Vertraust du ihr?«

Lottie merkte, dass ihr Bauchgefühl zögerte. »Ich würde ihr gerne vertrauen, aber ich weiß nicht, wer es sonst gewesen sein soll.« Sie wollte niemanden beschuldigen, doch sie hatte keine andere Erklärung.

Ellie biss sich auf die Lippe und starrte an die Decke. »Ach, wahrscheinlich machen wir uns ganz unnötig Gedanken«, sagte sie betont sorglos.

Lottie war sich ziemlich sicher, dass sie das selbst nicht glaubte.

12

Dass Lottie erst eine ganze Woche später wieder an das rätselhafte Buch dachte, das sie vor ihrer Tür gefunden hatte, konnte nur daran liegen, dass sie mit den neuen Kursen und der Anstrengung, in Mathe nicht allzu weit abzurutschen, so beschäftigt war.

Sie saß mit Binah und Ellie in der kleinen, eichenholzgetäfelten Bibliothek von Stratus, die den Schülern des Hauses und angemeldeten Gästen offenstand. Es war kurz vor der Ausgangssperre um 21:30 Uhr, und Lottie schrieb ihren ersten Brief an Ollie. Die meisten ihrer Mitschüler waren immer noch völlig aus dem Häuschen, dass sie die Prinzessin von Maradova war, und die gemütliche Bibliothek bot eine angenehme Ruhepause von ihrem aufgeregten Getuschel.

Lieber Ollie (Du Unruhestifter von St. Ives)!

Ich habe mein Postfach jetzt in Betrieb genommen und erwarte haufenweise Briefe von Dir und Deiner Mum. Die Adresse lautet: Ivy 221A, Rosewood Hall, Oxfordshire.
Du wirst Dich totlachen, wenn Du hörst, in welches Chaos ich hineingeraten bin. Ich erzähle Dir alles, wenn ich

Weihnachten nach Hause komme, versprochen. Kraul Deinen Hund von mir und grüß Deine Mum und sag ihr, dass es mir gutgeht.
Du fehlst mir!
Lottie

PS: Du darfst das geheime Schokoversteck unter dem losen Dielenbrett in meinem Zimmer leeren, aber nur, wenn Du mich dafür auf dem Laufenden hältst, was Beady mit dem Haus anstellt!

»Kleine plumpe Wichtel machen Dora abends stinkig.« Lottie blickte von ihrem Brief auf und sah, dass Binah Ellie über die Schulter schaute und beide konzentriert auf ein Blatt Papier starrten. »So habe ich es mir immer gemerkt«, erklärte Binah.

Ellie lachte. »Ich habe mir die Reihenfolge der Rechenarten einfach immer als Klammer-Potenz-Wurzel-Multiplikation-Division-Addition-Subtraktion gemerkt. Ich brauche keine Schummelei.«

»Das ist keine Schummelei«, protestierte Binah. »Das ist eine mathematische Eselsbrücke!«

Ellie grinste Binah spöttisch an, und die beiden kicherten. Sie hatten nicht lange gebraucht, um sich anzufreunden, da sie die Liebe zur Mathematik und vor allem zu Zahlenspielen teilten. Obwohl Lottie selten verstand, worüber sie redeten, schaute sie gerne dabei zu, wie die beiden begeistert in ihre Zahlenwelt eintauchten.

Binah zog einen Schmollmund und griff in ihre Tasche.

»Ellie, du darfst dich erst wieder über mich lustig machen, wenn du mein Rätsel geknackt hast.« Sie legte ein Blatt Papier auf den Tisch, das mit komplizierten Gleichungen vollgekritzelt war. Lottie beobachtete, wie Ellies spöttischer Gesichtsausdruck verschwand.

$x1=.92^{\ast}x12$

$x2=(x1+4)/3$

$x3=(x1+1)/2$

$x4=x3$

$x5=(3/4)x3$

$x6=(x8-x9)\hat{}2$

$x7=(x1+x10)-x3^{\ast}x4/x5$

$x8=x9-1$

$x9=(x4+x5)$

$x10=\sqrt{(x5)}+\sqrt{(x12)}+2i\hat{}2$

$x11=x1-x2+x3-x4+x5-x6-x7+x8-x9+2^{\ast}x10$

$x12=((x4-x3)-5)\hat{}2$

Lottie hatte keinen blassen Schimmer, wo man überhaupt anfangen musste, um die Aufgabe zu lösen.

»Ich habe dieses Rätsel extra für dich gemacht, Ellie. Und ich habe noch etwas für euch.« Binah griff wieder in ihre Tasche und stellte zwei kleine Schachteln auf den Tisch, die mit einem blau glänzenden Stoff bezogen waren. Ellie wollte ihre sofort aufmachen.

»Stopp!« Binah zog die Schachteln außer Reichweite. »Die dürft ihr erst öffnen, wenn Ellie das Rätsel gelöst hat.«

Ellie verzog das Gesicht.

»Na ja, ihr könntet sie schon vorher aufmachen«, fügte Binah hinzu. »Aber es würde euch nichts bringen, solange ihr die Botschaft nicht entschlüsselt habt.«

Lottie sah mit Erleichterung, dass Ellie ebenso verwirrt war wie sie selbst.

»Botschaft?«, wiederholte sie.

Binah lächelte geheimnisvoll. »Ja, die codierte Botschaft in der Matheaufgabe.«

Ellie und Lottie schauten sich an.

»Und wie soll ich die Botschaft entschlüsseln?«, fragte Ellie stirnrunzelnd.

»Das wirst du schon rausfinden«, erwiderte Binah kichernd. »Oh, und noch etwas. Ich weiß ja, wie sehr du Märchen liebst, Lottie …«

Sie zog ein schönes Buch mit roter Leinenbindung aus der Tasche. Auf die Vorderseite war ein großer Wolfskopf geprägt. Darüber stand in goldenen Buchstaben *Rotkäppchen und der Wolf*.

Lottie schnappte nach Luft, als die Erinnerung an das *Geschenk* vom ersten Tag wieder zurückkam. *Unter Wölfen*. Binah schaute sie verwirrt an. »Stimmt etwas nicht?«

»Nein, nein, alles in Ordnung! Das ist ja schön. Danke!«

Lottie hatte es plötzlich sehr eilig, zurück in ihr Zimmer zu kommen und Ellie das unheimliche Buch zu zeigen. Sie nahm das Märchenbuch und lächelte Binah zu. »Ich habe nur gerade gemerkt, dass es schon kurz vor halb zehn ist. Wir sollten besser gehen, sonst kriegen wir noch Ärger.«

Das war nicht mal gelogen. Lottie hatte panische Angst, eine Regel zu brechen, vor allem nach der nächtlichen Begegnung mit Professor Devine. Sie glaubte nicht, dass sie noch einmal so glimpflich davonkommen würden.

Binah nickte, doch Ellie warf ihr einen misstrauischen Blick zu. Sie verabschiedeten sich, und sobald Binah außer Sichtweite war, drehte Ellie sich mit hochgezogenen Augenbrauen zu Lottie um.

»Warum hast du es so eilig?«, fragte sie.

Lottie holte tief Luft. »Ellie«, begann sie, plötzlich nervös, »ich muss dir etwas zeigen.«

»Das hast du am *ersten Abend* bekommen? Und du hast mir nichts davon gesagt? Das war vor einer Woche!« Ellies Stimme war schrill.

Lottie blickte betreten zu Boden. »Na ja … ich hatte Angst, du hättest es selbst da hingelegt«, gestand sie.

Ellie lachte ungläubig.

»Nur am Anfang«, fügte Lottie schnell hinzu. »Nachdem wir uns gestritten hatten. Bevor ich wusste, dass du … du weißt schon … eine Prinzessin bist.«

Ellie hörte auf zu lachen und kaute nachdenklich auf ihrer Unterlippe herum. »Wer es auch war, er oder sie wollte dich offensichtlich einschüchtern … oder mich … Ich meine, die Prinzessin. Sie aus der Reserve locken. Es war ein Experiment. Wir müssen rauskriegen, wer es war«, sagte sie dann unvermittelt und klappte das Buch zu. »Wer dahintersteckt, hat garantiert auch dafür gesorgt, dass die ganze Schule Bescheid weiß.«

Lottie nickte. Der Gedanke war ihr auch schon gekommen. Sie setzten sich im Schneidersitz auf den Boden und listeten alle Verdächtigen auf, die ihnen einfielen, bis sie fünfzehn Namen gesammelt hatten. Alle drei Jahrgangssprecher von Ivy und die sechs Vertrauensschüler der elften bis dreizehnten Klasse, da sie alle Zugang zu den Zimmern hatten. Außerdem alle, die Lottie an ihrem ersten Tag kennengelernt hatte und die glaubten, sie käme aus einem anderen Land: Raphael, Saskia, Lola, Micky, Binah und Anastasia.

»Lola und Micky scheiden aus, weil sie es erst von Anastasia erfahren haben«, sagte Lottie. »Und Saskia und Raphael habe ich erst kurz vor dem Feuerwerk kennengelernt.«

Ellie nickte, doch sie wirkte zerstreut. Sie blätterte wieder in *Unter Wölfen*.

»Ellie?«

»Das Buch ist aus der Schulbibliothek«, sagte sie.

»Was?«

Ellie reichte ihr das Buch. Lottie schlug es hinten auf und sah, dass dort, wo sich bei den Bibliotheksbüchern das Kuvert für den Leihzettel befand, etwas herausgerissen worden war.

»Ellie«, rief sie aufgeregt, »du bist ein Genie! Jetzt müssen wir nur noch rausfinden, welche Schüler am ersten Tag in der Bibliothek waren.« Sie umarmte sie stürmisch.

Ellie klopfte ihr etwas unbeholfen auf den Rücken. Spontane Zuneigungsbekundungen war sie offenbar nicht gewohnt.

Lottie zog sich verlegen zurück. »Also, gleich morgen früh fangen wir an.«

»Morgen früh?« Ellie sah sie ungläubig an. »So lange kann ich nicht warten!«

»Aber die Ausgangssperre …«, wandte Lottie verwirrt ein.

Ellie grinste breit und fletschte die Zähne wie ein Raubtier. »Genau deshalb wurde ja das Sich-heimlich-Rausschleichen erfunden.«

13

Lottie konnte selbst nicht glauben, was sie da tat. Ihr Leben lang war sie ein Ausbund an Korrektheit gewesen. Nie hatte sie einen Tadel aus der Schule mit nach Hause gebracht oder war auch nur gerügt worden. Und jetzt kletterte sie doch tatsächlich – in schwarzem Pulli und schwarzer Jeans, die sie von Ellie geliehen hatte – vom Balkon, um in die Bibliothek einzubrechen. Lottie hatte natürlich protestiert, doch Ellie hatte erklärt, sie würde so oder so gehen, ob Lottie nun mitkam oder nicht.

»Schau dir mal die dicken Efeuranken an der Mauer an«, hatte sie hinzugefügt. »Die sind ja geradezu zum Runterklettern gemacht.«

So kam es, dass Lottie schon wieder etwas tat, was ihr total widerstrebte, begleitet von einem eigentümlichen, neuartigen Nervenkitzel.

Nach der Ausgangssperre waren die Lichter auf dem Campus gedimmt, doch der Vollmond schien so hell, dass sie sich auf dem Weg zur Bibliothek wie auf dem Präsentierteller fühlten. Da das Haupttor bewacht wurde, mussten sie sich einen anderen Weg einfallen lassen.

»Wir können unter der Brücke durch und in einem Bogen zum vorderen Eingang gehen«, flüsterte Ellie.

Lottie schüttelte den Kopf. Dort stand mit Sicherheit auch ein Wachmann. Wenn sie schon bei dieser Aktion mitmachte, würde sie wenigstens dafür sorgen, dass sie nicht erwischt wurden. Professor Devine würde ihnen einen zweiten Regelverstoß nicht verzeihen.

»Nein, wir gehen durchs Wäldchen.« Sie rief sich den Lageplan des Schulgeländes ins Gedächtnis und musste an den Geheimgang denken, den sie an ihrem ersten Tag durch Zufall entdeckt hatte. Sie war sich ganz sicher, dass sie Wasserrauschen gehört hatte. Ob der Tunnel hinunter zum Fluss führte? »Vielleicht weiß ich, wie wir in die Schule kommen.«

Ellie sah sie erstaunt an. »Du überraschst mich immer wieder aufs Neue«, sagte sie mit einem kleinen Lachen.

Lottie wurde vor Stolz ganz warm. Schnell ging sie weiter und zog Ellie am Arm, während sie ihr von dem Tunnel berichtete. Im Schatten einer Hecke huschten sie voran, bis sie das Wäldchen erreichten. Lottie hatte nicht damit gerechnet, dass das Unterholz so dicht war, und musste unwillkürlich an Werwölfe und Gespenster denken. Der Rosenwald war wild und unübersichtlich, sie mussten sich möglichst dicht bei der Schule halten, allerdings nicht zu dicht, um nicht erwischt zu werden. Ellie marschierte unbekümmert über Moos und freiliegende Baumwurzeln, als wäre es ein Sonntagsspaziergang. In der Ferne ertönte ein Bellen, und Lottie zuckte zusammen und griff nach Ellies Arm.

»Das war nur ein Reh«, sagte Ellie kichernd.

Trotzdem musste Lottie all ihren Mut aufbringen, um Ellies Hand wieder loszulassen.

Nach etwa zehn Minuten wurde der Untergrund ebenmäßiger, und sie erreichten den Fluss und die Brücke. Das laute Plätschern des Wassers ermöglichte es ihnen, lauter zu sprechen, doch es war sehr dunkel. Sie sahen kaum, wo sie hintraten, und Lottie hatte Angst, einen falschen Schritt zu machen und im Wasser zu landen. Sie tasteten sich am Ufer entlang und hielten nach einer Luke oder einem Einstieg Ausschau. Aber da war nur schlammiger Boden. Bald würden sie buchstäblich in der Patsche sitzen, erwischt werden und so viel Ärger bekommen, dass Ellie untertauchen müsste.

Lotties Gehirn bekam Schluckauf. Untertauchen!, dachte sie aufgeregt.

»Ellie! Vielleicht befindet sich der Eingang nicht am Ufer, sondern unter Wasser«, zischte sie.

Ellie musste nicht lange überzeugt werden. Sie lief bis an die Uferkante und schnüffelte wie ein Wildschwein am Boden herum. Lottie machte es fast schon Angst, wie viel Vertrauen Ellie in ihre Tunneltheorie hatte. Bevor sie sie zurückhalten konnte, war Ellie im Wasser verschwunden.

»Ellie!« Lotties Stimme wurde zu einem Kieksen. Ohne nachzudenken, rannte sie zum Fluss und watete in das kalte Wasser. Etwas packte sie am Bein, und ihr blieb das Herz stehen. Sie wollte gerade losschreien, als Ellie auftauchte.

»Ich bin's nur!«, sagte sie und hielt Lottie schnell den Mund zu, um ihren Schrei zu ersticken.

Lotties Herz raste, ihr Atem stieß heiß an Ellies Handfläche. Ellie grinste, ihre Zähne blitzten im Mondlicht wie die Reißzähne eines Wolfs. Sie führte Lottie durchs Wasser und zeigte nach unten. Da war, leicht das Mondlicht spiegelnd, eine runde Metallkappe mit einem Riegel gerade über der Wasseroberfläche. Sie sahen sich an, bevor sie sich gemeinsam vorbeugten und an dem Riegel zogen. Er ließ sich einfacher öffnen, als Lottie erwartet hatte, doch sie mussten schnell sein, damit nicht zu viel Wasser hineinschwappte.

»Wow!«, rief Ellie. »Gut gemacht, Prinzessin!«

Lottie hatte keine Zeit, sich über das Lob zu freuen, da Ellie sofort in die Öffnung kletterte.

»Ellie!«, rief sie ihr nach. Sie hatte keine Ahnung, wie tief der Tunnel war, und es war unmöglich zu sehen, was sich dort unten befand.

»Komm runter. Ich fange dich auf«, rief eine gedämpfte Stimme.

Lottie stand zitternd und mit klopfendem Herzen vor der Öffnung. Sie blickte zum Wald und fragte sich kurz, wie um alles in der Welt sie hierhergekommen war, bevor ihr klarwurde, dass es kein Zurück gab.

Dann mal hinein ins Kaninchenloch.

Sie ließ sich in den Tunnel gleiten, ohne sich darum zu kümmern, dass sie völlig durchnässt wurde. Zwei Arme legten sich um ihre Taille und halfen ihr nach unten. Es war nicht so tief, wie sie befürchtet hatte. Sie konnte leicht den Arm ausstrecken und die Luke schließen, während Ellie sie festhielt.

Im Tunnel war es stockfinster. Ellies Hand griff nach ihrer. Lottie spürte, dass ihr ganz heiß wurde, und war mit einem Mal schrecklich nervös.

Ellie beugte sich zu ihr, ihr Atem streifte Lotties Wange. »Los!«, flüsterte sie. »Zur Bibliothek.«

Schritt für Schritt tasteten sie sich voran, erleichtert, als sie merkten, dass es aufwärts ging, bis sie schließlich tatsächlich den kleinen Lagerraum erreichten. Glücklicherweise hatte Lottie die Kommode nicht wieder ganz an die Wand gerückt, so dass sie die Klappe öffnen und die Kommode nach vorn schieben konnten.

Leise schlichen sie durch die Gänge, jeder Schritt auf dem Steinboden kam ihnen zu laut vor. Da es noch vor Mitternacht war, hatte Lottie damit gerechnet, dass noch Lehrer unterwegs waren, doch es war niemand zu sehen. Die verlassenen Gänge hatten etwas Unheimliches an sich, und sie wurde den Eindruck nicht los, dass die Augen auf den Gemälden an der Wand sie beobachteten.

Sie mussten beinahe ein Mal durchs ganze Gebäude laufen, um den Haupteingang zu vermeiden, wo sicherlich Wachmänner postiert waren. Dann huschten sie über den Innenhof zum Hintereingang der Bibliothek. Er war verschlossen. Mit ihren Schülerkarten konnten sie nicht hinein, weil dies der sichere Beweis gewesen wäre, dass sie sich nach der Ausgangssperre weggeschlichen hatten. Über die Karten wurde das Kommen und Gehen aller Schüler mit der jeweiligen Uhrzeit registriert.

Plötzlich fragte Lottie sich, ob sie überhaupt wissen wollte, wer das Buch aus der Bibliothek geholt hatte. Sie verstand sich gut mit ihren Mitschülern und fühlte sich langsam heimisch. Obwohl immer noch getuschelt und getratscht wurde, hatte sie nie das Gefühl, in Gefahr zu sein. Vielleicht hatte die Person, die ihr das Buch gebracht hatte, sich wirklich nichts Böses dabei gedacht.

Doch bevor sie Ellie diese Gedanken mitteilen konnte, sah sie mit Verwunderung, wie die Prinzessin eine Glasscheibe der Tür aufstemmte und hindurchgriff, um die Klinke von innen hinunterzudrücken. Offensichtlich hatte Ellie nicht nur Erfahrung im Aus-, sondern auch im Einbrechen. Als Nächstes würde sich vermutlich herausstellen, dass sie einen persönlichen Auftragskiller in Rufbereitschaft hatte.

»Ich kann nicht glauben, dass ich hier mitmache«, sagte Lottie, während sie durch die Tür gingen. Ellie grinste nur.

Im zweiten Stock der Bibliothek, einer gläsernen Kuppel mit Kristallleuchtern, die das ganze Gebäude überspannte, befand sich die Ausleihe. Sie wurde von einem hageren Mann namens Clark geführt. Er hielt das Büro so streng in Ordnung, dass sie schnell fanden, wonach sie suchten: eine genaue Auflistung der jeweiligen Besucher mit Name und Datum.

»Da ist es!«, sagte Ellie und streckte konzentriert die Zunge aus, während sie durch das Heft blätterte.

Lottie spürte, wie sich ihr Herzschlag wieder beschleunigte. Nein, sie wollte nicht wissen, von wem das Buch kam.

»Schau dir das an.« Ellie fiel es schwer, die Befriedigung in ihrer Stimme zu unterdrücken.

Am ersten Schultag waren nur wenige Namen eingetragen worden, und nur drei, die sie kannten. Sie standen fein säuberlich untereinander auf dem Papier.

Binah Fae
Raphael Wilcox
Anastasia Alcroft

14

Lottie brauchte die ganze Nacht, um Ellie davon zu überzeugen, die drei von der Bibliotheksliste nicht mit ihrem Verdacht zu konfrontieren. Dass sie in der Bibliothek gewesen waren, war noch kein Beweis. Sie durften ihre Nachforschungen nicht durch vorschnelle Reaktionen gefährden.

»Es ist besser, wenn wir erst mal nichts sagen, sondern heimlich weiterrecherchieren«, hatte Lottie argumentiert.

Ellie hatte schließlich zugestimmt, aber es war klar, dass sie Anastasia jetzt als ihre Feindin sah – und dass sie damit nicht hinterm Berg halten würde.

Am nächsten Morgen war es drückend heiß. Schon seit Tagen war es sonnig und warm, die Hitze fühlte sich klebrig an, und es lag eine Spannung in der Luft, als könnte der Himmel jeden Augenblick explodieren.

Anders als die übrigen Kurse fand der Sportunterricht mit allen Schülern des Jahrgangs statt. Er hätte eigentlich eine gute Gelegenheit sein können, um sich untereinander besser kennenzulernen, doch wie sich schnell herausstellte, hatten Ivy und Conch kein Interesse an einem sportlichen Austausch – schon gar nicht, wenn Ellie und Anastasia die gegnerischen Mannschaften anführten.

»Anastasia! Ellie!«, rief Ms Bolter. »Würdet ihr beide bitte eure Mannschaften wählen? Vielen Dank.«

Die beiden schauten einander so hitzig an, dass Lottie regelrecht die Funken sprühen sah. Mit glühenden Blicken liefen sie an die entgegengesetzten Seiten des Spielfelds, um ihre Mannschaften aufzustellen. Für Anastasia ging es auch beim Sport immer darum, ihr Haus zu verteidigen, doch für Ellie war der Wettstreit persönlich. Anastasia forderte ihren ohnehin schon starken Ehrgeiz besonders heraus.

»Anastasia, du fängst an!«, rief Ms Bolter über den Platz. Es war kein Zufall, dass Conch immer zuerst zum Zug kam – Ms Bolter war die Hausvorsteherin von Conch. Eine Sportlehrerin wie sie hatte Lottie noch nie erlebt. Sie war unglaublich respekteinflößend. Außerdem war sie die Pferdewirtin von Rosewood und bewegte sich mit solcher Eleganz und Sicherheit, als vollführe sie einen Dressurakt. Ganz sicher war sie die gefürchtetste Lehrerin der Schule, und Lottie konnte sich nicht vorstellen, dass irgendjemand in ihrem Unterricht auch nur auf die Idee kam, sich danebenzubenehmen.

»Raphael«, rief Anastasia.

Na wunderbar, dachte Lottie. Anastasia würde ausschließlich Conch-Schüler wählen, während Ellie ausschließlich Ivy-Schüler zu sich rief, dazu würden ein paar versprengte Schüler aus Stratus kommen, die über diesen albernen Konkurrenzkampf erhaben waren. Beinahe beneidete Lottie sie und wünschte, sie könnte ihre lila Sportkluft abwerfen und sich der sanften gelben Welt von Stratus anschließen, die keine Gedanken an Rivalitäten verschwenden musste.

Während er zu Anastasia hinüberschlenderte, zwinkerte

Raphael Ellie aufreizend zu, woraufhin die genervt die Augen verdrehte.

»Binah!«, rief Ellie. Diese Wahl überraschte Lottie nicht. Ellie war davon überzeugt, dass Binah, eine ihrer ersten Freundinnen überhaupt, unmöglich zu den Schuldigen gehören konnte. Außerdem war Binah nicht nur die beste Schülerin, sondern auch eine hervorragende Athletin. Als Nächste wählte Ellie Lottie in ihre Mannschaft, was diese nicht verdient hatte. Sie war in Sport eine Niete, und Lacrosse überforderte sie vollends.

»Okay! Diese Woche gewinnen wir!«, ermutigte Ellie sie. Sobald sie ihr Team beisammenhatte, steckten sie alle die Köpfe zusammen, und Ellie hielt eine kleine Anfeuerungsrede: »Ich glaube an euch! Lottie« – sie warf ihr einen ernsten Blick zu –, »das gilt auch für dich.«

Lottie runzelte die Stirn. Normalerweise hielt sie sich beim Sport so gut wie möglich raus, da sie die Neigung hatte, eher Schaden anzurichten, als irgendwie hilfreich zu sein. Warum mussten sie in Rosewood den Sport nur so ernst nehmen?

»Hört zu, die Leute aus Conch sehen vielleicht größer und stärker aus, und ich weiß, dass ein paar von ihnen im Lacrosseteam sind. Aber ich bin überzeugt, dass wir als Underdogs durchaus eine Chance haben – es gibt schließlich Wunder!« Anfeuerungsreden waren nicht gerade Ellies Stärke, ihr Sarkasmus kam ihr dabei immer in die Quere. »Und jetzt los!«

Ms Bolter blies in ihre Pfeife, und das Spiel begann. Lottie hielt sich abseits, während die Lacrosseschläger durch die Luft zischten.

Wie konnte dieser brutale Sport irgendwem Spaß machen?

Anastasia geriet so gut wie niemals ins Schwitzen. Gekonnt fing sie den Ball mit ihrem Schläger auf oder jagte ihn der Mannschaft von Ivy ab. Raphael schien es besonderen Spaß zu machen, Ellie zu reizen, er nutzte jede Gelegenheit, sich ihr in den Weg zu stellen. Wenn sie ihn so sah, konnte Lottie sich durchaus vorstellen, dass er hinter der Sache mit dem Buch steckte.

Lottie seufzte. Sie fühlte sich vollkommen lächerlich, wie sie da auf dem Feld auf und ab rannte und versuchte, sich aus dem Gefecht herauszuhalten.

Als das Ende der Stunde näher rückte, waren alle klatschnass geschwitzt, bis auf Anastasia, die das Gerenne überhaupt nicht angestrengt zu haben schien. Binah und Ellie hatten je zwei Tore gemacht, doch jetzt war Gleichstand, 4:4, und da nur noch wenige Minuten zu spielen waren, war nicht davon auszugehen, dass es noch einen Sieger geben würde.

Lottie wollte gerade in Position für den nächsten Anpfiff gehen, als Ellie von hinten ihren Arm packte. »Lottie, hör zu. Ich weiß, du denkst, dass du uns keine Hilfe bist, aber ich glaube, wenn du es wirklich versuchst, wirst du selbst erstaunt sein, wozu du imstande bist.« Sie drückte ihren Arm.

Sei mutig.

Bevor Lottie etwas erwidern konnte, zwinkerte Ellie ihr zu und rannte los.

Die Pfeife ertönte, und das Spiel ging weiter. Binah gelang es, einem Jungen vom gegnerischen Team den Ball abzujagen und ihn zu Ellie zu spielen, die ihn mühelos fing. Sofort war sie von Gegnern umzingelt. Sie schaute sich um, doch niemand war frei. Niemand außer … Lottie. Ellie drehte sich zu ihr und machte sich bereit, ihr den Ball zuzuspielen.

O nein! Nein, nein, nein!, dachte Lottie. Bitte nicht, Ellie!

Sie sah Ellies schiefes Lächeln aufblitzen, und dann flog der Ball auch schon in ihre Richtung. Er zischte durch die Luft wie eine wildgewordene Hornisse.

Er wird mir gegen den Kopf schlagen, dachte sie resigniert und empört zugleich.

Plötzlich bewegte sich die Welt in Zeitlupe. Der Ball kam näher und näher, und es gab keine Möglichkeit, ihn zu stoppen. Sie hob schützend den Schläger und …

Sie fing ihn. Einen Augenblick lang stand sie völlig verblüfft da und starrte den Ball an, der in ihrem Schläger gelandet war.

»Ich hab's geschafft!«, jubelte sie und machte einen kleinen Freudensprung.

»Vorsicht!«, hörte sie einen Jungen rufen.

Sie blickte auf und sah, wie Anastasia auf sie zustürmte, die Augen kühl und berechnend, die Wangen nicht mal gerötet, wie sie den Schläger hob und sich bereitmachte, Lottie umzupflügen und sich den Ball zu schnappen. Lottie fügte sich in ihr Schicksal. Der Moment des Stolzes war vorüber. Es war völlig ausgeschlossen, dass sie es zum Netz schaffte.

»Briktah!«, schrie Ellie, als sie ihren Schläger hart gegen den von Anastasia rammte, und ein lautes *Kracks* ertönte, das übers ganze Feld zu hören war.

Lottie hatte keine Ahnung, was das bedeutete, doch die Absicht dahinter war klar.

Mit glühenden Augen starrte Ellie Anastasia an und versperrte ihr den Weg. Anastasia verlagerte das Gewicht nach links und wich elegant aus, doch Ellie war schneller. Sie drehte sich um und fing Anastasias Schläger wieder ab – die ganze Aktion wirkte wie ein wütender Tanz.

»Lottie, lauf!«, schrie Ellie.

Lottie nahm all ihre Entschlossenheit zusammen und stürmte, so schnell sie nur konnte, auf das Netz zu. Ellie vertraute auf sie, Ellie glaubte, dass sie es schaffen konnte, und sie wollte sie nicht enttäuschen. Aus den Augenwinkeln sah sie Raphael und ein Mädchen aus Stratus auf sich zukommen.

Renn weiter, renn weiter!

Sie würde es nie und nimmer bis vors Tor schaffen, die beiden waren zu schnell, sie würde den Ball aus zu großer Entfernung werfen müssen, und der hünenhafte Conch-Torwart würde ihn halten. Ihr Herz raste, doch langsam war sie nahe genug, um es zu versuchen. Raphael war nur noch wenige Zentimeter entfernt.

Gib niemals auf …

Kurz entschlossen imitierte sie die Bewegung, die sie bei Anastasia gesehen hatte, täuschte nach links an und drehte sich dann schnell rechts an ihm vorbei. Es war lange nicht so elegant wie bei Anastasia, aber es funktionierte. Mit einem Mal war Lottie an Raphael vorbei und hatte freie Bahn.

»ZEIG'S IHNEN, LOTTIE!«, hörte sie Ellie übers Feld brüllen. Sie nahm ihre ganze Willenskraft zusammen, stieß einen wilden Schrei aus und schleuderte den Ball, so fest sie konnte, aufs Tor. Er flog los und zischte auf das Netz zu wie ein Komet. Alle wurden still und blickten staunend dem Ball hinterher. Der Torhüter konnte nichts mehr ausrichten. Der Ball flog zu schnell und zu kraftvoll.

Er landete mit solcher Kraft im Tor, dass er ein Loch ins Netz riss, hinten wieder herausflog und schließlich am Boden ausrollte.

Lottie nahm den Helm ab und drehte sich zu ihrer Mannschaft um. Die Haare hingen ihr in verschwitzten Strähnen um die Schultern.

»ICH HAB'S GESCHAFFT!«, rief sie, hob ihren Helm in die Luft und warf Ellie ein strahlendes Grinsen zu.

Beide Mannschaften und auch Ms Bolter starrten sie einen Augenblick lang verblüfft an, bevor Ellie ihren Schläger in die Luft reckte und ein Siegesgebrüll anstimmte, das über den Platz schallte wie Wolfsgeheul. Der Rest des Teams stimmte mit ein. Sogar einige Mitglieder der Gegenmannschaft klatschten anerkennend.

Ellie setzte ebenfalls ihren Helm ab, ließ den Schläger fallen und rannte übers Feld. Sie packte Lottie um die Taille und drehte sie, noch immer laut heulend, stürmisch im Kreis.

Lottie kicherte. Sie war in Hochstimmung. Ellie legte ihr eine Hand auf die Schulter und flüsterte ihr ins Ohr: »Ich wusste doch, dass du es kannst, Prinzessin.«

Ein Pfiff schrillte durch die Luft, und alle drehten sich zu Ms Bolter um.

»Herzlichen Glückwunsch, junge Dame – deine Mannschaft hat gewonnen.«

Wieder jubelten alle, abgesehen von Anastasia.

Ms Bolter hob die Hand, um sie zum Schweigen zu bringen. »Ellie, Lottie, Anastasia, kommt bitte nach der Stunde in mein Büro«, sagte sie streng.

Lottie schluckte. Das Glücksgefühl verpuffte. Sie war nicht sicher, was sie erwartete, aber es war ganz sicher nichts Gutes.

Ellie, Lottie und Anastasia standen in einer Reihe vor Ms Bolters Schreibtisch. In ihrem Büro befand sich ein eindrucksvolles Sammelsurium aus kunstvoll geschnitzten afrikanischen Figuren und Schmuckgegenständen sowie Pokalen und Medaillen in allen Größen und Formen. Der große Schreibtisch war aus Mahagoniholz, und an seinen Beinen rankten geschnitzte Schlingpflanzen empor. In dieser Umgebung wirkte Ms Bolter sogar noch respekteinflößender.

»Ich möchte euch für die Zukunft bitten, meinen Sportunterricht nicht in einen Schwertkampf zu verwandeln, Anastasia und Ellie.«

Ellie wollte protestieren, doch Lottie kniff ihr in den Arm, woraufhin sie ihr einen düsteren Blick zuwarf und den Mund hielt.

»Aber …«, Ms Bolter wandte sich ab und pustete ein unsichtbares Staubkörnchen von einem Pokal, »ihr habt Ausdauer, Geschicklichkeit und Haltung bewiesen. Wie ihr wisst, dürft ihr bald eure außerschulischen Aktivitäten wählen –«

»Tut mir leid, Ms Bolter, aber ich habe absolut kein Interesse daran, der Lacrossemannschaft beizutreten«, erklärte Ellie rundheraus.

»O nein, das wollte ich dir auch gar nicht vorschlagen.« Ms Bolter lächelte und hielt den Mädchen zwei Formulare hin, die sie von ihrem Schreibtisch genommen hatte. »Ich möchte, dass ihr Schwertkämpferinnen werdet. Ihr solltet der Fechtmannschaft beitreten.«

Lottie sah, dass Anastasias Finger kurz zuckten, doch das war das einzige erkennbare Anzeichen von Aufregung.

»Wir nehmen nur selten neue Mitglieder auf. Ein Mitglied der Lanciers von Rosewood zu sein ist eine große Ehre. Ihr solltet also ernsthaft über das Angebot nachdenken. Das Auswahlverfahren findet in der ersten Dezemberwoche statt. Ihr könnt am Training nach der Schule teilnehmen, aber ich empfehle euch, schon bald eine Entscheidung zu treffen.« Sie nickte Ellie und Anastasia zu. »Vielen Dank. Ihr zwei dürft jetzt gehen.«

Ellie sah Lottie im Hinausgehen besorgt an. Anastasia hingegen schien direkt durch sie hindurchzuschauen. Sie drehte sich wortlos um und verließ das Zimmer.

Einen Moment lang herrschte Schweigen, bis die Tür vollständig geschlossen war. Es hätte Lottie nicht gewundert, wenn Ellie draußen ein Ohr an die Tür gepresst hätte, bereit, ihr beizustehen, falls sie das Gefühl hatte, dass Lottie ungerecht behandelt wurde.

»Lottie, ich glaube fest an das Ethos dieser Schule. Deshalb liebe ich meine Arbeit hier auch so sehr.« Ms Bolter bedeutete Lottie, sich in den Sessel ihr gegenüber zu setzen, was sie bereitwillig tat. »Soweit ich weiß, bist du mit dem Florence-Ivy-Stipendium hier.«

Es war keine Frage, trotzdem hatte Lottie das Gefühl, nicken zu müssen.

»Ich habe es mir zur Gewohnheit gemacht, mich um

alle Stipendiaten persönlich zu kümmern. Lottie, ist dir bewusst, dass du dich als erste Schülerin seit zwölf Jahren für das Stipendium für außergewöhnliche Umstände qualifiziert hast?«

»Nein.« Lottie merkte, dass ihre Hände zitterten. Sie hatte gewusst, dass es eine enorme Leistung war, ein Stipendium für Rosewood zu bekommen, aber ihr war nicht klargewesen, wie außergewöhnlich es tatsächlich war.

»Ich muss zugeben, dass ich zu Beginn des Schuljahres dachte, wir hätten einen Fehler gemacht.«

Lottie setzte sich aufrechter hin und versuchte, sich die Kränkung nicht anmerken zu lassen. Sie konnte nicht bestreiten, dass sie sich bislang im Sportunterricht keine große Mühe gegeben hatte.

»Aber heute hast du mich überrascht. Du bist an deine Grenzen gegangen und hast etwas Außergewöhnliches geleistet. Du bist über dich hinausgewachsen.«

Lotties Hände hörten auf zu zittern. »Ich … Vielen Dank«, sagte sie vorsichtig.

»Wir werden deine Fortschritte an dieser Schule genau verfolgen, Lottie. Enttäusch uns nicht. Wir erwarten Großes von dir.« Ms Bolters Lächeln war so strahlend, dass Lottie einen Augenblick lang wie geblendet war.

Als sie das Büro verließ, war sie richtig überwältigt. Sie dachte an ihre Mutter, an die Krone auf ihrem Nachttisch und an Ellie, die sie schon zu so vielen Dingen ermutigt hatte. Sie wollte niemanden enttäuschen. Sie würde so hart arbeiten, wie sie nur konnte, und allen beweisen, dass sie ihr Vertrauen wert war. Sie musste nur weiterhin an ihre Grenzen gehen und durfte sich nicht von dem albernen Prinzessinnentratsch ablenken lassen.

Solange sie sich konzentrierte und bei der Sache blieb, würde sie die Erwartungen erfüllen.

Ich werde niemals aufgeben!

15

Als der ungewöhnlich warme September sich dem Ende zuneigte, erwachten die Mädchen eines Freitagmorgens durch ein besonders eindrucksvolles Gewitter. Die Blitze erleuchteten das Zimmer durch die Chiffonvorhänge. Ellie warf die Bettdecke ab, rannte zur Balkontür, öffnete sie weit und stürzte auf den Balkon, um den Sturm zu begrüßen.

Ihr *Star-Wars*-Pyjama war binnen Sekunden durchnässt und klebte an ihrem Körper, doch sie tanzte unbeirrt mit zum Himmel erhobenen Armen weiter, lehnte sich über die Brüstung und stieß ein lautes Geheul aus, gerade als ein besonders lauter Donner erschallte. Lottie starrte sie fasziniert an. Einen Augenblick lang hatte sie das Gefühl, der Donner antworte Ellie mit seinem dumpfen Grollen: *Ellie, lass dein Haar herunter!*

Die Spannung in der Luft schien sich beim Frühstück auch auf die Schüler zu übertragen. Zum ersten Mal seit Wochen hatte Lottie das Gefühl, das aufgeregte Summen im Frühstückssaal gelte nicht ihr. Ellie und sie setzten sich an ihren üblichen Platz am Fenster mit Blick auf den Teich und auf Ryley, den Hirsch. Einen Platz im Speisesaal zu haben, der stillschweigend für sie reserviert war, gehörte definitiv zu den angenehmen Nebeneffekten ihres neuen Status.

Der Regen strömte immer noch vom Himmel und trommelte laut gegen die Fensterscheiben. Die Welt dahinter war trübe und verschwommen.

»Das Wetter ist der Wahnsinn!«, rief Ellie, piekste ein riesiges Stück Honigschinken auf und schwenkte es durch die Luft.

Lottie verzog innerlich das Gesicht. Sie wusste die erlesenen Speisen in Rosewood wirklich zu schätzen, doch als überzeugte Vegetarierin seit dem Alter von fünf Jahren wurde ihr beim Anblick von Fleisch immer flau im Magen. Tiere zu essen kam ihr nicht sehr prinzessinnenhaft vor. Cinderella hatte die vielen Tiere, die ihr zur Hilfe geeilt waren, schließlich auch nicht kaltblütig aufgefuttert!

»Aber wenn du weiter so im Regen rumspringst, erkältest du dich noch«, erwiderte sie besorgt.

Ellie grinste breit. »Ich kann einfach nicht anders. Gewitter sorgen eben dafür, dass wir uns seltsam verhalten.« Sie zeigte durch den Raum. »Siehst du?«

Lottie folgte ihrem Blick. Ellie meinte das sonderbare Summen, das alle Schüler ergriffen hatte. Es wurde noch mehr gekichert, geflüstert und getuschelt als sonst. Irgendetwas war im Busch.

»Muss an den extremen Luftdruckveränderungen liegen.«

Lottie und Ellie zuckten zusammen. Neben ihrem Tisch stand Binah, tropfnass und mit einem aufgeregten Lächeln. Wo kam die denn auf einmal her?

»Guten Morgen, Ellie. Guten Morgen, Lottie.«

»Binah, um Himmels willen, setz dich. Dir muss ja eiskalt sein.« Lottie zog ihren lila Blazer aus und legte ihn Binah um die Schultern. Binahs große runde Brille war beschlagen. Was war nur in diese Mädchen gefahren, dass sie wie die Verrückten im strömenden Regen herumrannten?

»Anscheinend hat die Luftdruckveränderung auch dich erwischt, Binah«, sagte Ellie mit ihrem schiefen Grinsen.

Binah winkte verächtlich ab. »Ach was! Es braucht schon etwas mehr als eine kleine Cumulonimbusakkumulation, um meine kognitiven Fähigkeiten zu beeinträchtigen. Du dagegen …« Sie legte das Kinn in die Hand und lächelte. »Wie kommst du mit dem Rätsel voran?«

Ellie verdrehte genervt die Augen, und Binah lachte. Sanft tätschelte sie Ellies Hand. »Du solltest versuchen, es von der Antwort her zu lösen, nicht von den Gleichungen.«

Und bevor Ellie genauer nachfragen konnte, fügte sie mit blitzenden Augen hinzu: »Ihr müsst mir einen Gefallen tun.«

Ellie und Lottie wechselten einen überraschten Blick. Normalerweise war es Binah, die anderen Gefallen tat, nicht umgekehrt.

»Unser Jahrgang bekommt einen neuen Schüler. Er ist in eurer Gruppe.«

Lottie blickte sich um. Das musste der Grund sein, warum alle so aufgeregt waren.

»Niemand weiß etwas über ihn, und wie ihr wisst, weiß ich gerne alles.«

»Also, was willst du?«, fragte Ellie.

»Ich will, dass ihr alles über ihn herausfindet.«

Ellie runzelte die Stirn. »Machst du das bei allen Schülern so?«

»Nur bei den mysteriösen. Warum fragst du?«

Lottie hielt den Atem an. Konnte es sein, dass Binah Ellie durchschaut hatte?

Zu ihrer Erleichterung blieb Ellie cool. »Ich bin nur neugierig«, sagte sie locker.

»Wie heißt er denn?«, fragte Lottie schnell, um das Thema zu wechseln.

»O Gott, schon so spät!« Binahs Blick sprang zu der Uhr über der Eingangstür. »Ich muss los, sonst schaffe ich es nicht pünktlich zum Unterricht.« Sie warf sich ihren tropfnassen Rucksack über die Schulter, wobei Wasser aus ihren Locken stob. »Bis später!« Und weg war sie, bevor eine von ihnen noch etwas sagen konnte.

Lottie atmete langsam aus. »Ein neuer Junge …« Und deshalb waren alle so aufgedreht? Sie fragte sich, ob er etwas Besonderes an sich hatte, und schon hatte sie selbst eine Million Fragen. Warum kam er zwei Wochen nach Schuljahresbeginn? Wie sah er aus? Hatte er das Gewitter mitgebracht? War er vielleicht ein Märchenprinz? Als das letzte Mal alle so aufgeregt gewesen waren, hatten sie beschlossen, dass sie eine Prinzessin war.

»Lottie?«

Lottie blickte auf und merkte, dass Ellie aufgestanden war und plötzlich sehr nervös aussah. »Ich habe schon fünfmal deinen Namen gesagt. Was ist los mit dir?«

Lottie fühlte sich ertappt. »Tut mir leid, ich hab nur …« … albern vor mich hingeträumt, dachte sie.

Ellie wartete ihre Antwort nicht ab. Sie griff mit einer hastigen Bewegung nach ihrer Tasche und drehte sich zur Tür.

»Lass uns gehen. Ich will nicht mehr hierbleiben. Die führen sich auf wie Idioten, nur weil ein Neuer kommt.« Sie schnappte sich ein Hörnchen und stopfte es in den Mund. »Was kann an diesem Typen schon so besonders sein?«

Selbst für Ellies Verhältnisse war der Stimmungswechsel auffällig, und die Anspannung in ihrer Stimme machte auch Lottie nervös.

»Na ja, vielleicht …« Sie verstummte. Sie hatte keine Ahnung, warum diese Information Ellie so aufregte, und ihr fiel nichts ein, womit sie sie beruhigen konnte. Sie folgte Ellie, die eilig aus dem Frühstückssaal stürmte.

»Der Neue ist bestimmt ein Langweiler, der uns völlig egal sein kann«, sagte sie fest.

Es überraschte sie nicht, dass Ellie die aufmunternd gemeinten Worte ignorierte. Was auch immer sie so störte, Lottie konnte offensichtlich nichts dagegen tun.

16

Zwanzig Minuten vor Unterrichtsbeginn saß Lottie allein im Englischraum, spitzte nervös ihre Bleistifte und fragte sich, ob Ellie Ärger bekommen würde, weil sie den Unterricht schwänzte. Ihre Diskussion nach dem Frühstück war anders verlaufen, als sie gehofft hatte. Kaum waren sie in ihrem Zimmer gewesen, hatte Ellie sich bäuchlings aufs Bett geworfen und keine Anstalten gemacht, ihre Sachen zu packen.

»Kommst du nicht mit?«

»Wir sehen uns im Kurs«, ertönte die gedämpfte Antwort aus den Kissen.

»Wirklich? Schwänzen kann schnell zur schlechten Gewohnheit werden, Ellie.«

»Wir werden ja sehen, ob wir uns sehen.«

»Was soll das denn heißen?«

»Das wirst du schon sehen.«

Lottie stöhnte und legte die Stirn auf die Tischplatte. Sie fing an, sich für Ellie verantwortlich zu fühlen. Aber sie konnte sie auch verstehen. Wenn dies wirklich ihre letzten freien Jahre waren, bevor sie ihre königlichen Pflichten übernehmen musste, dann sollte sie so viel davon haben wie möglich.

»Hallo? Entschuldige!«

Beim Klang der unbekannten Stimme direkt neben ihrem Ohr fuhr Lottie auf. Dabei traf ihr Hinterkopf den Besitzer der Stimme fest ans Kinn. Bei ihrer Grübelei über den mysteriösen Neuzugang war ihr völlig entgangen, dass ebendieser neben ihr stand und sich zu ihr gebeugt hatte.

Sie stieß einen kleinen Schrei aus. Zwischen ihnen hatte es einen gewaltigen Stromschlag gegeben.

»Du hast mich erschreckt!«, rief sie und rieb sich den schmerzenden Hinterkopf. Sie spürte, dass ihr Tränen in die Augen stiegen, und blinzelte sie schnell weg.

Den Jungen schien der Zusammenstoß völlig kaltzulassen. Er rieb sich nur das Kinn und setzte sich einen Tisch weiter.

Das war also der Neue. Er trug den weichen, pflaumenfarbenen Blazer von Ivy. Obwohl er ihm perfekt passte, wirkte der Junge irgendwie zu dunkel, zu wild für eine brave Schuluniform. Lottie spürte Unbehagen in sich aufsteigen und das widersprüchliche Verlangen, wegzuschauen und ihn anzustarren. Aber da war noch etwas. Als Lottie ihn eingehender musterte, hatte sie das Gefühl, ihn zu kennen. Er kam ihr … vertraut vor.

»Eigentlich ist es üblich, sich zu entschuldigen, wenn man jemanden gegen das Kinn geschlagen hat«, sagte er ruhig.

»Wie bitte?« Lottie blinzelte empört. »Ist das dein Ernst?«

»Du hast mir weh getan.«

»Du hast dich *angeschlichen*«, gab sie entrüstet zurück. »*Du* solltest dich bei *mir* entschuldigen.«

»Da kannst du lange warten«, sagte er kurz.

Sie verdrehte die Augen. Ein Märchenprinz war der Neue eindeutig nicht. Lottie musste ihre ganze Willenskraft aufwenden, um nichts zu sagen, was sie später bereuen würde. Vielleicht lag es an Ellies impulsivem Einfluss, vielleicht lag es auch an dem Jungen selbst, jedenfalls zeigte sich, dass ihre ganze Willenskraft nicht genug war.

»Es wird dir noch leidtun, dass du so unhöflich zu mir warst«, sagte sie zuckersüß, während sie in ihrem Buch blätterte. Ihre Worte überraschten sie selbst. *Sei freundlich* war ein so wichtiger Teil ihres Mottos. Doch diesmal konnte sie nicht anders.

Er sah sie neugierig an.

Haha, dachte Lottie. *Hab ich dich!*

Ein kleines schiefes Lächeln breitete sich auf seinem Gesicht aus, ein Haarbüschel fiel ihm vor die klaren braunen Augen, und Lottie hatte das starke Gefühl eines Déjà-vu.

»Ach ja? Und warum?«, gurrte er.

In die Falle getappt. Lottie musste ein Kichern unterdrücken. Die Vorstellung, diesen unverschämten Kerl in die Schranken zu weisen, war einfach zu gut.

»Ich vergebe dir, du bist schließlich neu. Niemand soll der maradovischen Königsfamilie nachsagen, dass sie nicht großzügig ist«, sagte sie herablassend.

»Maradovisch?«, wiederholte er skeptisch.

»Ja.« Sie klappte ihr Buch zu und sah ihn so majestätisch an, wie sie konnte. »Ich bin nämlich die Prinzessin von Maradova … aber du darfst mich Lottie nennen.«

Es folgte eine Pause, in der der Neue sie einfach nur anstarrte. Seine Augen zeigten keinerlei Reue, was Lottie nervös machte.

»Erstaunlich«, sagte er schließlich.

Das war nicht die Antwort, die Lottie erwartet hatte.

»Weißt du etwa nicht, wer das ist?« Lottie vergaß geflissentlich, dass sie selbst es bis vor zwei Wochen nicht gewusst hatte.

»O doch, das weiß ich.« Er lächelte, allerdings ohne die Augen. Er musterte sie von oben bis unten, bevor er mit einem spöttischen Grinsen sagte: »Ich hatte nur nicht erwartet, dass sie so aussieht … wie du.«

Lottie war zutiefst verletzt, obwohl sie selbst zugeben musste, dass sie sich im Augenblick nicht sehr prinzessinnenhaft aufführte. In Gedanken wiederholte sie ihr Motto.

Sei freundlich, sei mutig und gib niemals auf!

Dieser Blödmann würde sie nicht dazu bringen, an sich selbst zu zweifeln. Sie merkte, dass sie dasaß und den Mund auf- und zuklappte wie ein Fisch, während sie nach einer schlagfertigen Antwort suchte. Doch bevor ihr etwas eingefallen war, ging die Tür auf, und Ms Kuma kam herein, gefolgt vom Rest der Klasse.

»Wunderbar, du bist schon da und hast auch schon eine Freundin gefunden! Vielen Dank, Lottie.« Ms Kuma strahlte sie an. Ihr langer, bestickter Mantel schwang unter ihren ausladenden Bewegungen, während sie ihren Platz vor der Klasse einnahm.

Wenigstens konnte Lottie sich damit trösten, dass der Englischunterricht eine willkommene Ablenkung von den unangenehmen Ereignissen des Morgens bieten würde. Sie hatte Englisch schon immer geliebt, und sie vergötterte Ms Kuma. Lotties Liebe zur Literatur war die natürliche Folge ihrer kindlichen Begeisterung für Märchen. Worte und ihre Kraft, abstrakte Gedanken und Gefühle auszudrücken, faszinierten sie.

»Jamie, würdest du dich bitte vorstellen?«, sagte Ms Kuma.

Einige Mädchen kicherten, als er aufstand.

»Guten Morgen. Mein Name ist Jamie Volk. Ich weiß nicht genau, wie lange ich auf dieser Schule bleiben werde. Meine Eltern reisen viel, deshalb sollte ich hier wahrscheinlich nicht allzu heimisch werden.« Mit diesen Worten setzte er sich wieder. Die gerade noch tuschelnden Schülerinnen verfielen in Schweigen, und die anderen fragten sich, ob das sein Ernst war.

In diesem Augenblick entdeckte Lottie Ellie. Sie spähte durch das runde Glasfenster in der Tür, und ihr nasser schwarzer Haarschopf deutete darauf hin, dass sie ihren Regenschirm vergessen hatte. Lottie winkte ihr unauffällig, doch Ellies Blick war auf Jamie gerichtet. Sie sah ungewohnt besorgt aus. Jamie blickte zur Tür, und Ellies Gesicht verschwand augenblicklich. Lottie sah, dass Jamie die Fäuste ballte.

Das wird ja immer seltsamer, dachte Lottie. Ihr Körper versteifte sich, als beklemmende Gedanken sie befielen. Vielleicht hat er etwas Böses vor, vielleicht habe ich deshalb so ein ungutes Gefühl? Und ausgerechnet zu ihm hatte sie gesagt, sie sei eine Prinzessin. Sie gab sich Mühe, ruhig zu atmen.

»Ich lese hier, dass Englisch dein bestes Fach ist?«, fuhr Ms Kuma, die das Unbehagen nicht zu bemerken schien, mit einem Blick in ihre Mappe fort. »Du bekommst Konkurrenz, Lottie.«

Jamies Augen waren noch immer zur Tür gerichtet.

Wer bist du, Jamie Volk? Und was willst du von Ellie?

Als hätte er ihre Gedanken gehört, drehte Jamie sich um und schenkte Lottie ein kühles Lächeln. Für die anderen im Raum musste es wie die harmlose Bestätigung ihrer angeblich gemeinsamen Liebe zur Literatur aussehen, doch in seinen Augen lag etwas, das Lottie erschaudern ließ.

Nach der angespanntesten Englischstunde, die Lottie je erlebt hatte, entließ Ms Kuma die Klasse endlich in die Pause, nachdem sie sie daran erinnert hatte, dass nächste Woche die Hausaufgabe zu *Ein Sommernachtstraum* fällig war.

Kaum hatte Ms Kuma ausgeredet, sprang Lottie auf, flitzte durch die Tür und rannte die Treppe hinunter.

Hinter sich hörte sie eine Jungenstimme. »Warte!«

Sie wusste, dass es Jamie war, doch sie wollte nur zu Ellie. Zum Glück war Jamie neu und kannte die Abkürzung zum Wohnheim noch nicht. Irgendetwas höchst Eigenartiges ging hier vor, und sie würde erst Ruhe geben, wenn Ellie ihre Fragen beantwortet hatte.

Sie rannte den Hügel hinunter nach Ivy. Es roch nach feuchter Erde; Blumen und Blätter waren schwer vom Regen und streiften ihre Uniform. Keuchend bog sie in den kleinen, gut hinter Ziersträuchern versteckten Trampelpfad ein, wo Raphael und ein paar andere Wichtigtuer immer heimlich rauchten.

Der Pfad führte direkt zu dem Teich vor Ivy, wenn man am Ende unter einem Busch hindurchkrabbelte. Lotties Uniform würde schmutzig werden, aber das nahm sie in Kauf. Sie flitzte um die letzte Biegung und stand vor … Jamie Volk.

Stumm starrten sie sich an.

Jamie war ruhig, ernst und sauber, das genaue Gegenteil von Lottie, die schnaufte, pitschnass war und garantiert Zweige und Laub im Haar hatte. Das gesprenkelte Licht, das durch die Blätter fiel, betonte ihre roten Wangen. Ihre Gedanken überschlugen sich.

Woher hatte er gewusst, dass sie diesen Weg nehmen würde? Wie hatte er es vor ihr hierher geschafft? Und was zur Hölle wollte er von ihr?

Ihr wurde bewusst, dass sie an einem Ort war, den die wenigsten in der Schule kannten, allein mit einem Fremden, der glaubte, dass sie die Prinzessin von Maradova war, und sie spürte Panik in sich aufsteigen. Sie musste hier weg. Doch als sie sich umdrehte, packte er sie am Arm.

»Warte, habe ich gesagt!«, zischte er und zog sie zurück.

»Lass mich los!«, schrie sie. Sie schlug mit der freien Hand nach ihm, doch er wehrte den Schlag mühelos ab.

»Lottie –«

»Ich rufe die Polizei!«, drohte sie und versuchte erfolglos, den Arm aus seinem Griff zu zerren.

Warum war er so stark?

»LASS MICH LOS!« Noch einmal versuchte sie mit aller Kraft, sich loszureißen, und trat ihm dabei auf den Fuß. Er wollte den Fuß wegziehen, verlor das Gleichgewicht, und beide landeten höchst unelegant im Matsch.

»Igitt!« Lottie lag flach auf dem Rücken und dachte sofort an ihre ruinierte Uniform und ihre dreckigen Haare. Sie musste sich selbst daran erinnern, dass das im Moment ihre geringste Sorge war. Erst mal musste sie den Jungen loswerden, der auf ihr drauflag. Sie wollte gerade losschreien, als ein Anhänger aus seinem Kragen fiel und auf ihrer Brust landete. Es war das vertraute Medaillon mit dem Wolfskopf.

Das Wappen der Familie Wolfson. Der gleiche Anhänger, den auch Ellie trug.

Er blickte auf, und sie waren gezwungen, einander in die Augen zu sehen. Ihr Atem ging stoßweise und keuchend. Lottie sah, dass seine kalte Maske abgefallen war, und war wie gebannt von dem warmen Schimmer seiner braunen Augen. Da war etwas Verletzliches, etwas, das sie tröstete und gleichzeitig verwirrte. Ein ferner Donnerhall grollte durch die feuchte Luft und riss Lottie aus ihrer Erstarrung.

»Du …« Plötzlich verstand sie. Sie sah in Jamies Augen, und alle Teile fügten sich zusammen. Sie wusste, woher sie ihn kannte und warum er ihr so seltsam vertraut vorkam. Sie hatte ihn seit ihrer Ankunft in Rosewood jeden Tag gesehen.

Er war der Junge von Ellies Foto.

17

Beklommen standen Jamie und Lottie vor der Tür zu Zimmer 221. Ihre Uniformen waren nass und schmutzig, doch Jamie trug die seine so souverän, als wäre er es gewohnt, von Kopf bis Fuß in einer Schlammpackung zu stecken. Lottie dagegen hatte das Gefühl, gleich vor Sorge zu platzen. Sie hatte schreckliche Angst vor Ellies Reaktion darauf, dass sie Jamie mitgebracht hatte. Außerdem war es ihre Schuld, dass er überhaupt da war. Nach ihrem Zusammenstoß auf dem Geheimpfad hatte Jamie ihr den wahren Grund genannt, warum er nach Rosewood Hall gekommen war.

Er war von Ellies Eltern geschickt worden, um ihnen zu berichten, was genau in Rosewood Hall vor sich ging und warum in der Presse berichtet wurde, dass die Prinzessin von Maradova in einem Internat in England war. Er hatte von Anfang an gewusst, dass Lottie nicht die Prinzessin von Maradova war, was seine Haltung ihr gegenüber erklärte – und Lottie zutiefst beschämte.

Ich bin nämlich die Prinzessin von Maradova … aber du darfst mich Lottie nennen.

Wenn sie die Zeit bis zu diesem Moment zurückdrehen könnte, würde sie es tun. Als ihr klargeworden war, dass er gewusst hatte, dass sie log, war sie knallrot geworden und hatte ernsthaft erwogen, den Kopf in die feuchte Erde zu stecken und nie wieder herauszuziehen.

»Schämst du dich jetzt? Ich finde, das geschieht dir recht«, hatte Jamie gesagt.

Dagegen konnte sie nichts einwenden.

Den Westflügel des Wohnheims bewohnten ausschließlich Mädchen, Jungen waren dort nicht zugelassen. Leider war nicht zu übersehen, dass Jamie ein Junge war, und wenn irgendjemand – *bitte nicht Professor Devine!* – sie erwischte, würden sie beide ernsthafte Schwierigkeiten bekommen. Was Lotties aktuelle Zwickmühle noch komplizierter machte.

Denn einerseits wollte sie nichts lieber, als sich in ihr Zimmer zu flüchten, wo sie Jamie notfalls über die Balkonbrüstung schubsen konnte, sollte ein Lehrer hereinkommen. Er würde sich vielleicht ein Bein brechen, doch das wäre ein kleiner Preis im Vergleich zu dem, was ihnen sonst blühte. Sie könnte sagen, dass sie in den Matsch gefallen war und zurückgehen musste, um sich umzuziehen, weiter nichts. Aber sie brachte es nicht über sich, die Tür zu öffnen. Die Ereignisse der letzten Stunde machten ihr Angst. Ihr war klargeworden, dass ihre Entscheidung, die Verwechslung nicht aufzuklären, durchaus zur Folge haben konnte, dass Ellie nach Maradova zurückgeschickt wurde.

Wie oft werde ich wohl noch ängstlich vor dieser Tür stehen?, fragte sie sich.

»Türen selbst zu öffnen ist wohl gegen den Prinzessinnenkodex, Miss Pumpkin?«, fragte Jamie sarkastisch und wippte ungeduldig auf den Fußspitzen.

Lotties Sorge wich Gereiztheit. Besonders seine Wortgewandtheit ärgerte sie. Sie machte seine Gegenwart noch mindestens fünfzig Prozent unerfreulicher.

»Weißt du was?« Lottie drehte sich mit geballten Fäusten zu ihm. »So langsam habe ich die Nase voll von deinem Sarkasmus.«

Postwendend gab Jamie zurück: »Und ich hab so langsam die Nase voll von dieser Warterei.«

»Ich wollte gerade reingehen.« Lottie blies mit kindischem Trotz die Backen auf, woraufhin Jamie die Augen verdrehte.

In dem Augenblick hörten sie die Klinke, und die Tür wurde einen Spalt aufgezogen. Beide drehten die Köpfe und sahen Ellie mit weit offenem Mund auf die Matschgespenster vor sich starren.

»Lottie?« Ellie blinzelte, als kämen ihre Gedanken von weit her, und ihr verblüfftes Gesicht wurde ärgerlich. »WAS ZUM …?«, begann sie zu schreien, doch Lottie und Jamie reagierten genau gleich: Sie schoben Ellie unsanft ins Zimmer und hielten ihr den Mund zu.

»Psst!«, zischte Jamie, während er die Tür hinter ihnen zuzog. »Willst du, dass wir erwischt werden? Denk an deine Schulakte!«

Lottie schnaubte verärgert, und wieder verdrehte Jamie die Augen. Sie hatte das Gefühl, dass sie das noch öfter sehen würde.

Ellie legte ihr eine Hand auf den Arm, zog sie hinter sich und stellte sich zwischen sie und Jamie. Ihr Gesicht hatte denselben Ausdruck wie auf dem Lacrossefeld, als sie sich Anastasia in den Weg gestellt hatte. Lottie wollte hinter ihr hervortreten, doch Ellie streckte schützend den Arm aus und drängte sie zurück. Dabei zog sie ihr liebevoll einen Zweig aus den blonden Locken.

»Wie ich sehe, hast du meinen Freund aus Kindertagen kennengelernt. Jamie Volk.«

Sie wandte sich zu Jamie, und Lottie meinte zu sehen, dass sie ihm einen scharfen Blick zuwarf, eine zornige Warnung. Warum nur? Das Klima im Raum war plötzlich eisig. Die ganze Situation war äußerst verwirrend. Jamie hatte gesagt, er kenne Ellie schon sein Leben lang. Dann müsste sie sich doch eigentlich freuen, ihn zu sehen?

»Jamie.« Sie sprach seinen Namen schroff aus.

Einen Moment lang standen sie da und starrten sich an, betrachteten sich zum ersten Mal richtig. Mit ihren dunklen Haaren und den identischen Anhängern schienen sie einander zu spiegeln.

»Du hast keinen einzigen Brief geschrieben. Deine Eltern machen sich Sorgen«, sagte Jamie.

Ellie wandte den Blick ab und biss sich nervös auf die Unterlippe.

»Abgesehen davon, dass du den Unterricht schwänzt, dich nicht an die Ausgangssperre hältst und –«

»Das ist doch völlig egal!«, unterbrach Ellie ihn. »Lottie hat noch keinen einzigen Verweis bekommen. Nach der allgemeinen Meinung ist *sie* die Prinzessin von Maradova, und ich kann machen, was ich will!« Sie versuchte, lässig zu klingen, doch es gelang ihr nicht ganz.

»So funktioniert das nicht, Ellie«, entgegnete Jamie kühl. Sein Ton war das Gegenteil von ihrer bemühten Gleichgültigkeit.

»Vielleicht aber doch!« Ein Hauch Verzweiflung lag in Ellies Stimme.

»Du weißt, dass das nicht geht.«

»Aber sie wäre die perfekte P–«

»Briktah!«, bellte Jamie.

Oh-oh, dachte Lottie. Das war definitiv kein nettes Wort.

Ellie stampfte mit dem Fuß auf. Sie zischte etwas in einer anderen Sprache, vermutlich einem maradovischen Dialekt, und fuchtelte wild mit den Händen. Lottie hatte sie noch nie so außer sich gesehen, beinahe machte es ihr Angst. Ihre Stimme klang ganz anders als noch vor wenigen Minuten.

Es war ein seltsamer, beinahe absurder Anblick – der matschbeschmierte Junge und das wutschäumende Mädchen vor dem rosigen Dekor von Lotties Zimmerseite. Auch wenn Lottie die Sprache nicht verstand, hörte sie immer wieder die Wörter »Lottie« und »Porterin«, und es war eindeutig, dass die Diskussion sehr ernst war. Lottie fragte sich, ob sie die beiden allein lassen sollte, doch als sie einen Schritt Richtung Tür machte, streckte Ellie den Arm aus und hielt sie zurück.

Schließlich schien die Diskussion in einer Sackgasse angekommen zu sein. Es war unmöglich zu sagen, wer gewonnen hatte, beide wirkten gleichermaßen frustriert. Jamie fuhr sich verzweifelt durch die Haare und setzte sich auf Lotties Bett. Gedankenverloren nahm er Mr Trüffel auf den Schoß und begann ihm zu Lotties Verblüffung die Ohren zu kraulen, bevor er mit der anderen Hand vage eine zustimmende Geste machte.

Ellie drehte sich zu Lottie. Ihr Gesicht zeigte einen so ungewohnten Ausdruck – sie wirkte beinahe zaghaft –, dass Lottie augenblicklich mulmig wurde.

»Weißt du, was ein Partist ist, Lottie?«, fragte sie zögernd.

Lottie horchte auf. Endlich ein Wort, das sie kannte.

»Ja«, sagte sie stolz. »Binah hat es mir erklärt. Eine Art Bodyguard … glaube ich«, fügte sie beim Blick in ihre ernsten Gesichter schnell hinzu.

»Nein … Ich meine, ja … das ist richtig.« Ellie und Jamie wechselten einen schwer deutbaren Blick.

»Heutzutage kann sich jeder zum Partisten ausbilden lassen, der gewillt ist, das strenge Auswahlverfahren zu durchlaufen, aber ein echter Partist wird von Kindesbeinen an auf seine Rolle vorbereitet. Von klein auf wird er darauf trainiert, ein perfekter Beschützer zu sein, der seinem Herrn oder seiner Herrin treu ergeben ist. Partisten sind effektiv und gefährlich, vor allem aber sind sie diskret.« Ellie warf Lottie einen vielsagenden Blick zu.

Lottie hielt den Atem an. Binah hatte gesagt, sie finde Partisten romantisch, und jetzt verstand sie, was sie gemeint hatte. Das war wie im Märchen. Hingebungsvolle Leibwächter, von Geburt an dafür bestimmt, ihrem Herrn oder ihrer Herrin zu dienen.

Ob es wohl vorkommt, dass ein Partist und seine Herrin sich ineinander verlieben?, fragte sie sich.

»Wow!«, sagte sie laut. Dann kam ihr ein Gedanke. »Hast du einen?«

Wieder wechselten Jamie und Ellie einen Blick. Sie schienen eine Art telepathisches Gespräch zu führen, dann nickte Jamie kurz.

Ellie drehte sich wieder zu Lottie und rieb sich verlegen den Hinterkopf. »Jamie … ist mein Partist.« Sie bleckte die Zähne zu einer Art Grinsen. »Meine Eltern haben mich nur unter der Bedingung nach Rosewood gelassen, dass sie ihn herschicken würden, falls irgendetwas schiefgeht. Und, na ja …«

Augenblicklich explodierten in Lotties Kopf eine Million Fragen. Sie wusste gar nicht, wo sie anfangen sollte. Wer auf der Schule hatte noch einen Partisten? Waren Jamies Eltern auch Partisten? Hatte Jamie jemals einen Menschen töten müssen? Den letzten Gedanken verdrängte sie schnell wieder, er war einfach zu unangenehm.

»Lottie?«, fragte Ellie besorgt.

Lottie ließ sich auf Ellies Bett plumpsen. Ihr war ein bisschen schwindlig.

»Tut mir leid. Es ist nur so viel auf einmal«, erwiderte sie benommen. Vorsichtig schaute sie in Jamies Richtung. Hatte er vorher schon deplatziert auf Lotties rosa Bettwäsche gewirkt, so sah er jetzt aus wie ein Fisch in der Wüste. Kein Wunder, dass er so kühl und abweisend war. Dieser Junge war von klein auf darauf vorbereitet worden, Prinzessin Eleanor Wolfson von Maradova zu beschützen, und Lottie hätte sie beinahe unwissentlich in Gefahr gebracht. Für Jamie war Lottie nichts anderes als eine Gefährdung seiner Herrin.

Aber warum machte er sie so nervös?

»Hast du deinen Pass dabei?« Die Frage kam von Jamie.

»Ich … ja, habe ich. Er liegt in der Nachttischschublade.« Ihre Stimme klang zittrig. Sie wusste, dass sie es nicht schaffen würde, ihr Unbehagen zu verbergen.

»Gut«, erwiderte er kurz. »Du wirst ihn brauchen.«

Er erhob sich, und Lottie zuckte unwillkürlich zusammen. Jetzt, da sie wusste, dass er quasi ein königlicher Auftragskiller war, sah sie ihn in einem anderen Licht.

»Was soll das heißen?«, fragte sie, so ruhig sie konnte.

»Das soll heißen, Lottie …« – er ging zu ihrem Nachttisch, öffnete die Schublade und holte mit einem spöttischen Grinsen ihren Pass mit der pinkfarbenen Schutzhülle heraus –, »dass du mit uns nach Maradova kommst.«

Das war nun wirklich das Letzte, womit Lottie gerechnet hatte.

18

Lottie hatte immer gehofft, dass Rosewood ihr Leben dramatisch verändern würde. Doch nicht einmal in ihren kühnsten Träumen hatte sie sich ausgemalt, dass sie bereits wenige Wochen nach Beginn des Schuljahrs in einem Privatjet an der Seite einer Prinzessin in ein fernes Land fliegen würde. Und sie träumte ganz sicher nicht, sie hatte es überprüft.

»Du musst keine Angst vor Jamie haben«, sagte Ellie, die sich mit Binahs Rätsel beschäftigte, anscheinend nach wie vor erfolglos. »Er ist harmlos, ehrlich.«

Irgendwie konnte Lottie das nicht glauben. Was Ellie auch sagte, es gelang ihr einfach nicht, ihm zu vertrauen. Es gefiel ihr nicht, dass sie nicht einmal ansatzweise wusste, was in ihm vorging. Er saß auf der anderen Seite des Flugzeugs und las.

»Bist du sicher? Vielleicht war er es ja, der in Rosewood verbreitet hat, dass du auf die Schule kommst.« Der Gedanke hatte Lottie den ganzen Flug beschäftigt. Sie war überzeugt, dass er irgendetwas zu verbergen hatte, und das machte sie verrückt. Sie unterbrach sich, als sie sah, dass Jamie zu ihnen hinüberblickte. Mit gesenkter Stimme fügte sie halb scherzhaft hinzu: »Hat er auch ein übermenschliches Gehör?«

Ellie sah sie verblüfft an, dann lachte sie. »Lottie, du spinnst!«

Ellie und Jamie hatten Lottie nicht verraten wollen, warum sie mit ihnen nach Maradova kommen musste. Ellies rätselhafte Antwort war: »Wenn mein Plan aufgeht, wirst du den Grund schon bald erfahren, und wenn nicht … na, daran wollen wir lieber nicht denken.«

Genau das versuchte Lottie jetzt. Sie bemühte sich, nicht daran zu denken.

Der Flug dauerte fünf Stunden. Sie landeten gegen sieben Uhr abends britischer Zeit. Lottie war erst zweimal in ihrem Leben geflogen und noch nie von einer Gruppe elegant gekleideter Bodyguards direkt durch die Grenzkontrolle geführt worden. Noch ein Vorteil des königlichen Lebens. Als sie das Flughafengebäude verließen, war Lottie verblüfft, wie kalt es war. Am Boden lag Schnee, und die Luft war wie gefroren. Seit die Wachleute sie in Empfang genommen hatten, bewegten sie sich weitgehend schweigend. Ellie kaute nervös auf ihrer Unterlippe und spielte an ihrem Anhänger herum. Jamie hingegen war so ruhig und undurchschaubar wie immer.

Sie stiegen in eine glänzende schwarze Limousine, deren Tür Jamie höflich für sie öffnete. Als Lottie neben Ellie auf den Sitz rutschen wollte, hielt Jamie sie am Arm zurück.

Er sah sie durchdringend an. »Du benimmst dich im Palast so gut, wie du nur kannst, hast du mich verstanden?«

Seine Stimme klang beinahe drohend, und Lottie konnte nur nicken.

»Und übrigens …« Er beugte sich vor und flüsterte ihr ins Ohr: »Ich habe kein übermenschliches Gehör.«

Auf der Fahrt wechselten sie kein einziges Wort. Als sie

zum Palast kamen, stellte Lottie fest, dass sie durch das getönte Fenster der Limousine nicht einmal das Dach sehen konnte, so groß war das Anwesen. Sie mussten durch zwei schmiedeeiserne Tore fahren, bevor sie überhaupt die Auffahrt zum Palast erreichten, wenngleich *Auffahrt* eine völlig unzulängliche Bezeichnung war.

Schließlich kamen sie vor dem Eingang an, einer großen Flügeltür aus heller Eiche mit einem goldenen, lebensgroßen Wolfskopf in der Mitte, der einen Klopfer im Maul hielt. Der knirschende Kies unter den Reifen klang wie ein warnendes Knurren.

Einer der schwarzgewandeten Leibwächter öffnete die Wagentür, doch Ellie rutschte über die Rückbank und stieg auf der anderen Seite aus. Jamie runzelte die Stirn, aber Ellie grinste ihn bloß an, bevor sie zu der großen Eichentür lief. Als sie sich dem Wolfskopf näherten, öffnete sich die Tür nach innen, und sie wurden von einer Frau in schwarzem Kleid mit blütenweißer, gestärkter Schürze und sorgfältig frisiertem Haar empfangen.

Es war schon spät, der Palast lag in milchblauem Schimmer. Nicht einmal die dicken Mauern konnten die Kälte draußen halten. Nervös musterte Lottie die Gemälde ehemaliger Könige, die auf sie herabstarrten und ihnen mit ihren Blicken durch die gefühlt endlosen Gänge folgten.

Von einer kräftigen Frau, die sich als Edwina vorstellte, wurden sie informiert, dass der Prozess am nächsten Morgen stattfinden würde und sie sich nun zur Ruhe begeben sollten. Lottie hatte keine Ahnung, wovon sie sprach, doch das Wort *Prozess* ließ sie schaudern.

Im Westflügel des Palasts bekam Lottie ein eigenes Zimmer mit Blick auf den weitläufigen Garten.

Ellie begleitete sie. Jamie dagegen hielt sich im Hintergrund, seit sie sich innerhalb der schützenden Mauern des Palasts befanden.

»Ich wusste nicht, dass es solche Paläste wirklich gibt.« Lottie konnte das Staunen in ihrer Stimme nicht unterdrücken. Auf Zehenspitzen trippelte sie durch den Raum und sah sich alles an. »Es ist unglaublich schön.«

Auf dem Frisiertischchen standen mehrere Parfums in hübschen Flakons, die Lottie bewunderte. Sie hatte angenommen, Rosewood Hall würde in ihrem Leben der Höhepunkt des Luxus sein, doch wenn Rosewood prächtig war, dann war der Palast von Maradova überirdisch. Eine willkommene Ablenkung von dem *Prozess*, der am nächsten Tag stattfinden sollte, was auch immer das heißen mochte.

»Mir war das alles immer zu pompös«, erwiderte Ellie. Wie aufs Stichwort ging die Tür auf, und ein rothaariges Hausmädchen kam herein. Sie trug ein Tablett, auf das viel zu viel Essen für zwei Personen geladen war.

»Ich wünsche guten Appetit, Prinzessin«, sagte das Mädchen mit einem respektvollen Knicks.

»Vielen Dank, Hanna, aber bitte nenn mich nicht so.«

»Natürlich, Prinzessin.«

Ellie warf ihr ein teuflisches Lächeln zu, und sie lachten beide, bevor das Mädchen den Raum wieder verließ.

Sie setzten sich aufs Bett, um zu essen, doch Lottie merkte, dass sie viel zu nervös war, um die erlesenen Speisen zu genießen.

»Es ist komisch zu hören, wie du *Prinzessin* genannt wirst«, sagte sie schließlich.

Ellie war schweigsam, seit sie den Palast betreten hatten. Anscheinend beschäftigte sie irgendetwas.

»Mir geht es genauso«, gestand sie.

Lottie schaute zu, wie Ellie sich zerstreut Brot und Käse in den Mund stopfte. Ihr Blick war abwesend und besorgt. Es gefiel ihr nicht, Ellie in diesem Zustand zu sehen. Der Palast hatte offensichtlich einen schlechten Einfluss auf sie. Am liebsten hätte Lottie sie umarmt und ihr ihre Prinzessinnenpflichten abgenommen. Nur wie?

Am nächsten Morgen wurde Lottie von demselben Hausmädchen geweckt, das ihnen am Vorabend das Essen gebracht hatte. Sie kam mit einem Tablett mit Tee und traditionellem maradovischen Gebäck ins Zimmer, das himmlisch schmeckte und Lottie an Baklava erinnerte. Lotties Kleidung war über Nacht gereinigt und gebügelt worden und lag schon auf der Kommode für sie bereit. Hanna bot an, ihr ein Schaumbad einzulassen, was Lottie begeistert annahm. Sie saß in ihrer runden Badewanne in ihrem eigenen Badezimmer und kostete die luxuriöse Erfahrung so lang wie möglich aus, bevor sie in die Realität zurückmusste – und zu dem unheilvollen *Prozess*. Sie ließ den Kopf ins warme Wasser sinken, kniff die Augen zu und tat einen Moment so, als wäre sie wirklich eine Prinzessin und als wäre dies wirklich ihr Palast.

Um zehn Uhr wurde sie von einem anderen Hausmädchen abgeholt, das sie in einen großen Salon mit zahlreichen

Polstermöbeln führte, wo Jamie und Ellie bereits auf sie warteten.

Jamie begann sofort, sie mit Anweisungen zu bombardieren. Die Hochstimmung, die sie eben noch verspürt hatte, verpuffte innerhalb weniger Sekunden.

»Wenn wir gleich in den Thronsaal gebeten werden, wirst du dich nicht setzen, wenn man dich nicht dazu auffordert. Du wirst niemandem in die Augen sehen, wenn man dich nicht dazu auffordert. Und vor allen Dingen wirst du kein Wort sagen, wenn man dich nicht dazu auffordert.«

Lottie nickte. Sie fühlte sich unzulänglicher denn je und war fest entschlossen, so gefällig wie möglich zu sein.

Während er seine Anweisungen gab, tigerte Jamie vor einem großen, goldgerahmten Spiegel hin und her, als würde er sich an eine ganze Armee richten. Ellie lümmelte auf einem goldbestickten Sofa und hatte die Stiefel achtlos auf das Polster gezogen.

»Jamie, entspann dich! Du tust immer so, als würde die Welt untergehen, und dann läuft alles glatt.«

Jamie schnaubte empört und drehte sich zu Ellie um. »Von allein läuft gar nichts *glatt*. Das ist die schwerwiegendste Entscheidung, die du je in Bezug auf deine Zukunft getroffen hast!« Seine Stimme war todernst.

Doch Ellie grinste nur. »Ich weiß, der beste Einfall, den ich je hatte!«

Ihre Bemerkung verärgerte Lottie. Plötzlich hatte sie das Gefühl, nur eine Figur in Ellies Spiel zu sein.

»Ähem«, machte sie. Jamie drehte so schnell den Kopf zu ihr, dass sie zusammenzuckte. Trotzdem sprach sie weiter.

»Wenn das alles so wichtig ist, könntet ihr mir dann bitte mal sagen, worum es bei diesem Prozess überhaupt geht?«

Die beiden starten sie verblüfft an, als wäre ihnen jetzt erst eingefallen, dass sie auch noch da war.

»Nein!«, antworteten sie einstimmig.

»Könnt ihr mir dann wenigstens sagen, worauf ich mich einstellen muss?«

Jamie zog eine Augenbraue hoch. Eine Strähne seiner nicht besonders sorgfältig gekämmten Haare fiel ihm in die Augen. »Stell dich auf das absolut Schlimmste ein«, sagte er trocken.

Lottie schluckte.

»Ach was!« Ellie sprang auf und tätschelte ihr den Kopf. »Du wirst meine Eltern kennenlernen, und sie werden dich lieben!«

Jamie knurrte buchstäblich. »Du …«, setzte er an, doch dann holte er tief Luft, um sich zu beruhigen. »Du musst das ernst nehmen, Ellie. Das ist nicht wie sonst.«

Ellies Gesicht verzog sich zu einer wütenden Fratze. »Es wird schon glattgehen!«

»Ellie, du verstehst das nicht. Sie meinen es wirklich ernst.« Seine Stimme klang jetzt beinahe flehend. Lottie fragte sich, wie oft Jamie schon in dieser Lage gewesen war – wie oft er versucht hatte, Ellie zur Vernunft zu bringen, und gescheitert war.

»Nein, Jamie, *du* verstehst das nicht. Mum und Dad machen aus allem eine Riesensache, und am Ende ist alles ganz harmlos. Diesmal wird es auch nicht anders sein.«

»Doch, wird es. Sie haben …« Er zögerte kurz, bevor er

Ellie fest in die Augen sah. »Sie haben deine Großmutter eingeladen.«

Lottie musste beinahe kichern – nachdem er es so spannend gemacht hatte, klang diese Information ziemlich banal –, doch Ellies entsetztes Gesicht hinderte sie daran. Ihr Blick flackerte nervös, als würde sie hastig nachdenken.

»Lottie, hör zu. Du musst –«

Doch bevor Ellie ausreden konnte, öffnete sich die Tür.

Das rothaarige Hausmädchen knickste. »Ihr werdet jetzt im Thronsaal erwartet, Prinzessin.«

»Hanna, bitte, du weißt doch, dass du mich nicht so nennen sollst«, sagte Ellie und verdrehte die Augen. Sie lächelte ihr zu, und Hanna kicherte, ohne den Blick zu heben. Lottie verstand nicht, wie es Ellie nach der Anspannung wenige Sekunden zuvor gelang, so locker zu sein.

»Danke, Hanna.« Jamie lächelte sie freundlich an, ebenfalls ohne ein Anzeichen von Sorge.

»Ellie, was wolltest du sagen?«, flüsterte Lottie. »Du kannst mich nicht so ins kalte Wasser springen lassen. Sag mir, was ich tun soll!«

Ellie drehte sich mit einem gezwungenen Lächeln zu ihr. »Wir haben keine Zeit.«

19

Die große Flügeltür öffnete sich. Gleißendes Licht flutete ihnen aus dem Thronsaal entgegen und tauchte sie in weißen Glanz. Als Lottie sich an die Helligkeit gewöhnt hatte, musste sie sich sehr beherrschen, um bei dem märchenhaften Anblick den Mund nicht weit aufzureißen.

Der Raum schien von innen heraus zu leuchten. Die weißen Wände waren mit aufwendigen Schnitzmustern verziert. Von der Decke spähten Schimären und Ungeheuer auf sie herab, und ein großer Kronleuchter reflektierte das Licht in zarten weißen Punkten wie Schnee.

In der Mitte des Saals saß Ellies Vater, der König von Maradova. Seine dunklen Augen hatten Ähnlichkeit mit Ellies, doch die Haare, die seine scharfen Gesichtszüge umrahmten, waren hell. Die Lehne seines Throns überragte seine ohnehin schon große Gestalt und wirkte beinahe wie angewachsen. Er musterte die drei Eintretenden nacheinander und nickte Jamie kurz zu, der das Nicken erwiderte, ohne eine Miene zu verziehen.

Zu seiner Rechten saß eine hagere alte Frau, deren langes silbernes Haar sich auf ihrem Kopf türmte. Man brauchte keinen besonderen Spürsinn, um darauf zu kommen, dass sie Ellies Großmutter war. Sie saß auf einem dunkelblau gepolsterten Stuhl mit goldenen Quasten, und ihre rechte Hand lag um einen kostbar verzierten Stock mit einem goldenen Wolfskopf an der Spitze. So, wie sie ihn hielt, wirkte er nicht wie ein Zeichen der Gebrechlichkeit, sondern wie ein Zeichen der Macht. Sie sah Lottie direkt in die Augen, woraufhin die schauderte. Die böse Hexe, dachte sie unwillkürlich.

Zur Linken des Königs stand ein großer Mann mit hinterm Rücken verschränkten Händen und, allem Anschein nach, einem Glasauge. Er lächelte höflich und musterte Lottie einen Augenblick länger, als ihr lieb war.

»Eure Hoheit, Prinzessin Eleanor Prudence Wolfson«, begann der Mann mit dem Glasauge.

Was mache ich hier nur?, dachte Lottie. Ich habe hier nichts verloren!

»Ihr habt um eine offizielle Audienz beim König gebeten, um Sonderverordnung sechs in die Wege zu leiten. Die offiziellen Nachforschungen zu Angemessenheit und Tauglichkeit dieses Wunsches haben begonnen. Das Gegenargument …« Er räusperte sich. »Das Gegenargument«, wiederholte er, »ist, dass Ihr, Prinzessin, um Ihre Majestät, die Königsmutter, zu zitieren, ›bei allen bisherigen Vereinbarungen die Erwartungen ausnahmslos enttäuscht‹ habt.«

Lottie musste daran denken, dass Ellie ihr erzählt hatte, sie habe sich mehrmals heimlich aus dem Schloss geschlichen – und wie geschickt sie lügen konnte.

Ellies Großmutter schlug ihren Stock auf den Marmorboden und stieß ein Lachen aus, das eher wie ein Bellen klang.

»Enttäuscht?« Ihre Stimme war scharf. »Diesen Ausdruck

würde ich nicht verwenden. Das würde ja heißen, dass wir überhaupt eine Hoffnung gehabt hätten, liebe Eleanor.«

Weder Jamie noch Ellie reagierten darauf.

Der König rieb sich die Stirn und seufzte gereizt. »Wir nehmen deine Meinung zur Kenntnis, Mutter.« Lottie wurde plötzlich klar, dass der König ebenso ungern hier saß wie sie selbst. »Also dann. Beginnen wir mit der Prüfung.«

Der Mann mit dem Glasauge räusperte sich wieder. »Miss Charlotte Edith Pumpkin –«, begann er.

»Pumpkin?«, wiederholte die alte Dame. »Was für ein eigentümlicher Name.« Eigentlich schien sie wohl sagen zu wollen: *Was für ein unglaublich lächerlicher Name!*

Lottie senkte den Blick und tat ihr Bestes, um ihre Beschämung und auch ihre wachsende Furcht zu verbergen. Der König räusperte sich wieder, bevor er dem Mann ein Zeichen gab, fortzufahren.

»Miss Charlotte Edith Pumpkin, geborene Charlotte Edith Curran …« Lottie atmete scharf ein. Es war zu seltsam, dass diese Information laut in einem Thronsaal verkündet wurde, während Ellie neben ihr stand und nervös auf ihrer Unterlippe herumkaute. Jamies Gesicht war ausdruckslos. »Schülerin der zehnten Klasse von Rosewood Hall, Zimmergenossin von Eleanor, keinem nennenswerten Adelsgeschlecht abstammend, wohnhaft in St. Ives, Cornwall, bei ihrer Stiefmutter Beady Curran, bis September dieses Jahres, seither wohnhaft in Rosewood. Die Mutter ist vor fünf Jahren an Leukämie verstorben, der Vater tätig als …«

Die Liste schien endlos zu sein. Obwohl sie vollbekleidet war, hatte sie sich noch nie im Leben so nackt gefühlt.

Was sollte das? War das nötig? Ihr wurde schlecht. Ihr wurde schwindlig. Es gab in ihrem Leben jede Menge Tatsachen, vor denen sie am liebsten die Augen verschloss, und jetzt nahmen Fremde genau diese Tatsachen auseinander, als wäre sie ein Frosch im Biologieunterricht. Plötzlich wurde sie stinksauer. Sie wünschte, Ellie hätte sie vorgewarnt. Sie wünschte, sie wüsste, was das alles sollte. Sie wünschte, sie wüsste überhaupt irgendwas.

»Es reicht!«

»Schon gut, wir haben's kapiert!«

Ellie und Jamie hatten sich gleichzeitig eingeschaltet.

Vielleicht war Jamie ja doch nicht so schlimm ...

Selbst der König sah erstaunlich mitfühlend aus.

»Kommen Sie zum Ende«, sagte er schroff.

»Gehört in allen Kursen zu den oberen zwei Prozent, abgesehen von Mathematik und Sport, derzeit zweitbeste Schülerin in Englischer Literatur und Geschichte.«

Jamies ausdruckslose Maske verschwand. Er musterte Lottie, als wolle er sich vergewissern, dass sie wirklich diejenige war, die hier beschrieben wurde.

»Sie ist eine von gerade einmal zweiundzwanzig Schülerinnen und Schülern in der Geschichte von Rosewood, denen das Stipendium für außergewöhnliche Umstände zugesprochen wurde. Es heißt, dass Professor Devine sie persönlich in Ivy aufgenommen hat.«

Lotties Herz hämmerte. Sie war sicher, dass alle es unter ihrer Bluse pochen sehen konnten. Diese Leute wussten Dinge über sie, die sie nicht einmal selbst gewusst hatte. Sie war eine disziplinierte Schülerin, das war bekannt, und sie war stolz darauf. Aber dass man erst in ihrer Vergangenheit wühlte, um dann ihre Qualitäten aufzulisten, war … demütigend.

Wollten sie die Rechtmäßigkeit ihrer Leistungen anzweifeln? Fanden sie es lustig, dass ein Mädchen aus einfachen Verhältnissen es so weit gebracht hatte?

»Eine fleißige kleine Arbeiterin«, sagte der König mit einem trockenen Lächeln.

Lottie wäre am liebsten auf der Stelle in Tränen ausgebrochen.

Sei mutig, sei mutig, sei mutig, redete sie sich zu.

»Ellie, du beschämst uns.« Die Stimme des Königs war kalt. »Wenn dieses Mädchen unter den gegebenen Umständen solche Erfolge vorweisen kann, dann hast du, eine zukünftige Königin, keine Ausrede, nicht etwas Vergleichbares zu erreichen.«

Lottie sah kurz zu Jamie hinüber, über dessen Gesicht ein bedauernder Ausdruck huschte.

»Du vergisst, welches Glück du hast.«

Ellie wollte etwas sagen, doch der König hob die Hand. »Wir haben dich unter der Voraussetzung nach Rosewood gehen lassen, dass du deine Identität geheim halten würdest. Diese Vereinbarung sollte es dir ermöglichen, dich ohne die königlichen Zwänge in die Schule einzufügen. Du hast in beiderlei Hinsicht versagt.«

Bei den letzten Worten nahm sein Gesicht einen gequälten Ausdruck an. Offensichtlich hatte er inständig gehofft, dass Rosewood für Ellie die richtige Wahl war. Ellies Großmutter saß weiter mit steinernem Gesicht da.

Ellies Gesicht war verschlossen, doch Lottie sah die Anstrengung in ihren Augen, den glasigen Blick eines Menschen, der verzweifelt die Tränen unterdrückt.

Das ist meine Schuld, dachte sie.

Die Sorgen um ihr eigenes Schicksal traten in den Hintergrund, als ihr klarwurde, was hier auf dem Spiel stand. Mit einem Mal ertönte in ihrem Kopf die Stimme von Professor Devine.

Das Schicksal hat dich und Ellie nun einmal in ein Zimmer gesteckt, und jetzt seid ihr füreinander verantwortlich.

War das ihre Bestimmung? Hatte ihr Antrieb, Großes zu erreichen, dazu gedient, sie und Ellie zusammenzubringen? Der Gedanke war tröstlich, und plötzlich schwand ihre Angst.

»Sie wurde für die Fechtmannschaft vorgeschlagen«, erklärte Lottie laut und deutlich.

Alle im Saal drehten die Köpfe und starrten sie an wie ein Rudel Wölfe. Jamie schüttelte entsetzt den Kopf, doch Lottie schluckte und fuhr fort: »Ihr habt also, bei allem Respekt, unrecht mit Eurer Vermutung, dass sie sich nicht in der Schule einfügt, Majestät. Sie hat eine persönliche Einladung von Ms Bolter, einer ehemaligen olympischen Goldmedaillengewinnerin. Außerdem verhilft sie anderen zu Höchstleistungen: Sie gibt mir Nachhilfe in Mathematik, sie hat meine Sportnote verbessert, sie lernt mit dem klügsten Mädchen der Schule, und sie bringt sogar Anastasia Alcroft beim Lacrosse ins Schwitzen. Sie gehört nach Rosewood, und ich werde alles tun, damit sie dort bleiben kann.«

Lottie verstummte und blinzelte, selbst verblüfft von ihrer Rede.

»Wirklich *alles*?«, fragte eine helle Stimme hinter ihr.

Lottie drehte sich um und sah eine zierliche blonde Frau mit porzellanheller Haut und so eisblauen Augen, dass sie unter ihrem Blick beinahe erstarrte. Sie lächelte leicht, doch ihre Augen funkelten listig. Obwohl sie klein war, war deutlich zu spüren, dass man sie ernst nehmen sollte.

Lottie zögerte nur kurz. »Ja«, sagte sie dann voller Überzeugung.

»Tatsächlich.« Die Frau lächelte breiter und machte einen Schritt auf Lottie zu. »Würdest du auch der maradovischen Königsfamilie dein Leben überlassen?«

Halt. *Was?*

Das wurde ja alles immer verrückter.

20

»Kommt nicht in Frage!« Ellies Großmutter hatte das Gesicht zu einer verächtlichen Grimasse verzogen. »Auf gar keinen Fall!«

Die blonde Frau schien dieser Ausbruch kaltzulassen. Sie wedelte nur mit der Hand, als wische sie ihre Worte beiseite.

Großmutter Wolfson gefiel diese Geste offensichtlich gar nicht, denn sie wandte sich an den König. »Alexander, halte deine Frau im Zaum!«

Das ist Ellies Mutter? Lottie drehte sich zu der feingliedrigen, ätherischen Gestalt um, ohne eine Ähnlichkeit zu erkennen. Andererseits … ihre selbstbewusste Haltung, ihr durchdringender Blick, die Frechheit, mit der sie die furchterregendste Frau abkanzelte, der Lottie je begegnet war … Vielleicht passte es doch.

Der König drehte sich zu seiner Mutter. Zu Lotties Erstaunen war sein Gesicht gereizt.

»Mutter, darf ich dich daran erinnern, dass diese Audienz einzig und allein zur Durchführung von Sonderverordnung sechs einberufen wurde? Oder ist dir das entgangen?«

Beinahe hätte Lottie laut aufgelacht. Allerdings hatte sie immer noch keine Ahnung, was *Sonderverordnung sechs* bedeutete.

»Oh, Himmel«, stöhnte Ellie leise und rieb sich die Nasenwurzel. Jamie rührte sich nicht, nur seine Augen wirkten größer als sonst.

Dann wandte sich der König an Ellies Mutter, und sein Gesicht wurde sanft. Ihre Anwesenheit schien die Spannung im Raum etwas gelöst zu haben.

Daher kamen also diese plötzlichen Stimmungsumschwünge. Gegen den Rest ihrer Familie war Ellie ja richtig normal.

»Ähm, ich bitte um Verzeihung –«, begann Lottie, unterbrach sich jedoch, als Ellies Mutter ihr sanft über die blonden Locken strich. »Alexander, sie könnte unsere Tochter sein – das ist ja fast schon unheimlich.« Sie beugte sich nah zu Lottie und musterte sie eingehend. Lottie fühlte sich wie ein Rennpferd, das von einem möglichen Käufer inspiziert wird.

»Hat dir die Übernachtung im Palast gefallen? Wir würden uns sehr freuen, dich bald wieder bei uns begrüßen zu dürfen.«

Lottie brauchte einen Augenblick, um zu registrieren, dass die Königin mit ihr sprach.

»O ja! Ich –«

»Du kannst doch nicht ernsthaft der Ansicht sein, dass dieses« – die Königsmutter deutete mit einer barschen Geste auf Lottie, ohne sie dabei anzusehen – »durch und durch gewöhnliche Mädchen die Rolle einer Porterin übernehmen könnte!«

Porterin! Lottie erinnerte sich, dass Ellie und Jamie dieses Wort in ihrem Streit mehrmals wiederholt hatten. Was kann das nur sein?

»Deine Tochter sucht nur nach einer weiteren Ausrede, um sich vor ihren Verpflichtungen zu drücken, und diesmal hat sie noch dieses Mädchen aus dem einfachen Volk mit hineingezogen.«

»Einfaches Volk?« Ellies Mutter lachte. »Wir sind uns doch wohl alle einig, dass ihr bescheidener Hintergrund ein großer Vorteil ist.«

Sie begann, Lottie wie eine Beute zu umkreisen. »*Ich* finde sie perfekt. Mehr als perfekt. Ein wahrer Segen.«

»Seht ihr, ich hab doch gesagt, dass sie die Richtige ist!« Ellie hatte die Sprache wiedergefunden.

Jamie biss die Zähne zusammen.

»Da kann ich nur zustimmen«, sagte der König. »Wir befinden uns in einer überaus glücklichen Lage mit der tüchtigen Miss Pumpkin.«

Lottie wurde immer verwirrter. »Verzeihung, ich –«

Der Mann mit dem Glasauge schnitt ihr das Wort ab. »Sie entspricht sicherlich den Kriterien, aber die Frage ist, Eure Majestät …« Er beugte sich zum Ohr des Königs, und seine Worte wurden zu einem Zischen. »Wird die Prinzessin ihre Seite der Abmachung einhalten? Wie schon gesagt wurde, neigt sie dazu, die Erwartungen zu enttäuschen.« Er warf Ellie einen scharfen Blick zu, und ein widerwärtiges Lächeln umspielte seine Lippen. Ellie musste sichtlich die Zähne zusammenbeißen.

»Das ist die Frage, in der Tat«, stimmte der König zu.

»Könnte ich bitte –« Diesmal versuchte Lottie, mit gehobener Hand auf sich aufmerksam zu machen.

Die alte Dame bellte erneut. »Pah! Wenn das die einzige

Frage ist, dann lautet die Antwort offensichtlich Nein. Ich schlage vor, dass du sie von der Schule nimmst und nach St. Agnes ins Umerziehungsheim für junge Damen schickst. Dort werden sie schon eine Prinzessin aus ihr herausprügeln, die der maradovischen Krone würdig ist.«

»Wenn mir jemand bitte –«

»Ich finde die Idee ganz hervorragend. Sie zeigt, dass unsere Eleanor in ihrer Rolle aktive Entscheidungen trifft. Das sollten wir unterstützen.« Ellies Mutter strahlte Ellies Vater an, der zustimmend nickte.

»Wenn man die Entscheidung zur Passivität eine aktive Entscheidung nennen kann«, murmelte der Mann mit dem Glasauge.

Der König und seine Mutter lachten. In diesem Augenblick platzte Lottie der Kragen.

»KANN MIR MAL IRGENDJEMAND ERKLÄREN, WAS HIER EIGENTLICH LOS IST?!?«

Die Stille, die sich über den Raum legte, war nahezu ohrenbetäubend. Jamie sah Lottie erstaunt an, bevor er sich wieder fasste.

»Lottie …« Ellies Gesicht wurde weich. Sie ballte die Fäuste und drehte sich entschlossen zum König. »Dad!«, sagte sie energisch. »Mir ist egal, wie deine Entscheidung ausfällt. Ich folge dir, welchen Weg du auch nimmst. Aber tu es jetzt. Ich kann meine Freundin nicht länger im Dunkeln lassen.« Sie ergriff Lotties Hand und drückte sie. Wie immer spürte Lottie einen kleinen Stromschlag.

Jamie stieß einen erleichterten Seufzer aus. Seine Anspannung schien zu weichen.

Der König musterte seine Tochter mit neuer Aufmerksamkeit. Seine dunklen Augen wurden schmal, während er betrachtete, was er noch nie zuvor gesehen hatte. Sein Blick wanderte zu den Händen der Mädchen, die noch immer fest ineinanderlagen.

»Also gut.« Er drehte sich zu seiner Frau, die ihn vielsagend anlächelte. »Aufgrund der fast schon aberwitzig guten Eignung der Porterin und dessen, was ich, der König, als Zeichen eines positiven Einflusses erkannt habe« – er machte eine dramatische Pause –, »komme ich dem Ersuchen von Prinzessin Eleanor Prudence Wolfson nach, Sonderverordnung sechs mit Charlotte Edith Pumpkin zu vollziehen. So möge es geschehen!«

Großmutter Wolfson begann wütend zu keifen, doch der König hob die Hand, und sie senkte widerwillig die Stimme. »Ich fürchte, das ist ein schwerer Fehler«, knurrte sie düster.

Der König ignorierte diesen Einwurf. »Damit uns allen leichter ums Herz ist, wird Jamie weiter in Rosewood Hall verbleiben. Wir werden die Schule über das Arrangement informieren.«

Jamie verspannte sich, und der Mann mit dem Glasauge schien ein hämisches Lachen zu unterdrücken. »Ihr seid hiermit entlassen.«

Ellie juchzte aufgeregt, nahm Lottie beim Arm und führte sie so energisch durch die Tür, dass sie beinahe hüpfte. Lottie folgte ihr. Ihr war nur vage bewusst, dass ihr Körper sich bewegte, und weitgehend unklar, was da gerade beschlossen worden war.

Hinter dem Rücken der Mädchen warf Jamie dem König

einen durchdringenden Blick zu, bevor er schnell wieder hinter seiner steinernen Maske verschwand.

»Hast du das gesehen?«, raunte der König seiner Frau zu, als die Tür wieder fest verschlossen war.

»Ja«, erwiderte die Königin aufgeregt. »Eleanor hat eine Freundin gefunden!«

21

»**Porter, Porterin:** *Eine Person, die engagiert wird, um anstelle eines Mitglieds der Königsfamilie in der Öffentlichkeit aufzutreten und dessen Identität zu schützen. Alle öffentlichen Auftritte und offiziellen Pflichten müssen mit dem äußersten Respekt ausgeübt werden* und so weiter, und so fort, bla, bla, bla …«

Lottie blinzelte verwirrt, während Ellie ihr den Abschnitt aus dem alten, staubigen Buch vorlas, das sie von dem Herrn mit dem Glasauge bekommen hatte. Er war, wie Ellie ihr erklärt hatte, Simien Smirnov, der Berater des Königs.

»Und das ist jetzt mein Job?«, fragte Lottie mit großen Augen.

»Na ja, nur wenn du möchtest. Du hast ihn ja quasi schon gemacht«, erwiderte Ellie fröhlich. »Nur dass du von jetzt an dafür bezahlt werden würdest.«

»Okay, aber … Was? Bezahlt?«

»Ja, du bekommst ein monatliches Gehalt und Zuschläge für Reisen, Verköstigung und Kleidung.«

Lottie hätte sich fast verschluckt. War Ellie klar, dass das ein wahr gewordener Traum war? Es war doch keine Arbeit, in den Genuss aller Vorzüge eines Prinzessinnenlebens zu kommen! Und sie sollte dafür auch noch bezahlt werden?

»Und wenn du irgendwann zugeben musst, dass du *nicht* die Prinzessin von Maradova bist, kannst du sagen, dass du ihre offizielle Porterin warst. Also alles paletti!«

Die beiden Mädchen hatten sich mit Jamie in Ellies Zimmer zurückgezogen, das sehr groß und erstaunlich kahl war. Es war offensichtlich ein Ort, an dem Ellie sich nicht zu Hause fühlte. Ellie und Lottie saßen auf dem großen Himmelbett, während Jamie gedankenverloren an der Tür stand und einen Fuß gegen den Rahmen stützte. Er hatte Lottie verkündet, dass sie nach ihrer Rückkehr in die Schule unverzüglich mit ihrer Ausbildung zur Porterin beginnen würden. Irgendwie machte ihr das ein bisschen Angst.

»Seit wann planst du das schon?«, fragte sie Ellie, obwohl sie nicht sicher war, ob sie es wirklich so genau wissen wollte.

Ellie machte ein schuldbewusstes Gesicht. »So ziemlich seit unserem Streit in der ersten Woche.«

Lottie war empört. »Du hast mich nicht gefragt! Du hast mich nicht mal …« Sie musste innehalten, um sich nicht zu verheddern. Sie war völlig durcheinander. »Du hättest mir sagen müssen, warum wir herkommen. Du kannst mir vertrauen!«

»Du verstehst das nicht, Lottie. Ich durfte nicht! Damit hätte ich gegen eine Million Regeln verstoßen«, erwiderte Ellie flehend.

»Aber du verstößt doch immer gegen die Regeln!«

»Lottie, hör auf.« Die Worte kamen von Jamie, doch sie waren nicht ärgerlich, sondern ruhig. »Sie konnte es dir wirklich nicht sagen. Porter sind ein königliches Geheimnis, kaum jemand weiß, dass es sie gibt, und so muss das auch bleiben, um diejenigen zu schützen, die sie brauchen, verstehst du?«

Lottie nickte langsam. Es war einleuchtend. Trotzdem hatte sie das Gefühl, sie hätten ihr nicht vertraut.

»Ich verstehe es ja, aber *ihr* müsst verstehen, dass Ellies Wohl mir ebenso sehr am Herzen liegt wie dir.« Sie wandte sich hitzig an ihre Freundin. »Wenn du mir genug vertraust, um mich zu deiner Porterin zu machen, dann hättest du mir auch genug vertrauen sollen, um es mir vorher zu sagen.«

Ellie biss sich auf die Unterlippe, während Jamie sich aufrichtete und zu ihr herüberkam.

»Du hast recht«, sagte er.

»Ja?«, fragte sie verwirrt. Hatte Jamie ihr gerade zugestimmt?

»Ja. Wir hätten es dir sagen sollen. Aber Ellie hatte keine Wahl«, fügte er sachlich hinzu.

»Es tut mir wirklich leid, Lottie.« Ellie strich sich die Haare aus der Stirn, und Lottie spürte, dass sie es ernst meinte.

»Entschuldigung angenommen, Ellie. Ich bin froh, dass ich diese Aufgabe für dich übernehmen kann. Es fühlt sich richtig an. Aber wir müssen uns versprechen, dass wir von jetzt an keine Geheimnisse mehr voreinander haben.«

Sie streckte den kleinen Finger aus, wie sie es als Kind immer getan hatte, um ein Versprechen zu besiegeln. Ellie hakte lächelnd ihren Finger ein.

»Versprochen!«

Als Lottie am nächsten Morgen im Flugzeug darauf wartete, dass sie starteten, rutschte Jamie auf den Platz neben sie. Er war so leise, dass sie ihn erst bemerkte, als er ihren Namen sagte.

Abrupt drehte sie sich um, doch diesmal war er vorbereitet und wich ihrem Kopf aus. Wie üblich war sein Gesicht undurchschaubar. Sie misstraute ihm nicht mehr, doch nervös machte er sie immer noch.

»Ich finde wirklich, dass du recht hast«, sagte er leise. »Es war falsch, dir nichts zu sagen. Es war falsch, dich überhaupt hierherzubringen. Du hättest nicht von der Arbeit eines Porters erfahren sollen, und du hättest schon gar nicht darum gebeten werden sollen, Ellies Porterin zu werden.«

Lottie war sprachlos. Sie hätte wissen müssen, dass Jamie sie nicht für würdig oder fähig hielt, die Aufgaben einer Porterin zu übernehmen. Es war nicht neu für sie, dass andere an ihren Fähigkeiten zweifelten, trotzdem verletzten seine Worte sie sehr.

»Ich …« Ihre Stimme brach, und sie holte tief Luft. Sie wollte, dass er an sie glaubte, und erkannte, dass sie zu dieser Rolle fähig war, auch wenn sie selbst noch nicht daran glaubte. »Ich werde dich überzeugen, Jamie.«

Er betrachtete sie mit einem traurigen Ausdruck, den sie nicht deuten konnte, und zog ein kleines, zerfleddertes Buch aus der Jackentasche. Es war in Leder gebunden und hatte eine silberne Prägung, in der sich das Licht spiegelte. Er legte es ihr in den Schoß, und sie zuckte zusammen, als seine Hand ihr Knie streifte.

»Da bin ich mir sicher«, sagte er, und sein spöttisches Lächeln kehrte zurück. Dann stand er auf und ging ohne ein weiteres Wort an seinen Platz.

Lottie betrachtete das Buch und schlug es vorsichtig auf. Auf der ersten Seite stand in geschwungener Handschrift:

Ich, Oscar Oddwood, Porter des verstorbenen Henric Wolfson, habe Erinnerungen und Ratschläge von Portern aus aller Welt zusammengetragen und aufgezeichnet, auf dass unsere Weisheit weitergetragen und vergrößert werde. Möge mein Buch all jenen helfen, die die zwiespältige Rolle des getreuen Täuschers annehmen.

Lottie blätterte vorsichtig durch die Seiten und bestaunte die zahlreichen Illustrationen, die verschiedenen Handschriften und Sprachen. Es kam ihr so vor, als ob von diesem Buch eine Zauberkraft ausginge. Sie verstaute es sorgsam in ihrer Tasche. Im Augenblick war sie zu aufgewühlt, um ihm die gebührende Aufmerksamkeit zu widmen. Sie lehnte den Kopf ans Fenster und sah zu, wie sich der Boden weiter und weiter entfernte, bis sie über den Wolken waren.

Die Schäfchenwolken teilten sich und öffneten ein Guckloch auf die vereiste Landschaft von Maradova. Lottie blickte zu Ellie hinüber, die das Gesicht hinter einem Buch mit dem Titel *Wohlerzogene Frauen schreiben nur selten Geschichte* verborgen hatte und schlief. Jamie hatte die Nase in seine Ausgabe von *Ein Sommernachtstraum* gesteckt und machte sich Notizen. Das aufmerksame Personal und der Luxus des Privatflugzeugs schienen die beiden völlig kaltzulassen. Sie hatten etwas Müheloses, Abgeklärtes an sich: Sie waren sich ihres Platzes in der Welt so sicher, dass sie diese Zuversicht in jeder Lebenslage ausstrahlten.

Lottie dagegen hatte das Gefühl, Einblick in ein Reich bekommen zu haben, das nicht das ihre war. Dabei hatte sie nach ihrer Nacht im Palast das dringende Bedürfnis, selbst dazuzugehören.

Die Wolken unter dem Flugzeug schlossen sich wieder und nahmen ihr die Sicht auf das darunterliegende Land. Plötzlich hatte Lottie das Gefühl, sehr weit vom Boden entfernt zu sein. Ihre Entschlossenheit wuchs, ihren eigenen Platz in der Welt zu finden.

ZWEITER TEIL

Wie man Prinzessin wird

22

Lottie warf sich in ihrem Bett hin und her, doch egal, welche Position sie wählte, sie konnte nicht einschlafen. Unter der Decke war es zu heiß, die Luft war zu kalt, und das Schäfchenzählen blieb ohne Erfolg. Es war die zehnte schlaflose Nacht seit ihrer Rückkehr aus Maradova, und Lottie hatte das Gefühl, sie würde nie wieder träumen können.

Sie blickte zu Ellie hinüber, die friedlich schlummerte, und stand dann langsam auf, um sich fertigzumachen. Ellie und Jamie sollten auf keinen Fall von ihrer Schlaflosigkeit erfahren, sonst würden sie denken, sie wäre für die Rolle der Porterin nicht geeignet. Der erdbeerrote Wecker auf ihrem Nachttisch rasselte los, um sie rechtzeitig zu ihrer Sonntagmorgenunterweisung bei Jamie zu wecken, die sie *Prinzessinnenunterricht* nannten. Ellie räkelte sich in ihrem Bett, gähnte, setzte sich widerwillig auf und ließ die Beine vom Bett baumeln.

»Ellie, du musst nicht mitkommen. Du kannst weiterschlafen, wenn du willst«, sagte Lottie sanft.

Ellie gähnte wieder, ihr Blick war noch trübe. »Nein!« Sie rieb sich die Wangen, um wach zu werden. »Wenn du für den Prinzessinnenunterricht früh aufstehen musst, dann leide ich mit dir. Das ist nur fair.«

Sie trafen Jamie in einem der Studierzimmer von Ivy mit Blick auf das Rosenholzwäldchen. Die Sonne war noch nicht aufgegangen, und in dem warmen Raum mit den muffigen Büchern fiel es Lottie schwer, die Augen offen zu halten. Jamie lief im Zimmer hin und her und fragte sie alte maradovische Wörter ab, während Ellie Hausaufgaben machte. Seit ihrer Rückkehr aus Maradova folgte Lotties Tagesablauf einem strengen Stundenplan aus Schule, Hausaufgaben, Nachhilfe und Prinzessinnenunterricht. Aus der Zeit, in der sie sich auf die Aufnahmeprüfung für Rosewood vorbereitet hatte, war sie es gewohnt, viel zu arbeiten. Doch der Schlafmangel sorgte dafür, dass sie immer erschöpfter wurde.

»Sets?«

»Prinz.«

»Sessa?«

»Prinzessin.«

»Gut.«

Jamie hakte etwas in seinem Büchlein ab, in dem er sich Notizen zum Unterricht machte. Sein Gesicht war wie immer undurchschaubar. Lottie hatte keine Ahnung, ob er mit ihren Fortschritten zufrieden war.

»Ich verstehe wirklich nicht, warum sie den alten maradovischen Dialekt lernen muss. Der wird schon seit hundert Jahren nicht mehr gesprochen.«

Jamie warf Ellie, die ständig an seinem Unterricht herummäkelte, einen düsteren Blick zu.

»Gutes Stichwort, Ellie. Lottie, bitte fass die Geschichte des maradovischen Dialekts für uns zusammen.«

Lottie knurrte innerlich. Immer, wenn Ellie einen kritischen Einwand äußerte, musste sie irgendetwas zusammenfassen. Sie kniff die Augen zu, um die Müdigkeit zu vertreiben.

»Maradovisch: lateinischen Ursprungs, ein Dialekt mit Lehnwörtern aus dem Englischen und Russischen. Nach dem Vertrag von Serego, durch den Maradova die Unabhängigkeit vom Britischen Reich erlangte, behielten die Maradovaner Englisch als offizielle Landessprache bei. Der alte maradovische Dialekt wird heutzutage nur noch –«

»Okay. Gut.« Jamie unterbrach sie. »Siehst du, wie schnell Lottie das alles gelernt hat? Du könntest ruhig auch mitschreiben.«

Lottie hasste es, dass er sie höchstens indirekt über eine Kritik an Ellie lobte.

Ellie streckte ihm prompt die Zunge raus und wandte sich wieder ihrem Lehrbuch zu.

Zwei Ivy-Schülerinnen auf dem Weg zum Tennis kamen an ihrer Tür vorbei und kicherten, als sie Jamie sahen. Er hatte sich auf seine eigene Art rasch in Rosewood eingefügt. Der König hatte beschlossen, Jamies Rolle als Partist öffentlich zu machen – doch natürlich hielt ihn jeder für Lotties Leibwächter, nicht für Ellies. Das hatte ihn, wenig überraschend, zum Mädchenschwarm gemacht. Lottie fand das lächerlich klischeehaft. Dass sie noch vor wenigen Wochen das Konzept der Partisten selbst romantisch gefunden hatte, war vergessen. Was ihre eigene Rolle betraf, so wusste sie nicht, was man der Schule mitgeteilt hatte, aber es schien sich nichts verändert zu haben.

Lottie nutzte die Pause zum Gähnen und fragte sich, wie

lange sie ihre schlaflosen Nächte wohl noch vor den beiden geheim halten konnte. Sie wurde aus ihren Gedanken gerissen, als Jamie ein Blatt Papier vor sie auf den Tisch legte.

»Ich möchte, dass du mir die Namen aller Mitglieder des maradovischen Königshauses nennst.« Lottie betrachtete die Gesichter auf dem Papier. Sie erkannte Ellies Eltern und die früheren Herrscher, Ellies Großmutter und König Henric. Aber irgendetwas stimmte nicht. Jemand fehlte.

»In Oscars Tagebuch steht, dass der letzte König, Henric, zwei Söhne hatte. Dann muss König Alexander doch einen Bruder haben?«

Ellie und Jamie starrten sie an, als hätte sie etwas Ungehöriges gesagt. Ihre Gesichter waren ernst, und sie wechselten einen Blick.

»Claude«, sagte Ellie langsam und schaute auf den Tisch. »Eigentlich sollte er König werden, aber … er hat sich den königlichen Pflichten verweigert.«

»Er wurde verbannt«, erklärte Jamie rundheraus. »Die maradovische Königsfamilie nimmt die Regeln sehr genau. Es ist wichtig, dass dir das klar ist.«

Lottie hatte das Gefühl, als wäre ein Puzzleteil an die richtige Stelle gerückt. Dieses Schicksal erwartete Ellie also, wenn sie nicht regieren wollte. Verbannung. Die Leugnung ihrer Existenz. Ein Schauder lief ihr den Rücken hinunter.

»Wie gruselig …«, flüsterte sie.

»Ziemlich. Und apropos gruselig …« Jamie holte lächelnd einen Brief aus dem Rucksack.

Er legte ihn in ihre Hand, und sie betrachtete erstaunt das kastanienbraune Siegel, das bereits aufgebrochen worden war. Es war ein sonderbares Zeichen, das sie noch nie gesehen hatte: vier zum Quadrat zusammengesetzte Dreiecke, die sich in der Mitte überschnitten und zwei Rauten bildeten, die an Wolfszähne erinnerten.

»Was ist das?«, fragte sie.

»Das ist unsere Einladung zum maradovischen Sommerball«, erwiderte Ellie. »Auch *Blumenfest* genannt.« Bei dem letzten Wort verdrehte sie die Augen. Dabei hatte Lottie schon ab dem Wort *Ball* nicht mehr folgen können. »Es ist einfach lächerlich. Der Ball findet jedes Jahr statt, immer liegt Schnee, und das Ganze hat überhaupt nichts Sommerliches.«

Doch Lottie war in anderen Sphären.

Ein königlicher Ball! Sie würde zu einem königlichen Ball gehen. Sie würde ein Kleid tragen, und es würden sicher noch andere Prinzen und Prinzessinnen kommen! EIN ECHTER KÖNIGLICHER BALL!

»Lottie!«

Blinzelnd tauchte sie aus ihren Gedanken auf. Ellie wedelte mit einer Hand vor ihren Augen herum, und Jamies Unterlippe zuckte spöttisch.

»Ein königlicher Ball? Klingt super! Wo kann ich mich anmelden?« Sie strahlte Ellie mit ihrem besten *Bitte-lass-mich-auf-diesen-Ball!*-Blick an.

Ellie lachte und strich sich die dichten schwarzen Haare aus der Stirn. »Sie haben Glück, Miss Pumpkin, das Blumenfest wird unser … ich meine, *Ihr* Prinzessinnendebüt sein!«

»Wirklich?« Lottie sprang auf und klatschte in die Hände. Plötzlich war die Müdigkeit wie weggeblasen. Es war, als würde ein Märchen Wirklichkeit … bis sie Jamies Gesicht

sah. Verlegen hüstelte sie, setzte sich schnell wieder auf ihren Stuhl und wurde knallrot. »Ich meine … das klingt ja wirklich ganz nett.«

Ellie prustete.

Jamie seufzte und deutete damit an, dass er nicht gern sagte, was er jetzt sagen musste: »So einfach ist das alles nicht. Ellie wird offiziell als deine Begleiterin teilnehmen, so können wir ihre Anwesenheit rechtfertigen, aber alle Debütanten müssen einen ganzen Tag an Lady Priscillas Etikettetraining teilnehmen. Glücklicherweise findet es dieses Jahr in Rosewood statt.«

Lottie blinzelte verwirrt. Was sollte das jetzt wieder heißen?

»Das heißt, dass du Unterricht in gutem Benehmen bekommst!«, sagte Ellie mit einem unterdrückten Lachen.

»Ihr meint … Benimmunterricht?« War das ihr Ernst?

»Das ist kein Witz, Lottie.«

Anscheinend konnte Jamie ihre Gedanken lesen. »Du wirst in zwei Wochen an dieser Schulung teilnehmen und musst den allerbesten Eindruck machen. Es werden noch andere Prinzen und Prinzessinnen und Jungen und Mädchen aus wichtigen Familien daran teilnehmen. Es ist sehr wichtig, dass du dich gut einfügst.« Er sah sie streng an. Sie nickte.

»Für jeden Prinzen, dem du beim Walzertanzen auf den Fuß trittst, hast du was bei mir gut«, fügte Ellie hinzu.

Jamie grummelte, doch Lottie musste lachen.

Dann blickte Jamie zur Uhr und begann, seine Unterlagen sorgfältig zusammenzupacken. »Hier« – er reichte ihr ein Blatt mit mehreren Stichpunkten –, »das müssen wir alles durchgehen, bevor das Etikettetraining startet. Ich bin jetzt mit Raphael zum Joggen verabredet. Bis später.«

Bei Raphaels Namen steckte sich Ellie mit großer Geste den Finger in den Hals. Jamie und Raphael hatten sich schnell angefreundet, weil sie die Liebe zu Fremdsprachen und zum Langstreckenlauf teilten, aber die beiden waren schon ein seltsames Paar. Raphael machte in einem fort dumme Witze, während Jamie nicht das kleinste Fünkchen Sinn für Humor zu haben schien. Lottie fragte sich, ob Raphael für Jamie, so wie sie für Ellie, der erste Freund außerhalb der maradovischen Königsfamilie war.

Jamie blieb in der Tür stehen und drehte sich noch einmal zu ihnen um. »Wenn ihr irgendetwas braucht, gebt mir Bescheid.« Er warf Ellie einen scharfen Blick zu. »Damit meine ich keine Kaltgetränke fürs Fechttraining!« Ellie lächelte ihn unschuldig an. »Und Lottie, du solltest versuchen, heute Nacht besser zu schlafen.«

Lottie hielt den Atem an. Sie hatte geglaubt, ihre Müdigkeit gut überspielt zu haben. Als Jamie draußen war, atmete sie erleichtert auf. Sie musste ihm beweisen, dass sie dieser Aufgabe gewachsen war. Sie durfte keine Schwäche zeigen.

Nachdenklich griff Ellie über den Tisch nach ihrer Hand und streichelte sie mit dem Daumen.

»Du bist ein Naturtalent. Dieses Etikettetraining wird für dich ein Kinderspiel. Ich verspreche dir, dass du deine Sache gut machen wirst, Prinzessin.«

Ellie glaubte, die Schulung mache ihr Sorgen! Lottie blickte auf Jamies Liste in ihrer Hand.

»Gut ist nicht genug«, flüsterte sie.

23

Draußen wurde es immer kälter, und die Schüler von Rosewood Hall verlebten gemütliche Oktobernachmittage. Die Flure wurden mit hübschen kleinen Fledermäusen und schwarzen Katzen geschmückt, und vor den Wohnheimen türmten sich ausgehöhlte Kürbisse und verströmten ihren reifen, süßlichen Duft.

Lottie stand mit Binah und Ellie, die über imaginäre Zahlen diskutierten, im Bibliothekscafé in der Schlange. Jamie telefonierte dank einer Sondererlaubnis mit dem maradovischen Königshaus, um Ellies Eltern auf dem Laufenden zu halten. Danach wollte er zu ihnen stoßen. Lottie blickte aus dem Fenster. Es war schon dunkel, obwohl der Unterricht erst seit einer Stunde vorbei war. Sie fragte sich, ob sie in dieser Nacht würde schlafen können.

»Einen Kürbismuffin und einen weißen Schokoccino.« Lottie vergewisserte sich, dass Ellie nicht zuhörte. »Mit einem Extraschuss Espresso, bitte.« Ihre aktuelle Therapie gegen die Anzeichen ihrer Schlaflosigkeit lautete: Kaffee und Concealer, beides in rauen Mengen.

Die Bibliothek war schnell zu Lotties Lieblingsplatz in Rosewood geworden. Nach ihrem nächtlichen Einbruch war sie zunächst nur zögerlich wieder hergekommen, doch die unvergleichliche Sammlung an Büchern lockte sie zurück, und trotz der Größe war es sehr gemütlich hier. Von so vielen guten Büchern umgeben zu sein sorgte bei ihr einfach für gute Stimmung.

Als sie in den Studierbereich kamen, wandten sich mehrere Köpfe nach Lottie um. Mittlerweile war sie recht gut darin, so zu tun, als würde sie es nicht bemerken. Ihre Mitschüler schienen sich einfach nicht daran gewöhnen zu können, eine Prinzessin unter sich zu haben. Lottie konnte es ihnen nicht verdenken – ihr selbst ging es ja auch nicht anders.

»Da drüben sind noch freie Plätze!«, sagte Binah und steuerte auf einen runden Tisch am Fenster zu.

Ellie und Lottie blieben stehen. An dem Tisch saßen Lola, Micky, Saskia und … Anastasia. Lottie hatte nichts dagegen, sich zu ihnen zu setzen, aber sie wusste, dass Ellie nicht gerne in Anastasias Nähe war. Dass sie jetzt auch noch beim Fechten Konkurrentinnen waren, hatte ihr Verhältnis nicht gerade verbessert.

Doch bevor Lottie etwas sagen konnte, straffte Ellie die Schultern und ging kühn weiter.

»Hallo! Ist es in Ordnung, wenn wir euch Gesellschaft leisten?«, fragte Lottie, während Ellie sich neben Binah setzte.

Lola strahlte. »Aber natürlich!« Sofort holte sie eine Tüte Tompkins Karamellbonbons heraus und reichte sie herum. »Bitte bedient euch!«, sagte sie fröhlich.

Lottie sah, wie Ellie und Saskia sich vorbeugten und gleichzeitig in die Tüte griffen.

»Entschuldige … Kennen wir uns schon?«, fragte Ellie mit

einem kleinen Lächeln, das Lottie aus irgendeinem Grund unangenehm war.

»Noch nicht offiziell!« Saskia nahm ein Karamellbonbon und reichte es Ellie. »Ich bin Saskia.«

»Ellie.«

»Das weiß ich doch«, sagte Saskia neckisch. Die beiden musterten sich, während Ellie sich das Bonbon in den Mund steckte.

»Saskia ist die Sprecherin der elften Klasse von Conch«, erklärte Lottie.

»Ich übernehme eben gern das Kommando!« Saskia grinste Ellie an, und beide lachten.

Lottie setzte sich auf den freien Stuhl neben Anastasia, die die Nase in ihrem Lehrbuch vergraben hatte. Sie schaute wieder zu Ellie, die laut über etwas lachte, das Saskia gesagt hatte, und fühlte sich plötzlich ausgeschlossen.

»Kein Wunder, dass du nicht schlafen kannst, bei der lauten Mitbewohnerin«, bemerkte Anastasia leise neben ihr.

»Wie bitte?«, fragte Lottie verwirrt. Woher wusste Anastasia das?

»Ellie. Sie ist eine ganz schöne Krawallschachtel.«

Bevor Lottie diese Worte verarbeitet hatte, sah Anastasia sie ernst an. »Ich habe etwas für dich.«

Sie griff in ihre Tasche, zog eine kleine, rosafarbene Schachtel heraus und legte sie bedeutungsvoll auf den Tisch.

»Was ist das?«, fragte Lottie, während Ellie sich schon vorbeugte, nach der Schachtel griff und laut vorlas: *»Prinzessin-auf-der-Erbse-Pastillen. Die Medizin für alle Prinzessinnen, die nachts nicht schlafen können.«*

Lottie schluckte.

Woher wusste Anastasia von ihren Schlafproblemen? Und warum musste sie ihr diese Tabletten ausgerechnet in Ellies Gegenwart geben? Lottie hätte ihren Kopf auf die Tischplatte knallen können. Dass Ellie und Jamie sich Sorgen um sie machten, war das Letzte, was sie jetzt gebrauchen konnte.

»Schläfst du immer noch schlecht, Lottie?«

Jamies Stimme ließ sie zusammenzucken. Sie drehte sich um und sah ihn direkt hinter sich stehen. Na super! Es war offensichtlich, dass sie seiner Frage nicht ausweichen konnte.

Lottie wurde bewusst, dass plötzlich alle Blicke im Bibliothekscafé auf ihren Tisch gerichtet waren. Diesen Effekt hatte Jamie immer. Sie lächelte, so gut sie konnte, doch er runzelte die Stirn.

»Deine Augen …«, sagte er besorgt.

»Ich dachte, du wolltest telefonieren?« Es war ein ungeschickter Versuch, ihm auszuweichen, aber er durfte auf keinen Fall denken, dass ihre Schlaflosigkeit etwas mit ihrer Rolle als Porterin zu tun hatte.

»Warum hast du mir nichts gesagt?«

Ellie klang gekränkt, und plötzlich spürte Lottie Wut in sich aufsteigen, dass Anastasia sie in diese Situation gebracht hatte. Sie warf ihr einen finsteren Blick zu. Doch Anastasia hatte bereits wieder die Nase in ihr Buch gesteckt und tat so, als würde sie das alles nichts angehen.

»Es ist nicht weiter schlimm. Ich erkläre es euch später bei der Mathenachhilfe«, sagte Lottie und sah Jamie und Ellie fest an.

Ellie machte ein schuldbewusstes Gesicht. »O Lottie, ich

dachte, ich hätte es dir schon gesagt ... Es tut mir wirklich leid, aber ich weiß nicht, wie lange ich dir noch Nachhilfe geben kann, weil das Fechten so viel Zeit in Anspruch nimmt.«

Lottie war enttäuscht. Sie liebte Ellies Nachhilfeunterricht. Zum ersten Mal in ihrem Leben hatte sie das Gefühl, tatsächlich etwas mit Zahlen anfangen zu können.

»Das macht doch nichts.« Die Worte kamen automatisch aus ihrem Mund. Sie wollte Ellie den Spaß am Fechten nicht verderben. »Mach dir keine Gedanken. Ich schaff das schon.« Worauf die letzte Bemerkung sich bezog, wusste sie selbst nicht so genau.

»Du darfst in Mathe nicht nachlassen, Lottie«, sagte Jamie wenig zartfühlend.

»Ich kann dir Nachhilfe geben!«

Lottie drehte sich zu Saskia, die sich lässig in ihrem Stuhl zurückgelehnt hatte.

»Wenn du willst. Ich bin die Beste in meinem Jahrgang.«

»Wirklich?« Lottie konnte ihre Freude nicht verbergen. Was für eine praktische Lösung. »Das wäre wirklich toll. Danke!«

»Das geht nicht!« Alle Augen richteten sich auf Anastasia, die mit der flachen Hand auf den Tisch gehauen hatte. »Wir treffen uns doch immer nach der Schule!« Ihre Stimme klang seltsam verzweifelt, und Lottie glaubte fast, sie mache Witze.

Saskia schien Anastasias Ausbruch kaltzulassen. Sie grinste nur spöttisch und sagte: »Aber du musst doch auch zum Fechten, oder nicht? In wenigen Wochen beginnt das Auswahlverfahren.«

»Schon, aber –«

»Dann ist es also abgemacht. Ich gebe Lottie Nachhilfe.«

In diesem Augenblick ertönte eine kratzige Durchsage: *»Die Schüler an Tisch acht werden höflichst gebeten, die Lautstärke zu senken!«*

Lottie blickte die anderen an und spürte, dass es noch eine Million Dinge gab, die sie sagen wollten, doch sie wandten sich schweigend ihren Büchern zu.

Was war da gerade passiert?

24

Nach der Schule trainierte Lottie in der kleinen Turnhalle von Conch mit Jamie die Grundlagen der Etikette, die für die meisten anderen Schüler vermutlich längst selbstverständlich waren. Sie übten alles, von der Reihung des Bestecks bis zu der richtigen Art, eine Auster zu essen. Nur beim Walzer blieb Jamie zurückhaltend und bat Ellie um Hilfe.

Findet er mich wirklich so schrecklich?, fragte Lottie sich.

Es waren nur noch drei Tage bis zur Schulung. Lottie hatte sich extra viel Mühe gegeben, ihre Müdigkeit zu verbergen. Die Tabletten, die Anastasia ihr gegeben hatten, halfen ein bisschen, aber gegen das, was sie vom Schlafen abhielt, gab es keine Medizin. Sie unterdrückte ein Gähnen und trug die Grußformeln für die verschiedenen Adelsstände vor. Jamie warf ihr einen scharfen Blick zu. Er war immer noch verärgert, dass sie ihm ihre Schlafprobleme verschwiegen hatte. Er schien gerade etwas sagen zu wollen, als Ellie laut knurrte.

»DIESES RÄTSEL MACHT MICH NOCH WAHNSINNIG!«, brüllte sie und schleuderte ihr Heft quer durch die Halle. Lottie sah verblüfft zu, wie Jamie aufsprang und es geschickt in der Luft auffing. Ellie hatte es sich zur Gewohnheit gemacht, während der »langweiligen« Teile des Unterrichts, wie sie sich ausdrückte, an Binahs Rätsel zu arbeiten, doch sie hatte noch immer kein Glück. Lottie hatte sich bereits damit abgefunden, dass sie die kleinen Schachteln niemals öffnen würden.

Jamie blätterte durch die Seiten und klappte das Heft dann zu. »Wir wären dir dankbar, wenn du dein komisches Anagramm leise lösen könntest«, sagte er kühl und legte das Heft auf die Bank, die Ellie in Beschlag genommen hatte.

Ellie setzte sich kerzengerade auf. »Anagramm?«, rief sie.

»Ja«, erwiderte er, während er Lotties Arm in die richtige Haltung für den Knicks brachte. »Du hast die Zahlen noch nicht in Buchstaben umgewandelt, aber es ist eindeutig der Name des Gründers der Schule, William …«

»WILLIAM TUFTY!«, riefen die Mädchen gleichzeitig.

Lottie erhob sich aus dem Knicks, als Ellie auf sie zurannte. Jetzt ergab alles einen Sinn. Ellie hatte sich so auf die mathematische Lösung konzentriert, dass sie sich nicht um die codierten Wörter gekümmert hatte.

»Jamie, wir machen heute früher Schluss!«, rief Ellie und zog Lottie am Arm hinter sich her.

Jamie wollte Lottie festhalten, doch dann schien er es sich anders zu überlegen. »Na schön, ihr könnt gehen.«

Lottie und Ellie saßen im Gemeinschaftsraum auf einem lila Zweiersessel unter einem großen Gemälde von Florence Ivy. Drei Schülerinnen hatten es sich vor dem Fernseher gemütlich gemacht und schauten kichernd zu Jamie hinüber, der am Fenster stand und auf den Teich blickte und dem es perfekt gelang, gleichgültig zu wirken. Er hatte darum gebeten, die Geschenke zu untersuchen, bevor sie geöffnet wurden, eine übliche Vorsichtsmaßnahme, wie er sagte, was Ellie nicht davon abgehalten hatte, unwillig zu knurren. Auf dem Rückweg nach Ivy waren sie mit einem Mädchen aus Stratus zusammengestoßen und hatten sie gebeten, Binah mitzuteilen, dass sie das Rätsel gelöst hatten.

»Unglaublich, dass wir so lange gebraucht haben«, sagte Lottie. Sie zählten bis drei, bevor sie feierlich die Deckel der kleinen Schachteln anhoben. Lottie kniff die Augen zusammen, weil sie fürchtete, nun schrecklich enttäuscht zu werden. Und genau so war es auch.

In ihrer Schachtel befand sich eine winzige Anstecknadel mit einem Fuchs, kaum größer als ihr Fingernagel. Sie blickte zu Ellie, die ebenfalls verblüfft einen winzigen Emailleanstecker mit einer Maus in den Fingern hielt.

»Hä?«, machte Ellie und sah Jamie fragend an.

Lottie zog nachdenklich die Nase kraus. »Das muss irgendetwas bedeuten.« Sie nahm Ellies Anstecker und betrachtete die beiden kleinen Metalltiere eingehend. »Eine Maus und ein Fuchs, ein Fuchs und eine Maus.« Sie wiederholte die Wörter, in der Hoffnung, dass es Klick machte. Sie sah, dass Jamies Mundwinkel zuckte. »Was ist?«, fragte sie.

»Das erinnert mich an etwas«, sagte Jamie und drehte sich wieder zum Fenster. Sein Gesicht hatte eine Regung gezeigt, die Lottie noch nie gesehen hatte, und sie konnte den Blick kaum von ihm lösen. Sie zwang sich, wieder die kleinen Anstecker anzusehen.

Lotties Gedanken trübten sich, als ein Geist aus Kindertagen ihr etwas ins Ohr flüsterte. Irgendwo im Hinterkopf hörte sie die Stimme ihrer Mutter einen Vers aus ferner Vergangenheit singen:

Sie trafen einander tief im Wald
und bauten zusammen ein Haus.

Dieses Gedicht hatte ihre Mutter ihr immer aufgesagt, bevor sie erfahren sollte, wie hart das Leben sein konnte.

Eine war schlau, und eine war zart:
Die Füchsin und die zierliche Maus.

Ein Gedicht über zwei sehr unterschiedliche Geschöpfe, die sich zusammentun, um einander zu helfen: *Die Füchsin und die zierliche Maus.*

»William Tufty hat Kindergedichte geschrieben!«, rief Lottie mit einem Mal. Die Worte sprudelten aus ihrem Mund, bevor sie ganz zu Ende gedacht hatte. Sie blickte zu Jamie hinüber, der sie überrascht ansah. »Du kennst es auch – du erinnerst dich an das Gedicht!« Einen Augenblick lang vergaß sie ihre Zurückhaltung ihm gegenüber. »Die Füchsin und …«

»… die zierliche Maus«, beendete Jamie den Satz, und sie spürte, dass ihr Herzschlag kurz aussetzte. »Beinahe hatte ich es vergessen.«

Lottie gab Ellie mit einem Grinsen ihre Anstecknadel zurück. »Ich wäre nie auf die Idee gekommen, dass der Gründer von Rosewood Hall einen meiner liebsten Kinderreime gedichtet hat. Es war auch das Lieblingsgedicht meiner Mutter.« Zärtlich betrachtete sie die kleine Brosche und strich mit dem Daumen über das blanke Metall. *Danke, Binah.*

Ellie nahm ihre Hand und sah sie fragend an. »Glaubst du, Binah wollte uns damit auf seine Gedichte aufmerksam machen?«

Lotties Bauchgefühl sagte ihr, dass noch ein Puzzleteil fehlte. Sie durchforstete ihr Gehirn nach der genauen Geschichte. Einzelheiten fielen ihr wieder ein – irgendwas mit einem Gemälde und einem Haus –, doch die Erinnerung reichte nicht für ein umfassendes Bild.

»Ich glaube, wir brauchen das ganze Gedicht«, sagte sie. Sie drehte sich erwartungsvoll zu Jamie, der bestätigend nickte. Sie fragte sich, ob er auch ein bisschen aufgeregt war.

Sie brauchten nicht lange, um die Werke von William Tufty in der Bibliothek ausfindig zu machen. Es gab eine ganze Abteilung, die nicht nur seine eigenen Bücher und Anthologien enthielt, sondern auch eine Sammlung von Gedichten anderer Autoren, die er geschätzt hatte.

Sie fanden das Gedicht in einem Kinderliederbuch. Lottie setzte sich den anderen gegenüber und räusperte sich. Jamies Blick machte sie nervös.

Sie trafen einander tief im Wald
und bauten zusammen ein Haus.
Eine war schlau, und eine war zart:
Die Füchsin und die zierliche Maus.

Sie spielten meisterhaft Versteck,
bis ihre Lust gestillt.
Die Füchsin barg sich sehr gewitzt
in einem alten Bild.
Mit ihrer Weisheit, ihrem Mut
wurden sie bekannt.
Bald schon strömten ins Eichenhaus
Schüler aus dem ganzen Land.
Nun sind sie im Zimmer des Meisters,
der da wachet über das Haus.
Er blickt auf sie und sie auf ihn:
Die Füchsin und die zierliche Maus.

Als sie fertig war, ging ihr ein Licht auf. »Ich glaube, sie meint ein Gemälde!«

Ellie runzelte die Stirn, und Lottie fuhr fort: »In der ganzen Schule hängen Gemälde von Tufty … Bestimmt ist in einem von ihnen ein Hinweis versteckt.«

Ellie stand auf und zog Lottie mit sich. Sie warf sich die Tasche über die Schulter und wandte sich zum Gehen. Jamie sagte nichts.

»Worauf wartest du?«, fragte Ellie. »Komm schon, finden wir es raus!«

Jamie schien erst jetzt wieder einzufallen, wo er war. Sein Gesicht verschloss sich, und er erhob sich ebenfalls.

»Hebt euch eure Schnitzeljagd für später auf«, sagte er trocken. »Gleich beginnt die Ausgangssperre, und ihr habt sicher noch Hausaufgaben. Und du …« Er sah Lottie so scharf an, dass sich ihr Unbehagen ihm gegenüber gleich wieder einstellte. »Du musst dich weiter auf das Etikettetraining vorbereiten. In drei Tagen geht es los.«

Lottie schluckte. Jamie hatte recht. Bevor sie sich mit Rätseln amüsierte, musste sie erst mal diese Schulung überleben.

25

Das fünfstündige Etikettetraining sollte in der Festhalle von Rosewood Hall stattfinden und wurde von einer Frau namens Lady Priscilla geleitet. Es war anscheinend eine Art Initiationsritus für Kinder aus gutem Hause, vor ihrem ersten öffentlichen Auftritt an diesem Unterricht teilzunehmen.

Obwohl Lottie in den vergangenen Monaten schon mehrmals in der Festhalle gewesen war und sich an ihre Größe gewöhnt hatte, erschien sie ihr jetzt entsetzlich kalt und voll unangenehmer Vorahnungen. Jeder Schritt hallte noch lauter als sonst, jeder Atemzug stand als kleines Wölkchen in der eisigen Luft.

Schülerinnen und Schüler aus der ganzen Welt waren angereist. Alle sahen makellos aus, ob sie nun Anzüge, Saris oder bestickte Trachtenjacken trugen. Da Lotties Ausstattung noch nicht eingetroffen war, war auf die Schnelle ein weißes Abendkleid aus Ellies Garderobe aus Maradova geschickt worden.

Jamie stand an ihrer Seite. Sie waren überpünktlich gekommen und sahen nun zu, wie die anderen hereintröpfelten. Jeder hatte einen Leibwächter oder Assistenten dabei. Lottie fragte sich, ob auch Partisten darunter waren, doch die Begleiter schienen alle älter zu sein als ihre Schützlinge.

Jamie flüsterte ihr die Namen der Teilnehmer ins Ohr, und Lottie gab sich Mühe, sie sich einzuprägen: Veevee Indriani, Königstochter aus Rajastan, wohnhaft in den USA und angeblich eine zukünftige olympische Eiskunstläuferin, Lachlan Kidman-Dolman, Sohn von Angus Dolman, dem Maler, und Ingrid Kidman, der Opernsängerin, Edmund Ashwick …

Doch dann blickte Lottie verblüfft auf die Teilnehmer, die hinter Edmund Ashwick hereinkamen. Zu ihrem maßlosen Erstaunen waren es Anastasia, Raphael und Saskia!

»W-was macht ihr denn hier?«, stammelte sie. Seit dem Vorfall in der Bibliothek hatte sie nicht mehr mit Anastasia gesprochen, trotzdem hob es ihre Stimmung beträchtlich, dass Leute hier waren, die sie kannte. Anastasia trug ein elegantes bodenlanges silberschwarzes Kleid, das perfekt zu Raphaels silberschwarzem Smoking passte. Sie war um einiges größer als Lottie, und ihre spitzen Absätze verstärkten den Größenunterschied noch. Saskia, die hinter ihr ging, trug ein schlichtes schwarzes Etuikleid und hatte ihre goldene Mähne zu einem Dutt gebändigt.

»Ich dachte, du wüsstest Bescheid«, erwiderte Anastasia lässig. »Ich nehme dieses Jahr zum ersten Mal am Sommerball deiner Familie teil.«

Lottie blinzelte verwirrt. Sie spürte, dass Jamie neben ihr sich verspannte. Hätte sie das wissen müssen? Doch bevor sie etwas erwidern konnte, fuhr Anastasia fort: »Und Raphael ist hier, weil er«, sie hüstelte, »beschlossen hat, den Kurs hinter sich zu bringen, als er gehört hat, dass ich teilnehme.«

Raphael grinste. »Sonst hätte sich ja niemand gefunden, der mit der Hexe aus dem Westflügel Walzer tanzt.« Er zwinkerte Jamie zu, und Lottie sah mit Genugtuung, dass der nicht darauf reagierte. Anastasia war zwar nicht ihre beste Freundin, trotzdem gefiel ihr nicht, wie Raphael über sie redete.

»Ich …« Lottie zögerte kurz, dann sagte sie: »Ich bin wirklich froh, dass ihr da seid.« Und das war sie wirklich. Erst beim Anblick der anderen hatte sie gemerkt, wie nervös sie war, und auch wenn Anastasia nicht die Herzlichkeit in Person war, so war sie doch wenigstens ein Mensch, den sie kannte. Anastasia wollte gerade etwas erwidern, als Saskia sich einschaltete.

»Lottie, ich freue mich wirklich auf unsere erste Nachhilfestunde!« Ihre fröhliche Stimme sorgte sofort dafür, dass Lottie sich ein bisschen entspannte. Saskia machte einen kleinen Knicks, dann hob sie den Blick und lächelte Lottie offen an, die in ihrer Rolle als falsche Prinzessin augenblicklich Gewissensbisse bekam. »Ich verspreche dir, dass du in Mathe durchstartest wie eine Rakete. Ich bin ein echter Profi.«

Lottie erwiderte ihr Lächeln und fragte sich dabei im Stillen, was Ellie wohl dazu sagen würde.

»Saskia ist meine Begleiterin. So wie Miss Wolf deine ist«, erklärte Anastasia, während sie ihre Fingernägel inspizierte.

Bei dem Wort »Wolf« musste Lottie unwillkürlich an ihren ersten Abend in Rosewood und das rätselhafte Buch auf ihrer Schwelle zurückdenken. Sie spürte ein seltsames Flattern im Bauch, als gäbe es etwas, das sie wissen müsste, das sich aber gerade so außerhalb ihres Bewusstseins befand.

»Danke, Saskia«, sagte sie, ohne auf Anastasias Bemerkung einzugehen, und überraschte sich selbst mit ihrer ruhigen Stimme. Sie konnte sich nicht erklären, warum sie plötzlich so ein ungutes Gefühl hatte.

Jamie holte sie mit einem Räuspern aus ihren Gedanken. »Achtung, es geht los! Vergiss nicht, was du gelernt hast.«

Von weitem konnte Lottie das laute Klappern hoher Absätze auf dem Marmorboden hören.

»Viel Glück«, flüsterte sie ihren Freunden zu.

Raphael grinste, Anastasia hingegen nickte nur, bevor sie sich alle nebeneinander in einer Reihe aufstellten.

Die Tür flog so dramatisch auf, dass Lottie zusammenzuckte. Rot, war ihr erster Gedanke. Lady Priscilla trug ein enges rotes Kostüm mit üppigen Rüschen und einer weißen Bluse. Sie sah älter aus, als Lottie erwartet hatte, und ihr verkniffenes Gesicht ließ darauf schließen, dass sie häufig die Stirn runzelte. Sie betrat den Raum langsam und anmutig, klopfte sich sachte mit einem Stab in die Handfläche und ließ den Blick durch den Raum schweifen. Ein dünnes Lächeln erschien auf ihrem Gesicht, das jedoch nicht ihre Augen erreichte.

»Nichts bereitet mir größeres Vergnügen, als jungen Menschen beizubringen, wo ihr Platz ist.« Ihre Stimme war nadelspitz und brachte Lottie zum Schaudern. »Die meisten von Ihnen sind krumm und schief durch einen Mangel an Disziplin. Ich freue mich darauf, Sie zurechtzubiegen. Am Ende meines Unterrichts werden Sie für die höhere Gesellschaft endlich keine Schande mehr sein. Ich werde Sie formen, bis Sie in die Welt passen, in die Sie so unverdient hineingeboren wurden.«

Lottie schluckte. Plötzlich war sie froh, dass Jamie sie so streng auf diesen Unterricht vorbereitet hatte. Diese Frau war ja grauenerregend. Sie schritt langsam an der Reihe der Schüler entlang, ihre kerzengerade Haltung erinnerte an eine angriffsbereite Kobra. Die Haare hatte sie am Hinterkopf zu einem strengen Knoten frisiert, in dessen Mitte ein kleiner Edelstein saß, so dass es aussah, als hätte sie dort hinten ein einzelnes Schlangenauge.

»Sie sind hier, weil Sie in bedeutende Familien geboren wurden, und es ist meine Aufgabe, dafür zu sorgen, dass diese Bedeutung nicht an Sie verschwendet ist.«

Sie blieb vor Anastasia stehen. »Miss Alcroft …« Sie neigte den Kopf und kniff die Augen zusammen. »Vorbildliche Haltung, zurückhaltende Kleiderwahl … Gut.«

Klackernd schritt sie die Reihe ab. Lottie hielt den Atem an und warf einen schnellen Blick auf Jamie, der bei den Assistenten und Leibwächtern auf der anderen Seite des Raums stand. Er erwiderte ihren Blick nicht.

»Master Singh.« Ihr schmallippiges Lächeln ließ Lottie das Gesicht verziehen. »Ihr Bruder war vor drei Jahren in meinem Unterricht.« Sie sprach, als hätte sie eine Zitrone im Mund. »Ich kann nur hoffen, dass Sie weniger ungeschickt sind als er.«

Die Absätze stöckelten näher und näher.

Bitte nicht. Bitte nicht.

»Und das hier«, die Frau blieb vor Lottie stehen und zeigte kühl mit ihrem Stab auf sie, »muss die berühmte Prinzessin von Maradova sein.« Sie rümpfte die Nase. »Nach allem, was ich von Ihnen höre, fürchte ich, dass selbst meine Kunst bei

Ihnen nichts ausrichten kann.« Sie schlug ihren Stab in die Hand, so dass ein scharfer Knall ertönte.

Lotties Magen zog sich vor Entsetzen zusammen. Bei all der sorgfältigen Vorbereitung und Planung war ihr nie in den Sinn gekommen, dass sie gegen Ellies Ruf würde ankämpfen müssen. Sie spürte Tränen in den Augenwinkeln und musste sich auf die Wange beißen, um nicht zu weinen.

»Ich –«

»SIE SPRECHEN NUR, WENN SIE DAZU AUFGEFORDERT WERDEN!«

Lady Priscillas Stimme schrillte durch den Raum, und Lottie zuckte zusammen. Die nun folgende Stille war ohrenbetäubend. Lottie hatte sich noch nie im Leben so gedemütigt gefühlt. Ihrer Meinung nach gab es schlichtweg keine Entschuldigung dafür, jemanden so anzufahren, ganz egal, unter welchen Umständen. Niemand hatte das Recht, einen anderen Menschen so herabzusetzen.

Lottie biss sich noch fester auf die Wange und riss sich zusammen, um nichts mehr zu sagen. Sie dachte an Anastasia, Saskia, Raphael und Jamie, die sie genau beobachteten. Sie nickte langsam, blickte starr geradeaus und erinnerte sich daran, was es für Ellie bedeuten würde, wenn sie es verbockte.

Lady Priscillas Nasenspitze zuckte wie die einer Ratte. »Gut.« Wieder schlug sie ihren Stab in die Hand. Diesmal zuckte Lottie mit keiner Wimper. »Und jetzt beginnen wir mit der ersten Lektion.«

26

»FALSCH!«

Lady Priscilla ließ ihren Stab auf den Tisch neben Lottie herabsausen. Obwohl sie das mittlerweile zum dritten Mal tat, fuhr Lottie auch diesmal wieder zusammen.

Alle Schülerinnen und Schüler saßen an dem langen Eichentisch, je ein vollständiges Gedeck für ein Sechs-Gänge-Menü vor sich. Links und rechts neben Lottie befanden sich breite Abstände zu ihren Sitznachbarn. Niemand wollte den Zorn von Lady Priscilla auf sich ziehen. Sie gingen die richtige Besteckfolge durch, und anscheinend machte Lottie alles falsch.

Doch das Schlimmste war: Sie machte gar nichts falsch. Lottie *wusste*, dass sie es richtig machte, sie hatte es oft genug mit Jamie geübt. Trotzdem fand Lady Priscilla pausenlos einen winzigen Fehler – eine zu hastige Bewegung, nicht exakt parallel aufgesetzte Füße und dergleichen mehr. Lottie wurde schnell klar, dass sie nichts anderes tun konnte, als ihren Stolz hinunterzuschlucken und jedes Mal höflich »Ja, Lady Priscilla« zu sagen.

Anastasia und Raphael wichen ihrem Blick aus, während Jamie, der sich nach wie vor mit den anderen Leibwächtern im Hintergrund hielt, ein undurchdringliches Gesicht machte. Lottie fühlte sich wie eine Aussätzige. Ihr schlimmster Albtraum war wahrgeworden: Lady Priscilla hatte sich in den Kopf gesetzt, sie vor allen zu demütigen, und es gab nichts, was sie dagegen tun konnte.

O Ellie, was hast du nur angestellt, um zu so einem Ruf zu kommen? Du hast in deinem ganzen Leben doch gerade mal zwanzig Menschen kennengelernt!

Lottie kämpfte weiter. Schließlich glaubte sie, dass etwas Schlimmeres als die Übung zur Körperhaltung, bei der sie zweimal durch den Saal laufen musste, während Lady Priscilla ihre Mängel auflistete, eigentlich nicht mehr kommen konnte.

Doch sie irrte sich. Es kam noch schlimmer.

Lady Priscilla ließ alle eine Reihe bilden. Wieder taten sich rechts und links von Lottie große Lücken auf.

»Nun ist es an der Zeit für die wichtigste Lektion.« Lady Priscilla trommelte mit spitzen Fingernägeln auf ihren Stab und lächelte dünn. »Sie werden den Walzer üben!«

Lottie wurde flau im Magen. Sie hatte sich so aufs Walzertanzen gefreut, doch jetzt graute ihr davor.

»Bitte suchen Sie sich einen Partner. Hopp-hopp!«

O mein Gott! Partner?

Niemand würde ihr Partner sein wollen, nachdem Lady Priscilla sie so heruntergeputzt hatte. Schlimmer hätte die Situation wirklich nur noch werden können, wenn sie plötzlich festgestellt hätte, dass sie versehentlich in Unterwäsche hergekommen war. Lottie stand wie festgewurzelt da, während die anderen Schüler sich einen Tanzpartner suchten.

»Oh, herrje.« Die Stimme hinter ihrem Rücken war harsch

und kalt, ohne eine Spur des Mitleids. »Niemand will mit der armen kleinen Prinzessin tanzen.« Lady Priscilla knallte mit ihrem Stab. »Und wer nicht vortanzen kann, fällt leider durch.« Lottie stellte sich das grausame Lächeln vor, das bei diesen Worten ihre Lippen umspielte.

Sie schluckte. Wenn sie durchfiel, konnte sie nicht für Ellie zum Ball gehen – sie musste etwas tun. Sie schaute zu Jamie hinüber, dabei wusste sie so gut wie er, dass Assistenten und Leibwächter nicht am Unterricht teilnehmen durften. Was nun? Sie konnte nicht zulassen, dass diese Frau alles ruinierte.

»Ich nehme an, Sie halten Tanzen – so wie alle anderen königlichen Verpflichtungen – für affig?«, spottete Lady Priscilla, die um sie herumgegangen war und ihren eisigen Blick auf sie gerichtet hatte.

Vielleicht hatte Ellie recht. Vielleicht waren diese Leute wirklich so schrecklich, wie sie immer sagte.

»Nein, bitte, das finde ich nicht –«

Doch Lady Priscilla schnitt ihr das Wort ab. »Soll ich Ihnen sagen, warum niemand mit Ihnen tanzen will? Weil sie *widerspenstig* sind.«

Lottie brachte all ihre Disziplin auf, um nichts zu entgegnen – sie würde Lady Priscilla nicht die Befriedigung geben, die Beherrschung zu verlieren.

»Wir haben genug von den Launen der aufsässigen Prinzessin von Maradova gehört. Wenn Sie glauben, dass ich mich auch nur eine Sekunde von Ihrem heutigen Auftreten täuschen lasse, dann sind Sie genau so einfältig, wie ich es erwartet habe.«

Lottie ballte die Fäuste. Diese Frau wusste nichts über Ellie. Sie wusste nicht, dass sie sich Zeit nahm, um ihr bei den Mathehausaufgaben zu helfen, dass sie jeden Tag trainierte, weil sie fest entschlossen war, die Aufnahmeprüfung für die Fechtmannschaft zu bestehen, dass sie bereit war, für ihre Freunde alles zu tun, und dass sie immer ihr Bestes gab. Plötzlich empfand Lottie ein tiefes Mitgefühl mit Ellie. Sie hatte sich so oft gewundert, dass Ellie keine Prinzessin sein wollte, doch als sie nun hier stand und von dieser Giftschlange erniedrigt wurde, verspürte sie das überwältigende Verlangen, ihr das Kleid zu zerfetzen und alles im Raum kurz und klein zu schlagen. Ellie passte nicht in die für sie vorgesehene Prinzessinnenform, die kaum mehr Spielraum zu lassen schien als ein Kuchenförmchen. Sie war wild und eigenwillig – und die aristokratische Welt hasste sie dafür. Lotties Fäuste ballten sich noch fester. Ellie hatte das nicht verdient, Ellie durfte sich das nicht gefallen lassen, Ellie war besser als das.

»Wie können Sie es wagen –« Lottie wollte dieser unverschämten Frau gerade so richtig die Meinung sagen, als jemand dazwischenging.

»Wenn ich kurz unterbrechen dürfte, Lady Priscilla?«, sagte eine ruhige Stimme hinter ihr. Lottie überkam eine unwirkliche Ruhe. Sie spürte, wie ihre Wut verpuffte, auch wenn sie es nicht wagte, sich umzudrehen, um der Stimme ein Gesicht zu geben. »Es wäre mir eine Ehre, mit der Prinzessin zu tanzen.« Eine behandschuhte Hand legte sich auf Lotties Rücken. »Ich denke, sie braucht nur einen guten Einfluss.«

Lady Priscillas Haltung wandelte sich augenblicklich. Sie bog die Schultern zurück, und ihr Gesichtsausdruck wechselte von säuerlich zu zuckersüß, als hätte der Unbekannte das Eis in ihr zum Schmelzen gebracht.

»Aber mein lieber Prinz Ashwick, diese Bürde kann ich Ihnen doch nicht zumuten!«

Wieder wäre Lottie beinahe der Kragen geplatzt, doch das Wort *Prinz* hielt sie zurück.

Prinz Ashwick lachte schnurrend. »Für der Widerspenstigen Zähmung braucht es nur den richtigen Verehrer.«

Lady Priscilla hob langsam den Kopf und musterte sie eingehend. Lottie beschloss, den beleidigenden Shakespeare-Verweis zu ignorieren. Wer auch immer dieser Prinz war, er schien zu wissen, dass er Lady Priscilla nur überzeugen konnte, indem er sich als ihr Verbündeter ausgab.

»Also gut, Edmund.« Aus Gewohnheit knallte Lady Priscilla noch einmal mit ihrem Stab. »Dann wollen wir mal sehen, ob Ihr glänzendes Vorbild Wirkung zeigt.« Damit wandte sie sich abrupt ab und eilte zur Musikanlage. »Alle in Position!«

Endlich drehte Lottie sich zu ihrem Partner um und schnappte nach Luft. *Ein Engel!* Er war wunderschön. Anmutig und elegant stand Prinz Ashwick in einem prinzenhaft weißen Anzug mit vergoldeten Schulterbesätzen vor ihr. Seine blonden Haare spiegelten das Licht und schienen ebenfalls aus Gold zu sein. Er drehte sich ernst zu ihr und verbeugte sich tief. Als er sich wieder aufrichtete, blickte Lottie in ein leichtes Lächeln und warme braune Augen, die mit seinen markanten Gesichtszügen kontrastierten.

»Gewährt Ihr mir die Ehre, Prinzessin?«

Lottie war sprachlos. *Ein Märchenprinz hat mich gerettet!*

»J-ja«, flüsterte sie. Die Welt um sie herum schien zu zerfließen, als er ihre Hand in seine nahm. Die andere Hand legte er ihr sacht auf den Rücken und zog sie näher. Mit blitzenden Augen lächelte er sie an.

»Normalerweise ist es zwar üblich, sich vor seiner Tanzpartnerin zu verbeugen, bevor der Tanz beginnt«, erklärte Lady Priscilla mit strengem Blick. »Doch solange ich Ihre Tanzkünste nicht für würdig befunden habe, verbeugt sich hier niemand vor irgendwem.«

Musik durchflutete den Raum, ein harmonisches, beinahe zauberhaftes Stück von Streichern und Klavier.

»Wir beginnen mit dem einfachen Walzerschritt. Folgen Sie dem Rhythmus: eins-zwei-drei, eins-zwei-drei …«

Der Prinz bewegte sich leichtfüßig im Takt, und Lottie stellte fest, dass sie seinen Schritten so mühelos folgen konnte, als wäre sie sein Spiegelbild. Anmutig führte er sie über die Tanzfläche. In ihren weißen Kleidern schwebten sie wie Schneeflocken durch den Saal. Lottie fühlte sich schwerelos in seinen Armen, der Rest der Welt verschwamm zu einer Nebelwolke. Sie vergaß Jamie, sie vergaß Anastasia und Raphael, sie vergaß ihre Müdigkeit und den Druck ihrer Rolle als Porterin – alles löste sich in der Musik auf.

»Weißt du, dass du viel besser tanzt als die meisten Mädchen hier?«

Lottie bekam rosige Wangen und fühlte sich albern, weil sein Kompliment sie so freute. Sie wusste nicht, was sie erwidern sollte. Er war einfach so … märchenhaft.

»Du bist aber auch nicht schlecht.« Sie war selbst erstaunt über die Lässigkeit ihrer Antwort.

Er kicherte ihr ins Ohr, bevor er sie unvermittelt ausdrehte, was sie irgendwie graziös bewältigte, um sich dann in seine Arme zurückzudrehen. Ihr Herz raste, und ihre Füße bewegten sich ganz natürlich im Walzertakt.

»Ich hoffe, ich kann dir zeigen, wie recht du damit hast«, fügte er lächelnd hinzu.

Lottie tanzte auf ihrer Wolke weiter, bis die Musik verstummte und sie zurück in die Realität geschleudert wurde. Sie blinzelte, schaute sich um und stellte fest, dass alle sie anstarrten – schweigend, bis auf gelegentliches Flüstern mit ausgestrecktem Zeigefinger. Anastasias Gesicht war kalt, ihre Stirn verärgert gerunzelt. Und dann fiel ihr Blick auf Jamie. Lottie hatte ihn noch nie so wütend gesehen. Er bebte vor Zorn. Mit einem Schlag kam ihre Angst vor ihm zurück, und es lief ihr kalt den Rücken hinunter.

Diesmal muss ich es wirklich verbockt haben, dachte sie ernüchtert.

Sie drehte sich wieder zu Edmund, doch der … lächelte! Er fing ihren Blick auf, machte einen dramatischen Schritt zurück und verbeugte sich tief. Lottie legte errötend eine Hand aufs Herz.

»Meinen herzlichsten Dank. Es war mir eine Ehre, mit Euch zu tanzen, Prinzessin.«

Es fühlte sich seltsam an, so angesprochen zu werden. Lotties Wangen und Gesicht wurden immer heißer, während ihre Mitschüler sie weiter anstarrten.

»I-ich habe zu danken«, brachte sie mühsam heraus.

Zack!

Der scharfe Knall von Lady Priscillas Stab hallte durch den Saal.

»Das«, kreischte sie, woraufhin alle Augen sich auf sie richteten, »war ohne Zweifel die wunderbarste Darbietung, die ich seit Jahren gesehen habe!«

Lottie wäre beinahe die Kinnlade heruntergeklappt. Hatte Lady Priscilla sie gerade *gelobt?*

»Elegant, präzise – ein Herr und eine Dame, die sich mühelos in ihre Rollen einfinden.«

Lottie stutzte. Welche Rollen?, dachte sie irritiert.

»Genau so sollte ein Walzer aussehen. Phantastisch!«

Dann begann Lady Priscilla zu klatschen, während die restlichen Schüler verwirrt und verlegen einfielen. Prinz Ashwick zwinkerte Lottie zu, und sie spürte, dass ihr ganzer Körper aufleuchtete.

Von nun an war der Unterricht tatsächlich ein Kinderspiel. Solange Lottie neben ihrem Prinzen stand, hatte Lady Priscilla nichts an ihr auszusetzen, obwohl Lottie nichts anders machte als zuvor.

Irgendwann fiel ihr Blick wieder auf Jamie. Sein übliches undurchdringliches Gesicht war verschwunden. Seine Augen blitzten wütend, und er schien die Zähne zusammenzubeißen, als hätte sie etwas durch und durch falsch gemacht. Was konnte das sein? Lady Priscilla war doch endlich versöhnt.

Als der Unterricht zum Ende kam, verspürte sie eine beinahe schon selbstgefällige Zufriedenheit. Sie war von Lady Priscillas verhasstester Schülerin zu einem »glänzenden Beispiel prinzessinnenhafter Anmut und Würde« aufgestiegen.

Raphael musste sich den Mund zuhalten, um nicht laut zu lachen, und Anastasia sah extrem verärgert aus. Im Hinausgehen nickte sie Lottie brüsk zu. Saskia hingegen lächelte und winkte ihr zum Abschied.

»Wir müssen hier weg. Jetzt.« Jamies kalte, leise Stimme in ihrem Ohr ließ sie erschaudern.

Prinz Edmund musterte Jamie aus schmalen Augen und seufzte dramatisch.

»Unsere Zeit war von kurzer Dauer, Prinzessin Wolfson.« Er wickelte sich eine von Lotties seidigen blonden Locken um den Finger. »Aber ich werde einen Weg finden, Euch zu kontaktieren, seid gewiss.« Sanft griff er nach Lotties Hand, hob sie an die Lippen und drückte einen Kuss darauf, der ihr Funken durch den ganzen Körper jagte. »Ich fiebere schon jetzt unserer nächsten Begegnung entgegen.« Er zwinkerte, bevor er hinzufügte: »Ihr könnt euch sicherlich denken, warum.« Dann drehte er sich dramatisch um. Im selben Augenblick tauchten zwei furchterregend große Bodyguards neben ihm auf und eskortierten ihn nach draußen.

»Bis bald«, hauchte Lottie ihm hinterher.

Jamie führte sie mit zackigem Schritt zurück nach Ivy. Offensichtlich war er stinkwütend, doch Lottie war zu berauscht, um sich von ihm die Laune vermiesen zu lassen.

»Ich hätte den ganzen Tag weitertanzen können. Hast du gesehen, wie beeindruckt Lady Priscilla war?«

Ohne Jamies gerunzelte Stirn zu beachten, tänzelte sie auf dem Weg über den Campus fröhlich um ihn herum, hüpfte und kicherte im schwindenden Abendrot.

»Ich war freundlich und mutig und habe nicht aufgegeben. Bist du jetzt stolz auf mich?«

»Ja, Lottie, ich bin sehr stolz auf dich. Und jetzt hör mir zu –«

»War es nicht zauberhaft? Lady Priscillas Gesicht war unbezahlbar. Wie im Märchen. Und Edmund –«

»Lottie, hör zu, du darfst nicht –«

»Er ist anders als jeder Junge, den ich je getroffen habe. Er ist wirklich ein echter Märchenprinz!«

»Lottie, du darfst nicht –«

»Ich bin so glücklich, ich könnte –«

»LOTTIE, DU DARFST NIE WIEDER, UNTER KEINEN UMSTÄNDEN, MIT PRINZ ASHWICK SPRECHEN!«

Lottie erstarrte. Erst jetzt sah sie die grimmige Entschlossenheit in Jamies Gesicht. Damit hatte sie nun wirklich nicht gerechnet.

27

»EDMUND ASHWICK?«

Ellies Stimme schrillte so laut durchs Zimmer, dass Lotties Prinzessinnentasse auf dem Nachttisch wackelte. »Aber der ist doch ein totales –«

»Ich verbiete dir, noch einmal mit ihm in Kontakt zu treten, Lottie«, unterbrach Jamie sie.

Ellie raufte sich die Haare und tigerte im Zimmer auf und ab, womit sie die Anspannung noch unerträglicher machte. Lottie saß auf ihrem Bett, hatte die Hände im Schoß gefaltet und versuchte, sich nicht darüber aufzuregen, dass die beiden sie wie ein kleines Kind behandelten.

»Ihr vergesst, dass er mich in dieser blöden Schulung gerettet hat. Wäre er nicht gewesen, hätte Lady Priscilla mich wahrscheinlich rausgeworfen, und dann hätte ich nicht am Sommerball teilnehmen können.« Lottie sprach, so ruhig sie konnte.

»Der Typ ist ein Widerling!«

»Aber Lady Priscilla –«

»Lady Priscilla ist eine rückwärtsgewandte, konservative Hexe, und wenn sie dich mag, weil Prinz Edmund dich zum Tanzen auffordert, ist das der beste Beweis, dass man sich von ihm fernhalten sollte!«

Ellie war außer sich. Lottie konnte praktisch Blitze um sie herum durch die Luft schießen sehen.

Gleich nach dem Ende der Schulung hatte Jamie ein Krisentreffen in ihrem Zimmer anberaumt. Lottie hatte protestiert, aus Angst, erwischt zu werden, doch Jamie hatte behauptet, falls jemand ins Zimmer käme, würde er einfach vom Balkon springen – was Lottie in der Tat gerne mal gesehen hätte.

»Das ist ekelhaft, *ekelhaft*! Ich sage euch, dieser ... dieser ... dieser Schleimbeutel Ashwick ... Ich wette, der denkt jetzt ...« Ellie bebte vor Zorn. Dann hob sie den Blick und sah Lottie entschlossen an. »Lottie, ich glaube, wir müssen dir erklären, wie ich zu meinem Ruf gekommen bin.«

Lottie zog die Augenbrauen hoch. Das wollte sie wirklich gern hören.

»Letztes Jahr«, begann Ellie, »wurden Gerüchte über mich in die Welt gesetzt. Es hieß, ich wäre sturzbetrunken mit einem zwielichtigen Typen auf einem Rockkonzert gewesen, und deshalb habe man mich vor der Öffentlichkeit versteckt. Die Sache zog immer weitere Kreise, und irgendwann behaupteten alle, es würde mit mir so enden wie mit meinem Onkel.« Ellie wandte den Blick ab.

Arme Ellie – jetzt konnte Lottie ihre Sorge ein bisschen besser verstehen. Kein Wunder, dass sie niemandem traute.

»Ellie, ich glaube, wir müssen beide anfangen, anderen zu vertrauen«, sagte Lottie sanft. »Vielleicht wollte Edmund wirklich nur nett sein. Vielleicht gibt es Menschen, die hinter die Fassade blicken wollen. Er war sehr freundlich ...«

Ellies Gesicht wurde sanfter, als sie die Enttäuschung in

Lotties Augen sah. »Aber das ist ja nicht alles, Lottie. Stell dir mal den Tratsch vor, wenn mit Edmund irgendwas schiefgehen sollte. Das würde meinem Ruf noch weiter schaden.« Ellie gab sich Mühe, ruhig zu sprechen, doch man konnte ihrer Stimme die Anspannung anhören.

Lottie verstand nicht, was sie meinte. Was sollte denn schiefgehen? »Ellie, du weißt doch besser als jeder andere, wie es sich anfühlt, wenn Leute sich vorschnell ihre Meinung über dich bilden.«

War es mit Edmund dasselbe? Wurde er auch vorschnell beurteilt?

Ellie seufzte, als wäre Lottie ein störrisches Kind. »Du musst uns vertrauen, Lottie.«

»Vielleicht müsst ihr aber auch mir vertrauen!«, rief Lottie, stand auf und sah Ellie ins Gesicht. »Wir dürfen einen Menschen nicht aufgrund von Gerüchten beurteilen. Das weißt du selbst doch am allerbesten!«

»Lottie, kannst du wenigstens einmal in deinem Leben aufhören, so schrecklich naiv zu sein!«

Jamies scharfer Ton ließ Lottie zusammenzucken. Sie drehte sich zu ihm um und sah, dass sein Gesicht zu einer wütenden Grimasse verzogen war.

»Du bist eine Traumtänzerin, die an Märchen glaubt. Du benimmst dich kindisch und bringst damit Ellies Ruf in Gefahr.«

Lottie blieb die Spucke weg. Sie war wie erstarrt und spürte, dass ihr die Tränen kamen. Sie war es gewohnt, dass man sie naiv nannte – und auch, dass man sie für kindisch hielt –, aber es hatte ihr noch nie jemand vorgeworfen, dass sie mit ihrer Einstellung andere gefährdete. Sie hatte sich im Etikettetraining unglaublich zusammengerissen und gehofft, Jamie endlich bewiesen zu haben, wozu sie fähig war. Doch sie war kläglich gescheitert. Sie hatte ihn nicht nur nicht beeindruckt, sie hatte seiner Meinung nach auch noch Ellie geschadet. Sie musste all ihre Willenskraft aufbringen, um nicht laut loszuschluchzen.

»Ich bin … so …«, wimmerte sie.

Ellie stöhnte gereizt. »Du«, sagte sie und zeigte auf Jamie, »hältst jetzt mal die Klappe.« Sie drehte sich wieder zu Lottie, legte ihr die Hände auf die Schultern und zwang sie, ihr ins Gesicht zu sehen. Der Sturm war noch da, er toste im Hintergrund, doch Lottie spürte, wie sie ruhiger wurde.

»Und jetzt hör mir zu, Lottie – hör mir gut zu.« Ellie holte tief Luft. »Es ist in Ordnung, wenn du einen Jungen toll findest …« Die Nervosität in ihrer Stimme deutete darauf hin, dass ihr die folgenden Sätze schwerfielen. »Und ich finde es wunderbar, dass du versuchst, in allen das Gute zu sehen. Wer weiß, vielleicht hatte Edmund wirklich keine schlechten Absichten. Ich liebe dich und deine Eigenarten, und ich werde dich niemals naiv nennen.« Sie warf Jamie einen düsteren Seitenblick zu. »Aber« – sie holte tief Luft, als müsse sie sich mental vorbereiten – »ich will nicht, dass du enttäuscht bist, wenn sich die Sache anders entwickelt, als du dir vorstellst.«

»Ellie«, erwiderte Lottie leise. Beim Anblick der gequälten Miene ihrer Freundin wuchsen ihre Schuldgefühle. Sie wollte nicht, dass sie sich Sorgen machte. Sie musste ihr beweisen, dass sie in der Lage war, auf sich selbst aufzupassen.

Sie rang sich ein Lächeln ab und fragte sich insgeheim, was sie tun würde, wenn Edmund sie tatsächlich kontaktierte.

»Ich verspreche, dass ihr euch auf mich verlassen könnt«, sagte sie fest.

Ellie zeigte den Ansatz ihres schiefen Lächelns, das jedoch nicht ihre Augen erreichte. »So oder so, Jamie darf dich nie wieder anschreien. Ich verbiete es.« Sie schwieg, bevor sie den Zeigefinger hob. »Das ist ein königlicher Befehl!«

Lottie drehte sich zu Jamie um und erwartete, ihn wütend oder genervt zu sehen, bereit, die Augen zu verdrehen und sie beide zu belehren. Doch stattdessen sah er … beinahe niedergeschlagen aus. Er wandte den Blick ab und rieb sich die Schläfen. Lotties Schuldgefühle verdoppelten sich. Wieder einmal kam ihr der Gedanke, dass Jamie sehr viel mehr Verantwortung tragen musste als die meisten anderen Jungen in seinem Alter. Kein Wunder, dass er so empfindlich reagierte. Ellie und ihr Ruf standen an oberster Stelle.

»Mach dir keine Sorgen, Jamie.« Sie wartete, bis er den Blick hob. »Ich verstehe es.«

Sie sahen sich einen Augenblick an, und er nickte. Sie wusste, dass er verstand, was sie meinte, doch nun musste sie es beweisen. *Ellie steht an oberster Stelle,* wiederholte sie im Stillen.

»Okay … haben sich alle beruhigt?«, spöttelte Ellie.

»Ich glaube schon.« Lottie drehte sich wieder zu Jamie und machte ein zuversichtliches Gesicht. »Und du solltest jetzt gehen, Jamie. Ellie hat noch Hausaufgaben zu machen, und ich glaube, wir können alle eine Auszeit vertragen.«

Jamie lächelte schwach und drehte sich zur Tür. »Also

gut. Wir sehen uns morgen früh«, sagte er und griff nach der Klinke. »Oh, und Lottie« – er fing ihren Blick auf, noch immer lächelnd –, »du solltest versuchen, heute Nacht ein bisschen zu schlafen.«

»Aber klar«, erwiderte sie, obwohl der Gedanke an die Nacht sie erschreckte.

Die Tür schloss sich mit einem Klicken, und sie holte die Schlaftabletten, die Anastasia ihr gegeben hatte, aus der Nachttischschublade. Irgendetwas sagte ihr, dass ihr Leben in nächster Zeit nicht gerade einfacher werden würde.

28

Das Ende des Halbjahrs rückte näher. Eiszapfen hingen von den Dachrinnen, und der Teich vor Ivy war zugefroren. Jeden Tag sah der Himmel aus, als würde es Schnee geben, und doch blieb die Luft jeden Tag eisig und still. Wie sich herausstellte, war es leicht, nicht mit Edmund zu reden, da sie aufgrund der Handysperre gar keine Möglichkeit hatten, miteinander in Kontakt zu treten. Seit Jamies Maßregelung hatte Lottie extrahart daran gearbeitet, eine perfekte Prinzessin zu werden. Sie hatte erkannt, wie wichtig es war, Ellies beschädigten Ruf wiederherzustellen.

Sei freundlich, sagte sie sich.

An einem ruhigen Donnerstagnachmittag, an dem nichts Besonderes anstand, nutzten die Mädchen die Gelegenheit, vor dem Trubel der Winterexamen und des bevorstehenden Auswahlverfahrens für die Fechtmannschaft Binahs Rätsel endlich vollständig zu lösen. Lottie las noch einmal die Stelle, von der sie glaubte, dass sie den entscheidenden Hinweis enthielt.

Nun sind sie im Zimmer des Meisters,
der da wachet über das Haus.

Er blickt auf sie und sie auf ihn,
die Füchsin und die zierliche Maus.

Ellie starrte Lottie an, während sie das Gedicht vortrug. Sie standen am Fuß der Treppe zum Büro des Direktors. Dem Herzen der Schule.

»›Er‹ muss William Tufty sein«, murmelte Lottie. »Und das hier ist das *Büro des Meisters*. Ich glaube nicht, dass das Büro in Ivy gemeint ist. Es muss also ein Gemälde von Tufty in diesem Büro hängen«, fügte sie hinzu. »Das ist die einzig logische Erklärung.«

»Dein Wort in Gottes Ohr.« Ellie zog die Augenbrauen hoch. Metaphern und versteckte Bedeutungen waren nicht ihr Fall. Sie bevorzugte Zahlen.

»Du solltest wirklich mal deine Interpretationskünste auf Vordermann bringen«, sagte Lottie neckend. »Vielleicht brauchst du sie irgendwann, um dich aus einer gefährlichen Lage zu befreien.«

Das war zwar höchst unwahrscheinlich, aber sie hatte tatsächlich etwas in der Art in dem alten Porter-Tagebuch gelesen. Die Geschichte der Porterin einer alten osteuropäischen Herrscherin, die in Gefangenschaft geraten war und einen Brief mit einer kodierten Nachricht an das Königshaus schickte, in dem sie den Namen des Hundes falsch buchstabierte, um deutlich zu machen, dass etwas nicht stimmte. Nach dieser Lektüre fand Lottie, dass man nie vorsichtig genug sein konnte.

Ellie grinste. Sie nahm Lotties Rat offensichtlich nicht ernst.

»Wie läuft die Nachhilfe bei Saskia?«, fragte sie unvermittelt. Irgendetwas an der Art, wie sie Saskias Namen aussprach, ärgerte Lottie.

»Ganz okay.« Ich hätte lieber weiter bei dir Nachhilfe, fügte sie in Gedanken hinzu.

»*Ganz okay?* Ich finde es total cool, dass sie das macht. Ich wäre völlig aus dem Häuschen!«

Lottie wusste selbst nicht, warum sie es so herunterspielte. Saskia war tatsächlich eine tolle Lehrerin, sie mochte es nur nicht, wenn Ellie von ihr redete.

»Okay, es war super – sie ist super, und ich lerne eine Menge. War das jetzt besser?« Lottie merkte, dass sie sich gerade wie Anastasia anhörte. »Tut mir leid, ich bin nur … müde. Und du sollst nicht denken, dass sie eine bessere Lehrerin ist als du.«

Ellies Gesicht wurde sanft. »Natürlich ist sie nicht besser als ich«, erwiderte sie kichernd. »Ich will doch nur sichergehen, dass sie gut genug für dich ist.«

Jetzt musste auch Lottie lächeln.

»Na, komm. Wir wollen hier doch ein Rätsel lösen.« Ellie nahm ihre Hand, und gemeinsam stiegen sie die Treppe hinauf.

Der Plan war simpel. Sie würden anklopfen und behaupten, dass sie für ein Referat ein paar Fakten über die Geschichte der Schule recherchieren wollten. Während Ellie mit dem Direktor sprach, würde Lottie das Bild auf Hinweise untersuchen.

Die große geschwungene Tür zum Büro des Direktors hatte zwei geschnörkelte Metallknäufe. Die geschnitzten

Rosen und Dornen darauf waren nach über vierhundert Jahren blank und abgegriffen. Lottie holte tief Luft und klopfte. Der Direktor war ihr ein Rätsel. Ms Bolter, Ms Kuma und Professor Devine waren ihr vertraut, doch Direktor Croak zeigte sich selten, er war wie eine unsichtbare Kraft, die im Hintergrund wirkte.

Sie klopfte zweimal und wartete. Keine Antwort. Ellie verzog genervt das Gesicht und klopfte noch einmal lauter. Immer noch keine Reaktion.

»Hallooo! Ist jemand da? Verzeiiihung!«, rief Ellie, während sie mit der Faust an die Tür hämmerte.

Lottie verpasste ihr einen Stoß. »Ellie!«, zischte sie.

Doch die grinste ihr schiefes Grinsen, das es Lottie unmöglich machte, ihr böse zu sein.

»Tja, anscheinend ist er nicht da«, sagte sie und hämmerte noch einmal laut an die Tür.

Lottie machte ein enttäuschtes Gesicht. Ihr Plan war so einfach gewesen. Sie hatte nicht daran gedacht, dass der Direktor nicht in seinem Büro sein könnte.

Sie seufzte. »Dann müssen wir eben ein andermal wiederkommen.«

Ellie schniefte und lehnte sich an die Tür. »Oder wir schleichen uns rein und schauen mal nach. Ich bin sicher, das hätte die Füchsin auch so gemacht«, fügte sie mit einem listigen Grinsen hinzu.

»Ellie, das geht nicht. Das ist –«

Doch bevor sie ausreden konnte, hatte Ellie den Metallknauf gedreht und die schwere Tür aufgestoßen.

Unglaublich!

Das war definitiv nicht das Vorzeigeverhalten einer perfekten Prinzessin. Trotzdem folgte Lottie ihr.

Wie Ms Kumas Büro war auch dieser Raum anders, als Lottie erwartet hatte. Wenn sie sich das Herz der Schule vorgestellt hatte – den Raum, in dem Macht und Erfahrung zusammenliefen –, dann hatte sie an große, schwere Möbel und teure Teppiche und Gemälde gedacht. Stattdessen kamen sie in ein schlichtes sechseckiges Zimmer mit einem bescheidenen Mahagonischreibtisch in der Mitte und Bücher- und Papierstapeln überall auf dem Boden. Es wirkte beinahe so, als läge hier jedes Dokument aus den über vierhundert Jahren seit der Gründung der Schule.

Und noch etwas befand sich im Raum: ein großes goldgerahmtes Porträt eines Mannes, der mit wachsamen Augen alles überblickte.

William Tufty.

»Hier ist es ja fast so unordentlich wie bei mir«, murmelte Ellie kichernd und stieg über einen Stapel Bücher, um näher an das Gemälde heranzukommen.

Lottie hatte Tuftys Blick völlig in Bann geschlagen. Er starrte durch seine kleinen, halbmondförmigen Brillengläser auf sie herab. Sein Gesicht trug einen nachdenklichen Ausdruck, den der Künstler perfekt eingefangen hatte. Seine Hände lagen im Schoß und hielten einen kleinen runden Spiegel mit seinem eigenen trüben Spiegelbild. Seine schmale, zierliche Gestalt stand in Kontrast zu dem weitläufigen Saal, der im Hintergrund zu sehen war. Lottie musterte das Bild mit zusammengekniffenen Augen.

Die Füchsin und die zierliche Maus.

Was wollte Binah ihnen sagen? Lottie wollte sich gerade zu Ellie drehen, als eine schroffe Männerstimme hinter ihnen brummte: »Der alte Herr ist beeindruckend, was?«

Beide Mädchen fuhren entsetzt in die Höhe. In der Tür stand Direktor Croak, eine Hand auf seinen Gehstock gestützt.

»Direktor Croak ... Es tut uns schrecklich leid ... Wir ...« Lottie gingen die Worte aus. *Er wird dich von der Schule werfen,* flüsterte eine boshafte Stimme in ihrem Kopf, die aus irgendeinem Grund wie ihre Stiefmutter klang. Sie blickte hilfesuchend zu Ellie, die ebenfalls wie versteinert war. Lottie wusste, dass es für sie noch schlimmer war, wenn sie sich Ärger einhandelte. Sie wagte einen neuen Anlauf: »Wir wollten nur ...«

Der Direktor lachte heiser. »Ach, schon gut! Glaubt ihr, ihr seid die Ersten, die durch Sir William Tuftys Sirenenruf angelockt wurden?« Er gluckste und machte einen wankenden Schritt ins Büro. »Eure Freundin Miss Binah Fae saß genau mit dem gleichen Blick davor, als sie kaum einen Monat in Rosewood war.« Lottie fand es tröstlich zu wissen, dass auch Binah erwischt worden war – der Gedanke brachte die Stimme ihrer Stiefmutter zum Schweigen.

»Es tut uns wirklich leid«, sagten beide Mädchen gleichzeitig.

Der Direktor lächelte. Dann drehte er sich zu dem Gemälde und betrachtete es nachdenklich. »Er war ein sehr weiser, sehr zurückhaltender Mann.«

Wieder betrachtete Lottie Tuftys Gesicht. Da war etwas, das sie nicht einordnen konnte.

»Und auch sehr freundlich«, fügte der Direktor hinzu und wandte sich lächelnd zu Ellie und Lottie. Sein Gesicht war faltig, durchfurcht von Erfahrungen und Gefühlen. Er klopfte mit seinem Stock auf den Boden, bevor er fortfuhr: »Aber seine größte Kunst war das Schweigen.« Croak gluckste wieder, und Ellie warf Lottie einen fragenden Blick zu. »Manchmal geht es auf der Welt ganz schön laut zu. Die Menschen streben nur danach, sich Gehör zu verschaffen, und übertönen diejenigen, die wirklich gehört werden sollten. Das hat William Tufty begriffen. Er hat seine Position genutzt, um anderen den Raum zum Sprechen zu geben.« Er senkte den Blick auf seine faltigen Hände. »Ich tue mein Bestes, ihm darin nachzueifern.«

Lottie war nicht sicher, warum dieses Bekenntnis sie so berührte. Sie betrachtete wieder das Gemälde.

Sie spielten meisterhaft Versteck, bis ihre Lust gestillt.

Das Bild. Sie wusste, da war etwas.

Die Füchsin barg sich sehr gewitzt in einem alten Bild.

»Ich hoffe, es gelingt mir, so weise zu sein, wie er es war, und denjenigen Gehör zu verschaffen, die es brauchen.«

Mit ihrer Weisheit, ihrem Mut …

Lottie starrte erst den Mann auf dem Gemälde an, dann Eleanor, das Mädchen mit dem Doppelleben, das sich hinter der Figur der Ellie Wolf verbarg.

Die Füchsin und die zierliche Maus. Ein unbekanntes Gefühl explodierte in ihrer Brust wie eine ferne Erinnerung, die wieder Gestalt annahm, und sie fragte sich: Wenn Tufty die zierliche Maus ist, wer ist dann die Füchsin? Erneut betrachtete sie das Gemälde. Und dann sah sie es.

»Danke«, sagte sie leise.

Der Direktor lächelte und hob zum Abschied die Hand.

Lottie warf Ellie einen vielsagenden Blick zu.

Sie stiegen die Treppe hinunter, schlüpften in ihre dicken Mäntel und Schals und verließen das Gebäude. Ellie schaute Lottie fragend an, merkte jedoch, dass die konzentriert nachdachte, und gab ihr, mit den Worten des Direktors im Kopf, die nötige Stille.

Als sie wieder in ihrem Zimmer waren, schwieg Lottie noch immer – und auch Ellie sagte nichts.

»Ich glaube …« Lottie hob die Finger an die Lippen, als wollte sie eine Erinnerung heraufbeschwören. »Ich glaube, dass William Tufty nicht als der geboren wurde, zu dem er später geworden ist.« Ellie legte abwartend den Kopf schief. »Ich glaube«, fuhr Lottie fort, »er war eine Frau.«

»*Was?*«, fragte Ellie verwirrt. »Wie kommst du denn darauf?«

»Kennst du das Gemälde *Die Arnolfini-Hochzeit?*«, fragte Lottie.

Ellie schüttelte den Kopf.

»In dem Bild hat der Künstler sich selbst versteckt, in einem Spiegel im Hintergrund. Spiegel können in der Kunst alles Mögliche symbolisieren, aber meistens stehen sie für Frauen, Wahrheit und natürlich Spiegelungen. Ich hatte sofort das Gefühl, dass irgendwas an dem Bild komisch ist, und dann habe ich es gesehen. Das ganze Gemälde spiegelt sich in dem kleinen Spiegel in seiner Hand, alles ist genau gleich, bis auf ein Detail. Tufty ist als Fuchs gemalt.« Ellie machte große Augen. »*Die Füchsin und die zierliche Maus* – das ist beides er. Das sagt das Gemälde, und das sagt auch das Gedicht.« Sie sah Ellie aufgeregt an. »Wer sie auch war, sie tarnte sich als William Tufty, weil sie so am glücklichsten war.«

»Dann ist er wie ich«, flüsterte Ellie.

Lottie nickte. »Wer sie wohl war?«, überlegte sie laut.

»Ich weiß nicht, ob das eine Rolle spielt«, sagte Ellie mit einem melancholischen Lächeln. »Sie war, wer sie war, und das sollten wir respektieren.«

Lottie nickte wieder. Wenn es ihnen bestimmt war, Tuftys Identität zu lüften, würden sie es eines Tages tun, da war sie ganz sicher.

Plötzlich machte Ellie ein bestürztes Gesicht, und ihre Augen weiteten sich. Lottie wurde schlagartig klar, was sie dachte.

Binah weiß Bescheid.

29

In den nächsten Tagen bekam Lottie ihre Freunde selten zu Gesicht. Sie nutzte jede Minute, um für die anstehenden Prüfungen zu lernen, während Ellie sich auf das Auswahlverfahren für die Fechtmannschaft vorbereitete. So fiel es ihnen nicht allzu schwer, die Gedanken an Binahs Rätsel und ihre Erkenntnisse über Tufty zu verdrängen.

Die Fechtmannschaft von Rosewood Hall war eine der angesehensten der Welt, nicht nur, weil sie mehrere Olympiasieger hervorgebracht hatte, sondern auch, weil sich die Legende gebildet hatte, dass die Aufnahme in die Mannschaft wie ein Zauber wirkte. Es war ein jahrhundertealter Aberglaube, der besagte, dass die Mitglieder der Mannschaft von allen geliebt und vergöttert wurden. Lottie schob das allerdings auf den Umstand, dass man, um aufgenommen zu werden, ohnehin schon ziemlich brillant sein musste.

Eines Abends schließlich war die Tribüne in der Sporthalle vollbesetzt mit Schülern aus allen drei Häusern, ein fröhliches Durcheinander aus Gelb, Rot und Lila. Heute würden fünf Zehntklässler ausgewählt werden, die dann die Möglichkeit hatten, für den Rest ihrer Schulzeit in der Schulmannschaft zu fechten. Lottie beneidete alle, die sich bereits für eine der außerschulischen Aktivitäten entschieden hatten. Sie selbst war bereits nach einem Blick auf die Liste völlig überwältigt gewesen:

Altertumswissenschaften, Antiquitäten, Archäologie, Astronomie, Badminton, Bildhauerei, Chor, Debattierclub, Deutsch, Eiskunstlauf, Fechten, Feinbäckerei, Film – Theorie und Praxis, Französisch, Fotografie, Gartenbau, Gehobene Küche, Ingenieurswesen, Japanisch, Jura (Einführung), Kanufahren, Käseexpertise, Kickboxen, Latein (Einführung), Lyrik, Malerei und Skulptur (Einführung), Mandarin, Mode und Design, Philosophie, Programmieren, Reiten, Ringkampf, Schmuckherstellung, Schulorchester, Schwimmen (Bahn), Schwimmen (synchron), Teeexpertise, Tennis, Theater (Bühnenbild), Theater (Licht und Ton), Theater (Schauspiel), Tontaubenschießen, Veranstaltungsplanung …

Die Liste war schier endlos, und Lottie hatte keinen blassen Schimmer, was sie machen wollte. An diesem Abend fühlte sie sich besonders ausgelaugt. Sie hatte sich daran gewöhnt, permanent müde zu sein, doch heute konnte sie nicht einmal mit Kaffee den Nebel aus ihrem Kopf vertreiben. Sie tat ihr Bestes, um sich nichts anmerken zu lassen, was aber schwierig war, da sie alle zusammen waren. Jamie und Raphael saßen rechts von ihr, hatten die Köpfe zusammengesteckt und tuschelten eifrig. Einige Bänke über ihnen saß Saskia mit ein paar Mädchen aus ihrem Jahrgang. Als sie Lottie entdeckte, kam sie zu ihr, um sie zu begrüßen.

»Ich hatte gehofft, dass ich Ellie noch sehen würde. Ich wollte ihr alles Gute wünschen.« Saskia schaute sich suchend um.

Die perfekte Jahrgangssprecherin, dachte Lottie mürrisch und erinnerte sich dann schnell daran, dass das kein sonderlich freundlicher Gedanke über jemanden war, der sich wöchentlich Zeit nahm, um ihr Nachhilfe zu geben.

»Danke, Saskia. Ich werde es ihr sagen, wenn ich sie sehe.«

Saskia lächelte und ging zu den Mädchen aus ihrem Jahrgang zurück, und Lottie setzte sich wieder. Lola und Micky hatten die Nasen in eine riesige Tüte mit gemischten Fruchtgummis gesteckt. Bei der Menge Süßigkeiten, die sie verdrückten, war es wirklich ein Wunder, dass sie so schlank blieben. Jetzt fehlte nur noch …

»Was meint ihr, kämpfen sie mit Florett, Degen oder Säbel?«

»Hallo, Binah!«, grüßten alle einstimmig.

Lottie hatte sich an Binahs Fähigkeit gewöhnt, ganz plötzlich aus dem Nichts zu erscheinen, und zuckte nicht einmal mehr zusammen, wenn ihre Stimme auf wundersame Weise plötzlich hinter ihr ertönte. Ellie und sie begegneten Binah jetzt etwas zurückhaltender, da sie nicht einschätzen konnten, was genau sie wusste, und sie auch nicht wirklich danach fragen konnten.

»Guten Abend, meine lieben Mitschülerinnen und Mitschüler!« Binah setzte sich auf den freien Platz zwischen Lottie und Lola. Ihre Haare waren zu zwei riesigen Knoten auf beiden Seiten des Kopfs gebunden und erinnerten an Hundeohren. Lola hielt ihr wortlos eine gelbe Gummischlange hin, die Binah sich in den Mund steckte. Sie schob ihre Brille höher. »Lottie!«

Bitte sag jetzt nichts über das Rätsel!

Jamie drehte sich zu ihr um und musterte sie aus schmalen Augen. Sie hielt den Atem an. Konnte er Gedanken lesen?

Doch Binah lächelte nur und zog eine grüne Schachtel aus ihrer Tasche. »Ich hab dir etwas mitgebracht. Ich dachte, du könntest es brauchen.« Verblüfft las Lottie die Aufschrift:

Schlummertee
Vertreibt Stress und sorgt für ruhige Nächte

Wusste denn jeder in dieser Schule, dass sie nicht schlafen konnte? Gut, wenn man es genauer bedachte, war es albern zu denken, Binah könnte irgendetwas *nicht* wissen.

»Danke, Binah … ich werde es mal probieren«, sagte sie mit einem bemüht optimistischen Lächeln. Binah drückte ihr sanft den Arm, als spüre sie, dass Lotties Tapferkeit nur gespielt war.

»Manchmal helfen Geschenke in mehr als der erwarteten Hinsicht.« Sie zwinkerte, und Lottie glaubte, ein Blitzen in ihren Augen zu sehen.

Wobei sollte ihr ein Schlummertee bitte sonst noch helfen?

Sie zermarterte sich das Gehirn, mittlerweile wusste sie ja, dass man Binahs Rätsel nicht auf die leichte Schulter nehmen sollte. Doch dann riss der laute Schall eines Horns sie aus den Gedanken. Es ging los.

Ms Bolter trat nach vorn und gewann mit ihrer starken Ausstrahlung mühelos die Aufmerksamkeit des Publikums. Ein paar Schritte hinter ihr stand ein junger Mann mit seidigen braunen Locken. Lottie erkannte den Fechtkapitän der dreizehnten Klasse und Sprecher von Conch, Jacob Zee. Er war eine kleine Berühmtheit in Rosewood und wurde definitiv vergöttert. Ms Bolter und er waren fast schon lächerlich verschieden: Ms Bolter glich einer brennenden Fackel, Jacob einem sanften, lieblichen Gewässer. Es war kaum zu glauben, dass sie zum selben Haus gehörten.

»Guten Abend, verehrte Schüler von Rosewood.« Ms Bolters Stimme hallte durch die Turnhalle. »Heute Abend feiern wir den dreihundertsten Geburtstag unseres Auswahlverfahrens für die Fechtmannschaft. Und heute Abend werden fünf Schülerinnen und Schüler mit der Auszeichnung geehrt, dem Team von Rosewood Hall beitreten zu dürfen.« Sie schwieg einen Augenblick, um den Blick über die Zuschauertribüne schweifen zu lassen, und Lottie hatte das Gefühl, dass ihre Augen eine Extrasekunde auf ihr ruhten. »Ihr wohnt einem wichtigen Ereignis bei, und ich erwarte von allen Zuschauern äußersten Respekt.« Sie drehte sich zu Jacob. »Möchtest du unseren jungen Hoffnungsträgern noch ein paar Worte mitgeben?« Jacob lächelte sie strahlend an, bevor er sich leicht verneigte. Sie hörte Getuschel, als Jakob vortrat, genau wie wenn Jamie in einen Raum kam.

»Heute Abend geht es nicht darum, wer gewinnt. Es geht darum, wer das größte Potential zeigt. Es sind ein paar vielversprechende Kandidaten dabei, und ich bedaure jetzt schon, dass ich nächstes Jahr nach meinem Abschluss nicht mehr euer Kapitän sein kann. Viel Glück!« Er richtete sein fröhliches Lächeln auf die aufgeregten Anwärterinnen und Anwärter.

Es war unmöglich zu sagen, wer von ihnen Ellie und wer Anastasia war. Zwanzig nahezu identische Figuren standen in einer Reihe, die Gesichter hinter Netzmasken und die

Körper in weißen Uniformen verborgen. Sie wiesen keinerlei Anzeichen von Geschlecht oder Individualität auf und wirkten wie eine Gruppe Roboter. Einer von ihnen verließ die Gruppe, boxte in die Luft, drehte sich zu den anderen und rief: »Auf geht's, ihr Schwächlinge!«

Das war dann wohl Ellie.

Lottie drehte sich zu Jamie, der das Gesicht hinter der Hand versteckte, und musste ein Kichern unterdrücken. Lautes Lachen ertönte von der linken Seite der Halle. Es war Professor Devine, die an der Wand der Turnhalle lehnte und es auf wundersame Weise schaffte, den Glanz der weißen Marmorstatuen zu beiden Seiten des Eingangs zu überstrahlen. Lottie schluckte. Sie hatte nicht gewusst, dass die Professorin auch kommen würde, und war plötzlich noch tausendmal nervöser, obwohl Ellie selbst überhaupt nicht aufgeregt wirkte.

Die erste Runde begann. Zwei weißgekleidete Androiden betraten das, was Lottie bei sich *die Bühne* nannte, weil alles so theatralisch wirkte. Sie verbeugten sich voreinander, bevor sie begannen, und das war auch schon alles, was Lottie erkennen konnte. Kaum hatte der Kampf angefangen, bewegten sich ihre Säbel so flink, dass sie kaum folgen konnte, ein anmutiger Tanz in Silber und Weiß. Es war schnell klar, dass die Person auf der rechten Seite diejenige war, die es im Auge zu behalten galt: Sie bewegte sich mit solcher Geschwindigkeit, dass ihr Gegner kaum einen Treffer landen konnte. Lottie drehte sich zu Jamie und Raphael, die dem Kampf mit zusammengekniffenen Augen folgten, und dann zu Saskia, die ihr zuzwinkerte.

Binah grinste breit. »Wer das wohl sein mag …«

Die nächste Runde begann, und dann die nächste. Lottie wurde von den raschen Bewegungen mehr und mehr eingelullt. Sie konnte nicht sagen, welche Fechterin Ellie war. Die Einzige, die Lottie von den anderen unterscheiden konnte, war die unbesiegbare Gestalt aus der ersten Runde. Sie wünschte, sie wüsste mehr über den Sport, traute sich aber nicht, die anderen zu fragen.

Schließlich rief Ms Bolter die letzte Runde aus, und die unbesiegte Gestalt kam auf die Bühne und nahm es mit dem stärksten Konkurrenten auf. Die Spannung im Raum schien sich zu verdreifachen, als die beiden einander gegenüberstanden. Dieser Kampf war anders als die vorangegangenen. Als die Kämpfer sich voreinander verbeugten, schien die Atmosphäre sich elektrisch aufzuladen. Und dann ging es los.

Ihre Säbel zischten durch die Luft. Die zwei Kämpfer stachen und sprangen so präzise, dass sie wie tödliche Balletttänzer wirkten. Diesmal ließ sich nicht sagen, wer stärker war. Wurde einer der beiden in die Enge getrieben, so gelang es ihm mühelos, wieder in die Mitte zu kommen und den anderen zu bedrohen. Sie wirbelten herum und drehten sich, ihre Körper waren gespannt, zwei unnachgiebige Kräfte, die unaufhörlich angriffen, antäuschten und komplizierte Wendungen vollführten. Lottie versuchte, konzentriert zu bleiben, doch ihre Gedanken schweiften ab. Mit jedem Säbelschlag füllte sich ihr Kopf weiter mit einem sonderbaren dunklen Gefühl, das ihre Gedanken trübe und wirr machte.

Und dann war es vorbei. In ihrer Benommenheit hätte Lottie nicht sagen können, wer gewonnen hatte.

Die beiden Duellanten gingen aufeinander zu und nahmen die Masken ab. Das Publikum hielt den Atem an. Der unbezwingbare Kämpfer hob zuerst seinen Helm, und ein Wasserfall kastanienbrauner Haare kam darunter zum Vorschein. Bei Anastasias Anblick, die sich lässig die Haare ausschüttelte, kam Lottie wieder zu sich. In ihrem weißen Anzug mit dem Säbel sah sie wild und entschlossen genug aus, um es mit einer ganzen Armee aufzunehmen. Die rotgekleideten Schüler im Publikum brachen in wilden Jubel aus.

Langsam nahm ihr Gegner die Maske ab, und ein verschwitzter schwarzer Haarschopf kam zum Vorschein.

Ein Prinz!

Lottie spürte einen plötzlichen Hitzeschwall in den Wangen, als sie ihre Zimmergenossin erkannte. Ellie grinste in das jubelnde Publikum. Anastasia und Ellie reichten sich die Hände. Kaum hatten sie sich berührt, spürte Lottie es – eine Welle der Erschöpfung, die über ihr zusammenschlug und sie ins Taumeln brachte.

Reiß dich zusammen, Lottie! Das ist Ellies großer Moment!

Die Kandidaten, mittlerweile alle ohne Masken, stellten sich in einer Reihe auf der Bühne auf. Ms Bolter stieg auf das Podium und räusperte sich.

»Ich werde jetzt die Namen der fünf Schüler verlesen, die wir ausgewählt haben.«

Lottie spürte, dass ihr der Atem stockte. Irgendetwas stimmte nicht. Ihr Körper fühlte sich an, als bewege er sich plötzlich in Zeitlupe.

»Ellie Wolf.«

Das Publikum klatschte. Lottie versuchte einzustimmen, doch der Schwindel wurde übermächtig.

Ich muss schlafen, dachte sie verzweifelt. Doch da war noch etwas, ein Gedanke, der sich ganz hinten in ihrem Kopf regte.

»Marzia Hart.« Der Applaus schien in weite Ferne zu rücken, und Lottie schlug hilflos die Hände vor die Ohren, um den Kopf wieder klar zu bekommen. Was hatte Binah doch gleich über Geschenke gesagt?

»Thomas Carter.« Sie starrte verzweifelt die Fechter an, doch ihre weißen Anzüge verschwammen vor ihren Augen. Alles um sie herum wurde schwarz, sosehr sie sich auch bemühte, die Augen offen zu halten.

»Lottie! Ist alles in Ordnung?«, fragte Binah, doch Lottie schob sie beiseite, um an ihr vorbei zur Treppe zu gelangen.

»Riyadh Murphy.«

Verzweifelt wankte Lottie durch die jubelnde Menge. Die Welt schien sich zu drehen wie ein albtraumhaftes Karussell. Sie versuchte verzweifelt, darauf zu kommen, was ihr Gehirn ihr sagen wollte.

»Und die letzte Person, die in die Fechtmannschaft von Rosewood Hall aufgenommen wird, ist …«

Die Welt wirbelte immer schneller um sie herum, sie taumelte.

»Anastasia Alcroft.«

Der Name schlug etwas in ihren Kopf an und entzündete einen Gedanken, der bald so hell brannte, dass er alle anderen überstrahlte.

Anastasias Geschenk … Die Prinzessin auf der Erbse!

Sie drehte sich abrupt um und fing Jamies besorgten Blick auf. »Irgendetwas ist unter meiner Matratze«, rief sie über den Lärm der Menge hinweg.

Dann wurde ihr schwarz vor Augen.

30

Dieses Karussell muss sofort anhalten, mir ist schlecht!

Sie wurde immer weiter im Kreis gedreht, dabei wollte sie nur, dass es aufhörte.

»Lottie?«

Das war Jamie.

Die ferne Stimme rief ihren Namen.

»Lottie, hörst du mich?«

Warum dreht der Raum sich so?

»Lottie, du musst aufwachen! Lottie? Hallo?«

Halt, der Raum dreht sich nicht. Ich drehe mich … Ich bin ohnmächtig geworden … Wo bin ich? Wer war das?

»Die Prinzessin auf der Erbse!« Lottie erwachte mit einem Ruck und sah jede Menge Menschen um sich herum. Ihre Augen blickten in das Gesicht von Professor Devine.

»Du scheinst ja einen interessanten Traum gehabt zu haben, Lottie.« Die Professorin lächelte besorgt, und Lottie bekam sofort ein schlechtes Gewissen. Sie hasste es, wenn andere sich ihretwegen Sorgen machten.

»Es tut mir leid, ich … Mein Bett …« Sie rang nach Worten, bemühte sich verzweifelt, ihre Gedanken durch den Nebel in ihrem Kopf zu Sätzen zu formen. »Ich muss ins Bett.«

Sie setzte sich auf und schob die Arme der Professorin

weg. Augenblicklich erschienen Ellie und Jamie neben ihr, um sie zu stützen. Die Übelkeit kam zurück, als sie Ellie in ihrem makellosen weißen Fechtanzug und den verschwitzten schwarzen Haaren sah.

Ich habe ihr das Turnier verdorben, dachte sie verzweifelt.

»Du warst nur zwei Minuten bewusstlos.« Wieder einmal schien Jamie ihre Gedanken gelesen zu haben.

»Was war das gerade mit deinem Bett?« Jamie sah sehr ernst aus, sogar für seine Verhältnisse. Auch Ellie wirkte ungewohnt besorgt.

»Äh, ja … ich muss ins Bett. Anscheinend ist mir wieder eingefallen, wie man schläft.« Sie sah Jamie bedeutungsvoll an, um ihm zu verstehen zu geben, dass sie ihm etwas sagen musste – etwas Wichtiges. Er und Ellie wechselten einen Blick.

»Auf gar keinen Fall, Lottie«, schaltete Ms Bolter sich ein. »Du musst sofort auf die Krankenstation zu Schwester Sani.«

Doch dafür hatte Lottie jetzt keine Zeit. Sie musste herausfinden, ob ihre Ahnung richtig war. Sie sah Professor Devine bittend an. »Bitte! Ich möchte einfach nur ins Bett!«

Ihre Hausvorsteherin zog die Augenbrauen hoch, und Lottie fürchtete kurz, ihre Bitte hätte sie misstrauisch gemacht. Doch dann lächelte sie Ms Bolter an und sagte beruhigend: »Ich denke auch, dass Schlaf im Augenblick das Wichtigste ist, Mercy.«

Ms Bolter musterte Lottie argwöhnisch. »Also gut«, sagte sie dann langsam.

Die Professorin klatschte in die Hände. »Na dann, husch-husch. Jamie, würden Sie Ellie bitte helfen, Lottie auf ihr

Zimmer zu bringen, damit wir die Zeremonie beenden können?«

»Natürlich, Professorin«, antworteten beide gleichzeitig.

Sie stützten Lottie von beiden Seiten und setzten sich langsam in Bewegung. Als sie an Anastasia vorbeigingen, meinte Lottie zu sehen, wie sie zornig die Fäuste ballte.

»Die Prinzessin auf der Erbse!«, rief Lottie und stemmte die Hände in die Hüften.

»Siehst du, jetzt ist sie vom ganzen Schlafmangel durchgedreht! Ich hab's doch geahnt.«

Lottie warf Ellie, die über ihren eigenen Witz kicherte, einen strafenden Blick zu. Sie und Jamie saßen auf Ellies Bett, und Lottie stand vor ihnen, als wäre sie ihre Lehrerin.

»Das ist der Hinweis«, sagte Lottie und verdrehte die Augen. »Kennt ihr das Märchen nicht?«

Ellie zuckte die Schultern, doch Jamie nickte.

»Da wird eine Erbse unter einen Stapel Matratzen gelegt, und wenn das Mädchen, das darauf liegt, wegen der Erbse die ganze Nacht nicht schlafen kann, weiß man, dass es eine Prinzessin ist.«

»Jetzt mal im Ernst«, sagte Ellie. »Glaubst du wirklich, dass eine Erbse unter deinem Bett liegt?«

»Ganz ehrlich, ich weiß es nicht … Ich weiß nur, dass da irgendetwas ist …« Lottie drehte sich um und starrte ihr Bett an. Es kam ihr nicht mehr einladend vor, sondern so, als hätte sich etwas Dunkles, Bedrohliches darin eingenistet. Ellie und Jamie nickten Lottie zu und machten sich wortlos an die Arbeit.

Lottie schnappte sich Mr Trüffel und sah zu, wie die beiden ihr Bettzeug und ihre Kissen auf Ellies Bett warfen. Dann klappte Jamie mühelos die Matratze hoch, als wöge sie kaum mehr als eine Feder. Lottie hielt den Atem an … und da war es.

In der Mitte der Matratze, mit Klebeband befestigt, befand sich ein Blatt Papier mit einem Wolfskopf in einem Kreis, der von zwei dicken roten Linien durchgestrichen war.

Ellie schnappte nach Luft und schlug die Hand vor den Mund.

Jamie stieß einen derben Fluch aus.

»Was ist das?«, fragte Lottie zögernd. Vielleicht wollte sie es lieber nicht wissen. Ihrer Reaktion nach musste es etwas Furchtbares sein.

Jamie riss das Papier von der Matratze und rannte zum Schreibtisch, wo er es mit solcher Wucht auf die Platte knallte, dass Lottie zusammenzuckte. Ellie starrte die Zeichnung ausdruckslos an, sie war fast schon unheimlich ruhig.

»Das ist das Siegel des Hauses Wolfson«, sagte sie tonlos. »Und darüber ist ein Todeszeichen.«

31

»Wir müssen es deinen Eltern sagen.«

»Briktah!«

Lottie verzog das Gesicht beim harten Klang des maradovischen Schimpfworts.

»Nein, müssen wir nicht.«

Jamie strich das Papier glatt. Es sah so aus, als wollte er so schnell wie möglich eine Kopie nach Maradova schicken. Ellie versuchte, ihm das Papier zu entreißen, doch Jamie hielt sie mit Leichtigkeit auf Abstand.

Lottie war immer noch wie erstarrt. Irgendjemand hatte das Papier dort hingelegt. Jemand, den sie kannte. Ihr kam ein weiterer unangenehmer Gedanke. *Es muss dieselbe Person gewesen sein, die am ersten Abend das Buch auf die Schwelle gelegt hat. Es ist ein Fluch. Deshalb konnte ich nicht schlafen – und irgendwie hat Anastasia davon erfahren.*

Ellie und Jamie rangen weiter miteinander. Das Stück Papier mit dem Todeszeichen schien eine negative Energie auszustrahlen. Lottie stellte sich vor, wie feine schwarze Rauchschwaden davon ausgingen und den Raum mit giftigen Dämpfen füllte.

Das Zeichen war hier, um der Prinzessin Angst zu machen. Es war hier, um sie aus Rosewood zu vertreiben.

»Jamie, wir dürfen es Ellies Eltern nicht sagen.« Die Worte kamen aus Lotties Mund, bevor sie den Gedanken zu Ende gedacht hatte.

»Aber Lottie, du könntest in Gefahr sein.« Seine aufrichtig besorgte Stimme verunsicherte sie.

Trotzdem erwiderte sie »Na und?« und täuschte Gelassenheit vor. »Ich dachte, darum ginge es bei dem Job.«

Jamie sah ihr in die Augen.

»Ich übernehme die Probleme, damit Ellie sich nicht damit herumschlagen muss«, fuhr sie fort. »Und damit Ellie in Rosewood bleiben kann.«

Wer auch immer dahintersteckte, Lottie würde nicht zulassen, dass Ellie die Zeit in Rosewood verdorben wurde. Sie würde herausfinden, wer dafür verantwortlich war, koste es, was es wolle.

Jamie stieß einen langen Atemzug aus, dann wandte er sich mit bitterer Miene an Ellie.

»Ist es das, was du wolltest?«, zischte er ihr kaum hörbar zu.

Ellie sah beschämt zu Boden. Sie weigerte sich, ihn anzusehen.

»Schluss jetzt. Ihr hört mir nicht zu!«, sagte Lottie überraschend entschieden. »Wenn Ellie die Schule verlässt, haben sie gewonnen, ohne dass die Gefahr deswegen gebannt wäre. Aber wenn sie bleibt, kann ich die Verantwortlichen aus der Reserve locken. Wer sie auch sind, sie werden immer dreister – irgendwann machen sie einen Fehler.«

Ellie schnitt eine Grimasse, und Lottie wurde jetzt erst klar, was sie da gerade indirekt zugegeben hatte.

»Das ist also nicht das erste Vorkommnis dieser Art?«

Lottie schluckte. Mist.

Jamie legte langsam das Papier auf den Tisch und drehte sich zu ihr um. »Ich habe dich etwas gefragt.« Er sah sie so energisch an, dass sie es beinahe körperlich spürte.

»Nein«, flüsterte sie.

Er drehte sich zu Ellie. Diesmal wich sie seinem Blick nicht aus.

»Am ersten Schultag«, sagte sie, ohne eine Miene zu verziehen. »Lottie hat ein Buch aus der Bibliothek mit einer Nachricht bekommen. Darin stand, jemand wisse, dass sie ein Geheimnis hat. Wir sind nachts in die Bibliothek geschlichen und haben nachgeschaut, welche Schüler an dem Tag in der Bibliothek waren.«

Jamies Lippe zuckte. »Und?«, fragte er kühl.

»Wir haben Anastasias, Raphaels und Binahs Namen gefunden«, erwiderte Ellie.

»Und keine von euch hat es für nötig gehalten, mir davon zu erzählen?« Seine Stimme wurde eine Spur lauter, und Lottie hielt den Atem an. »Obwohl ich hier bin, um euch zu beschützen?«

Ellie schüttelte wütend den Kopf. Lottie sah, dass sich hinter ihrer Stirn ein Sturm zusammenbraute.

»Vielleicht will ich ja gar nicht, dass du mich beschützt!«, brüllte sie und bleckte die Zähne. Kaum waren die Worte heraus, verzog sie schuldbewusst das Gesicht. Das nun folgende Schweigen war quälend. Lottie wusste nicht einmal ansatzweise, was Jamie durch den Kopf ging, und das machte ihr Angst. Ellies Brust hob und senkte sich heftig. Ihre heiße

Wut war das genaue Gegenteil von Jamies kühler Gefasstheit.

Wie bist du eigentlich Ellies Partist geworden? Die Frage schoss ihr plötzlich durch den Kopf und hinterließ brennende Neugier.

Ellie blickte betroffen zu Boden. »Ich wollte nicht … Ich …«, stammelte sie und fuhr sich mit den Fingern durch die Haare.

Jamie holte tief Luft und drehte sich zu Lottie. »Kannst du mit der Gefahr leben, ein Köder zu sein, Lottie?« Seine dunklen Augen bohrten sich in ihre, doch sie blieb so selbstsicher wie möglich. Sie wusste, dass sie gelassen bleiben musste, wenn sie Jamie von ihrer Kaltblütigkeit überzeugen wollte.

Wer bist du wirklich?

Die Worte formten sich in ihrem Kopf beim Anblick seines undurchdringlichen Gesichts. Sie nickte nur, da sie fürchtete, ihre Stimme könnte sie verraten.

Jamie und Ellie wechselten einen Blick, den sie nicht deuten konnte. »Nehmt euch vor Anastasia und Raphael in Acht«, sagte er dann. »Ich traue ihnen nicht.«

Deshalb suchte er also Raphaels Nähe.

»Sie dürfen nicht erfahren, dass wir sie verdächtigen. Wir müssen sie unauffällig im Auge behalten.«

»Heißt das, dass du meinen Eltern nichts sagst?«, fragte Ellie.

Er nickte stirnrunzelnd, und Ellie grinste erleichtert. »Aber wenn ich auch nur eine Sekunde das Gefühl habe, dass du in Gefahr bist, werde ich nicht zögern, deine Eltern zu informieren.«

Ellie zwinkerte Lottie zu. »Bevor es dazu kommt, werden wir uns die Übeltäter schon schnappen!«

Lottie rang sich ein optimistisches Lächeln ab, doch in ihrem Kopf listete eine Stimme alle Rätsel auf, die es noch zu lösen galt. *Wer steckt hinter diesen Botschaften? Was wollen sie? Warum hat Ellie ein Problem damit, dass Jamie ihr Partist ist? Wie ist Jamie ihr Partist geworden?*

»Abgemacht«, sagte sie. »Wir werden alles ans Licht bringen.«

Welches Geheimnis genau sie damit meinte, hätte sie selbst nicht sagen können.

32

Mit den nahenden Winterexamen fiel eine konzentrierte Stille über Rosewood Hall. Die Schüler hielten sich in den Bibliotheken und Studiersälen auf und wiederholten in einem immerwährenden Gemurmel, was sie in den vergangenen Monaten gelernt hatten.

Lottie war erleichtert, dass sich die Jahre disziplinierter Arbeit in Vorbereitung auf Rosewood bezahlt machten. Sie stellte fest, dass das Lernen für die Prüfungen nicht so schrecklich war, wie sie erwartet hatte, vor allem in der Gesellschaft ihrer Freunde – und der unerschöpfliche Nachschub an Tompkins Süßigkeiten trug ebenfalls dazu bei, ihr Energielevel oben zu halten.

Als die Prüfungen vorbei waren, machten sich die meisten Schüler bereit, über Weihnachten nach Hause zu reisen, so dass Lottie, Jamie und Ellie ihre Ermittlungen vorübergehend einstellen konnten. Außerdem gab es noch etwas anderes, was Lottie beschäftigte: Ollie war sauer auf sie.

Liebe Lottie,

ich werde nicht lügen: Ich bin wirklich traurig, dass Du Weihnachten nicht nach Hause kommst. Aber ich bin sicher,

dass diese verrückte Geschichte, in die Du hineingeraten bist, sehr wichtig ist.
Wenn Du Deine Meinung doch noch änderst und Weihnachten in der Casa de Moreno verbringen möchtest, weißt Du ja, dass hier immer ein Platz für Dich frei ist.
Vergiss uns nicht in Deiner aufregenden Schule.
Frohe Weihnachten.

Dein erster und treuester Freund
Ollie

Sie war noch nie der Typ gewesen, der stundenlang am Telefon hing, doch jetzt wünschte sie sich mehr als alles andere, sie könnte Ollie anrufen und seine vertraute Stimme hören. Zu ihrer Enttäuschung durften sie jedoch auch an Weihnachten nur enge Verwandte vom Schultelefon aus anrufen. Sie konnte sich also immer noch nicht persönlich bei ihm melden. Und nun war es zu spät, um in einen Zug zu steigen und zurück nach Cornwall zu fahren. Abgesehen davon war es ihre eigene Idee gewesen, Weihnachten in Rosewood Hall zu verbringen.

Ellie hatte vorgeschlagen, gemeinsam nach Maradova zu reisen, doch Lottie war unsicher gewesen. Und da Ellie ohnehin keine Lust hatte, Weihnachten zu Hause zu verbringen, weil sie ihre Großmutter verabscheute, hatten sie beschlossen, in Rosewood Hall bleiben. In Weihnachtsstimmung kam Lottie allerdings nicht.

Sie seufzte tief, bevor sie Ollies Brief noch einmal überflog, ihn zusammenfaltete und in ihre Tasche steckte. Sie hatte Ollie und seiner Mutter eine selbstgebastelte Weihnachtskarte geschickt und ihnen geschrieben, dass sie über die Feiertage nicht nach Hause kommen würde. Obwohl Ollies Brief freundlich klang, kannte sie ihn gut genug, um zu wissen, dass er verärgert war.

»Saskia hat doch gesagt, es wäre nur eine kleine Zusammenkunft!«, spottete Ellie und prostete dem riesigen gläsernen Engel zu, der das Büfett überwachte. Saskia hatte einige Schüler, die ebenfalls über Weihnachten dablieben, zu einer Feier nach Conch eingeladen, und Ellie und Lottie waren schon früher gekommen, um bei den Vorbereitungen zu helfen.

Lottie wollte ihr gerade von ihrer Sorge wegen Ollie erzählen, als die Tür aufging und Anastasia und Raphael hereinkamen, die mühelos wie Zirkuskünstler vollbeladene Tabletts balancierten.

Vielleicht hat dieser Benimmunterricht ja wirklich was gebracht, dachte Lottie.

Sie spürte, dass sie nervös wurde. Während der Prüfungsphase war es leicht gewesen, Anastasia und Raphael aus dem Weg zu gehen, doch heute Abend wurden sie zum ersten Mal auf die Probe gestellt, ob es ihnen gelang, sich nichts anmerken zu lassen.

Anastasia klopfte sich die Hände ab und sagte beiläufig zu Ellie: »Hör auf, von den Häppchen zu naschen, sonst muss ich dich vergiften.«

Ellie hätte sich beinahe an dem Würstchen im Schlafrock verschluckt, das sie sich gerade in den Mund stopfte – eine

Speise, die Lotties Vegetarierherz besonders schmerzte. Doch Ellie fasste sich schnell und nahm sich breit grinsend ein weiteres Würstchen.

»Du brauchst doch gar keinen Anlass, um jemanden zu vergiften«, gab sie spöttisch zurück, woraufhin Raphael losprustete und sich einen strafenden Blick von Anastasia einfing.

Lottie war heilfroh, dass Jamie gerade unterwegs war, um den Weihnachtsbaum zu holen. Wenn er diese Szene mitbekommen hätte, wäre er jetzt stinksauer.

»Heute fällt der Giftmord aus«, sagte Lottie streng. »Es ist schließlich Weihnachten ... ELLIE, UM HIMMELS WILLEN, JETZT HÖR ENDLICH AUF ZU NASCHEN!«

Ellie bremste ihre Hand mit dem Schokobrötchen auf halber Strecke zum Mund und legte es langsam wieder zurück.

»Wie Ihr wünscht, Hoheit.« Sie verneigte sich mit übertriebener Höflichkeit und lief zur Tür. »Ich muss sowieso noch meine Gitarre holen. Jamie und ich wollen euch ein kleines Ständchen bringen.« Sie klimperte mit den Wimpern und lächelte süß.

»Jamie singt?«, fragte Lottie überrascht.

Die Vorstellung erschien ihr absurd. Wieder wurde ihr schmerzlich bewusst, wie wenig sie über ihn und Ellie wusste.

Ellie drehte sich um und warf ihr einen scharfen Blick zu, den Lottie sofort verstand: *Angeblich ist er dein Partist, du solltest wissen, dass er singt!*

»Du wusstest nicht, dass dein eigener Bodyguard singt?«, fragte auch schon eine belustigte Stimme hinter ihr. Lottie drehte sich um und sah Saskia in der Tür. Sie trug einen Beistelltisch und hatte einen Trupp Conch-Schüler im Schlepptau. »Ist auch schwer vorstellbar«, fügte sie hinzu, als sie mühelos den Tisch abstellte.

Saskia war in Conch eindeutig in ihrem Element. Sie war die dominierende Gestalt im Raum, und es war offensichtlich, warum sie zur Jahrgangssprecherin gewählt worden war.

»Nein, ich meine …« Lottie suchte fieberhaft nach einer Antwort, doch irgendwie fiel ihr das Denken mit Saskias fragendem Lächeln vor Augen besonders schwer. »Ich wusste nicht, dass er *heute Abend* singt … Eigentlich ziert er sich immer.«

»Hmm.« Saskia stellte mehrere Teller auf den Tisch und warf Lottie einen Seitenblick zu.

Lotties Augen huschten zu Ellie, doch die starrte Saskia an, nicht viel anders, als sie vor wenigen Minuten das Büfett angestarrt hatte.

»Was guckst du so?«, fragte Saskia kokett und warf sich die Haare aus dem Gesicht wie eine Meerjungfrau auf ihrem Stein.

»Ich genieße nur die Aussicht«, entgegnete Ellie grinsend.

Saskia lachte ein tiefes, kehliges Lachen, hob eine Hand an die Hüfte und strich sich ihr Kleid über den Oberschenkeln glatt. Etwas in Lottie sträubte sich.

»Na los, hol deine Gitarre und sing dein Lied für uns – dann verzeihe ich dir vielleicht, dass du an unserem Essen herumgepickt hast, Chica.«

Als Ellie weg war, fühlte Lottie sich plötzlich unbehaglich, so ganz allein unter den Conch-Schülern, die sich untereinander gut zu kennen schienen, deshalb machte sie sich daran, penibel die Speisen zu arrangieren und den Raum zu schmücken. Auch wenn sie nicht in Weihnachtsstimmung war – Weihnachtsdekoration machte ihr trotzdem Spaß.

»Du machst das erstaunlich gut.«

Lottie blickte auf und sah, dass Anastasia die Schneeflocken begutachtete, die sie aus ein paar Papierservietten gefaltet hatte. Es war nicht leicht, das Wort *erstaunlich* zu überhören, doch dass sie überhaupt ein Kompliment von Anastasia bekam, wog die kleine Spitze auf. Anastasia trug ein rotes Kleid, und ihre kastanienbraune Haarpracht glänzte so perfekt wie üblich. Sie sah aus wie einem Katalog entstiegen, und Lottie kam sich mit ihrem Rentierstirnband, das sie vorhin noch für süß gehalten hatte, plötzlich sehr albern vor.

»Danke. Ich –«

»Du bist überhaupt nicht so, wie ich erwartet hatte.«

Lottie blinzelte überrascht, unsicher, wie sie antworten sollte. Was hat sie denn erwartet? Hält sie mich für eine schlechte Prinzessin?

Anastasia sah Lottie ernst an, und ihre Lippen öffneten sich, als wollte sie etwas Wichtiges sagen. Lottie fühlte sich an den Moment in der Bibliothek erinnert, als sie dieselbe Entschlossenheit an ihr wahrgenommen hatte. »Lottie, ich weiß –«

»DIE SHOW BEGINNT!« Ellie kam dramatisch durch die Tür gestürmt. Alle Augen richteten sich auf sie, als sie ihre Gitarre wie eine Trophäe in die Luft hob. Hinter ihr kam ein besonders missmutig dreinblickender Jamie. Auch er trug eine Gitarre, schien jedoch weniger Begeisterung daraus zu schöpfen. Ellie verpasste ihm einen Tritt gegen das Schienbein, und er hob widerwillig eine Tröte an den Mund und pustete hinein.

Gitarre spielt er auch? Tanzt er etwa auch noch Ballett? Wieder spürte Lottie die Neugier in sich aufsteigen.

Wie bist du ein Partist geworden?

Sie wollte sich zu Anastasia umdrehen, doch die stand nun plötzlich neben Saskia.

Lottie musste ein Lachen unterdrücken, als Ellie zwei Conch-Schüler von ihren Plätzen in der Mitte des Raums vertrieb, als säßen sie auf ihrer persönlichen Bühne. Sie blickten murrend zu Saskia, doch die lachte nur und gab ihnen ein Zeichen, dass sie Platz machen sollten.

»Manchmal überrascht es mich, dass du nicht in meinem Haus gelandet bist. Entschlossen bist du jedenfalls«, rief sie.

Lottie wurde kalt. Ellie war in ihrem Haus und würde es auch bleiben! Ellie zwinkerte Saskia zu und zeigte ihr schiefes Lächeln, woraufhin Lotties Stimmung sich weiter verfinsterte. Warum störte sie das so sehr? Sie hasste das Gefühl, Saskia mögen zu müssen, die so nett zu ihr war, obwohl sie immer, wenn sie in ihrer Nähe war, eigentlich nur wegwollte.

Alle scharten sich um Jamie und Ellie, die sich zum Spielen bereitmachten. Sie schienen kein bisschen nervös zu sein, und Lottie beneidete sie darum.

»Spielt was Weihnachtliches!«, rief ein Mädchen aus Conch, das eine Weihnachtsmannmütze trug.

Ellie verzog das Gesicht. »Nein. Wir spielen was für Lottie«, erklärte sie, während sie weiter ihr Instrument stimmte.

»Für mich?« Augenblicklich war Lottie glücklich und nervös zugleich. Das unangenehme Gefühl in ihrem Bauch verschwand vorübergehend.

Ellie reichte Jamie ein Plektron, das er zwischen die Lippen klemmte, während er ebenfalls seine Gitarre stimmte. Das konzentrierte Prozedere hatte etwas überraschend Reizvolles – zwei Profis bei der Arbeit.

»Wir spielen ein Lied aus deiner Heimat. Weil du Weihnachten nicht zu Hause verbringen kannst, dachten wir, wir bringen deine Heimat zu dir.«

Jamie sprach mit dem durchdringenden Blick, den er manchmal hatte, wenn er ihr zu verstehen geben wollte, dass sie genau zuhören sollte.

»Danke«, erwiderte sie schüchtern.

Der Rest des Raums verstummte, als die Musiker sich aufstellten. Sie wechselten einen kurzen vertrauten Blick und begannen. Die erste Note schwebte durch die Luft, und der ganze Raum schien zu klingen. Lottie schaute sich um, doch niemand sonst schien es zu fühlen. Jamies und Ellies Stimmen harmonierten perfekt. Das Lied war süß und schmerzlich zugleich, und Lottie spürte ein Ziehen in der Brust. Jamies Stimme war hypnotisierend. Alle waren still und lauschten gebannt den unerwartet intensiven Klängen.

Und dann begann Lottie zu verstehen.

Die alten maradovischen Verse erwachten zum Leben. Dank des intensiven Prinzessinnenunterrichts setzte sich die Geschichte in ihrem Kopf zusammen.

Ihr Name war Ester – sie war Porterin und Partistin zugleich –, und ihre Prinzessin war Liana. Sie war die leidenschaftlichste und hingebungsvollste Porterin, die das Land je gesehen hatte, und die Prinzessin und sie liebten einander sehr. Lottie konnte die beiden vor sich sehen, luftige Geister der Vergangenheit, eine Vision in Rot und Schwarz. Sie waren wild und freigeistig und wurden von allen verehrt, die sie kannten. Prinzessin Liana verlangte, dass Ester bei ihrer offiziellen Vorstellung zu ihrer Assistentin ernannt wurde, damit sie gemeinsam regieren konnten. Doch in der Nacht vor der Krönung wurde Ester von einem feindlichen Nachbarreich geraubt, das sie als Druckmittel gegen Liana benutzen wollte. Anstatt die Prinzessin vor eine unmögliche Entscheidung zu stellen, nahm Ester sich das Leben. Es war ein so großer Akt der Loyalität, dass die Götter Mitleid bekamen und ihr vor ihrem Tod gewährten, eine weiße Taube mit einer letzten Nachricht an ihre Prinzessin zu schicken. In blinder Wut und mit der Leidenschaft ihrer treuen Porterin zerstörte die Prinzessin das Nachbarreich. Lottie konnte regelrecht die Flammen aus dem Schloss aufsteigen sehen, mehr noch, sie spürte, wie sie emporzüngelten und ihre Haut versengten.

Dann war das Lied zu Ende.

Die Geister schwanden flimmernd. Sie öffnete blinzelnd die Augen und wurde in die Realität zurückgeworfen. Tränen liefen ihr übers Gesicht, und sie hatte die Arme ausgestreckt, um die Vision festzuhalten.

Alle starrten sie an.

33

Lottie hüstelte verlegen.

»Das war … wunderschön«, sagte sie möglichst locker, wobei sie sich die Augen wischte und so tat, als wäre nichts weiter dabei, dass sie gerade wegen einer Geisterprinzessin und ihrer Porterin wie ein Schlosshund geheult hatte. Die anderen musterten sie, als wäre sie völlig durchgedreht.

Verzweifelt überlegte sie, wie sie sich am besten herausreden konnte.

»Ich, äh … habe nur solches Heimweh«, sagte sie, wischte sich wieder die Augen und schniefte, bevor sie sich schleunigst auf den Balkon verzog.

»Na klar doch …«, murmelte Anastasia sarkastisch, und die anderen lachten.

Lottie umklammerte das Balkongeländer und sog die frische Luft ein. Ihre Atemwölkchen in der Kälte kamen ihr vor wie ein Abbild ihrer eigenen Benommenheit. Der Himmel war blassblau, die Sonne hinter dicken, frostweißen Wolkenbergen versteckt. Alles lag in einem geheimnisvollen bläulichen Licht. Sie blickte auf ihre weißen Fingerknöchel auf dem Balkongeländer.

Was war da gerade passiert?

Wenn sie die Augen schloss, sah sie das Bild von Liana

und Ester klar und deutlich vor sich. Vielleicht war Heimweh gar nicht so weit von der Wahrheit entfernt. In diesem Augenblick wünschte sie sich mehr als alles andere, sie wäre zu Hause in Cornwall, würde gemütlich in ihrem Bett liegen und über das aufregende Leben anderer Menschen lesen, statt selbst mittendrin zu stecken.

»Lottie?«

Beim Klang von Ellies Stimme rieb Lottie sich schnell die Augen. Sie drehte sich um und sah Ellie und Jamie in der Balkontür stehen.

Ellie trat langsam über die Schwelle.

»Es ist alles in Ordnung. Ihr müsst nicht rauskommen.«

Jamie legte ihr wortlos eine große rote Decke aus dem Gemeinschaftsraum um die Schultern.

»Danke.« Lottie zog die Decke enger um sich. Sie hatte gar nicht gemerkt, dass sie fror.

»Lässt du uns kurz allein?«, sagte Ellie leise. Es war keine Frage. Jamie nickte und ging wieder hinein zu den anderen. Die Glastür zog er fest hinter sich zu.

»Ellie, es ist alles okay, wirklich …«

»Was war das gerade?«, fragte Ellie.

Ihre Direktheit ließ Lottie innehalten. Sie rieb sich nachdenklich die Stirn. Sie wusste nicht, was gerade passiert war, sie wusste nicht, wie sie es erklären sollte, aber sie wusste, dass es wichtig war. Seit sie in Rosewood war, schien alles wichtig zu sein.

»Denkst du auch manchmal …« Lottie schüttelte den Kopf und blickte über den Campus. »Denkst du auch manchmal, dass Rosewood irgendwie gruselig ist?«

Ellie folgte ihrem Blick und lächelte. »Die ganze Zeit. Deshalb gefällt es mir hier ja so gut.«

Lottie betrachtete Ellies Gesicht, bevor sie näher an sie heranrückte und ihr den Kopf auf die Schulter legte. So standen sie dicht nebeneinander, bis Ellie schniefte und sich zu ihr drehte. »Lottie, es tut mir wirklich leid.«

Lottie blinzelte überrascht. Es kam so selten vor, dass Ellie sich entschuldigte, und diesmal wusste sie nicht einmal, wofür.

»Das ist bestimmt das blödeste Weihnachtsfest, das du je erlebt hast. Noch dazu weit weg von zu Hause. Das ist nicht dasselbe.« Ellie machte ein zerknirschtes Gesicht, und Lottie musste kichern, weil diese Worte gar nicht zu ihr passten.

»Ich mache mir nicht viel aus Weihnachten«, sagte sie dann. »Außerdem war es meine Idee hierzubleiben.« Sie zog die Decke noch enger um sich. »Seit meine Mum gestorben ist, ist mir Weihnachten ziemlich egal.« Sie hatte selbst nicht gewusst, wie wahr dieser Satz war, bis sie ihn aussprach. Das war auch der eigentliche Grund, warum sie Angst gehabt hatte, nach Maradova zu reisen. Wie war Weihnachten bei einer intakten Familie? Und was, wenn es nicht so war, wie sie es sich vorgestellt hatte?

Ellie riss Lottie mit einem Prusten aus ihren Gedanken.

»Eigentlich bin ich doch diejenige, die sich aus so was nichts macht«, sagte sie und streichelte Lottie liebevoll über die Haare. »Du solltest Weihnachten und Weihnachtsgeschichten und den ganzen anderen Quatsch lieben.«

Lottie lachte, und Ellie lächelte schief.

»Also, ich wollte dir das eigentlich erst später geben,

aber …« Ellie strich sich die Haare aus der Stirn und zog etwas aus ihrer Tasche. »Du sollst es jetzt schon haben. Jetzt ist der richtige Moment.«

Sie hielt ihr ein etwas krumpelig verpacktes Päckchen hin, auf das sie mit schwarzem Filzstift *Lottie* geschrieben hatte.

»Ellie, das wäre doch nicht nötig gewesen. Ich –«

»Mach es einfach auf«, brummte Ellie und wandte den Blick ab.

Lottie betrachtete das Päckchen, dann löste sie vorsichtig das Papier. Darin befand sich eine feine, mit rotgoldenem Samt bezogene Schachtel, auf deren Deckel eine goldene Sonne aufgestickt war. Die kleinen Edelsteine an der Seite spiegelten das milchblaue Licht.

»Ellie, die ist wunderschön«, flüsterte Lottie.

»Sie ist für die Krone von deiner Mum. Ich habe gesehen, dass du sie immer in deiner Tasche auf dem Nachttisch hast, und ich dachte, du könntest sie da drin aufbewahren.« Ellie klang plötzlich schüchtern, was Lottie noch mehr zum Lächeln brachte.

»Das ist ja wie wir«, sagte Lottie grinsend. Ellie hob fragend eine Augenbraue. »Eine Krone mit einem Mond und eine Schachtel mit einer Sonne. Totale Gegensätze, die zusammengehören«, erklärte sie.

Und mit einem Mal verschwanden alle ihre Sorgen. Sie betrachtete wieder die Schachtel und bewunderte die Stickerei auf dem Deckel. Ihre Bedenken wegen der bedrohlichen Botschaften, wegen der Prüfungen oder wegen des Balls waren wie weggeblasen. Mit Ellie an ihrer Seite konnte sie alles erreichen.

»Na komm, wir gehen zurück auf die Party«, sagte sie und nahm Ellies Hand.

»Weißt du was?« Ellie zog sie zurück. »Was hältst du davon, wenn wir den Rest des Abends in Ivy verbringen?«

Lottie strahlte sie an. Sie hatte Ellie nicht sagen wollen, dass sie keine große Lust hatte, Weihnachten in Conch zu feiern, doch ihrer Freundin schien es genauso zu gehen.

»Ich mopse uns noch ein paar Weihnachtspasteten«, sagte Ellie zwinkernd.

Lottie drückte ihre Hand. »Klingt nach dem besten Weihnachtsfest aller Zeiten.«

34

Es war 21.30 Uhr am 31. Dezember, und Lottie, Ellie und Jamie nutzten den verlängerten Ausgang während der Ferienzeit für einen Abendspaziergang durch den winterlichen Rosengarten. Es war bitterkalt, und das raureifbedeckte Gras knirschte unter ihren Stiefeln. Lottie zog sich ihren wollgefütterten Umhang enger um die Schultern.

»Seht mal!«, rief sie plötzlich und zeigte auf eine Feuerwerksrakete, die in der Ferne jenseits der Schulmauern in den Himmel stieg und den Garten in pinkfarbenes Licht tauchte. Unwillkürlich lief Lottie darauf zu.

»Lottie, warte.« Jamie streckte den Arm aus und hielt sie zurück. »Habt ihr das gehört?«

Sein alarmiertes Flüstern brachte Lottie und Ellie sofort dazu, sich ebenfalls leise zu verhalten. Jamie hob einen Finger an die Lippen, und Ellie rückte näher an Lottie heran. Alle drei spitzten die Ohren. Hinter einem wenige Meter entfernten Baum ertönte ein gedämpftes Rascheln. Lottie hielt den Atem an, und ihr Herz klopfte schneller.

Jetzt ist es so weit, dachte sie. *Wer auch immer die Nachrichten geschickt hat, jetzt schnappt er uns.*

Jamie duckte sich und huschte auf den Baum zu. Bevor Lottie nachvollziehen konnte, was passierte, zog er hinter dem Stamm eine dunkle Gestalt hervor. Er trat ihr die Beine weg und hatte sie binnen Sekunden mit hinterm Rücken verschränkten Händen zu Boden geworfen.

»BITTE TU MIR NICHTS! ES TUT MIR LEID!«

»Raphael?«, fragte Lottie verwirrt. Jamie lockerte seinen Griff nicht.

»Himmelherrgott, Jamie! Ich wollte euch abholen und dachte, es wäre witzig, euch ein bisschen Angst einzujagen.« Raphael jaulte auf, als Jamie ihn hochzog, doch beim Anblick seines ernsten Gesichts musste er kichern. »Zugegeben, es war nicht die beste Idee.«

Jamie musterte ihn stumm, dann sah er Ellie und Lottie an. Lottie zuckte mit den Schultern und musste das Lachen unterdrücken, teils, weil sie so erleichtert war, teils, weil die ganze Situation wirklich lächerlich war.

»Nachdenken war noch nie deine Stärke«, sagte Jamie streng.

Raphael prustete. Seine Bewegungen wirkten sonderbar schlingernd, was Jamie nicht entging.

»Ist alles in Ordnung?«, fragte er mit hochgezogenen Augenbrauen.

»Alles bestens! Wir machen nur was Lustiges, und ich wollte nicht, dass ihr es verpasst.« Er grinste etwas zu breit.

»Eine wilde Party?« Ellie kicherte. »Das muss ich mir anschauen. Lottie, kommst du?« Sie drehte sich erwartungsvoll zu ihr um.

Eine weitere Rakete schoss in den Himmel und tauchte den Garten in rotes Licht.

»Ich zeige euch den Weg«, sagte Raphael.

Sie gingen Richtung Conch. Dunkle Nacht lag über der Schule. Die Laternen zu beiden Seiten des Eingangstors flackerten wie aufgeregte kleine Tänzer. Hinterm Tor herrschte Tumult, es wurde gelacht und getuschelt.

Ellie strahlte begeistert. »Das klingt nach Spaß!«

Saskia, Anastasia und eine kleine Gruppe anderer Conch-Schüler standen mit Flaschen in den Händen an der Mauer und kicherten überdreht.

»Was habt ihr vor?«, fragte Jamie sachlich.

»Wir brechen ins Schwimmbad ein«, erwiderte Raphael mit einem Grinsen.

»Aber das ist verboten!« Lottie konnte sich den Einwand nicht verkneifen.

»Eben! Das ist ja der Spaß daran!«, antwortete ein kleines Conch-Mädchen mit einer roten Schleife im Haar.

Lottie schaute Saskia an, die kicherte. Warum ließ sie das zu? Lottie wusste genau, wie unglaublich uncool sie aussehen würde, wenn sie versuchte, die anderen umzustimmen. Sie wünschte, Binah oder Lola und Micky wären da, mit denen sie beschauliche Dinge tun könnte, wie heißen Kakao trinken und Disneyfilme gucken.

»Au ja! Wir brechen ein!«

Lottie zuckte zusammen, als Ellie einen Satz nach vorn machte, Saskia einen Arm um die Schulter legte und sagte: »Ich wusste doch, warum ich dich mag, Saskia!«

Die beiden brachen in irrsinniges Gelächter aus. Lottie fühlte wieder das unangenehme Kribbeln im Bauch und sah finster zu ihnen hinüber. Sie hätte sie am liebsten auseinandergerissen und Saskia gesagt, dass sie verduften sollte.

Ellie fing ihren Blick auf und grinste spöttisch, als wüsste sie, was ihr durch den Kopf ging.

»Wir gehen nicht mit.« Jamies ernste Stimme bildete einen starken Kontrast zu dem albernen Gekicher.

Saskia sah ihn aus schmalen Augen an. Ihre ganze Aura schien sich schlagartig zu ändern. »Komm schon, das wird lustig.«

»Halt den Mund!« Jamie sah sie scharf an, und Saskia verstummte. Ihr Gesicht war kühl.

Dann schüttelte sie den Kopf und lächelte wieder. »Na, ihr wisst ja, wo ihr uns findet, falls ihr es euch anders überlegt.«

Saskia gab den anderen ein Zeichen, und die Gruppe folgte ihr einen Pfad entlang. Anastasia zögerte kurz, ihr Blick ruhte erst auf Lottie, dann auf Ellie, bevor sie weiterging. Sie wirkte mürrisch und war als Einzige in der Gruppe nicht aufgedreht.

Ellie drehte sich unvermittelt zu Jamie um und schubste ihn, eine absolut nutzlose Aktion, da er sich keinen Zentimeter bewegte.

Er zog nur die Augenbrauen hoch, als wäre sie ein trotziges Kind. »Wir gehen nicht mit, Ellie«, wiederholte er.

Sie starrte ihn an, dann wandte sie den Kopf, um den anderen hinterherzublicken. Als sie sich wieder umdrehte, hatte ihr Gesicht einen entschlossenen Ausdruck angenommen, der nichts Gutes verhieß. »Wir müssen«, entgegnete sie. »Sie dürfen nicht denken, dass wir Angst haben.«

Jamie blieb fest. »Nein.«

»Also, *ich* gehe. Ihr könnt machen, was ihr wollt.« Sie

streckte ihm die Zunge heraus und sprang mit einem Satz von ihm weg.

»Ellie, komm sofort zurück!«

»Fang mich doch!«, rief sie und rannte den anderen hinterher.

Jamie stöhnte und sprintete ihr nach.

»Ellie, wenn ihr geht, muss ich auch … He!«

Doch es war zu spät. Wenn Lottie nicht allein zurückbleiben wollte, musste sie ihnen folgen. Grummelnd lief sie ihnen hinterher.

Das werde ich garantiert bereuen, dachte sie wütend.

35

Zwei Plastikbecher mit einer klaren Flüssigkeit wurden Lottie und Jamie unter die Nasen gehalten.

»Hier, trinkt was, ihr zwei, und macht nicht so düstere Gesichter!«

Lottie und Jamie standen unter dem Sonnendach am Rand des Schwimmbeckens. Sie trugen Decken um die Schultern und blickten so resigniert drein, als hätten sie sich mit dem bevorstehenden Weltuntergang abgefunden. Lottie hatte zwar keine große Lust, mit Jamie einer Meinung zu sein, aber betrunkene Schüler, die im tiefsten Dezember um ein Schwimmbecken herumsprangen, konnte sie einfach nicht gut finden.

»Ich trinke nicht«, sagte Jamie fest. »Ich habe hier die Verant–«

»Das ist kein Alkohol! Das ist nur Anastasias selbstgemachte Limonade. Wir haben sie aufgewärmt«, sagte Ellie und verdrehte die Augen. »Ich bin doch keine Vollidiotin.«

Jamie nahm mürrisch einen Becher entgegen und nippte vorsichtig daran. »Na schön«, brummte er.

Sie saßen schweigend unter ihrem Sonnendach. Ab und zu nahm Jamie grummelnd einen Schluck Limonade, während Lottie sich an ihrem Becher die Hände wärmte.

Ellie tanzte mit Saskia und den anderen neben dem Becken und wirbelte Saskia herum wie eine Märchenprinzessin. Unwillkürlich wanderten Lotties Mundwinkel nach unten. Aber nur, weil sie nicht hier sein wollte, und nicht etwa, weil sie eifersüchtig war, redete sie sich ein. Denn das wäre einfach nur lächerlich.

»Ich wette zehn Pfund, dass heute noch jemand ins Becken fällt«, sagte sie bissig.

Jamie starrte weiter mit steinernem Blick aufs Wasser. »Und ich wette zwanzig Pfund, dass ich heute noch jemanden reinschubse.«

Lottie hätte sich fast verschluckt. Jamie hatte einen Witz gemacht? Unfassbar. Ihre Gedanken sprangen zu ihrer ersten Begegnung zurück, bevor sie gewusst hatte, dass er ein Partist war, bevor sie selbst Ellies Porterin geworden war. Es war beinahe, als gäbe es ihn zweimal: die ernste, reife Maske, die er trug, und den Jungen, der darunter versteckt war. Wieder flüsterte die Stimme in ihrem Ohr: *Wer bist du, Jamie Volk?*

»Wünschst du dir eigentlich manchmal, du könntest ein ganz normaler Junge sein?«

Lottie rutschte die Frage heraus, bevor sie sie ganz zu Ende gedacht hatte. Jamie schwieg, und sie bereute ihre Direktheit. Vielleicht würde sie jetzt nie mehr die Gelegenheit haben, hinter sein Geheimnis zu kommen.

»Ich werde nie ein normaler Junge sein«, sagte er dann unvermittelt.

Jamies Antwort berührte sie. Seine Stimme klang so verletzlich. Sie hatte das Gefühl, ein scheues Reh zu sich zu locken.

Jamie stand langsam auf und schüttelte die Decke ab, wobei er seinen fast leeren Becher umkippte. Er ging zum Rand des Schwimmbeckens und blickte beinahe wehmütig aufs Wasser.

Vorsichtig, noch immer mit dem Bild des Rehs im Kopf, stellte Lottie sich neben ihn.

Das Schwimmbad von Conch lag hinter dichten Holzapfelbüschen und Hagebuttensträuchern, deren rote Beeren mit dem träumerischen Blau des vom Mondlicht erhellten Beckens kontrastierten.

»Aber mal angenommen«, sagte Lottie behutsam, »du könntest es?«

Er warf ihr einen spöttischen Seitenblick zu. »Willst du etwa meine Fähigkeiten als Partist kritisieren?«

Er lachte über ihr verwirrtes Gesicht. »Es gehört zu meinem Job, mich so gut wie möglich unter die anderen Schüler zu mischen. Findest du nicht, dass ich wie die anderen bin?«, fragte er mit einem Blitzen in den Augen.

Lottie legte einen Finger ans Kinn und tat so, als müsste sie nachdenken. »Hmmm …«, begann sie. »Erstens hast du null Sinn für Humor, und zweitens bist du so aberwitzig stark wie ein Superheld. Nö, du bist tatsächlich nicht wie die anderen.«

Ein kleines Lächeln stahl sich auf Jamies Gesicht, und er gluckste leise. Das Geräusch summte durch Lotties Körper. Dann wurde er wieder ernst. Lottie fürchtete schon, das Reh endgültig vertrieben zu haben, doch obwohl er sich wieder zum Wasser drehte, sprach er weiter.

»Wenn du dein Leben für einen anderen Menschen lebst, findest du Kräfte in dir, die du niemals für möglich gehalten hättest.« Er sprach mit tiefster Überzeugung. Lottie spürte, wie seine Worte ihr das Herz zusammenschnürten.

»Das klingt wahnsinnig traurig«, sagte sie und schlang unwillkürlich die Arme um den Oberkörper.

Er legte den Kopf zur Seite und sah sie ernst an. Seine Augen glänzten eindringlich. »Wirklich?«, fragte er. »Tust du nicht dasselbe? Hast du nicht selbst dein Leben der Königsfamilie von Maradova übergeben?«

Aber das war meine Entscheidung, dachte Lottie. Plötzlich musste sie die Tränen unterdrücken.

Als hätte er wieder ihre Gedanken gelesen, beugte er sich zu ihr und sagte sanft: »Es war unsere Entscheidung, Lottie.«

Sein Atem streifte ihre Wange, und sie bekam Gänsehaut. Er roch süßlich und kribbelte in ihrer Nase. Sie blickte auf und merkte, wie nah ihre Gesichter sich waren.

Irgendetwas stimmte da nicht.

Hatte ihm jemand was in die Limo gekippt?

Jamies Augen wurden trübe, und er lehnte sich an sie, so dass sie einen Schritt zurückweichen und sich an der Balustrade abstützen musste, die das Sonnendach vom Becken trennte.

»Jamie …«

Beim Anblick seines Gesichts im glitzernden Mondlicht hielt sie den Atem an. Sein wildes Grinsen erinnerte sie an einen Wolf. Die Augen unter seinen zerzausten Haaren waren wild. Sein raubtierhafter Blick ließ ihr Herz schneller schlagen.

»Du hast immer noch Angst vor mir«, sagte er grinsend.

Lottie spürte, dass ihre Wangen heiß wurden, aber nicht vor Verlegenheit. Seine Worte hatten sie plötzlich sehr wütend gemacht. »Angst vor dir? Natürlich habe ich Angst vor dir!«

Sein Gesicht zeigte, dass er mit dieser Antwort nicht gerechnet hatte.

»Ich werde es niemals schaffen, dich zu überzeugen«, fügte sie hinzu.

Er schüttelte verwirrt den Kopf. »Du musst mich nicht überzeugen –«

»Muss ich doch! Ich muss dir beweisen, dass ich eine gute Porterin sein kann.«

»Aber ich denke doch gar nicht, dass du keine gute Porterin sein kannst.« Sein Gesicht verzog sich, als ringe er um die richtigen Worte. »Ich denke, dass du es nicht sein *solltest*.«

»Ich … was?« Lottie machte große Augen.

»Du bist noch ein Kind, Lottie.« Er sprach sehr leise, flüsterte ihr ins Ohr, während er ihr sanft übers Haar strich. Lottie spürte, dass ihre Wangen wieder heiß wurden, diesmal allerdings aus einem anderen Grund.

»Aber … du doch auch.« Sie versuchte, selbstsicher zu klingen, doch ihre Worte waren atemlos.

Jamie wirkte einen Augenblick abwesend. »Den Luxus einer Kindheit hatte ich nie …« Er drehte sich wieder zu Lottie und sah sie wehmütig an. »Und ich finde es schrecklich mitanzusehen, wie sie dir genommen wird.«

Er beugte sich so nah zu Lottie, dass sie seinen Herzschlag spürte.

»Jamie, du bist betrunken, wir müssen …«

Sein Gesichtsausdruck veränderte sich, die Sanftheit wich der Verwirrung.

»Nein, ich trinke nicht. Ich …« Dann schien er zu begreifen. Er umschloss den Kopf mit beiden Händen, als wollte er seine Gedanken wieder unter Kontrolle bringen.

»Lottie, ich glaube, ich werde ohnmächtig. Hör zu …« Er presste die Augen zusammen. »Du darfst Anastasia nicht vertrauen …«

Damit sank er bewusstlos in ihre Arme, und sie kippten beide vornüber ins Becken.

36

Eisiges Wasser drang Lottie in Mund und Nase, und das Blut in ihren Adern schien augenblicklich zu gefrieren. Sie öffnete die Augen und sah, dass Jamie, immer noch bewusstlos, mit ihr nach unten sank.

Ich muss ihn rausholen.

Sie schob die Arme unter seine Schultern.

Komm schon, Jamie! Du darfst nicht ertrinken! Bitte nicht!

Sie war in der starken Strömung an der Küste Cornwalls geschwommen, und sie hatte im tiefen Becken im Schwimmbad von St. Ives nach Münzen getaucht, aber einen vollbekleideten, bewusstlosen jungen Mann aus dem Wasser zu ziehen war eine ganz andere Liga.

Ich lasse dich nicht ertrinken.

Doch so heftig sie auch paddelte, sie waren einfach zu schwer mit ihren Mänteln und Schuhen. Ihr lief die Zeit davon, jede Sekunde zählte.

Ich brauche mehr Schwung.

Sie ließ sich auf den Grund des zwei Meter tiefen Schwimmbeckens sinken, dann stieß sie sich mit aller Kraft ab und zog ihn mit sich.

Sie kamen an die Oberfläche, und Lottie sog so viel Luft ein, wie sie konnte, bevor sie mühsam Richtung Beckenrand schwamm. Sie konnte ihre Mitschüler rufen sehen, doch sie konnte nichts hören. Hände streckten sich ihnen entgegen und zogen sie und Jamie aus dem Wasser.

Sie wurde auf die vereiste Rasenfläche gebracht, und jemand kam zu ihr und sagte ihren Namen, doch sie schubste ihn weg, sie musste zu Jamie. Sie beugte sich über ihn. Er war eiskalt, seine sonst leicht gebräunte Haut weiß wie Porzellan.

Das war alles ganz falsch: Jamie war der Starke, der Standhafte, der Unverwüstliche. Sie wollte, dass er aufwachte und sie anschrie, sagte, dass das ein Test gewesen sei, und sie schalt, weil sie sich solche Sorgen gemacht hatte. Doch so sehr sie sich das auch wünschte, er blieb still und atmete nicht.

Was soll ich tun? Sie spürte Tränen in den Augenwinkeln. Was soll ich nur tun?

Irgendwo in ihrem Hinterkopf sagte eine leise Stimme: *Küss die Prinzessin wach.*

Ihr Körper bewegte sich auf Autopilot. Sie drückte dreimal auf seine Brust, hielt ihm die Nase zu, legte sanft ihren Mund auf seinen und füllte seine Lungen mit Luft. Das tat sie wieder und wieder und wieder.

Unvermittelt begann Jamie zu husten.

Er atmete zitternd ein, bevor er murmelte: »So geht keine Mund-zu-Mund-Beatmung.«

Lottie hörte seine Stimme mit unglaublicher Erleichterung. Er stammelte noch etwas, seine Augen versuchten, sich zu fokussieren, dann hob er die Hand und strich ihr über die Wange. Seine Hand war eiskalt. »So warm«, murmelte er, bevor er wieder das Bewusstsein verlor.

Lottie blieb neben ihm sitzen und drückte weiter seine Hand an ihre Wange.

Es geht ihm gut. Ich habe es geschafft. Ich habe ihn gerettet.

Tränen liefen ihr über das Gesicht, und sie blickte endlich auf. Alle standen mit entsetzten Mienen um sie herum. Besonders geschockt wirkte Ellie.

»Es ist in Ordnung.« Sie unterdrückte ein kleines Schluchzen. »Es geht ihm gut.«

Langsam hob sie den Blick. Hinter den anderen stand Professor Devine. Ihr Wintermantel flatterte wütend im Wind.

»Ihr kommt alle in mein Büro. SOFORT!« Sie stürmte zu Lottie, die am Boden neben Jamie kniete. »Raphael, Thomas, helft mir, Jamie auf die Krankenstation zu bringen.«

Lottie sah zu, wie sie ihn hochhievten, und wünschte verzweifelt, sie könnte mitgehen. Alle setzten sich in Bewegung, doch Lottie konnte sich nicht rühren.

Sanft legte sich eine Hand auf ihre Schulter. Sie drehte den Kopf und sah Ellie mit einer Decke. »Es tut mir so leid, Lottie. Ich hätte euch nicht zwingen dürfen mitzukommen … Ich …«

Lottie nahm dankbar die Decke entgegen. »Jemand hat ihm etwas in sein Getränk gemischt.«

Ellie starrte sie verständnislos an. »Was? Wer?«

»Ich weiß es nicht.«

Du darfst Anastasia nicht vertrauen.

Es war die logische Schlussfolgerung. Sie hatte die Limonade zubereitet, alles deutete auf sie. Sie blickte Anastasia nach, die mit dem Rest der Gruppe davonging, eine verschwommene rote Gestalt. Lottie verstand nicht, warum sie das getan haben sollte. Was wollte sie damit erreichen? Es ergab keinen Sinn.

»Lottie, du zitterst. Du musst ins Warme.«

Lottie ließ sich von Ellie in die Decke wickeln, und dann stapften sie langsam Richtung Ivy. Es kümmerte sie nicht einmal, was sie in Professor Devines Büro erwartete. Irgendetwas Unheimliches ging in Rosewood vor. Beinahe hätte es Jamie das Leben gekostet. Sie musste herausfinden, was dahintersteckte, bevor es zu spät war.

37

Als Strafe für den regelwidrigen Einbruch ins Schwimmbad bekamen alle einen Monat Laubharken, Müllsammeln und einen fünfseitigen Aufsatz über die Gefahren stehender Gewässer aufgebrummt. Saskia bekam Hausarrest bis zum Ende der Ferien, und Professor Devine fügte ernst hinzu: »Du kannst dich glücklich schätzen, wenn du deine Position nicht abgeben musst.«

Erst wollte Lottie protestieren, da sie von Anfang an gegen den Einbruch gewesen war, doch dann fiel ihr wieder ein, was die Professorin über gegenseitige Verantwortung gesagt hatte, und sie hielt den Mund. Für Ellie schienen schon die Schuldgefühle Strafe genug zu sein, wenn man nach ihrem niedergeschlagenen Gesicht ging.

Jamie wurde bereits nach einer Stunde aus der Krankenstation entlassen. Man hatte keinen Hinweis auf etwas Verdächtiges finden können – kein Rauschmittel, kein Gift, rein gar nichts. Doch Lottie konnte die Erinnerung an den seltsam süßlichen Geruch seines Atems nicht abschütteln.

Sie schickten ihn auf sein Zimmer, damit er sich ausruhte, und er beteuerte, es gehe ihm gut, er könne sich nur an nichts erinnern. Mit strengem Blick befahl er Lottie, die ganze Sache zu vergessen.

In der Zwischenzeit waren Ellie und Lottie allein mit Professor Devine gewesen. Die Professorin hatte sie kühl gemustert, bevor sie auf die gepolsterten Sessel vor ihrem Tisch gezeigt hatte. »Ihr dürft euch setzen. Ich werde mich kurz fassen, da ich sehen kann, dass unsere kleine Miss Pumpkin ganz aufgelöst ist.«

Lottie war immer noch in ihre Decke gewickelt und dankbar für die Wärme des Kaminfeuers.

»Ich kann den Drang verstehen, die vielen verbotenen Bereiche der Schule zu erkunden« – trotz ihres mitgenommenen Zustands stutzte Lottie bei dem Wort *viele* –, »und es war wirklich beeindruckend, wie du Jamie geholfen hast, Lottie. Es ist nicht leicht, in solchen Momenten einen kühlen Kopf zu bewahren, und wir werden deinen Mut in Erinnerung behalten. Aber«, fügte sie hinzu, »ich bin enttäuscht, dass zwei so vielversprechende Mädchen wie ihr heute Abend gescheitert sind, das Beste an der anderen hervorzubringen.« Sie rieb sich nachdenklich die Stirn. »Ich werde euch nicht länger aufhalten. Ich habe das Gefühl, dass das eine Lektion ist, die ich euch nicht mit Worten vermitteln kann. Es ist das Beste, wenn ihr in Ruhe darüber nachdenkt.« Sie sah sie bedeutsam an. »Ihr könnt jetzt gehen.«

Lottie lag in ihrem Bett, starrte Mr Trüffel an und kaute auf ihrer Unterlippe. Sie bekam kaum mit, dass Ellie neben ihr ins Bett kletterte.

»Es tut mir wirklich leid«, flüsterte Ellie und streichelte Lottie sanft über die Haare.

Lottie nickte und bemühte sich, nicht schon wieder zu weinen.

»Glaubst du wirklich, dass jemand ihm was ins Getränk gemischt hat?«

»Das ist die einzige Erklärung.«

Ellie zögerte. »Bist du sicher, dass ihr nicht einfach ins Wasser gefallen seid und er sich den Kopf gestoßen hat?«

Ihre Stimme klang skeptisch.

»Nein. Ellie, du hast ihn nicht gesehen, bevor er ins Wasser gefallen ist. Er war … total komisch.« Sie vergrub ihre Nase in Mr Trüffels Fell und spürte, wie ihr die Hitze in die Wangen stieg, als sie sich ins Gedächtnis rief, wie komisch er genau gewesen war. »Er hat gesagt …« Sie verstummte. Alle Anzeichen deuteten auf Anastasia, doch Lottie verstand immer noch nicht, was ihr Ziel sein sollte. »Er hat wieder gesagt, dass wir Anastasia nicht trauen dürfen.«

Ellie nickte, dann legte sie einen Arm um Lottie und bohrte die Nasenspitze in ihre Haare. Lottie kicherte.

»Wenigstens kann ich dir vertrauen.« Sie flüsterte die Worte in Lotties Ohr, und Lottie wurde ganz warm. Sie drehte sich um, so dass sie Auge in Auge waren, Tränen kullerten ihr über die Wangen, und ihre Nase lief. Ellie hielt sie fest, bis ihre Tränen versiegten.

Sie lagen eng umschlungen in der Wärme ihres Kokons wie zwei Jungtiere im Bau. Lotties Augen und Hals schmerzten vom Weinen, doch schließlich entspannte sie sich, den Herzschlag ihrer Freundin sanft unter ihrem Ohr. Irgendwann kletterte Ellie aus ihrer Höhle, knipste das Licht aus und tappte wieder zurück.

In dieser Nacht, während Ellie schlief, erwachte Lottie schweißgebadet aus einem schrecklichen Albtraum, in dem Anastasia Jamie ertränkt hatte.

Sie versuchte, wieder einzuschlafen, doch ihre Gedanken waren zu aufgewühlt. Sie zitterte am ganzen Körper. Sie setzte sich auf und schaute auf die Uhr. Das neue Jahr war gerade eine Stunde alt. Sie fror. Es war zu kalt, um wieder einzuschlafen.

So leise sie konnte, öffnete sie die Tür und ging zum Lagerraum, um noch ein paar Decken zu holen. Auf dem Rückweg kam sie an den Briefkästen vorbei. Überrascht bemerkte sie, dass in ihrem Kasten ein Brief steckte. Ein goldener Umschlag mit einem feinen schwarzen Muster, das sich wie Rauch aus den Ecken emporwand. Sie öffnete ihn vorsichtig, und ein Hauch von Pfefferminzduft schlug ihr entgegen. Langsam zog sie die Karte heraus. Sie war schwarz, mit goldener Schrift. Darauf stand:

Wir sehen uns beim Sommerball, Prinzessin.
XX

Lottie presste die Karte an die Brust, dann eilte sie auf Zehenspitzen zurück in ihr Zimmer und versteckte sie in ihrem Nachttisch.

Edmund hatte sich endlich gemeldet.

Ihr Herz klopfte wie wild. Sie war sicher, dass dieses kleine Geheimnis niemandem schaden würde. Was konnte schon passieren?

DRITTER TEIL

Die Prinzessin von Maradova

38

Am 9. Januar begann das Frühlingssemester, und mit ihm kam eine weiche Schneedecke, die sich über die Schulgebäude und den Garten legte. Alle hatten die leichten Blazer gegen die dicke, flauschige Winteruniform eingetauscht, sodass die ganze Schule aussah wie von bunten Schäfchen bevölkert. Der Eifer eines neuen Anfangs summte durch die Flure. Für Lottie, Jamie und Ellie war es an der Zeit, sich ernsthaft mit der drohenden Gefahr auseinanderzusetzen.

Sie saßen in der Großen Halle und warteten auf den Beginn der Semestereröffnungsrede. Lottie wünschte, sie würde trotz der Kälte im Freien stattfinden. Seit dem Abend am Schwimmbad fühlte sie sich in Menschenmengen unwohl.

»Ich glaube, dass ihr Plan schiefgegangen ist«, raunte Jamie den Mädchen zu. »Ich bin sicher, dass sie Lottie und mich außer Gefecht setzen wollten. Ich weiß nur nicht, warum.«

»Ich glaube nicht, dass sie uns ernsthaft verletzen wollten.« Schließlich hatte das, was in Jamies Limonade gemischt worden war, keine lange Wirkung gehabt. »Sonst hätten sie etwas Stärkeres genommen.« Bei der Vorstellung wurde Lottie ganz schlecht.

»So oder so, Anastasia darf auf keinen Fall erfahren, dass wir sie verdächtigen. Wir dürfen uns nichts anmerken lassen«, fügte Ellie hinzu, nachdem sie sich vergewissert hatte, dass niemand ihnen zuhörte.

Jamie runzelte nachdenklich die Stirn. »Ich wünschte, wir hätten eine Probe von dem Zeug, die wir analysieren lassen könnten.«

»Welche Wirkung hatte es denn sonst noch auf dich, abgesehen davon, dass du ohnmächtig geworden bist?«, fragte Ellie neugierig.

Jamie warf Lottie einen scharfen Blick zu. Er hatte wieder und wieder beteuert, dass er sich an nichts erinnern konnte, doch jedes Mal, wenn das Thema zur Sprache kam, wurde er zappelig.

»Ich kann mich nicht erinnern«, behauptete er auch jetzt wieder.

»Na, aber Lottie kann sich doch sicher erinnern«, hakte Ellie nach. »War er aufgedreht oder benebelt oder ängstlich? Das könnte uns helfen herauszufinden, was es war.« Jamie sah sie noch einmal scharf an, und sie musste an seine Worte aus jener Nacht denken.

Ich finde es schrecklich mitanzusehen, wie dir deine Kindheit genommen wird.

Lottie schluckte. »Er war sehr … aufrichtig«, sagte sie schließlich.

»Aufrichtig?« Ellie verengte neugierig die Augen, doch bevor sie weiter nachbohren konnte, ertönte hinter ihnen eine Stimme.

»Guten Morgen!« Binah, Lola und Micky setzten sich auf die freien Plätze neben Lottie. Jamie atmete erleichtert auf.

»Ich habe gehört, was in den Ferien passiert ist, Jamie. Ich hoffe, es geht dir wieder gut?«, fragte Binah mit besorgtem Gesicht.

»Alles bestens.« Jamies Blick war weiter auf Lottie gerichtet, während er sprach.

»Einfach unglaublich, dass du ins Wasser gesprungen bist und ihn gerettet hast, Lottie!«, sagte Lola aufgeregt.

»Du bist eine Heldin!«, riefen die Zwillinge einstimmig.

Lottie wusste nicht, wie die Information in Umlauf geraten war. Sie sah, dass Jamies Lippe zuckte.

Zum Glück kam in diesem Augenblick Ms Kuma in einem dicken goldgelben Mantel mit passendem Hut, der Lottie an eine Osterglocke erinnerte, aufs Podium. Mit ihrer farbenfrohen Erscheinung war sie genau die Richtige für die Eröffnungsrede zum Frühlingssemester.

»Guten Morgen, alle miteinander, und willkommen zurück zu einem neuen Semester in Rosewood! Es freut mich, euch mit so viel Elan hier zu sehen, trotz des schrecklichen Wetters.« Sie rieb sich die Arme, um ihre Abneigung zu unterstreichen. »Ich hoffe, dass ihr alle eine angenehme Pause hattet und bereit seid, dieses Semester noch leidenschaftlicher und zielstrebiger anzugehen als das letzte. Die Schülerinnen und Schüler der Klassen zehn und aufwärts werden den wachsenden Druck bei ihren nächsten Prüfungen spüren. Ich weiß, es ist verführerisch, es im Frühling etwas ruhiger angehen zu lassen, weil es bis zu den Examen noch lange hin ist, aber ich habe größtes Vertrauen, dass ihr euch den Herausforderungen stellt.«

Dann wurde ihr fröhliches Lächeln ein wenig blasser, und sie räusperte sich, bevor sie fortfuhr: »Leider habe ich auch eine unerfreuliche Mitteilung: Aufgrund eines Vorfalls während der Ferien ist die Ausgangssperre auf neun Uhr vorverlegt worden. Sollte ein Schüler zu dieser Uhrzeit nicht in seinem Haus registriert sein, muss er mit einer angemessenen Strafe rechnen. Uns wäre es lieber, wenn ihr nicht herausfinden müsstet, wie diese Strafe aussieht.« Sie blickte streng ins Publikum.

In dem Augenblick spürte Lottie ein Kribbeln im Nacken. Sie drehte sich um und sah Anastasia zusammen mit Saskia und Raphael einige Meter hinter sich. Anastasia wandte schnell den Blick ab.

Du darfst Anastasia nicht vertrauen.

Lottie schauderte. Sie musste immer wieder an Jamies Warnung denken.

Sie lehnte sich zu Ellie. »Anastasia ist hinter uns. Wir sollten uns nach der Rede mit ihr unterhalten, damit sie nicht denkt, dass wir ihr aus dem Weg gehen.«

Ellie nickte.

»Bevor ihr nun euer Tagwerk beginnt, haben wir noch eine große Neuigkeit für euch«, fuhr Ms Kuma fort. Lola und Micky rieben sich aufgeregt die Hände. »Dieses Jahr ist die Tompkins Süßwarengesellschaft so freundlich, unsere Feier zum Valentinstag zu unterstützen. Wir bedanken uns ganz herzlich für die großzügigen Spenden. Wer sich an den Vorbereitungen für die Dekoration beteiligen möchte, kann sich im Laufe der Woche in meinem Büro melden.«

Lola drehte sich mit einem aufgeregten Lächeln zu Lottie. Sie gab sich Mühe, es zu erwidern, doch die Wahrheit war, dass sie den Valentinstag verabscheute.

Die Rede endete, und alle verließen den Großen Saal. Lottie sah Anastasia ein Stück vor sich und fragte sich, ob sie sie jetzt ansprechen sollte. Ellie schien den gleichen Gedanken zu haben, denn sie eilte an Lottie vorbei und griff nach Anastasias Arm.

»Hallo Anastasia! Wir haben gerade –«

Anastasia drehte sich so abrupt um, dass ihr die Handtasche von der Schulter fiel und sich deren Inhalt auf dem Boden verteilte. *»Mon dieu!«*

»Mist!«, schimpfte Ellie gleichzeitig.

Lottie und sie bückten sich sofort, um Anastasia beim Aufsammeln zu helfen.

»Lasst das!« Anastasia hob abwehrend die Hand.

»Es tut mir wirklich leid, Anastasia! Wir wollten nur kurz hallo sagen. Wir –« Lottie klaubte eine Fotografie vom Boden auf und stutzte.

Das Foto war etwas unklar, doch es war eindeutig Anastasia, die eine rote Schleife im Haar hatte und strahlend lächelte. Im Hintergrund war der Eiffelturm zu sehen, und vor ihr auf dem Tisch stand ein großer Eisbecher. Neben ihr saß ein Mädchen mit karamellfarbener Haut und einem dichten Wuschelkopf aus blonden Locken. Saskia. Sie hatte Anastasia den Arm um die Schulter gelegt und strahlte ebenfalls. Lottie hatte Anastasia noch nie so glücklich gesehen.

»Nicht anfassen!«, fauchte Anastasia und riss Lottie das Foto aus der Hand. »Ihr zwei macht nur Ärger.« Sie schnappte sich ihre Tasche, drückte sie an sich und marschierte wütend davon.

»Wow!«, bemerkte Jamie sarkastisch. »Das hätte nicht besser laufen können!«

Doch Lottie beachtete ihn nicht. Das Foto und Anastasias Reaktion gingen ihr nicht aus dem Kopf. *Ihr zwei macht nur Ärger.*

Anastasia war sonst immer so beherrscht. Ihre übertriebene Reaktion verhieß nichts Gutes. Lottie sah Ellie an, woraufhin die die Schultern zuckte.

Sie spürte ganz deutlich, dass ihr etwas Wichtiges entgangen war.

39

In den nächsten Wochen stürzte Lottie sich in die Arbeit. Dabei wurde sie das Gefühl nicht los, es gäbe da etwas, das sie übersah. Die Wochen vergingen, bis schließlich der schlimmste Tag des Jahres vor der Tür stand: Valentinstag. Der Todestag ihrer Mutter.

Lottie erwachte früh am Morgen des verhassten 14. Februar und machte sich, da es Samstag war, auf den Weg zum Prinzessinnenunterricht mit Jamie und Ellie. Sie war dankbar, dass sie wenigstens wieder schlafen konnte und der Schlaf ihr half, Ruhe zu bewahren. Die brauchte sie heute noch dringender als sonst.

In der ganzen Schule roch es aufdringlich nach roten Rosen, und überall hingen kitschige Schleifen mit Herzchenmuster. Lottie war froh über die Ablenkung des Unterrichts. Allerdings hatte Jamie für diesen Morgen das Gewächshaus im Rosengarten als Treffpunkt gewählt, weil man von dort aus einen guten Blick auf die Vorbereitungen im Großen Saal hatte. Anscheinend hatte er Lottie damit eine Freude machen wollen, da er nichts von ihrer Abneigung wusste.

»Lottie?«

Jamies Stimme riss sie aus ihren Gedanken.

»Würdest du bitte meine Frage beantworten?«

Jamie und Ellie sahen sie erwartungsvoll an und zogen besorgt die Augenbrauen hoch.

»Ich habe dich nach deiner Lieblingsgeschichte aus Oscars Tagebuch gefragt und inwiefern du sie lehrreich findest.«

»Oh, das ist einfach«, erwiderte Lottie. »Die Geschichte von Sun Dao und Shau Zu, weil … Hab ich was Falsches gesagt?«, unterbrach sie sich beim Anblick von Jamies Gesicht. Seine Augen hatten sich überrascht geweitet.

»Nein, nein. Überhaupt nicht, es ist nur … Das ist auch meine Lieblingsgeschichte.«

Lottie wurde plötzlich ganz warm. Es kam so selten vor, dass Jamie etwas Persönliches preisgab.

Er räusperte sich. »Würdest du erklären, warum?«

Lottie nickte. Sie holte tief Luft und tauchte in die Geschichte von Prinz Shau Zu ein.

»Es war im dritten Jahrhundert in China, einer Zeit, in der Porter so gängig waren, dass beinahe die halbe Dynastie nicht die war, für die sie sich ausgab. Prinz Shau Zu und sein Porter Sun Dao waren Gäste im Palast des Kaisers Qin Shi Xiao, einem mächtigen, unerbittlichen Kriegsherrn. Es stellte sich heraus, dass der Kaiser sie eingeladen hatte, um den Prinzen gefangen zu nehmen. Doch es gelang Sun Dao, den Kaiser auszutricksen. Da es eine große Schande war, einem Porter Schaden zuzufügen, wenn seine Rolle enttarnt war, überzeugte er Qin Shi Xiao davon, dass er selbst der Prinz war. Der Kaiser hielt den echten Prinzen unwissentlich als Ehrengast im Palast, den er nicht verlassen durfte. Sun Dao, in der Rolle des Prinzen, erduldete acht Tage lang quälende Spiele – er musste zum Beispiel auf einem Seil über einen

Topf mit siedendem Öl gehen und Pfeilen ausweichen –, bis endlich die Armee des Prinzen anrückte, um sie zu befreien. Als sie entkommen waren, fragte der Prinz Sun Dao: ›Wie kann ich dir deine Treue vergelten?‹ Darauf erwiderte Sun Dao: ›Erlaube mir, das Ganze noch einmal für dich durchzustehen.‹«

Lottie hatte beim Sprechen über den Rosengarten geblickt und sich bemüht, möglichst viele Einzelheiten einfließen zu lassen. Als sie nun wieder Jamie und Ellie ansah, stellte sie verblüfft fest, dass die beiden sie anstarrten. Stolz erfüllte sie beim Anblick ihrer gefesselten Gesichter. Sie musste daran denken, wie sie selbst immer an den Lippen ihrer Mutter gehangen hatte, wenn sie Geschichten erzählte, und spürte ein Ziehen in der Brust.

Ellie blinzelte mehrmals und stieß einen leisen Pfiff aus. »Ich muss unbedingt dieses Tagebuch lesen!«, rief sie.

Jamies Mundwinkel hoben sich leicht, und er sah Lottie von der Seite an. »Und warum ist die Geschichte lehrreich?«, fragte er.

»Na ja …« Lottie senkte verlegen den Blick. »Sie zeigt die Kraft der Treue. Und die Macht, die in der Rolle des Porters liegt.«

Ellie kicherte, woraufhin Jamie ihr einen verärgerten Blick zuwarf. Auch Lottie wurde gereizt. Heute war einfach nicht ihr Tag.

»Keine Angst, Lottie, du musst für mich nicht über siedendes Öl laufen!« Ellie lachte sich schlapp, während Lottie düster die Stirn runzelte.

Jamie schüttelte den Kopf. »Ellie –«

»Du weißt nicht, in welche Lage wir mal geraten können!«, schnitt Lottie ihm das Wort ab.

Ellie hörte auf zu lachen, doch sie grinste weiter. Lotties Verzweiflung schien ihr zu entgehen.

»Das ist doch verrückt! Versteht mich nicht falsch, ich wünschte, mein Leben wäre auch so aufregend, aber –«

»Du wünschtest, dein Leben wäre *auch so aufregend*?« Lottie konnte es nicht fassen.

»Ja klar! Dass ich eine Prinzessin bin, hatte für mich bisher nur zur Folge, dass ich den ganzen Tag im Schloss eingesperrt wurde –«

»Ellie, du hast ja keine Ahnung, wie aufregend und wunderbar dein Leben ist! Die meisten Leute träumen von der Welt, in der du lebst.« Lottie ballte die Fäuste. Sie konnte nichts dagegen tun, dass sie immer wütender wurde.

»Na ja, die meisten Leute wissen ja auch nicht, wie schrecklich es ist. Lottie, was ist los? Du weißt doch selbst, wie anstrengend meine Familie sein kann –«

»Wenigstens hast du eine Familie!« Lottie schlug sich die Hand vor den Mund, doch sie konnte nicht verhindern, dass ihr die Tränen in die Augen schossen.

Na wunderbar, dachte sie. Und jetzt kannst du den ganzen Tag nicht mehr aufhören zu heulen.

»Lottie …« Ellies Stimme klang angespannt.

Lottie wusste, dass sie übertrieb, doch sie konnte einfach nicht anders. Sie rieb sich die Augen und stand auf. Sie wollte nicht noch mehr Schaden anrichten.

»Wir sehen uns später.« Ihre Worte wurden von einem erstickten Schluchzer begleitet, für den sie sich hasste, und sie rannte zur Gartenpforte. Sie sah Jamie nicht an. Sie wollte gar nicht wissen, was er dachte.

»Lottie, warte!«, rief Ellie ihr nach, doch sie lief weiter.

Sie rannte, bis ihre Lungen schmerzten, und auch als sie Ivy erreichte, blieb sie nicht stehen. Ihre Füße ließen sie nicht.

Sie rannte geradewegs in den Rosenwald.

40

In Lotties Augen brannten salzige Tränen, und ihre Nase war knallrot vom Weinen und von der beißenden Kälte. Sie hielt an, um zu verschnaufen, und stellte fest, dass sie die Schule nicht mehr sehen konnte – sie war tief in den Rosenwald hineingeraten. Sie wischte sich den Schweiß von der Stirn und merkte zu spät, dass sie ihren Mantel vergessen hatte.

Trotzdem lief sie weiter, bis ein großer Baum ihr den Weg versperrte. Es war der größte Baum, den sie je gesehen hatte. Eine alte Eiche mit einem so dicken Stamm, dass ein ganzes Häuschen darin Platz gefunden hätte, und in alle Richtungen abstehenden Zweigen. Lottie ließ sich unter dem Baum auf den Boden plumpsen und versuchte, die schlechten Gefühle zu verdrängen. Sie schämte sich für ihren dramatischen Auftritt. Seit ihre Mutter gestorben war, geriet sie an diesem Tag in Verzweiflung, doch bisher war sie immer allein mit ihrer Trauer in ihrem Zimmer in Cornwall gewesen. Dass sie nun in Rosewood war, schien den Verlust ihrer Mutter irgendwie noch wirklicher zu machen.

»Lottie.« In Gedanken hörte sie die sanfte Stimme ihrer Mutter. Sie sah sie in ihrem Krankenhausbett, dünn und schwach und trotzdem lächelnd. *»Ich werde stolz auf dich sein, was auch immer du tust, solange du mir versprichst –«*

»Ich werde freundlich sein, ich werde mutig sein, und ich werde niemals aufgeben.«

Ihre Mutter hatte gelacht, ein schmerzendes Rasseln. *»Ja, Lottie, das weiß ich, aber ich will, dass du auch glücklich wirst. Versprich es mir.«*

Lottie hatte ihre Mutter angestarrt. Sie hatte gewusst, dass ihnen nicht mehr viel Zeit blieb. *»Ich verspreche dir, dass ich nach Rosewood Hall gehen und glücklich sein werde.«*

Lottie hatte ihrer Mutter nicht versprechen können, dass sie glücklich sein würde, weil sie schlichtweg nicht wusste, ob es ihr ohne sie gelingen könnte. Doch sie war sicher gewesen, dass die Aufnahme in Rosewood Hall das ändern würde. Wenn sie nach Rosewood kam, hatte sie sich gesagt, würde sie glücklich sein und ihr Versprechen erfüllen können. Warum also war sie nicht glücklich?

Sie schauderte und zog die Knie eng an den Körper. Sie wusste nicht, wie sie wieder aus dem Wald herausfinden oder was sie zu Jamie und Ellie sagen sollte. Sie wollte sich einfach nur unter diesem Baum zusammenrollen und allein sein.

»Lottie!«

Beim Klang ihres Namens hob sie ruckartig den Kopf. Sie wusste nicht, wie viel Zeit vergangen war. Sie zitterte am ganzen Körper, spürte die Kälte bis in die Knochen.

Die Stimme wurde lauter. »LOTTIE!«

Langsam stand sie auf und klopfte sich die feuchte Erde von der Kleidung.

Jemand näherte sich auf der anderen Seite des Baums. Sie

ging um den Stamm herum und sah Jamie – mit ihrem Mantel und einer Decke.

Sie rieb sich die Augen. Wie hat er mich gefunden?

»Ich kann Spuren lesen.«

Lottie blinzelte ihn aus trüben, verquollenen Augen an.

»Komm«, sagte er und streckte die Hand aus. Sie nahm sie, und er zog sie zu sich und legte ihr sanft ihren Mantel und die Decke um die Schultern. Seine Hände verweilten einen Moment auf ihren Armen, und es fühlte sich gut an, trotz der Unsicherheit zwischen ihnen seit dem Abend am Schwimmbecken.

»Es tut uns leid. Wir haben nicht daran gedacht, was der heutige Tag für dich bedeutet. Das war ein unverzeihliches Versehen … Bitte entschuldige.«

Lottie schniefte. »Ist schon in Ordnung.«

Jamie lachte leise. »Das sagst du immer!«

In seiner Stimme lag ein Hauch Bedauern, der sie in seine Augen blicken ließ. Der Baum warf seinen riesigen blauen Schatten über sie. Jamies Gesicht hatte einen schmerzlichen Ausdruck.

»Ich vermisse sie so. Aber ich will nicht, dass sie sich meinetwegen Sorgen macht.« Aus irgendeinem Grund spürte sie keine Scheu, sich Jamie anzuvertrauen.

Jamie nickte feierlich, und Lottie hatte wirklich das Gefühl, dass er sie verstand. Sein Mitgefühl machte sie beinahe neugierig. Hatte er auch ein Geheimnis in der Vergangenheit? Was war geschehen? Und wieder war da die Frage: *Wie bist du ein Partist geworden?*

»Na, komm. Es ist Zeit. Ellie hat etwas für dich.«

Lottie folgte ihm durch den Wald. Er wusste genau, in welche Richtung sie gehen mussten, die dichten Bäume störten ihn nicht im Geringsten.

Zurück in Ivy, lief sie in ihr Zimmer, um sich umzuziehen und das Gesicht zu waschen. Dann setzte sie sich aufs Bett und nahm die Krone aus ihrer Schachtel. Sie setzte sie auf und holte tief Luft. Sei mutig.

»Willst du auf die Feier gehen?«, fragte Jamie, als sie wieder nach unten kam.

Lottie überlegte. Sie sah die anderen Schüler lachend und scherzend in ihren Festtagskleidern vor sich. Das Versprechen, das sie ihrer Mutter gegeben hatte, hallte in ihrem Kopf wider, und ein melancholisches Lächeln stahl sich auf ihre Lippen. »Ich will zu Ellie.«

Lottie folgte Jamie zum Großen Saal, wo die Vorbereitungen in vollem Gange waren. Auf Tischen an der Wand standen große Sträuße aus rosafarbenen und weißen Rosen, und an Wänden und Decken hingen herzförmige Wimpelketten. In der Mitte des Saals, wo sonst Tische standen, befand sich ein riesiger weißer Schokoladenbrunnen, umgeben von Spießen mit Früchten und Süßigkeiten, die das Emblem von Tompkins Süßwaren trugen.

Wie aufs Stichwort ertönte hinter ihnen Lolas Kichern. Die Zwillinge standen nebeneinander. Sie hatten sich für den Anlass besonders schick gemacht. Beide trugen Weidenkörbe mit kunstvoll verzierten Törtchen.

»Wir haben euch schon gesucht!« Micky reichte ihr ein pinkfarbenes Törtchen mit einem Herz, auf dem *Prinzessin Lottie* stand.

»Jeder bekommt ein Törtchen. Nur *Jamie* nicht.« Lola sprach seinen Namen aus, als wäre er giftig. »Er hat behauptet, dass er keine Süßigkeiten mag.«

»Und das ist Blasphemie!«, riefen beide Zwillinge einstimmig.

Lottie musterte verblüfft ihre ernsten Gesichter und musste lachen. Sie war so sicher gewesen, dass sie sich am liebsten den ganzen Tag verkriechen würde, doch in Gegenwart der zuckersüßen Zwillinge sah das Leben gleich ein bisschen fröhlicher aus.

»Ist schon in Ordnung«, warf Jamie sarkastisch ein, der neben Lottie aufgetaucht war. »Törtchen kann ich sowieso nicht ausstehen.«

Lola riss empört die Augen auf, als hätte man sie persönlich beleidigt.

»Blasphemie!«, rief Micky wieder. Die Zwillinge hoben schützend die Hände vor ihre Törtchen, wie um sie vor Jamies Verwünschungen zu schützen.

»Ich freue mich jedenfalls über meins!«, sagte Lottie. »Es sieht genauso süß aus wie ihr zwei.«

Augenblicklich strahlte Lola wieder. »Gern geschehen!«

Dann hüpften die beiden weiter, um die restlichen Kuchen zu verteilen. Lottie drehte sich wieder zu Jamie, doch ihr Blick fiel auf eine Gestalt, die im Türrahmen lehnte und ihr Herz schneller schlagen ließ.

Ellie.

Sie entdeckte Lottie im selben Moment und lief zu ihr hinüber, wobei sie beinahe ein Mädchen aus Stratus umgerannt hätte, das ein Tablett mit Zuckerplätzchen balancierte.

»Ellie, es tut mir leid wegen vorhin …«

Ellie schüttelte den Kopf. »Nein, Lottie. *Mir* tut es leid. Ich war so blöd. Ich weiß, dass heute ein schwieriger Tag für dich ist …« Sie verstummte und strich sich verlegen die Haare aus dem Gesicht. »Ich weiß, dass es nichts wiedergutmacht, aber … der hier ist für dich.« Sie zog einen kleinen Strauß Margeriten hinterm Rücken hervor – die Blumen, nach denen Lotties Mutter benannt worden war. Lottie sah sie gerührt an. Sie konnte nicht verhindern, dass ihr schon wieder Tränen in die Augen traten.

»Das ist …« Sie musste sich unterbrechen, um tief durchzuatmen. »Vielen, vielen Dank, Ellie. Sie sind wunderschön.«

Jamie hüstelte diskret. »Wir sehen uns später«, sagte er und ließ die beiden allein.

Ellie und Lottie saßen mit ihren Valentinstörtchen auf der Veranda mit Blick auf den Rosengarten. Lottie fühlte sich immer noch dünnhäutig. Ihr wurde klar, dass sie sich nie zuvor jemandem so geöffnet hatte. Und Ellie und Jamie waren nicht sauer geworden oder hatten sie aufgefordert, sich zu beruhigen. Beide hatten sie getröstet. Beim Gedanken daran wurde ihr ganz warm.

»Es ist wirklich ein Segen, dass Jamie keine Süßigkeiten mag«, murmelte Ellie mit vollem Mund. »Das heißt nämlich, dass ich immer seinen Nachtisch bekomme.«

Lottie lachte und sah zu, wie Ellie sich das halbe Törtchen in den Mund stopfte und dabei süße Creme auf ihrer Nase verteilte.

»Warte.« Lottie beugte sich vor, wischte die Cremetupfer

mit dem Finger weg und schleckte ihn ab. Ellie stopfte sich grinsend die andere Hälfte in den Mund, bevor sie sich über das nächste Törtchen hermachte. Lottie wollte gerade in ihres beißen, als sie eine seltsame Delle in der Cremehaube bemerkte, durch die ein Stück Papier in den Kuchen gesteckt worden war. Sie wollte es Ellie zeigen, doch das ängstliche Schlingern, das so vertraut geworden war, meldete sich in ihrem Magen und riet ihr, nichts zu sagen. Sie zog den Zettel heraus, vergewisserte sich, dass Ellie mit ihrem Törtchen beschäftigt war, und rollte ihn auseinander. Ob er von einem geheimen Bewunderer stammte? Anscheinend nicht.

Rosen sind rot,
sind rot immerzu.
Hüte dich, Prinzessin,
bald schlage ich zu.

Schnell stopfte sie den Zettel in ihre Rocktasche. Ihr Blick trübte sich, und ihr wurde schwindlig.

»Ist alles in Ordnung, Lottie?«

Ellies Stimme holte sie in die Realität zurück. Die Augen ihrer Freundin waren vor Sorge geweitet.

»Ach, nichts … Ich …« Die Botschaft verschwamm in Lotties Gedanken. Sie konnte nicht mit Ellie darüber sprechen. Sie würde nicht noch eine Diskussion durchstehen, nicht heute. »Ich bin einfach ziemlich durch den Wind. Aber dieses Törtchen wird helfen.« Sie lächelte tapfer.

Sie durfte Ellie nichts sagen. Wenn Jamie davon Wind bekam und ihre Familie glaubte, Ellie sei in Gefahr, würden sie sie von der Schule nehmen.

»Sicher?«, fragte Ellie.

Lottie starrte ihre Freundin an – ihr cremeverschmiertes Gesicht, ihre schwarzen Haare, ihre vertrauten Gesichtszüge. Sie durfte sie nicht verlieren.

»Alles bestens«, versicherte sie.

41

Die Osterferien waren keine wirklichen Ferien. Lottie stürzte sich in die Vorbereitungen für die Abschlussprüfungen und verdrängte die Gedanken an die bedrohliche Nachricht, die in ihrem Valentinstörtchen gesteckt hatte. Da keine weiteren Nachrichten kamen, gelang es ihr beinahe, sich einzureden, dass es überhaupt kein Problem gäbe.

Je weiter das Schuljahr voranschritt, desto mehr verfielen alle in ihre Arbeits- und Lernroutinen. Rosewood Hall war kein Ort für Schüler, die nicht bereit waren, hart zu arbeiten.

Bald trugen die Bäume bunte Blüten, und die Blumen in den Beeten und an den Spalieren erschienen als farbenfrohe Vorboten der näher rückenden Abschlussprüfungen. Trotz der neuerwachenden Natur umgab die Schule eine lavendelgetränkte Ruhe, und zugleich war eine Vorahnung spürbar, dass *etwas Großes* bevorstand. Für die meisten Schüler waren das die Abschlusszeugnisse am Ende des Schuljahrs, doch für Lottie näherte sich noch ein anderes wichtiges Ereignis: der maradovische Sommerball.

Am 1. Mai endete der Unterricht, und Lotties letzte Prüfung war am 20. Mai in Mathematik. Am letzten Tag des Monats würden sie ihre Zeugnisse ausgehändigt bekommen.

Danach würden Ellie und Lottie nach Maradova fliegen und sich auf den Ball vorbereiten – vorausgesetzt, dass sie in ihren Prüfungen gut abschnitten.

Am Tag der Zeugnisvergabe riss der Wecker Lottie aus einem Albtraum. Sie hatte geträumt, ihre Noten wären so schlecht, dass sie nicht nur von der Schule geworfen wurde und ihre Stellung als Porterin aufgeben musste, sondern dass sie gezwungen war, als Hofnärrin am maradovischen Hof zu dienen und die königliche Familie zu unterhalten. Schnaufend setzte sie sich im Bett auf und sah das Schockierendste, was sie in ihrer ganzen Zeit in Rosewood erlebt hatte: Ellie war vor ihr wach.

»Ich bin nervös«, gestand Ellie, als sie das Haus verließen.

»Nur mal angenommen, wir wären durchgefallen, Ellie … Könnte deine Familie dann nicht einfach … keine Ahnung, jemanden bestechen oder so?«

»Ha!« Ellie lachte. »Ich wünschte, es wäre so. Ein Wolf schummelt nie, Lottie!«

Am Tor trafen sie auf Jamie. Lottie bemerkte, dass er Ringe unter den Augen hatte. War es möglich, dass auch er nervös war? Eigentlich konnte sie es sich nicht vorstellen, und sie traute sich auch nicht, ihn danach zu fragen. Seit dem Tag, an dem er sie aus dem Rosenwald geholt hatte, konnte sie ihm nicht mehr richtig in die Augen sehen, und sie hatte das Gefühl, dass auch er ihr aus dem Weg ging.

Sie stellten sich hinter den anderen hibbeligen Schülerinnen und Schülern in die Schlange, die extra früh aufgestanden waren, um ihre Zeugnisse in Empfang zu nehmen.

Jetzt ging es ums Ganze. Wenn Lottie durchgefallen war,

würde ihr nicht nur das Stipendium entzogen werden, sie könnte auch nicht länger Ellies Porterin bleiben.

Ellie war zappelig. Sie rieb sich die Finger, kaute auf ihrer Unterlippe herum und blickte zerstreut in die Ferne. Auch für sie stand alles auf dem Spiel. Wenn sie keine guten Noten bekam, würden ihre Eltern ihr Rosewood-Hall-Experiment für gescheitert erklären und sie von der Schule nehmen.

Lottie holte tief Luft und hielt den Atem an. Sie waren in der großen, eichenholzgetäfelten Empfangshalle, die sie an ihrem ersten Schultag so bewundert hatte. Heute kam sie ihr in erster Linie kalt und respekteinflößend vor.

Sie rückte einen Schritt weiter. Jetzt war sie dran. Vor ihr saß der Sprecher der zwölften Klasse von Stratus, Angus Berkeley. Das Merlinabzeichen auf seiner gelben Schärpe war gut sichtbar.

»Name? … Oh! Lottie, hier ist deine Mappe.«

Manchmal hatte das Prinzessinnenleben wirklich seine Vorteile.

Angus legte eine steife grüne Mappe mit dem Rosensymbol von Rosewood Hall vor sie auf den Tisch. »Und du bekommst auch dein Mobiltelefon wieder«, fügte er hinzu, während er ihr alles überreichte.

»Danke«, sagte Lottie und nahm die Mappe mit zitternden Fingern entgegen.

Sie standen gemeinsam vor dem großen Bogengang im Hof. Auch Binah war dazugestoßen, deren begeisterte Energie Lottie noch nervöser machte.

»Ich bin so aufgeregt!«, zwitscherte Binah und öffnete,

ohne zu zögern, ihre Mappe. Als sie ihren Notendurchschnitt auf der ersten Seite sah, machte sie ein enttäuschtes Gesicht. »Oh …«

Lottie rutschte das Herz in die Hose. Wenn Binah schlecht abgeschnitten hatte, wie stand es dann erst um sie und Ellie? Doch ihre Sorgen zerstreuten sich schnell, als Binah hinzufügte: »Schon wieder in jedem Fach Jahrgangsbeste. Wie langweilig!«

Ellie schnaubte.

»Bereit?«, fragte sie dann und legte einen Finger auf ihre Mappe.

Lottie richtete sich kerzengerade auf und nickte entschlossen. »Bereit!«

Gleichzeitig öffneten sie ihre Mappen. Lottie wurde vor Aufregung beinahe schlecht. Bestimmt würde sie gleich ohnmächtig. Endlich senkte sie den Blick auf das Blatt.

Sie hatte es geschafft.

Sie hatte jede Prüfung mit *siebzig Prozent oder besser* bestanden.

Sie gehörte zu den fünf besten Schülern ihres Jahrgangs in Englisch! Ihr Herz setzte einen Schlag aus, als sie einen Blick auf ihr schlechtestes Fach warf: Sogar in Mathe gehörte sie zu den oberen fünfzehn Prozent! Sie musste die Tränen wegblinzeln, bevor sie aufblickte, Jamie zunickte und sich dann zu Ellie wandte, die sprachlos auf ihr Zeugnis starrte.

»Ellie?«, fragte sie zaghaft.

Ellie schüttelte den Kopf. »Ich kann es nicht glauben«, sagte sie langsam. »Ich bin auf Platz siebzehn in unserem Jahrgang. Ich habe es in die Top zwanzig geschafft!«

Lottie fühlte eine Riesenwelle der Erleichterung. Sie hatte Ellies Ergebnisse der letzten Jahre gesehen – das Fazit *mangelnde Lernbereitschaft* wäre da noch untertrieben gewesen.

»Na klar, was denn sonst?« Binah verdrehte die Augen. »Wenn eine von euch es nicht unter die Top zwanzig geschafft hätte, wäre ich stinksauer.« Sie grinste. »Schließlich gehört ihr zu den schlausten und diszipliniertesten Leuten, die ich kenne.«

Ellie war immer noch sprachlos. Sie sah Jamie an, der ein Lächeln unterdrückte.

»Da siehst du, was du erreichen kannst, wenn du dir Mühe gibst«, sagte er streng. Doch dann grinste er und fügte hinzu: »Ich bin stolz auf euch!«

Lottie schnappte sich ein Stück von dem riesigen Festtagskuchen, der auf dem großen Tisch im Gemeinschaftsraum von Ivy stand und auf den mit lila Zuckerguss *Herzlichen Glückwunsch!* geschrieben war. Sie lächelte, als zwei Mädchen aus der dreizehnten Klasse tanzend und singend vor Freude über die bestandenen Prüfungen in den Raum kamen.

»Aber ich wollte Bestnoten in allen Fächern – eine Zwei ist nicht gut genug!«, jammerte ein anderes Mädchen in sein Handy.

Ellie und Lottie setzten sich in die lila Sessel im Gemeinschaftsraum und genossen die Feierstimmung. Es war ihr letzter Abend in Rosewood. Schon morgen sollte ihr Gepäck nach Maradova gebracht werden, während sie selbst einen Zwischenstopp in Paris einlegen würden, um ihre Ballkleider abzuholen. Umso mehr freuten sie sich auf einen entspannten Abend, bevor das nächste Abenteuer begann.

Doch während alle packten und sich tränenreich verabschiedeten, musste Lottie noch eine Sache erledigen, bevor sie nach Maradova abreisen konnte.

Sie entschuldigte sich, ging in ihr Zimmer und stellte zum ersten Mal, seit sie in Rosewood angekommen war, ihr Handy an. Es war seltsam, es wieder in der Hand zu halten. Sie hatte sich so daran gewöhnt, von der Außenwelt abgeschnitten zu sein, dass es sich nun schon fast unwirklich anfühlte, die Verbindung wieder einzuschalten.

Sie hatte mehrere Nachrichten von Ollie. Die erste stammte von ihrem ersten Schultag:

Hallo Lottie, ich weiß, dass Du Dein Handy nicht benutzen darfst, aber ich wollte, dass Du diese Nachricht bekommst, wenn Du mit den Prüfungen fertig bist. Ich geb's zu, ich habe mich oft über Dich lustig gemacht, aber Mum und ich sind wirklich sehr stolz auf Dich. Ich bin sicher, dass Du alles ganz wunderbar gemacht hast!

Die zweite Nachricht war drei Wochen alt:

Ich weiß nicht, was bei Dir los ist, aber ich hoffe, es geht Dir gut …

Lottie schüttelte den Kopf und rief Ollie an. Es klingelte sechsmal, bevor er antwortete.

»Sie lebt!«, ertönte seine fröhliche Stimme am anderen Ende.

»Hallo, Ollie!« Vor Aufregung hätte sie sich beinahe verhaspelt. Es war so viel passiert, seit sie ihn das letzte Mal gesehen hatte, und da war er nun, der gute alte Ollie, ihr bester Freund aus einfacheren Zeiten, und wieder musste sie ihn enttäuschen.

»Willst du wissen, ob wir dich morgen vom Bahnhof abholen können? Das machen wir natürlich gerne!«

Lotties Herz wurde schwer. Sie fand es schrecklich, dass sie nicht offen zu ihm sein konnte.

»Ollie … ich muss dir was sagen.«

Am anderen Ende wurde es sehr still. Sie konnte seine Enttäuschung regelrecht spüren.

»Okay …«, sagte er schließlich.

Lottie holte tief Luft. »Ich kann diesen Sommer nicht nach Hause kommen und … auch sonst nicht mehr. Ich habe es Beady schon geschrieben. Ich weiß nicht mal, wann oder ob ich zurückkommen kann …« Sie verstummte. Am anderen Ende herrschte Stille.

»Lottie, was verschweigst du mir?«

Seine Stimme klang beängstigend ernst. Das passte gar nicht zu ihm. Normalerweise machte er über alles seine Witze. »Gibt es ein Problem?«

»Nein, Ollie. Es geht mir gut. Ich kann dir im Augenblick nichts sagen, aber ich verspreche dir, dass ich dich so bald wie möglich besuchen komme.«

»Na schön!« Er klang verletzt. »Wenn du mir nicht erklären willst, was los ist, dann …« Er schnaubte ärgerlich. »Ein schönes Leben noch!«

Das Telefon verstummte, und Lottie blickte mit Tränen in den Augen auf das Display. Es war vollbracht. Sie konnte nur hoffen, dass es richtig gewesen war.

42

Schon als kleines Mädchen hatte Lottie davon geträumt, einmal das elegante weiße Schaufenster von Madame Marie zu sehen, wo es die prächtigsten Ballkleider der Welt zu kaufen gab. Und jetzt stand sie nicht etwa draußen vor dem Schaufenster, sondern im Inneren des Geschäfts und probierte Kleider an!

Es war ein sonniger Dienstagmorgen, und die Mädchen waren nach Paris gereist, um ihre Kleider für den Sommerball auszusuchen. Durch die Fenster im Ankleideraum konnte Lottie den glitzernden Eiffelturm sehen – inmitten winziger Staubkörnchen im Sonnenlicht, die ihn wie eine Figur in einer Schneekugel wirken ließen.

Sie waren von sechs entzückenden Helferinnen in gerüschten taubenblauen Uniformen mit weißen Schürzen empfangen worden. Lottie fühlte sich in ein Wolkenreich hineinversetzt – der weiße Marmorboden und die weißen Wände vermittelten den Eindruck, dass sie schwebten. Léon Marie, der Enkel der berühmten Geschäftsgründerin Madame Loulou Marie, hatte sie in den lichtdurchfluteten Ankleideraum geführt. Mit seinem üppigen weißen Haar und seiner gezierten Art erinnerte er Lottie an einen Pfau. Er ließ mehrere Kleider hereinbringen, die speziell für sie ausgewählt worden waren. Ellie war offiziell als Lotties Ehrengast angemeldet worden, was bedeutete, dass sie ein Kleid von gleicher Eleganz benötigte.

»Prinzessin Wolfson«, sagte Léon Marie mit einer feierlichen Verbeugung. »Es war schon lange mein großer Wunsch, Euch ausstatten zu dürfen. Ich habe so viele …« – er hob effektheischend den Blick – »aufregende Geschichten über Euch gehört.« Damit richtete er sich blinzelnd auf, als würde er Lottie erst jetzt richtig wahrnehmen. »Hmmm …«, murmelte er und legte eine Hand ans Kinn. Er beugte sich vor, bis sein Gesicht dem ihren unangenehm nah war.

»Ja?«, fragte Lottie.

Léons Blick huschte zu Ellie, dann wieder zu Lottie. »Ihr seid ganz anders, als ich es mir vorgestellt hatte, Hoheit.«

Lottie schluckte nervös. Was genau stellten die Leute sich vor? Hoffentlich nicht ein *weniger gewöhnliches* Mädchen.

»Ich bin ungern vorhersehbar«, erwiderte sie mit größtmöglicher Gleichgültigkeit. Das zeigte Wirkung. In seinen Augen glomm ein Funke.

»Tag und Nacht!«, rief er so unvermittelt, dass die beiden Mädchen zusammenzuckten. »Tag und Nacht … Nacht und Tag. Sie beide spiegeln Gegensatz und Einigkeit, Tag und Nacht. Perfekt, einfach *magnifique*!«

Lottie stand verblüfft da, während Léon Kleid um Kleid vor ihr ausbreitete. Er flitzte so dramatisch um sie herum, dass sie das Gefühl hatte, ihm beim Eiskunstlauf zuzuschauen.

»Wird das hier ein Musical oder was?«, zischte Ellie. Sie hatte von Anfang an keine Lust auf diesen Ausflug gehabt.

Kaum etwas interessierte sie weniger als das Einkaufen von Luxuskleidern. Sie war ohnehin schon missmutig, weil die Rückkehr nach Hause ihr Sorgen bereitete. Deshalb tat Lottie ihr Bestes, so viel Optimismus wie möglich zu versprühen. Immerhin schien es Ellies Stimmung zu heben, dass Lottie so einen Spaß an der Sache hatte.

»Das ist doch gerade das Tolle daran!«, flüsterte Lottie zurück.

Ellie verdrehte die Augen, doch ihr Lächeln verriet sie. »Aber wir beeilen uns, okay? Wir haben nämlich nur eine Dreiviertelstunde, bis Jamie hier reinplatzt, weil er glaubt, dass wir entführt worden sind.«

Lottie konnte nicht leugnen, dass Ellies Befürchtung nicht ganz aus der Luft gegriffen war. Seit dem Ende des Schuljahrs verhielt Jamie sich einerseits extrem distanziert, andererseits beinahe erdrückend beschützerisch – was Lottie ihm nicht verdenken konnte. Sie hatte ein rabenschwarzes Gewissen, dass sie keinem der beiden von der Valentinsbotschaft erzählt hatte. Aber sie beruhigte sich damit, dass seitdem nichts mehr vorgefallen war und sie ja schließlich Ellies Platz einnahm. Alles in allem fand sie, dass sie sich nach dem aufreibenden Schuljahr ein paar sorglose Stunden verdient hatten.

Als Léon mit seiner Auswahl zufrieden war, klatschte er zweimal in die Hände, und zwei blaugewandete Assistentinnen erschienen mit edlen Schuhkartons.

»Nur eins fehlt noch, damit die Gleichung aufgeht«, verkündete er. Dem linken Karton, dessen Deckel er effektheischend über die Schulter warf, entnahm er ein Paar exquisite schwarze Pumps mit fein glitzernder Stickerei. »Diese

Prachtstücke hier sind für die Königin der Nacht.« Er drückte der Helferin, die neben Ellie stand, die Schachtel in die Hand und griff nach dem anderen Karton. »Und diese hier«, fuhr er mit dem irrsinnigen Blick eines verrückten Professors fort, »sind für unseren Sonnenschein!«

Langsam öffnete er den Karton. Lottie riss den Mund auf, als sie sah, welcher Schatz sich darin befand. Sie hatte keinen Schuhfimmel, ganz bestimmt nicht, doch in dem Karton lagen die wunderschönsten Pumps, die sie je gesehen hatte, weiß mit rosigen Goldadern, die sich um Hunderte glitzernde Kristalle wanden. Die Schuhe glühten regelrecht, das Licht schien vom Material selbst auszugehen. Lottie erkannte dasselbe Gefühl wieder, das sie gehabt hatte, als sie die Krone ihrer Mutter zum ersten Mal gesehen hatte. Es war, als wären beide Gegenstände aus derselben magischen Substanz.

»Die sind für mich?« Lottie konnte das Staunen in ihrer Stimme nicht unterdrücken, und doch hatte sie das Gefühl, dass die Schuhe nach ihr riefen, als wären sie für sie bestimmt.

Auf Léons Gesicht erschien ein breites Lächeln. »*Nur* für Euch«, erwiderte er. »Handgefertigt nach Euren Maßen. Sie werden niemand anderem passen.«

Lottie nahm den Karton ehrfürchtig entgegen. Sie fand, dass der Moment – und die Schuhe – ein kleines Ritual verdient hatten.

»Vielen, vielen Dank! Sie sind wunderschön!« Sie strahlte, und Léon nickte bedächtig, bevor er wieder in die Hände klatschte.

»Nun dann, meine Vögelchen, sorgt dafür, dass die jungen Damen alles haben, was sie brauchen.« Er wandte sich mit einer dramatischen Drehung zur Tür. Die Vögelchen begannen sofort, Lottie und Ellie geschickt zu entkleiden, was Ellie ganze zehn Sekunden über sich ergehen ließ, bevor sie abwehrend die Hände hob und die blaugerüschten Damen aus dem Zimmer scheuchte.

»Wir sind bestens in der Lage, uns allein anzuziehen!«, rief sie ihnen hinterher, bevor sie die Tür zuknallte.

Als sie sich umdrehte, blickte sie in Lotties verärgertes Gesicht und die fest vor der Brust verschränkten Arme.

»Schau mich nicht so an«, knurrte Ellie und imitierte Lotties Gesichtsausdruck. »Ich mache ja mit bei diesem Verkleidungszirkus, aber ich bin keine Anziehpuppe!«

Lottie verdrehte die Augen und widmete sich der Kleiderstange mit den Tag-Kleidern. Alle hatten pompös klingende Namen wie *Celeste* oder *Solaris*. Eins von ihnen stach ihr besonders ins Auge. Wie die Schuhe schien es aus sich heraus zu leuchten. Es trug ein kleines blaues Etikett mit der Aufschrift *Sommerfrieden*. Vorsichtig zog sie es vom Bügel und bestaunte ehrfürchtig das seidig fließende Gewebe.

»Ellie, schau mal – das Kleid ist perfekt!« Sie drehte sich aufgeregt um und hielt inne, als sie das Gesicht ihrer Freundin sah. Ellie starrte düster vor sich hin und spielte nervös an ihrem Anhänger. Ihr Sarkasmus war wie weggeblasen. Die Kaltschnäuzigkeit war aufgebrochen, und dahinter befand sich ein ratloses Mädchen.

»Ellie … was ist los? Spuck's aus!« Lottie musste direkt sein, sonst würde sie gar nichts aus ihr herausholen.

Ihre Stimme schien Ellie in die Gegenwart zurückzuholen. Sie zögerte kurz, und Lottie war sich fast sicher, dass sie sich herausreden würde.

»Es ist nur …«, begann sie zögernd. »Jamie und ich haben uns vorhin gestritten, bevor wir hierhergekommen sind.« Während sie sprach, sackten ihre angespannten Schultern nach unten, als hätte sie den Stöpsel aus ihrer emotionalen Badewanne gezogen. »Er wollte mitkommen … Aus irgendeinem Grund ist er fest davon überzeugt, dass bald etwas Schreckliches passiert. Und ich habe die Geduld verloren und etwas sehr Blödes gesagt. Ich bin es einfach so leid, immer muss er …« Es kam selten vor, dass Ellie über ihre eigenen Worte stolperte, und es verriet, wie aufgewühlt sie war. »Ich habe gesagt, wenn er mich so schwierig findet, dann kann er ja gehen.« Sie drehte sich unvermittelt um.

Lottie wollte sie gerade beschwichtigen, als Ellie hinzufügte: »Ist ja auch egal. Du verstehst es sowieso nicht.«

Lotties Herz wurde schwer. Nicht, weil sie gekränkt war, sondern weil Ellie recht hatte. So schön es war, dass Ellie sie ins Vertrauen zog, sie konnte ihr nicht helfen, solange sie Ellies und Jamies Beziehung nicht verstand. Sie musste daran denken, wie heftig die beiden sich gestritten hatten, als sie das Todeszeichen unter ihrer Matratze entdeckt hatten. Wenn sie Ellie und Jamie wirklich eine Hilfe sein wollte, dann musste sie Teil des inneren Kreises werden. Sie musste wissen, was sie wussten.

»Ellie«, sagte sie fest. »Du musst mir erzählen, wie Jamie dein Partist geworden ist.«

43

Ellie verzog das Gesicht und strich sich die Haare aus der Stirn, während sie die Kleider betrachtete, die vor ihr ausgebreitet waren. Sie räusperte sich ausgiebig.

»Ich weiß nicht, ob wir damit anfangen sollten«, sagte sie dann.

Doch so einfach wollte Lottie sich nicht abspeisen lassen. »Es ist nur … Ihr zwei seid manchmal so … Und er ist noch so jung!« Sie verhaspelte sich, weil sie selbst nicht wusste, wie sie es ausdrücken sollte. Ellie und Jamie hatten eine so ernste und vertraute und zugleich so wankelmütige Beziehung. Sie wusste, dass Partisten von klein auf geschult wurden, doch sie wusste nicht, woher Jamie kam. Ihr Wissen war zu lückenhaft. Wenn sie Ellie und Jamie besser verstehen wollte, musste sie diese Lücken füllen.

»Die meisten Partisten sind jung«, sagte Ellie betont unbekümmert, doch Lottie meinte, einen Anflug von Reue herauszuhören. »Sie müssen sich perfekt in die Umgebung ihres Herrn oder ihrer Herrin integrieren, deshalb ist es am besten, wenn sie dasselbe Alter haben.« Sie verstummte, und Lottie glaubte, dass das Gespräch damit beendet war, doch dann sprach Ellie weiter. »Normalerweise beenden sie ihre Grundausbildung mit etwa dreizehn Jahren und werden je nach Eignung ausgewählt. Sie absolvieren die letzten drei Jahre ihrer Ausbildung in der Familie ihres Schützlings, und mit sechzehn werden sie offiziell anerkannt und registriert. Das Verfahren ist sehr streng. Und, ehrlich gesagt, auch ganz schön verrückt.«

Lottie holte tief Luft, um die entscheidende Frage zu stellen, doch sie brachte kein Wort heraus.

»Jamie …« Ellies Stimme wurde sehr leise. Dann schüttelte sie den Kopf und drehte sich entschlossen zu Lottie um. »Bei Jamie ist es anders, weil er seit seiner Geburt bei uns war.«

Das hatte Lottie sich anhand der Fotos, die sie im Palast gesehen hatte, bereits zusammengereimt.

»Ich habe Bilder von ihr gesehen. Von seiner Mum«, sagte Ellie. »Sie kam aus Pakistan.« Sie rieb sich die Augen, bevor sie fortfuhr. »Ich weiß nicht genau, wie und warum, aber sie sprach im Palast vor. Sie war hochschwanger und krank und hat meine Eltern angefleht, ihr Kind aufzunehmen … Tja, und das haben sie dann auch getan.«

Obwohl Ellie keine Meistererzählerin war, war Lottie gefesselt. Sie sah es genau vor sich: den luxuriösen Palast und die todkranke Frau, die verzweifelt versuchte, ihr ungeborenes Kind zu retten.

»Was ist mit ihr passiert?«, fragte Lottie, obwohl sie die Antwort ahnte.

»Sie ist kurz nach seiner Geburt gestorben«, erwiderte Ellie.

»Und sein Vater?«

»Den kennt keiner, und es ist auch egal. Wahrscheinlich ist er auch tot.« Ihre Stimme klang jetzt gereizt.

So war es also, dachte Lottie. Sie haben ein Waisenkind aufgenommen und zu ihrem Leibeigenen gemacht.

Aber irgendetwas passte nicht.

»Hast … *du* ihn zu deinem Partisten gemacht?«

Ellie blickte sie empört an. »Ich habe ihn zu GAR NICHTS gemacht. Das waren meine Eltern!«

Das nun folgende Schweigen war erdrückend. Beschämt von ihrer dummen Frage, wandte Lottie den Blick ab.

Langsam atmete Ellie aus und drehte sich wieder zu ihrer Kleiderstange.

»Ich hasse sie«, sagte sie mit einer Kälte und Bitterkeit, die Lottie noch nie bei ihr gehört hatte. »Niemand hat das Recht, über das Leben anderer zu bestimmen. Jeder sollte selbst entscheiden können.« Sie ballte die Fäuste. Ihre Wut war nicht plötzlich aufgeflammt, sie kam von tief drinnen. Lottie wurde klar, dass sie gerade eine wichtige, wohlgehütete Seite von Ellie kennenlernte. Ihre Freundin vertraute ihr ein großes Geheimnis an. Und trotzdem verbarg Lottie noch immer etwas vor ihr. Damit schadete sie sich nur selbst.

»Ellie«, sagte sie mit plötzlicher Entschlossenheit, »ich muss dir was beichten. Es ist nicht gut, wenn ich dir etwas verschweige. Wir müssen einander vertrauen.«

Ellie sah sie fragend an.

»Am Valentinstag hatte ich eine Botschaft in meinem Törtchen.«

»Was?«, fragte Ellie alarmiert. »Und was stand drin?«

Zögernd wiederholte Lottie das boshafte Gedicht und schauderte bei den beiden Versen: *Hüte dich, Prinzessin, bald schlage ich zu.*

»Warum hast du nichts gesagt?« Ellies Stimme schraubte sich eine Oktave höher, und Lottie verzog das Gesicht.

»Weil ich«, flüsterte sie, »nicht wollte, dass deine Familie dich von der Schule nimmt.«

Die Anspannung schien von Ellie abzufallen, und ein trauriges, schmerzliches Lächeln erschien auf ihrem Gesicht.

»Lottie, ich werde niemals zulassen, dass uns irgendjemand trennt. Aber ich will nicht, dass du in Gefahr gerätst. Das kann ich nicht verantworten. Ich –«

»Ich habe keine Angst, und du solltest auch keine haben«, entgegnete Lottie. »Ich hätte es euch erzählt, wenn ich die Drohung ernst genommen hätte. Aber das habe ich nicht, und deshalb will ich auch nicht, dass eine große Sache daraus gemacht wird.« Sie lächelte und erschreckte sich selbst damit, wie gut sie im Lügen geworden war. »Mir geht es gut, wir müssen also niemandem etwas sagen.«

Ellie zögerte. »Hast du wirklich keine Angst?«, fragte sie skeptisch.

»Kein bisschen.« Lottie spürte die Angst im Bauch, doch sie lächelte weiter.

In dem Augenblick piepste das Handy in ihrer Tasche. Hastig zog sie es heraus und fragte sich, ob es Ollie war. Doch als hätte er gewusst, dass von ihm die Rede war, leuchtete eine Nachricht von Jamie auf.

Ihr habt noch zehn Minuten.

»Na los«, sagte sie und nahm die Schuhe vom Tisch. »Probieren wir die Sachen an, bevor wir *gerettet* werden.«

Sie schlüpfte aufgeregt in ihr Kleid. Dann stellte sie verwirrt fest, dass Ellie sich vor sie auf den Boden gekniet hatte.

»Was machst du da?«, fragte sie und zog instinktiv das Bein zurück.

»Ich bin dein Märchenprinz!«, erwiderte Ellie grinsend und griff nach ihrem Knöchel. Lottie spürte, dass ihre Wangen heiß wurden, als Ellie ihr die Schuhe überstreifte und dann schnell in das erstbeste Kleid von der Stange schlüpfte. Die beiden Mädchen stellten sich nebeneinander vor den Spiegel: Sturm und Ruhe, Nacht und Tag.

Als Lottie ihren Anblick auf sich wirken ließ, kam ihr mit einem Mal alles richtig vor. Sie sahen zugegebenermaßen beide albern aus – keine von ihnen war für Kleider dieser Art zurechtgemacht –, doch das spielte keine Rolle.

Ellie klopfte einen inexistenten Fussel ab. »Das Kleid müsste gehen. Obwohl mir ein Anzug lieber wäre. Bist du glücklich mit deinem?«

Lottie drehte sich zu Ellie um. »Sehr glücklich«, sagte sie strahlend. »Ich würde es am liebsten nie wieder ausziehen.«

Ellie erwiderte ihr Lächeln und legte ihr den Arm um die Schultern. Ihre Kleider fügten sich zu einem faszinierenden Schwarzweißmuster zusammen. Sie hielten sich eng umschlungen, bis Lottie aussprach, was beiden durch den Kopf ging.

»Ich hätte das Gedicht nicht vor euch geheim halten sollen.«

Ellie schwieg einen Moment. »Das stimmt«, flüsterte sie dann. »Aber ich habe auch vieles getan, was ich nicht hätte tun sollen.«

44

Am Nachmittag vor dem Ball kamen sie im Palast an. Ihr Flug nach Maradova erinnerte Lottie auf unangenehme Weise an das letzte Mal. Obwohl die Umstände sich geändert hatten, ging sie Jamie auch diesmal aus dem Weg und saß neben Ellie auf der anderen Gangseite. Seit sie von seiner Vergangenheit wusste, konnte sie Jamie nicht mehr so unbefangen ansehen wie zuvor. Sie hatte ein schrecklich schlechtes Gewissen – sie hatte ein Geheimnis vor ihm, während sie selbst so viel über ihn wusste. Plötzlich kam ihr der Gedanke, dass ihr neues Leben um Geheimnisse und Lügen errichtet war: die Lüge, dass sie eine Prinzessin war, Prinz Edmunds geheime Nachricht, die Dinge, die sie Ollie verschwieg, und nun diese neue Lüge, dass sie das Gedicht für harmlos hielt.

Die Luft erschien ihr noch kälter als bei ihrem letzten Besuch, und der Himmel sah aus, als würde es Schnee geben. Jetzt verstand sie, warum Ellie sich über die Bezeichnung *Sommerball* lustig gemacht hatte.

Sie rechnete damit, von einem Zimmermädchen in Empfang genommen und in einen eleganten, unpersönlichen Raum geführt zu werden, in dem sie sich rundum unwohl fühlen würde.

Doch alles war anders als beim letzten Mal.

Sie wurden von der Königin persönlich empfangen, die mit wallendem Kleid so schnell zur Tür stürzte, dass sie sie beinahe umgerannt hätte. Lottie versteifte sich, als Königin Matilde sie herzlich in die Arme schloss, doch dann atmete sie ihren leichten Lavendelduft ein und entspannte sich.

»Unsere kleine Kürbisprinzessin, wir freuen uns so, dass du wieder bei uns bist!« Sie legte die Hände auf Lotties Schultern und betrachtete sie von oben bis unten.

»Vielen Dank für die Einladung«, erwiderte Lottie.

Es war die einzige Antwort, die ihr einfiel, auch wenn sie ihr albern vorkam. Die Königin lächelte. Sie hätten wirklich Mutter und Tochter sein können. Mit ihren langen goldenen Locken und den eisblauen Augen sah sie Lottie viel ähnlicher als Ellie. Jeder, der es nicht besser wusste, musste sie für die wahre Prinzessin halten.

»Ich hoffe, Eleanor hat sich anständig benommen?«

Ellie verdrehte die Augen und zog Lottie aus der Umarmung ihrer Mutter. »Mum, könntest du bitte aufhören, meine Porterin zu belästigen?«, sagte sie nur halb im Scherz und schleifte Lottie hinter sich her, nachdem sie ihrer Mutter zum Abschied die Zunge rausgestreckt hatte.

Jamie wollte ihnen folgen, wurde jedoch von der Königin zurückgehalten. Lottie verlor ihn schnell aus den Augen, da Ellie sie auf eine lange Reise durch ein Meer aus Porträts verstorbener Könige mitnahm. Wieder einmal dachte sie, wie wenig der Palast mit dem Rest der Welt gemein hatte.

Obwohl Lottie Ellies Zimmer bereits kannte, betrachtete sie es jetzt zum ersten Mal richtig, da sie beim letzten Mal viel zu aufgeregt gewesen war. Links von der Tür befand sich ein riesiges Himmelbett, das viel zu groß für eine einzelne Person war. Unbekümmert stapfte Ellie mit ihren Stiefeln über den Perserteppich. Das Zimmer passte einfach nicht zu ihr, fand Lottie – obwohl es in dunklen Farbtönen gehalten war, wies der Raum nichts von ihrer Persönlichkeit auf.

»Warum sieht dein Zimmer hier so anders aus als das in Rosewood?«, fragte sie.

Ellie kicherte. »Hier schlafe ich nur. Später zeige ich dir mein richtiges Zimmer.«

Dann lief sie zu der Flügeltür gegenüber vom Bett und öffnete sie weit. Dahinter befand sich der größte begehbare Kleiderschrank, den Lottie je gesehen hatte. »Daran wirst du vermutlich mehr Freude haben, als ich je hatte. Bedien dich. Du kannst dir alles nehmen, was dir gefällt.«

Lottie wäre beinahe in Ohnmacht gefallen. Der Schrank war gefüllt mit den herrlichsten Kleidern und Accessoires, glitzernden Juwelen und teuren Stoffen, alles ordentlich verstaut und ausgestellt. In der Mitte standen zwei gläserne Kleiderpuppen, die bereits ihre Kleider und Schuhe von Madame Marie trugen. Lottie wollte gerade die Hand danach ausstrecken, als das Handy in ihrer Tasche vibrierte. Sie griff hastig danach, in der Hoffnung, es wäre Ollie.

Aber es war nicht Ollie. Es war eine unbekannte Nummer. Sie vergewisserte sich kurz, dass Ellie sie nicht beobachtete, und öffnete die Nachricht.

Ich freue mich schon darauf,
Dich morgen Abend besser kennenzulernen.
XX

Lottie wurde heiß.

Woher hat Edmund meine Nummer?

Unwillkürlich presste sie ihr Telefon an die Brust und hob eine Hand an den Mund. Sie wusste selbst, dass es albern war, so sich über eine kurze Nachricht so aufzuregen, doch sie konnte nicht anders.

»Wieso schaust du denn so verträumt vor dich hin?«

Lottie hätte sich fast zu Tode erschreckt, als sie Ellies Stimme hinter sich hörte.

»G-gar nicht!« Sie versteckte ihr Handy hinterm Rücken, bevor ihr klarwurde, dass sie so noch verdächtiger aussah.

Ellie zog neckend eine Augenbraue hoch. »Mit wem schreibst du dir, dass du so nervös wirst?«

»Mit niemandem! Wirklich nicht! Dieses Täschchen ist wunderschön!« Nicht der beste Ablenkungsversuch, das musste sie zugeben.

Ellie musterte sie argwöhnisch, aber Lottie tat so, als würde sie es nicht merken, und drehte sich wieder zum Schrank. »Ich muss mir dringend ein paar Accessoires für den Ball … He!«

Ellie hatte ihren Arm gepackt, sie umgedreht und gegen die Tür gedrängt.

»Ellie, was machst du da?«, stotterte sie.

Ellie sah sie drohend an. Sie lächelte ihr schiefes Lächeln, allerdings sah es wesentlich gefährlicher aus als sonst.

»Du verrätst mir jetzt dein Geheimnis, oder ich beiße dich«, knurrte sie scherzhaft.

Lottie spürte, dass ihre Wangen heiß wurden. »Ellie!«, rief sie und kicherte nervös.

Ellie zog ihren Arm zu sich heran und knabberte zahnlos daran herum, was so sehr kitzelte, dass Lottie sie beinahe getreten hätte.

»Ich kann nicht!«, brachte Lottie unter Lachen hervor. »Du wirst sauer werden.«

Sofort hörte Ellie auf, und Lottie hörte auf zu kichern. Ellies Gesicht wurde ernst, und sie ließ langsam ihren Arm los. »Lottie, ich dachte, wir wollten keine Geheimnisse mehr voreinander haben.«

Lottie wandte den Blick ab. »Versprichst du mir, dass du nicht böse wirst?«

Ellie stieß einen langen Seufzer aus. »Wenn ich es verspreche, sagst du es mir dann?«

Lottie biss sich besorgt auf die Wange. Sie war die Lügen und Geheimnisse so leid. Das musste aufhören. Es war nicht richtig. Noch dazu war es überhaupt nicht prinzessinnenhaft.

Als sie Ellie, ihrer Zimmergenossin aus Rosewood, in die Augen sah, kam ihr das Motto ihres Hauses in den Sinn: *Ehrlichkeit!* Plötzlich hatte sie eine Idee.

»Ich sage es dir, wenn ich dafür Ollie sagen darf, was ein Porter ist.«

Ellie zögerte. Man konnte sehen, wie sie Für und Wider dieser Bitte abwog.

»Na gut«, sagte sie schließlich. »Aber wir müssen Jamie von dem Gedicht erzählen.«

Lottie spürte, dass ihr Herzschlag kurz aussetzte, doch sie nickte langsam. Obwohl sie schreckliche Angst hatte, dass Ellie Rosewood verlassen musste, wenn die Sache herauskam, wusste sie, dass es richtig war. Sie kniff die Augen zusammen, weil sie Ellie bei ihrem Geständnis nicht ins Gesicht sehen konnte.

»Edmund Ashwick hat mir einen Brief geschickt und gesagt, dass wir uns auf dem Ball sehen werden, und ich möchte morgen wirklich gerne mit ihm tanzen«, sagte sie dann so schnell sie konnte, als fürchtete sie, sie könnte bei normaler Sprechgeschwindigkeit einen Rückzieher machen. Sie öffnete vorsichtig die Augen und machte sich auf Ellies wütendes Gesicht gefasst, doch die wirkte nur erstaunt.

»Wann war das?«, fragte sie.

»Kurz nach Neujahr«, antwortete Lottie reumütig.

»Und das hast du die ganze Zeit vor mir und Jamie geheim gehalten?«

»Ähm … ja?«

Ellies Gesicht hellte sich unerwartet auf. »Ich bin beeindruckt!«

Lottie starrte sie an. Mit dieser Reaktion hatte sie nicht gerechnet.

»Selbst ich habe Probleme, Jamie etwas zu verheimlichen, und ich übe schließlich seit meiner Geburt. Er ist einfach unglaublich gut im …«

»… Gedankenlesen«, beendete Lottie den Satz.

Ellie nickte.

»Ähem.« Das Hüsteln am anderen Ende des Raums ließ beide zusammenzucken. Sie drehten sich um und sahen Jamie im Türrahmen stehen, der alles andere als begeistert dreinblickte.

»Welche Gedanken genau hätte ich lesen sollen?«

Jetzt saßen sie wirklich in der Klemme.

45

»Jamie!«, schrie Ellie wütend. »Hat dir niemand beigebracht anzuklopfen?«

Jamie schlenderte lässig ins Zimmer, ohne ihr Gezeter zu beachten, und setzte sich aufs Bett.

Von dort sah er sie streng an, und Lottie war klar, dass jetzt ein ernstes Gespräch folgen würde.

»Wenn ihr zwei mir irgendetwas verheimlicht, müsst ihr es mir sagen. Jetzt.«

Die Mädchen wechselten einen Blick und versuchten, sich wortlos zu verständigen, was zu tun war. Lottie schluckte. Sie hatte keine Lust mehr, sich von den Geheimnissen zermürben zu lassen. Wenn sie sie nicht bald herausließ, konnte es zu spät sein. Sie öffnete schon den Mund, um Jamie alles zu beichten, als Ellie ihr zuvorkam.

»Aber du musst versprechen, dass du nicht böse wirst!«

Zu Lotties Überraschung reagierte Jamie nicht anders als Ellie wenige Minuten zuvor: Sein Gesicht wurde sanfter.

»Ich kann nicht versprechen, dass ich nicht böse werde, aber ich verspreche, dass ich mir alles anhöre, was ihr zu sagen habt.«

Ellie griff nach Lotties Hand, bevor sie sagte: »Wir haben … eine weitere Botschaft gefunden.«

Jamie schwieg mit zusammengepressten Lippen. Schnell berichtete Ellie die Einzelheiten. Sie drehte die Geschichte so, als hätten sie die Nachricht zusammen entdeckt. Die ganze Zeit über blieb Jamie erschreckend ruhig.

»Wir wissen also nicht, ob die Nachricht von derselben Person war wie das Buch und das Todeszeichen«, schloss Ellie.

Lottie fand es fast schon unheimlich, wie geschickt Ellie die Wahrheit verdrehte. Als sie mit ihrer Erklärung fertig war, wirkte der ganze Raum sonderbar kalt – und nur ihr Atem war zu hören. Lottie war sicher, dass Jamie gleich anfangen würde zu poltern und zu toben. Doch es folgte kein Geschrei. Sein Gesicht nahm einen Ausdruck an, der nicht so recht zu ihm passte. Er sah reumütig aus.

»Wisst ihr, was die Königin mich gerade gefragt hat?«

Die Mädchen schüttelten neugierig die Köpfe.

Jamie holte tief Luft. »Sie hat mich gefragt, ob ich irgendetwas Besorgniserregendes zu berichten hätte. Und wisst ihr, was ich geantwortet habe? Ich habe gesagt, alles laufe bestens – besser als bestens. Ich habe gesagt, dass du außergewöhnlich gut in der Schule bist und es absolut keinen Anlass zur Sorge gibt.«

Lottie sah, dass Ellies Haltung sich entspannte, doch sie selbst fühlte sich durch diese Information eher noch schlechter.

Jamie sah Lottie direkt an und zwang sie, seinen Blick zu halten. »Ich habe meine Königin belogen.« Sein Gesicht verzog sich gequält. Es tat weh, ihn so zu sehen.

»Nein, hast du nicht. Es *ist* alles bestens. Du hast nicht gelogen«, sagte Lottie fest.

Ein Anflug seines üblichen spöttischen Lächelns erschien, und Lottie war tatsächlich erleichtert, es zu sehen.

»Dass Todeszeichen und Drohgedichte *bestens* sind, kann ich nicht finden.«

Plötzlich verstand Lottie die schwierige Lage, in der er sich befand. Er war zerrissen zwischen dem Gefühl, Ellies einziger Beschützer zu sein, und dem Wissen, dass Lottie da war, um jeden – hoffentlich metaphorischen – Schlag für sie einzustecken.

»Okay, hört mir zu. Alle beide«, sagte Lottie entschieden. Wenn sie wollte, dass Jamie sie als Verbündete sah, musste sie aufhören, an sich zu zweifeln. »Ich bin Ellies Porterin. Ich weiß, du hältst mich für ungeeignet, aber so ist es nun mal, und die Öffentlichkeit hält mich für die Prinzessin. Du bist es gewohnt, ihr einziger Beschützer zu sein, aber du musst anfangen, meinem Urteil zu vertrauen. Wenn eine Gefahr droht, kann ich damit umgehen.«

Wieder wurde es still. Langsam erschien ein trockenes Lächeln auf Jamies Lippen. Ellie beobachtete es und sah auf einmal sehr wütend aus. Sie kannte ihren Partisten. Jamie hatte sie getäuscht, und sie waren beide darauf hereingefallen.

»Du mieser kleiner –«

Jamie schnitt Ellie das Wort ab. »Gut gemacht, Lottie«, sagte er. »Nach dieser Antwort weiß ich, dass alles in Ordnung ist.« Lottie starrte ihn an.

Das Gedicht war ein Test.

»Es klingt so, als müssten wir uns wirklich keine Sorgen machen.«

Ein Test von Jamie, um meine Aufrichtigkeit und meinen Mut zu prüfen.

»Aber ich musste sichergehen, dass du deine Rolle richtig verstanden hast.«

Ein Test, um zu sehen, ob ich bereit bin, mein Leben für Ellie aufs Spiel zu setzen.

Lottie kam erst jetzt der Gedanke, dass Jamie, wenn er mit ihr als Porterin einverstanden war, auch das Risiko akzeptierte, dass sie dabei in Gefahr geriet oder verletzt wurde. Ellie sah so aus, als wollte sie ihn anschnauzen, doch Lottie hob abwehrend die Hand.

»Natürlich«, sagte sie so ruhig wie möglich. »Ich bin froh, dass du mich verstehst.«

Jamie nickte ihr zu. »Wir sehen uns morgen.«

Damit ließ er sie allein.

Jamie ging still zu seinen Gemächern. Er begegnete Hanna und lächelte ihr freundlich zu. Er lief einem der Köche über den Weg, der gerade Pause hatte, und hob grüßend die Hand. Er ließ sich nichts anmerken. So hatte man es ihm von klein auf beigebracht. Schließlich kam er zu seinem Zimmer und ging hinein. Er wartete, bis sich die Tür fest hinter ihm geschlossen hatte, bevor er sich von seinem Entsetzen überwältigen ließ und schluchzend auf den Boden warf.

46

Lottie zupfte nervös an ihrem Kleid, während ihr die Krone ihrer Mutter sorgfältig auf dem Kopf festgesteckt wurde. Sie hatte darum gebeten, sie beim Ball tragen zu dürfen, und niemand hatte etwas dagegen gehabt. Sie war überzeugt, dass sie den Abend nur so überstehen würde.

Jeden Moment würde die weiße Flügeltür aufgehen. Sie hörte schon das Gemurmel der Gäste dahinter. Ellie hatte ihr erst in letzter Minute gesagt, dass sie einen großen Auftritt bekommen und offiziell vorgestellt werden würde. Lottie dachte an den Tag in Rosewood zurück, als Ellie den Ball erwähnt hatte, bevor das Todeszeichen aufgetaucht und die Sache im Schwimmbad passiert war. Sie war so aufgeregt gewesen, an einem echten königlichen Ball teilzunehmen – und diese Begeisterung wollte sie jetzt wiederfinden. Sie würde sich nicht von ihrem unguten Gefühl im Bauch den Abend verderben lassen.

Lottie wandte den Kopf zu Ellie, die ebenfalls nervös wirkte in ihrem Kleid, das sie nicht mochte, mit dem sie Leuten gefallen sollte, die sie nicht ausstehen konnte. Sie streckte den Arm aus und nahm ihre Hand.

»Wir werden unseren Spaß haben, du wirst schon sehen«, sagte Lottie und rang sich ein zuversichtliches Lächeln ab.

Ellie erwiderte das Lächeln mit einer Grimasse. »Ich bin so froh, dass du da bist«, flüsterte sie.

Die Mädchen verstummten. Im Saal hinter der Tür war es still geworden.

Es war Zeit.

»Viel Glück.«

Lottie war verblüfft, Jamies Stimme hinter sich zu hören, nicht nur, weil das Wort *Glück* nicht zu seinem Wortschatz zu passen schien, sondern auch, weil er es frei von Ironie sagte. Sie drehte sich zu ihm um und zwinkerte ihm zu, wie sie es oft genug bei Ellie gesehen hatte.

»Ich brauche kein Glück«, entgegnete sie grinsend, bevor sie sich für ihren großen Auftritt bereitmachte.

Eine kurze Fanfare ertönte, und dann kamen die Worte, auf die sie gewartet hatte. Die Worte, die eigentlich für eine andere bestimmt waren.

»Es ist uns eine große Freude, Ihnen Ihre Königliche Hoheit vorstellen zu dürfen, die Prinzessin von Maradova.«

Die Tür zum Ballsaal öffnete sich. Licht flutete ihr entgegen und ließ ihr Kleid und ihre Schuhe wie flüssiges Gold glänzen. Sie trat anmutig vor, blieb oben auf der Marmortreppe stehen und blickte auf die Menschenmenge. Goldene Girlanden hingen von der Decke und baumelten zwischen den Engelsgemälden an den Wänden. Es war, als hätte sich der Himmel auf die Erde begeben.

Die Versammlung unter ihr war wie aus dem Märchen, eine Zurschaustellung opulenter, übertriebener Ballkleider und Anzüge. Bunte Kleider bauschten sich auf dem glänzenden weißen Marmorboden. Viele Häupter zierte ein Kopfschmuck. Der Raum war voller Adliger. Wie farbenprächtige Blumen verneigten sie sich, als Lottie ihren Abstieg begann. Die Menge teilte sich, um sie zu ihren *Eltern* durchzulassen, und als sie bei ihnen angekommen war, gab der Festredner das Signal, dass die Feier weitergehen könne. Natürlich war Lottie Thema Nummer eins der neu erwachenden Gespräche.

Königin Matilde stürzte sich mit Elan in die Rolle von Lotties Mutter, während König Alexander zurückhaltender war. Für die Öffentlichkeit sah es aber wohl einfach nach einer etwas steifen Vater-Tochter-Beziehung aus.

»Ein wunderbarer Auftritt«, lobte die Königin und streichelte Lotties Hand. »Findest du nicht auch, Alexander?«

Der König nickte schroff. »Ja«, murmelte er mit einem Seitenblick auf Lottie. »Scheint ein Naturtalent zu sein.«

Lottie hatte nicht das Gefühl, dass es als Kompliment gemeint war.

Die Königin beugte sich vor und flüsterte ihr ins Ohr: »Du darfst dich jetzt mit Ellie und Jamie unter die Gäste mischen.« Damit schubste sie sie sanft in die Menge.

Lottie hatte keine drei Schritte getan, als die Person, auf die sie gewartet hatte, vor ihr auftauchte.

»Edmund!«, flüsterte sie.

Der Prinz war wieder in Weiß gekleidet, außerdem trug er diesmal eine elegante, zurückhaltende Krone. Er verbeugte sich tief, doch bevor er sich wieder aufgerichtet hatte, griff eine Hand von der Seite nach Lottie und zog sie mit sich.

»He, lass mich –«

Lottie blickte auf und sah in Jamies Gesicht. Sie standen

so nah beieinander, als wollten sie tanzen. Er sah unglaublich gut aus. In der kurzen Zeit, seit sie im Saal war, war er in einen schwarzen Anzug mit geraffter Schulterpartie geschlüpft, in dem er wie ein tapferer Ritter wirkte.

»Wow!«, flüsterte sie.

Die Musik wurde lauter, und mehrere Paare begannen zu tanzen.

»Du tanzt *nicht* mit Edmund!«, sagte Jamie streng.

Lottie zog einen Schmollmund. »Und mit wem soll ich dann tanzen?«, fragte sie wie ein trotziges Kind. Sie wollte einen schönen Abend haben, und dazu gehörte wenigstens ein königlicher Walzer.

»Keine Ahnung. Ellie kommt gleich, du kannst mit ihr tanzen.«

Das hatte Lottie ohnehin vor, aber noch war Ellie nicht da. Die Tanzfläche füllte sich, und sie und Jamie standen mittendrin. Sie blickte in sein mürrisches Gesicht. Keine Frage, was zu tun war.

»Als deine Prinzessin befehle ich dir, mit mir zu tanzen!«

Jamie starrte sie entsetzt an. Doch er hatte keine Wahl. Die Paare um sie herum stellten sich in Position. Wenn er sich jetzt weigerte, würden alle es mitkriegen. Lottie grinste schadenfroh, als er ihr mit resigniertem Blick die Hand reichte.

»Wie Ihr wünscht«, murmelte er und legte die andere Hand auf ihren unteren Rücken.

Er tanzte zu steif, um ein guter Tänzer zu sein, doch es hatte etwas Tröstliches, sich mit ihm durch den Raum zu bewegen. Vermutlich sah es für die Zuschauer etwas ungelenk aus, so fühlte es sich jedenfalls an, aber aus irgendeinem

Grund störte Lottie das nicht. Sie genoss seine plötzliche Nähe. Es war das erste Mal seit dem Vorfall im Schwimmbad, dass sie unter vier Augen miteinander sprechen konnten.

Keine Geheimnisse mehr.

»Ellie hat mir erzählt, wie du ihr Partist geworden bist«, sagte sie leise an seiner Brust. »Ich weiß, dass deine Beziehung zu Ellie und ihrer Familie kompliziert ist, und ich weiß, dass du mich für naiv hältst, aber …« Die Musik wurde lauter, und sie musste sich auf Zehenspitzen stellen, um ihm ins Ohr zu sprechen. »Ich werde dir helfen, wenn du mich lässt.«

Jamie drehte sie unvermittelt aus und unter seinem Arm hindurch, so dass sie in die gleiche Richtung schauten, während sein Arm um ihre Taille lag. Er beugte den Kopf vor und flüsterte ihr ins Ohr: »Ich glaube nicht, dass mir irgendetwas helfen kann, seit du hier aufgekreuzt bist.«

Bevor sie etwas erwidern konnte, drehte er sie wieder zurück, ließ sie nach hinten knicken und beugte sich über sie. Sie waren sich jetzt so nah, dass Lottie rot wurde. »Trotzdem danke«, fügte er hinzu, bevor er sich wieder aufrichtete.

Eigentlich tanzt er gar nicht so schlecht.

Die Musik klang aus, und sie kamen zum Stehen, beide leicht außer Atem, die Arme noch immer umeinander geschlungen.

»Jamie …«, begann sie leise.

»Meine sehr verehrten Damen und Herren, wenn Sie sich bitte mit Ihrem Partner für den Königswalzer in die Mitte begeben würden.«

Lottie sah Jamie erwartungsvoll an, doch der blickte über ihre Schulter hinweg. »Unsere Prinzessin ist da.«

Lottie drehte sich um. Bei Ellies Anblick war Jamie vergessen. Der nutzte prompt die Gelegenheit und stahl sich davon.

Sie standen einander gegenüber: Ellie in ihrem tiefschwarzen Kleid mit den funkelnden Kristallen, das aussah, als trüge sie den Sternenhimmel, und Lottie, eine liebliche Erscheinung in Gold und Weiß, der rotgoldene Saum schimmernd wie ein Sonnenaufgang. Ellie trat selbstsicher auf Lottie zu, bis sie Auge in Auge waren und ihr Atem im Gleichtakt floss.

»Gewährt Ihr mir diesen Tanz?«, fragte sie mit nur einem Hauch von Ironie.

»Mit dem größten Vergnügen!«

47

Mit dramatischer Geste küsste Ellie Lotties Hand, so dass ihr ein besonders starker Stromschlag den Arm hinaufschoss. Sie drehte sie in ihre Arme, und Lottie schmiegte sich kichernd an sie.

»Hi«, sagte sie, nur wenige Zentimeter vor Ellies Gesicht.

»Hi«, hauchte Ellie.

Als die Musik einsetzte, bewegten sich die beiden Mädchen so mühelos wie ein einziges Wesen, das elegant durch den Saal schwebte. Ihre Kleider verschmolzen miteinander, Schwarz und Weiß bildeten Yin und Yang. Ellie war ein Naturtalent, sie führte kraftvoll und entschlossen, und Lottie folgte mit biegsamen, anmutigen Bewegungen. Irgendwann lehnte sie den Kopf an Ellies Schulter, und ihr Tanz wurde langsamer.

»Ich habe dir noch gar nicht gesagt, wie umwerfend du in diesem Kleid aussiehst«, raunte Ellie.

Lottie lächelte und spürte Wärme in sich aufsteigen. »Danke. Es tut mir leid, dass du auch eins tragen musst, auch wenn du toll darin aussiehst … falls es das besser macht.«

Ellie lachte leise an Lotties Wange. Lottie lehnte sich entspannt an sie, während sie sich weiter im Takt wiegten.

Plötzlich holte sie der Anblick dreier vertrauter Gesichter in die Wirklichkeit zurück. Anastasia, Raphael und Saskia standen an der Wand neben einer riesigen goldenen Obstetagere.

Anastasia trug ein tiefrotes Kleid, dessen Rock sich bauschte wie eine Blume, und ihr kastanienbraunes Haar war zur Hälfte hochgesteckt, zur Hälfte fiel es ihr über die Schultern. Sie sah aus wie eine Figur aus einem alten französischen Film. Raphael trug einen dunkelroten Anzug, der zu Anastasias Kleid passte, wenn auch nicht anzunehmen war, dass sie davon besonders begeistert war. Zu Lotties Überraschung trug Saskia kein Kleid, sondern einen dunklen Anzug, der ihr hervorragend stand.

Doch obwohl sie perfekt zurechtgemacht waren, war etwas an ihnen komisch. Anastasia wirkte nervös und zappelig, wie es gar nicht ihre Art war. Als Saskia den Kopf hob, fiel ihr Blick sofort auf Ellie und sie. Sie lächelte, und Lottie lächelte zurück. Ein Glück, dass Saskia da war, um Anastasia zu beruhigen.

»Ich kann Jamie ablenken, wenn du unbedingt mit Edmund tanzen willst. Aber nur einen Tanz, okay?«

Lottie sah Ellie überrascht an. Während sie getanzt hatten, hatte sie Edmund völlig vergessen. Erst jetzt fiel ihr wieder ein, wie sehr sie sich auf ihn gefreut hatte. Mit einem Mal war sie schrecklich aufgeregt.

»Lottie?«, fragte Ellie. »Ist alles in Ordnung?«

Lottie legte die Stirn an Ellies Schlüsselbein. »Ich bin nervös«, murmelte sie. »Was mache ich, wenn er mich küssen will?«

Ellie lachte lauthals.

»Beiß ihn«, sagte sie dann.

»Ellie, ich meine es ernst. Ich habe noch nie einen Jungen geküsst!« Lottie sah sie flehend an.

»Ist auch besser so.« Ellie kicherte, und Lottie knurrte über ihren Mangel an Mitgefühl.

»Hattest du schon mal was mit einem Jungen?«, fragte sie.

Ellie zog eine Augenbraue hoch. »Das Einzige, was ich schon mal mit einem Jungen hatte, war Ärger!«

Lottie war zu nervös, um zu lachen. Sie seufzte wehmütig. »Ich will einfach, dass es perfekt wird.«

Ellie sah sie ernst an und tanzte langsamer. »Lottie, hör zu …« Sie ließ ihre Hand tiefer gleiten und zog Lottie so eng an sich, dass sich ihre Stirnen berührten. »Wenn irgendetwas nicht so läuft, wie du es willst, dann breche ich ihm seine arrogante Nase.«

»Ellie!« Lottie stöhnte und kicherte gleichzeitig. »Danke.«

Die Musik endete, und Ellie wirbelte Lottie ein letztes Mal im Kreis. »Ich finde es nicht gut, aber …« Sie gab Lottie einen sanften Schubs, ähnlich wie ihre Mutter eine Weile zuvor. »Na los, tanz mit deinem Prinzen.«

Kaum hatte sie Ellie losgelassen, vermisste Lottie sie auch schon. Doch sie hatte keine Zeit, darüber nachzudenken, da sie Edmund in die Arme stolperte, der am Rand der Tanzfläche gewartet hatte.

»Ich dachte schon, du hättest mich vergessen«, sagte er mit einem gewinnenden Lächeln.

Lottie spürte, wie ihr Herz kurz aussetzte, als er sie zurück zwischen die Tänzer führte. Sie nahmen dieselbe Position ein wie beim Etikettetraining, und Lottie blickte lächelnd in seine eisblauen Augen. Plötzlich wusste sie wieder genau, wie sie sich in seinen Armen gefühlt hatte.

»Ich dachte, es könnte nicht schaden, dich ein bisschen warten zu lassen«, sagte sie, selbst beeindruckt, wie lässig sie klang.

Er lachte leise, und der nächste Walzer begann. Es war nicht so harmonisch wie mit Ellie, und ihre Schritte waren viel vorhersehbarer als mit Jamie. Aber sie tanzten vorbildlich den klassischen Walzer, wie man es von einem Prinzen und einer Prinzessin erwarten konnte.

»Um ehrlich zu sein, hatte ich gehofft, ein Mädchen wie du würde einen Weg finden, mich zu kontaktieren«, sagte er, drehte sie aus, wieder ein und zog sie noch enger an sich. Lottie spürte, dass ihre Wangen heiß wurden, als sie seinen Herzschlag unter dem Stoff seines Anzugs spürte. Sie konnte seinen Ton nicht ganz deuten.

»Zu viele wachsame Augen«, bekannte sie ehrlich.

Er schnalzte mit der Zunge. »Ah, das kenne ich gut.« Sein Lächeln wurde ironisch, und er warf einen Blick über die Menge, vermutlich in Richtung seiner Eltern. Dann sah er Lottie vielsagend an.

»Aber …«, fuhr Lottie fort, während sie weiter über die Tanzfläche glitten. »Ich bin sicher, dass ich dich entschädigen kann.« *Indem ich dir meinen ersten Kuss gewähre,* fügte sie in Gedanken hinzu.

Er musterte sie prüfend. Der Walzer war nicht einmal zur Hälfte vorbei, als er sich vorbeugte und ihr ins Ohr flüsterte:

»Lass uns irgendwo anders hingehen, weg von den *wachsamen Augen*. Ich habe etwas, das ich mit dir teilen möchte.«

Lottie blieb der Atem im Hals stecken. Das ist es!, dachte sie. Gleich erlebe ich meinen ersten Kuss … auf einem Ball … mit einem Prinzen … und es ist kein Traum!

Sie strahlte ihn an. Dass sie Ellie versprochen hatte, nur mit dem Prinzen zu *tanzen*, hatte sie vergessen. »Ich weiß genau den richtigen Ort!«

Er erwiderte ihr aufgeregtes Lächeln. »Aber natürlich«, schnurrte er.

Lottie ergriff seine weißbehandschuhte Hand und führte ihn durch die tanzenden Paare. Sie zog ihn aus dem Ballsaal, tiefer in den Palast hinein. Sie wusste genau, wo ihr erster Kuss stattfinden sollte: in dem cremefarbenen Salon mit der zarten Blumentapete und dem großen geschwungenen Fenster, durch das man den Brunnen sehen konnte, den Ellie ihr bei einer kleinen Palastführung gezeigt hatte. Es war die perfekte Mischung aus Unschuld und Üppigkeit.

Edmund lachte und sah sie von der Seite an. »Du hast es aber eilig«, keuchte er und lehnte sich an die Wand, um zu verschnaufen.

»Entschuldige«, erwiderte sie, ebenfalls atemlos. »Ich bin nur so aufgeregt.«

Sie spürte die vertraute Röte in ihre Wangen steigen, doch es war ihr egal, dass sie nicht nur vom Tanzen und Rennen kam. Mit einer Million Schmetterlinge im Bauch öffnete sie die Tür. »Komm mit.«

Edmund folgte ihr. Grinsend schaute er sich um, dann schloss er langsam die Tür, deren scharfes Klicken durch den

Raum hallte. Mit einem fast schon wahnsinnigen Lächeln drehte er sich zu ihr um.

Lottie lief ein Schauder über den Rücken, und eine Stimme in ihrem Kopf flüsterte: *Lottie, du bist eine Idiotin!*

48

»Endlich weg von den ganzen Langweilern«, sagte Edmund. In seine Stimme hatte sich ein gehässiger Unterton geschlichen, der Lottie nicht gefiel.

Dann, bevor ihr klarwurde, was geschah, packte er ihren Kopf mit beiden Händen und presste seinen Mund auf ihren. Entsetzt riss sie die Augen auf. Das war viel zu schnell und viel zu heftig! Sie zog den Kopf zurück und spürte eine seltsame Trockenheit auf den Lippen. Sie war wie erstarrt. Nicht verzaubert, wie sie es von ihrem ersten Kuss erwartet hatte, sondern überwältigt und verwirrt, weil das Ganze so unangenehm gewesen war.

Das war nicht richtig. Der Kuss hatte einen widerwärtigen Alkoholgeschmack hinterlassen, den sie am liebsten weggewischt hätte. Ohne sie anzusehen, ging Edmund zu einem kleinen Tischchen, zog eine flache Flasche aus seiner Weste und füllte eine dunkle Flüssigkeit in zwei Gläser.

Ich habe etwas, das ich mit dir teilen möchte.

Lottie schluckte. Verwirrt ließ sie sich auf die Chaiselongue in der Mitte des Raums plumpsen. Ihre Finger lagen immer noch auf ihren Lippen, und ihr Kopf sagte ihr, dass etwas nicht stimmte. Edmund verhielt sich ganz anders, als sie es erwartet hatte. So hatte sie sich das nicht vorgestellt.

»Wie meinst du das?«, fragte sie, während ihr dämmerte, dass sie ihn möglicherweise ganz falsch eingeschätzt hatte.

»Du weißt, wie ich es meine.«

Er zog sich die Jacke aus und öffnete die drei oberen Knöpfe seines Hemds, bevor er sich mit der Hand die Haare zerzauste. Als er die Hand wieder sinken ließ, hätte Lottie beinahe nach Luft geschnappt. Er war als strahlender Märchenprinz ins Zimmer gekommen – und jetzt war er ein wüstes, haariges Tier.

Es war alles verkehrt herum: Sie hatte den Prinzen geküsst, und er hatte sich in einen Frosch verwandelt!

»Dieses ganze öde Getue«, fuhr Edmund fort und nahm einen herzhaften Schluck von seinem Getränk. »Die sind alle so lächerlich einfach zu täuschen.«

Lotties Hände zitterten, und sie stand schnell auf, um auf die andere Seite des Raums zu gehen, weg von diesem Fremden. Sie hatten einander komplett missverstanden.

Glaubt er wirklich, dass ich so bin wie er? Wie soll ich dieses Missverständnis nur aufklären?

»Ich glaube –«

Er unterbrach sie. »Ich kann dir gar nicht sagen, wie erhebend es war, als ich dich bei Lady Priscilla gesehen habe.« Er kicherte hämisch, bevor er fortfuhr: »Ich hatte so viel von dir gehört, und dann habe ich gesehen, dass du genauso bist wie ich und die perfekte kleine Prinzessin spielst.« Er lachte laut. »Unglücklicherweise eilt dein Ruf dir voraus, aber das lässt sich ändern, wenn du tust, was ich dir sage. Ich täusche die Leute schon seit Jahren. Ich bin ein Experte.« Seine Augen verengten sich zu schmalen Schlitzen.

Wieder ertönte ihre innere Stimme: *Lottie, du Idiotin!*

Sie war auf Edmunds charmante Nummer hereingefallen, und ihre Phantasie war mit ihr durchgegangen. Ellie und Jamie hatten sie gewarnt, doch sie hatte nicht auf sie gehört, und jetzt saß sie hier mit diesem Volltrottel fest. Und das Schlimmste war, dass er nicht einmal wusste, dass er sie getäuscht hatte. Sie hatte sich so dämlich verhalten, dass er gar nicht in Erwägung zog, sie habe ihm seine Schmeicheleien abgenommen. Er glaubte, sie sei wie er! Lotties Gedanken überschlugen sich. Wie kam sie hier wieder raus, ohne sich noch mehr Probleme einzuhandeln?

»Ich glaube, ich sollte doch lieber zurückgehen«, sagte sie vorsichtig. »Ich will nicht, dass jemand misstrauisch wird.« Ihr Herz raste und zog sie zur Tür. Langsam schob sie sich näher heran.

»Du kannst jetzt mit dem Theater aufhören«, sagte er. »Auch wenn ich zugeben muss, dass dein Einsatz beeindruckend ist.« Er setzte sich lässig auf die Chaiselongue und ließ sein Glas kreisen. »Wir wissen doch alle, wie du wirklich bist, Prinzessin Wolfson«, fügte er hinzu und sah sie an, als erwarte er etwas Bestimmtes von ihr.

Lotties Kopf wurde völlig leer. »Äh, ich glaube, hier liegt ein Missverständnis vor.« Ihre Stimme zitterte so sehr, dass sie den Satz kaum zu Ende brachte.

Edmund lehnte den Kopf zurück und lachte bellend.

Das ist nicht Edmund. Das ist sein teuflischer Zwillingsbruder!

Unglücklicherweise brachte ihr Gehirn nicht viel anderes hervor als: *Lottie, du bist so ein Schwachkopf.*

Er hörte auf zu lachen und beäugte sie wie ein Raubtier seine Beute. »So langsam langweilt mich die Nummer.« Er stand auf, stürzte seinen Drink hinunter, schleuderte das Glas an die holzgetäfelte Wand und sah grinsend zu, wie es zersplitterte. Dann griff er nach dem anderen Glas und hielt es ihr hin. »Na los, zeig mir das berüchtigte Mädchen, von dem ich so viel gehört habe.«

Langsam wich Lottie zurück und tastete nach der Türklinke.

Wie konnte ich nur so blöd sein?, dachte sie zum wiederholten Male.

»Ich bin so dumm!«, flüsterte sie.

»Was hast du gesagt?« Er machte einen Schritt auf sie zu. »Ich kann dich nicht hören.«

Beim Anblick seines Grinsens wurde ihr schlecht. Zugleich wurde sie stinksauer. Wie kam er auf die Idee, Ellie würde ihre Zeit an einen Blödmann wie ihn verschwenden?

»Ich habe gesagt, *du langweilst mich.*« Sie drehte sich möglichst gelassen zur Tür und legte eine Hand auf die Klinke.

Doch Edmund kam ihr zuvor. Er schlug den Arm gegen die Tür und drückte sie zu. Sie zuckte zusammen, drehte sich zu ihm um und blickte in sein verwirrtes Gesicht.

»Lass mich gehen«, sagte sie bestimmt.

Ihre wütende Miene schien ihn zu überraschen, denn er zögerte einen Moment. Endlich sah sie die Risse in seiner Maske. Er war nur ein verwöhnter kleiner Junge.

»Was habe ich denn falsch gemacht?«, fragte er spielerisch. Der starke Alkoholgeruch, den er ausströmte, ärgerte sie noch mehr.

»Ich habe gesagt«, wiederholte sie, »du sollst mich gehen lassen.«

Sie schubste ihn mit aller Kraft gegen die Brust, und er taumelte einen Schritt rückwärts, bevor er sich wieder fing.

Besorgt hielt sie den Atem an, doch er lachte nur.

»Na, das ist schon eher das Mädchen, von dem ich gehört habe.« Er bot ihr wieder das Glas an, und sie stöhnte resigniert. Dieser Idiot schien es einfach nicht zu kapieren.

Mit einer heftigen Bewegung schlug sie Edmund das Glas aus der Hand. Es zersplitterte auf dem Boden, und die dunkle Flüssigkeit verteilte sich auf dem bestickten Teppich. Lottie nutzte Edmunds Überraschung, um sich wieder zur Tür zu drehen. Doch bevor sie die Klinke hinunterdrücken konnte, griff er nach ihrem Kleid.

Das laute *Ratsch* von reißendem Stoff war zu hören. Lotties Krone rutschte ihr vom Kopf und landete klirrend auf dem Boden.

»Mein Kleid!«, schrie sie, bevor sie, durch den Ruck nach hinten gezogen, auf der Chaiselongue landete. Im Wandspiegel sah sie, dass am Rücken ein großer Riss klaffte und der eine Ärmel über die Schulter gerutscht war.

Jetzt konnte sie die Tränen nicht mehr unterdrücken. Sie heulte laut: »Nein, nein, nein! Du hast mein Kleid ruiniert …« Sie verstummte, aber es war zu spät. Sie hatte sich verraten.

Edmund stand still vor ihr und machte ein dümmliches Gesicht. Langsam erschien ein dunkles Lächeln auf seinen Lippen.

»Du …«, begann er und machte einen Schritt auf sie zu,

so dass er drohend vor ihr aufragte. »Du hast gar nicht gespielt. Du dachtest wirklich …« Er lachte wieder, ein spöttisches Gackern, und klopfte sich auf die Schenkel. »Du bist auf meine Prinzennummer reingefallen!«

Lottie starrte zu Boden und unterdrückte ein Schluchzen.

»Lass das. Ich bin hier das Opfer!«, schnauzte er sie an. »Ich dachte, ich hätte endlich eine Prinzessin gefunden, eine wie mich …«

»Ich bin nicht wie du«, entgegnete sie heftig.

»Offensichtlich nicht«, sagte er sarkastisch, während er sich vorbeugte und ihr Kinn mit der Hand anhob. »Du bist genauso langweilig wie die anderen.«

»DU VERDAMMTER –«

Plötzlich ging alles schnell und langsam zugleich. Ellie und Jamie schwirrten wie wild gewordene Hornissen durch die Tür. Edmund drehte sich um und sah, wie Jamie versuchte, Ellie zurückzuhalten, die seinen Griff abschüttelte und auf den Prinzen zuschoss. Lottie hatte keine Zeit, die Situation zu erklären. Es war zu spät. Ellie ballte die Faust und packte Edmund mit der anderen Hand am Kragen.

Und dann verpasste Prinzessin Eleanor Prudence Wolfson Prinz Edmund Ashwick einen saftigen Schlag auf die Nase.

49

Edmund taumelte gegen die Wand und hielt sich die Hände vors Gesicht. Grellrotes Blut floss durch seine Finger und hinterließ einen karminroten Fleck auf seinem blütenweißen Hemd. Es war ein verstörender Anblick – Lottie musste sich den Mund zuhalten, um nicht laut zu schreien –, doch da Edmund bei vollem Bewusstsein war und laut fluchte, konnte er nicht allzu schwer verletzt sein.

Lottie schluckte ein weiteres Schluchzen hinunter, als Ellie auf sie zustürzte und sie an sich drückte. »Ich bin so blöd. Es tut mir leid. Das war ein dummes Missverständnis …«

Edmund unterbrach sie mit einem wütenden Knurren. Er blickte auf seine blutverschmierten Hände und fauchte. »Du dreckige kleine Bürgerliche!«

O nein, dachte Lottie.

»Wie kannst du es wagen, dich hier einzumischen …« Er hielt inne, als Ellie ihn mit ihrem Todesblick anstarrte. Ihre Augen waren wie Messer. Es war, als stöben elektrische Funken um sie herum, die gleich zu einem Tornado werden konnten. Edmund zögerte, bevor er fortfuhr: »Du hast mir die Nase gebrochen … Du … Du *Tier!*«

»Ich breche dir gleich noch mehr, wenn du nicht deine schmutzige Fresse hältst«, fauchte sie.

Was haben die bloß alle mit *dreckig* und *schmutzig*?, fragte Lottie sich.

»Es reicht.« Jamies Stimme war klar und vernünftig. Wenigstens einer, der einen kühlen Kopf behielt. »Ellie, du kümmerst dich um Lotties Kleid, und Ihr, Prinz Edmund …« – er drehte sich mit einer knappen Bewegung zu ihm – »zeigt mir mal Eure Nase.«

Edmund erstarrte, als Jamie sich näherte. »Rühr mich nicht an!«, schrie er und verbarg das Gesicht hinter den Armen.

Jamie knurrte nur, stieß Edmunds Arme beiseite und hielt ihn so fest, dass er sich nicht rühren konnte. »Übertreibt nicht. Ich muss sie mir nur einmal ansehen.«

Edmund presste sich mit dem Rücken an die Wand wie eine Maus, während Jamie weiter seine Arme festhielt.

Lottie griff nach Ellies Hand, unterdrückte ein weiteres Schluchzen und sagte fest: »Er wird dir nichts tun, Edmund.«

Edmund starrte die beiden Mädchen an, als sähe er sie zum ersten Mal, dann entspannte er seine Haltung etwas. Er hatte es geschafft, auf der hellgeblümten Tapete hinter ihm einen blutigen Handabdruck zu hinterlassen. Vorsichtig ließ Jamie seine Schultern los und betastete seine Nase.

»Schaut nach vorne.«

Edmund zuckte zusammen und hob den Blick in Jamies stechende braune Augen.

»Sie war … Ich wollte nicht … Ich meine … Ich dachte, sie wäre wie ich!«, stammelte er.

Wortlos betastete Jamie weiter seinen Nasenrücken.

»Das mit dem Kleid war ein Unfall.«

Jamies Finger tasteten weiter. Seine ausbleibende Reaktion machte Edmund zunehmend nervös.

»Ich weiß«, sagte Jamie schließlich mit ausdruckslosem Gesicht.

Edmund schien das für eine Zustimmung zu halten und straffte die Schultern. »Gut. Ich bin nämlich wirklich unschuldig. Ich wollte nur –« Er jaulte auf, als Jamie seine Nase mit einer entschlossenen Bewegung wieder an ihren Platz rückte.

Dann beugte Jamie sich langsam vor, bis seine Lippen direkt an Edmunds Ohr waren. Seine Worte klangen kalt und ließen keinen Raum für Missverständnisse. »Wenn ich auch nur eine Sekunde glauben würde, du hättest ihr absichtlich weh getan, wäre deine gebrochene Nase dein geringstes Problem.«

Edmund schluckte. Er verzog verächtlich die Mundwinkel, doch sein Schweigen zeigte, dass die Botschaft angekommen war.

Lottie blickte zu Jamie und Edmund hinüber. Irgendwie war es Jamie gelungen, den Prinzen für eine Weile ruhigzustellen. Sie wandte sich wieder zu Ellie, die erfolglos versuchte, ihr Kleid festzustecken. Das schöne Kleid war zerrissen … und doch merkte Lottie, dass es ihr plötzlich egal war. Sie war immer noch sauer, vor allem auf sich selbst, aber als Jamie und Ellie durch die Tür gestürmt waren, hatte sie etwas begriffen: Sie hatte sich geirrt. Die ganze Zeit hatte sie von einem Märchenprinzen geträumt, doch in Wahrheit brauchte sie keinen tapferen Prinzen – sie hatte schon zwei. Sie hießen Jamie Volk und Ellie Wolf und waren tapferer, als irgendein Märchenprinz es je sein konnte. Aber sie durfte sich nicht immer nur auf sie verlassen, sie musste auch selbst stark sein. Sie musste sich auf ihre eigene Art wehren können.

»Lass es gut sein, Ellie, das Kleid ist hinüber.« Lottie richtete sich vorsichtig auf und nahm ihre Krone vom Boden. Sie setzte sie auf den Kopf und spürte sofort, dass sie ihr neue Kraft gab.

Sei freundlich, sei mutig und gib niemals auf.

Ehrlichkeit, Entschlossenheit, Einfallsreichtum.

»Hauptsache, meinen Schuhen ist nichts passiert!« Sie lachte ein bisschen. »Ich glaube, wir sollten jetzt alle –«

»Was ist denn hier los?«

Lottie schrak auf, als eine Stimme an der Tür ertönte, und entdeckte überrascht einen blonden Haarschopf. Saskia.

Selbst Jamie wirkte überrumpelt.

»O Lottie, dein Kleid!« Saskia riss den Mund auf. »Ist alles in Ordnung?«

Lottie war verblüfft, dass es ihr Kleid und nicht Edmunds blutige Nase war, worauf sie ihre Aufmerksamkeit richtete.

»Saskia, was machst du denn hier?«, stammelte sie. Weitere Zeugen dieser dummen Aktion konnte sie wirklich nicht gebrauchen.

»Ich habe gesehen, dass ihr in diese Richtung gegangen seid, und dann habe ich Lärm gehört und, na ja, jetzt bin ich hier.« Sie lächelte.

Ellie richtete sich auf. »Es ist alles in Ordnung. Lottie ist nur traurig, weil ihr Kleid zerrissen ist.«

»Oh! Ich kann helfen!«, zwitscherte Saskia. »Wir haben jede Menge Kleider zur Auswahl mitgebracht. Das kriegen wir ganz schnell wieder hin. Kommst du mit?« Sie zwinkerte Lottie zu, die den Gedanken sehr ansprechend fand, den Raum endlich zu verlassen, und Jamie einen fragenden Blick zuwarf.

Jamie musterte Saskia misstrauisch, bevor er zögernd nickte. »Wir sehen uns in zwanzig Minuten vor dem Ballsaal«, erklärte er bestimmt.

»Perfekt«, erwiderte Saskia lächelnd. »In solchen Notfällen bin ich Expertin.« Sie hielt Lottie die Tür auf.

Lottie warf Ellie ein zuversichtliches Lächeln zu – Prinz Edmund ignorierte sie –, bevor sie mit Saskia hinausging.

Saskia brachte Lottie in ein Zimmer am Ende des Flügels, durch dessen großes Fenster man den hinteren Schlossgarten überblicken konnte. Lottie wunderte sich, dass das Fenster an einem so kalten Tag offen stand, empfand die Kälte im Raum jedoch als angenehm.

Aus einer Thermoskanne, die auf dem Nachttisch gestanden hatte, schenkte Saskia Lottie eine Tasse heißen Tee ein, bevor sie an den Schrank ging. »Anastasias Vater hat darauf bestanden, ein paar zusätzliche Kleider mitzunehmen, weil es schon öfter zu solchen Missgeschicken gekommen ist. Ich bin sicher, dass sie dir mit Vergnügen eins ausleiht.«

Lottie hatte da ihre Zweifel, doch sie widersprach nicht.

Dann kam ihr ein Gedanke. Vielleicht war das ein guter Moment, um Saskia nach Anastasia zu fragen? Sie durfte die Gelegenheit nicht verpassen.

Sie nahm einen kleinen Schluck Tee und genoss die

Wärme in ihrer Kehle. »Das ist wirklich sehr nett von euch. Hauptsache, es passt. Übrigens … ich wollte dich etwas fragen, wegen Anastasia«, sagte Lottie und lächelte verlegen. Saskia antwortete nicht. »Wenn das in Ordnung ist«, fügte sie schnell hinzu und spürte, dass ihr ein Schauder über den Rücken lief.

Saskia erwiderte ihr Lächeln, doch irgendetwas kam Lottie daran komisch vor. Das Schaudern hatte mittlerweile ihren ganzen Körper erfasst, und plötzlich merkte sie, dass sie nicht mehr klar sehen konnte. Sie hustete und rang nach Luft. Der Schauder ergriff ihren Magen, und ein Gedanke nahm in ihrem Kopf Gestalt an.

Sie hat mich vergiftet.

Sie riss den Mund auf und versuchte zu schreien. Saskia lächelte mit grausamer Ruhe. Plötzlich war Lottie alles klar.

»Du … warst das. Die Nachricht …«

Ihre Gedanken trübten sich und ihre Muskeln erschlafften. Die Teetasse glitt ihr aus der Hand, und sie nahm kaum wahr, dass sie auf dem Boden zersplitterte.

»Natürlich kannst du mich nach Anastasia fragen.« Saskias Stimme war eisig. »Aber sie ist nicht diejenige, die dir Sorgen machen sollte.«

Das Zimmer begann sich zu drehen. Verzweifelt bemühte sich Lottie, Saskias Worten zu folgen. Panisch streckte sie eine Hand nach dem Bett aus, als die Knie unter ihr nachgaben.

»Fünf, vier, drei …«, zählte Saskia.

Lottie klammerte sich an die Bettdecke und versuchte, sich aufzurappeln, doch ihre Beine gehorchten ihr nicht mehr.

Ich muss etwas tun.

In einem Moment der Klarheit streifte sie ihren linken Schuh ab und schob ihn unter das Bett.

»Zwei … eins …«

Saskias Stimme verlor sich, und dann wurde alles schwarz.

50

Es waren gerade mal neun Minuten vergangen, seit Lottie mit Saskia den Raum verlassen hatte, doch Jamie wurde bereits nervös. Er klebte einen letzten Pflasterstreifen über Prinz Edmunds Nasenrücken. Ihm noch mehr Schmerzen zuzufügen hatte keinen Sinn. Die gebrochene Nase, die Ellie ihm verpasst hatte, war genug.

Zehn Minuten.

Jamie wusste, dass er diesen verwöhnten Milchbubi mühelos in die Schranken weisen konnte, doch er verspürte nicht das Bedürfnis, sich auf sein Niveau herabzulassen. Ellie dagegen kicherte und ballte die Fäuste. Genau dieses Verhalten machte Jamie Sorgen. Ellie war zäh, und in Wahrheit kam sie mit den allermeisten Situationen spielend allein zurecht, doch sie war undiszipliniert und irrational, und er fürchtete, dass sie eines Tages auf den Falschen traf und ernstlich in Gefahr geriet. Genau deshalb musste er auf sie aufpassen.

Zwölf Minuten.

»Ich dachte, du stehst auf *wilde* Mädchen, Ashwick?«, spottete Ellie und ließ drohend ihre Fingerknöchel knacken.

Der Prinz sah sie verächtlich an. »Nur auf Reinblütige wie mich«, zischte er. »Doch nicht auf eine tollwütige Promenadenmischung wie dich, die sich in die hohe Gesellschaft gemogelt hat.«

Jamie konnte ein Glucksen nicht unterdrücken. Es war einfach zu komisch.

Ellie blickte verdattert drein, bevor sie ein belustigtes Geheul anstimmte. »Haha! Ich fasse es nicht!«

Sie lachte, bis sie sich den Bauch halten musste und Jamie ihr einen warnenden Blick zuwarf.

Edmund starrte sie zornig an.

Dreizehn Minuten.

»Diese ganze Sache ist lächerlich«, knurrte er. »Eure Prinzessin ist selbst schuld, wenn sie gleich sentimental wird.«

Ellie hörte augenblicklich auf zu lachen, und Jamie spannte die Muskeln an und machte sich bereit einzugreifen, falls es nötig wurde.

Vierzehn Minuten.

Sie mussten endlich zurück in den Ballsaal, bevor irgendjemand misstrauisch wurde.

»Sentimental?«, wiederholte Ellie bedrohlich leise. »Wie soll sie denn nicht sentimental werden, wenn du ihr Liebesbriefe schreibst?«

Jamie brauchte ganze drei Sekunden, um zu begreifen, was das bedeutete. Ellie und Lottie hatten ihm *noch etwas* verschwiegen.

Fünfzehn Minuten.

»Liebesbriefe?« Edmund spuckte das Wort beinahe aus. »Wovon zur Hölle redest du?«

Jamie sah Ellie streng an.

Sie erwiderte seinen Blick schuldbewusst, bevor sie sich

wieder an den Prinzen wandte. »Na, von dem Brief, den du ihr Silvester geschickt hast.«

Sechzehn Minuten.

Edmunds Gesicht verzog sich ehrlich verblüfft, und in Jamies Körper begann es zu summen.

»Ich habe noch nie im Leben einen Liebesbrief verschickt«, erklärte Edmund, den die Vorstellung zutiefst zu amüsieren schien. »Warum auch, wenn es so einfach ist?«

Jamie musste sich zusammenreißen, um fokussiert zu bleiben.

Siebzehn Minuten.

»Okay, es war nicht direkt ein Liebesbrief«, lenkte Ellie ein. »Eher eine Karte nach dem Motto *Wir sehen uns bald.*« Sie schien zunehmend nervös zu werden. »Die mit dem goldenen Umschlag? In der du geschrieben hast, dass ihr euch auf dem Ball seht?« Sie starrte ihn an, als könnte sie so seine Erinnerung wachrütteln.

Jamie drehte sich ebenfalls mit ernstem Gesicht zu Edmund.

Achtzehn Minuten.

Der Prinz hob schnaubend die Hände. »Hört zu, ich weiß, dass ihr mich nicht leiden könnt«, sagte er, »aber ich habe diese Karte nicht geschickt.«

»Aber wer dann …?« Ellie schüttelte den Kopf, doch Jamie hatte begriffen.

Wer auch immer das Todeszeichen unter Lotties Bett versteckt hatte, hatte auch den *Liebesbrief* geschickt. Ellies Augen weiteten sich entsetzt, als sie Jamies Blick auffing.

»Lottie ist in Gefahr!«

51

Eisige Kälte stach Lottie in die Nase. Es war, als läge sie in einem Schwimmbecken voller Eiszapfen.

Wo bin ich?

Sie war wach, aber ihre Lider waren bleischwer, zu schwer, um sie zu heben. Ihre Finger fühlten sich steif und taub an.

Du musst die Augen öffnen, sagte eine entfernte Stimme in ihrem Kopf.

Wer ist das? Ein metallisches Geräusch durchdrang den Nebel in ihrem Gehirn. Ich bin in Gefahr.

Sei mutig. Einfallsreich.

Lottie zwang sich, die Augen zu öffnen. Sie erkannte die Umrisse eines Lieferwagens, der sich durch die Dunkelheit näherte. Um sie herum wirbelten Staubflocken wie Schnee.

Ich bin müde. Ihre Lider senkten sich wieder.

Die Stimme meldete sich erneut. *Der Prinz und die Prinzessin müssen dich finden.*

Welcher Prinz? Ihr Körper war taub, doch sie spürte, dass sie aufgehoben und zu dem Lieferwagen getragen wurde.

Ellie … Jamie. Erinnerungsfetzen kann zurück, und sie versuchte mit aller Kraft, sie festzuhalten.

Sie blinzelte und sah sich erschöpft um. Die Ladeklappe des Lieferwagens stand offen.

Einfallsreich.

Einer ihrer Füße fühlte sich leichter an als der andere. Dann fiel es ihr wieder ein – sie hatte den Schuh abgestreift und versteckt. Hastig streifte sie auch den anderen ab, bevor sie wieder in den Schlaf sank.

»Sie ist nicht hier!«

Sie hatten Edmund zurückgelassen und waren, so schnell sie konnten, zum Ballsaal gelaufen.

»Sie ist nicht hier«, wiederholte Jamie. Sein Gesicht war unergründlich, doch Ellie wusste, dass er sehr besorgt war. Sie hatte noch nie erlebt, dass er sich um einen anderen Menschen solche Sorgen machte bis auf … nun ja, bis auf sie selbst. Laut ihrer Verabredung hätte Lottie schon vor zehn Minuten hier sein sollen, doch sie war nirgends zu sehen.

»Ich kann nicht glauben, dass ihr mir etwas so Wichtiges verschwiegen habt – und dass ihr so blöd sein konntet!«

Ellie wandte beschämt den Blick ab. Sie musste sich sehr zusammenreißen, um nicht das Büfett zu verwüsten. Sie hatte das dringende Bedürfnis, irgendetwas kaputtzumachen. Am liebsten wäre sie zurückgerannt, um sich richtig schön mit Edmund zu prügeln, aber sie wusste ja, dass alles ganz allein ihre Schuld war. Jamie hatte recht. Wie hatte sie nur so blöd sein können? BLÖD! BLÖD! BLÖD!

Sie holte scharf Luft, kniff die Augen zu und machte sich bereit, das Schwierigste zu sagen, was sie je hatte sagen müssen: Sie würden ihren Eltern beichten müssen, dass Lottie verschwunden war. Sie öffnete die Augen und drehte sich zu Jamie. »Jamie, wir müssen –«

»Stimmt etwas nicht?«

Bei Klang der kühlen Stimme hinter ihnen machte Ellie den Mund wieder zu.

Jamie und sie drehten sich um und standen Anastasia gegenüber, die in ihrem eleganten Kleid und ihrer ruhigen Haltung das genaue Gegenteil ihres panischen Zustands war. »Ihr zwei seid ja ganz aufgelöst.«

»Alles in Ordnung«, erwiderte Ellie mit zusammengebissenen Zähnen.

Anastasia schien Ellies einsilbiger Antwort keinen Glauben zu schenken. »Seid ihr sicher, dass ich nicht irgendwie helfen kann?« Sie sprach so ruhig, dass Ellie den Unterton in ihrer Stimme überhörte.

Jamie hingegen entging er nicht. Er kniff die Augen zusammen, bevor er Anastasia diskret, doch fest beim Arm nahm und an den Rand der Tanzfläche führte. Ellie schauderte, als sie seinen bohrenden Blick sah.

»Was weißt du?«, flüsterte er scharf.

Anastasia lachte und schüttelte herablassend Jamies Arm ab.

»Der perfekte Partist«, sagte sie spöttisch. »Dir entgeht aber auch nichts, was?«

»Lass die Spielchen, Anastasia«, knurrte Jamie. »Wenn du dich so gut mit Partisten auskennst, solltest du wissen, dass sie über Leichen gehen, um ihre Herren zu beschützen.«

Anastasia ließ sich nicht einschüchtern. Selbst Ellie war beeindruckt. Doch dann sagte sie etwas, worauf sie beide nicht vorbereitet waren.

»Wenn du deine Herrin schützen willst, solltest du dich

auf Ellie konzentrieren und nicht auf … wer auch immer Lottie ist.« Sie sahen Anastasia verwirrt an, woraufhin die entnervt seufzte. »Ich weiß, dass sie deine Porterin ist, Eleanor Wolfson.«

Ellies Gedanken wirbelten durcheinander. Dann dämmerte ihr, dass Anastasia *alles* wusste. Aber woher? Hatte sie es jemandem gesagt? Und noch wichtiger – wo war Lottie?!

Bevor Ellie etwas sagen konnte, brach Jamie das Schweigen. »Wovon zur Hölle sprichst du?«

Anastasia lachte trocken. *»Quels imbéciles!«*, zischte sie. »Ellie Wolf – Eleanor Wolfson, die aufsässige Prinzessin aus Maradova … Wie soll irgendjemand, der sich auskennt, auf so einen lausigen Täuschungsversuch reinfallen! Schon der Name Pumpkin ist einfach nur lächerlich –«

»Es reicht!«, blaffte Ellie. »Seit wann weißt du es?«

Eine leichte Röte war Anastasias Hals hinaufgestiegen, ihre Stirn war gerunzelt und mit einem leichten Schweißfilm überzogen. Sie war nur äußerlich ruhig. Ellie wurde klar, dass sie Anastasia noch nie so verstört gesehen hatte. Am liebsten hätte sie ihr gesagt, dass sie sie jetzt leider töten müssten, doch nicht einmal ihr schwarzer Humor konnte sie im Augenblick ablenken.

»Seit ich dich das erste Mal gesehen habe … beim Frühstück in Ivy. Lottie hat dich als ihre Mitbewohnerin vorgestellt, und ich wusste es einfach.«

»Aber woher? Das kann doch gar nicht sein …«

»Du kannst deiner Herkunft nicht entkommen, Ellie. Du hast sie im Blut. Wir werden nie wie sie sein und sie nie wie wir. Es wird uns in der Sekunde unserer Geburt mitgegeben.«

Ellie starrte sie an. In welcher Hinsicht war sie, bitteschön, wie Anastasia? »Was meinst du –«

»Privilegien«, unterbrach Jamie sie und ließ Anastasias Arm los. »Sie meint Privilegien. Aber wir haben jetzt keine Zeit, um über Charakterprägung zu diskutieren. Lottie ist in Gefahr.«

»Gefahr?«

Ellie ärgerte sich über Anastasias besorgtes Gesicht.

»Ja, sie ist verschwunden, und die letzte Person, mit der sie zusammen war, war deine beste Freundin –«

»Saskia!« Anastasia überraschte beide mit ihrem tief gekränkten Gesicht. »Sie ist besessen von der Wolfson-Prinzessin, seit sie gehört hat, dass sie in Rosewood ist. Sie wollte alles über sie wissen. Sie hat mich gebeten, sie ihr vorzustellen, und wollte unbedingt in ihre Nähe. Das … sah ihr gar nicht ähnlich.«

Jamie und Ellie wechselten einen Blick und kamen zu demselben Schluss.

»Anastasia, weißt du, ob sie etwas unter Lotties Bett versteckt hat?«, fragte Jamie eindringlich.

Anastasia wandte den Blick ab. »Nein … das war ich.«

»*Was?*«

»Ihr versteht das nicht. Ich wollte sie beschützen … Ich –«

»Indem du ihr *ein Todeszeichen unters Bett geklebt hast?!*«

»Nein. Seid still! Hört zu!« Anastasia holte tief Luft. »Ich wollte sie verjagen, euch beide … Saskia ist nicht nur meine Freundin. Sie ist auch meine …«

Jamie legte ihr die Hände auf die Schultern. »Anastasia, spuck's aus – uns läuft die Zeit weg!«

Sie biss sich auf die Lippe und sah Ellie durchdringend an, als wollte sie ihr etwas zu verstehen geben.

Sie ist nicht nur meine Freundin. Sie ist auch meine ...

»Sie ist deine Partistin.«

Es war keine Frage. Ellie wusste, dass es so war.

Anastasia nickte, und Jamie lockerte seinen Griff. Es war, als wäre das Licht angeknipst worden. Ellie verstand mit einem Mal, was passiert war und warum Anastasia sich so sonderbar verhalten hatte. Aus irgendeinem Grund hatte Saskia ein gefährliches Interesse an der Prinzessin entwickelt, für die sie Lottie hielt. Anastasia konnte sie nicht verraten. Ellie versuchte sich vorzustellen, Jamie zu verraten – es war einfach unmöglich, sie würde es niemals über sich bringen. Also hatte Anastasia getan, was sie konnte, um sie und Lottie aus Rosewood zu vertreiben.

»Ich verstehe«, sagte sie sanft. Sie hätte sich nie vorstellen können, einmal eine derartige Nähe zu Anastasia zu spüren, aber in diesem Moment hatte sie das Gefühl, sie besser zu verstehen als irgendjemand sonst.

»Okay«, sagte Jamie mit erzwungener Ruhe, obwohl er die Zähne zusammenbiss. »Das müssen wir im Augenblick hintanstellen. Es sind jetzt schon über dreißig Minuten vergangen, und Lottie ist immer noch nicht hier, weil sie vermutlich von einer skrupellosen Partistin entführt wurde –«

Er unterbrach sich entsetzt, als ihm der Ernst der Lage bewusst wurde. Dann schüttelte er entschieden den Kopf und sagte: »Wir müssen sie finden – jetzt!«

Ellie raufte sich die Haare. Es würde Tage dauern, das ganze Gelände abzusuchen. »Wo sollen wir überhaupt anfangen?« Ihre Stimme klang gepresst und verzweifelt. Sie hasste sich dafür, dass es ihr nicht gelang, so ruhig zu bleiben wie Jamie.

Anastasias Stimme holte sie zurück auf den Boden. »Habt ihr versucht, sie anzurufen?«

Beide machten große Augen.

Nein, hatten sie nicht.

»Ja, ich habe die Prinzessin. Nein, sie ist unversehrt. Ich glaube, sie wacht gerade auf. Okay. Wir kommen. *Swobadasch!*«

Lottie versuchte, sich einen Reim darauf zu machen, was sie hörte. Dann spürte sie einen scharfen Druck um die Handgelenke. Das Gefühl ließ sie wieder voll zu Bewusstsein kommen.

»Du bist wach.«

Sie öffnete die Augen und sah, dass Saskia vor ihr kniete und ihr sorgfältig die Handgelenke fesselte. Diesmal war nichts mehr trübe. Die Welt und ihre Gedanken waren wieder klar und deutlich.

Sie war entführt worden.

Sie drückte die Knie zusammen und richtete sich auf, fest entschlossen, den Schwindel nicht gewinnen zu lassen. Dabei tat sie so benebelt wie möglich und prägte sich blinzelnd jede Einzelheit im Lieferwagen ein.

Saskia hatte sie alle getäuscht. Sie hatte ihre Entführung geplant, seit sie sich das erste Mal begegnet waren. Da der Lieferwagen stand, konnte es sein, dass sie immer noch in der Nähe des Palasts waren. Ihr fehlten beide Schuhe.

Aber das größte Rätsel war …

»Warum machst du das?«

Lottie war froh, dass ihre Stimme erstickt und erschöpft klang, und hoffte, dass Saskia unvorsichtig wurde.

Saskia drehte sich zu ihr. Ein unheimliches Lächeln umspielte ihre Lippen, bei dessen Anblick Lottie schauderte. Sie zeigte kein Zeichen von Unaufmerksamkeit. Wäre sie nervös oder fahrig gewesen, hätte Lottie sie vielleicht überlisten können, doch sie war zu geistesgegenwärtig, zu bereit. Sie erinnerte sie an … Jamie.

»Na ja … die kurze Antwort lautet« – Saskia rieb die Finger aneinander – »Geld.«

Lottie klammerte sich daran fest. Sie sagte das Erste, was ihr in den Sinn kam. »Okay, dann kannst du mich ja jetzt zurückbringen. Ich sage meinen Eltern, dass du mich gerettet hast, und du bekommst eine große Belohnung.«

Saskias Lachen erinnerte Lottie an die gemeinsam verbrachte Zeit in den letzten Monaten. »Netter Versuch, Prinzessin, aber auf deinen Kopf ist ein größeres Preisgeld ausgesetzt, als du dir vorstellen kannst. Du stehst ganz oben auf der Liste.«

Lottie schüttelte den Kopf. Die Worte ergaben einfach keinen Sinn. »Auf welcher Liste? Mit wem hast du telefoniert?«

Saskias Lächeln verblasste, und sie richtete den Blick in die Ferne. »Mit *ihnen.*«

Sie sagte es so ehrfürchtig, als handelte es sich um Götter, und Lottie schauderte wieder. »Sie heißen Leviathan und wollen die Welt verändern. Und du bist meine Eintrittskarte zur vollen Mitgliedschaft. Ich weiß nicht, warum, aber sie wollen die Prinzessin von Maradova – dich – mehr als jede andere.« Saskia zog ein Etui aus ihrer Jackentasche und begann, damit herumzuspielen. Lottie sah, dass zwei kleine Messer darin steckten, und schluckte. Wie viele Waffen trug Saskia sonst noch mit sich herum?

»Diese Leviathan-Typen«, begann Lottie. »Haben die auf viele Leute ein Preisgeld ausgesetzt?«

»Nicht einfach auf irgendwelche Leute. Auf Kinder aus Königshäusern oder von einflussreichen, wohlhabenden Familien. Sie wollen –« Doch bevor Saskia ausreden konnte, dudelte irgendwo eine Melodie los, begleitet von einer Vibration.

Lotties Handy.

Saskia zog es aus Lotties Abendtasche, die ihr immer noch an ihrem feinen silbernen Riemen um die Schulter hing.

»Geh ran.« Sie hielt ihr das Handy ans Ohr. »Sag, dass du in Sicherheit bist, sonst wird es ungemütlich.«

Lottie blickte auf das Handy, das in Saskias Hand vibrierte. Ellies Name leuchtete auf dem Display, und Lotties Herz begann heftig zu klopfen. Das konnte ihre Chance sein. Sie durchsuchte ihr Gehirn nach jedem Buch, das sie je gelesen hatte, jedem lächerlichen Spionagetrick oder Code, von dem sie gehört hatte.

»Beeil dich, Prinzessin«, drohte Saskia.

Prinzessin.

Lottie wusste, was sie zu tun hatte.

»Hallo?«

»Lottie, o mein Gott, ist alles in Ordnung?« Es war Ellies Stimme.

»Ja, alles okay. Tut mir leid, dass ich nicht mehr zurückgekommen bin. Ich bin ein bisschen kaputt. Ich glaube, ich gehe jetzt schlafen.«

»Bist du sicher? Wir können noch kurz zu dir kommen.«

Jamie. Sie hatten den Lautsprecher an. Anscheinend waren sie nicht im Ballsaal.

»Nein, ist schon in Ordnung, wirklich. Ich wollte nur das Kleid loswerden. Und die unbequemen Schuhe ...«

Auf der anderen Seite folgte ein Schweigen. Lottie hatte das Gefühl, sie müsste gleich platzen.

»Okay.« Ellies Stimme war so ruhig, dass Lottie sich Sorgen machte, ihr wäre der Hinweis entgangen. »Können wir irgendetwas für dich tun?«

»Wenn du so fragst ...« Saskia warf ihr einen scharfen Blick zu und bedeutete ihr, sich zu beeilen. »Könntet ihr mir ein Apfeltörtchen vom Büfett aufheben?«

»Natürlich. Ich werde mich darum kümmern.«

»Danke.« Lottie kniff die Augen zu und fügte unwillkürlich hinzu: »Ich hab euch lieb!«

Sie öffnete die Augen und sah Saskias Finger auf der *Aus*-Taste. Ihre Lippen waren zu einem zufriedenen Grinsen verzogen.

Jetzt konnte Lottie nur noch beten, dass die Botschaft angekommen war.

52

Jamie starrte das verstummte Handy an.

Ich hab euch lieb!

Sein Herz raste. Er wusste, dass etwas nicht stimmte. Er musste jetzt ruhig und vernünftig bleiben.

»Ist alles in Ordnung?«, fragte Anastasia hoffnungsvoll.

»Nein«, entgegnete Ellie kurz. »Das war ein geheimer Code.«

Anastasia verzog verzweifelt das Gesicht. »O Saskia«, sagte sie seufzend. »Was hast du nur getan?«

Jamie ignorierte sie. Anastasias Sorgen interessierten ihn gerade wirklich nicht.

»Welche Hinweise haben wir?«, fragte er ungeduldig.

»Also«, begann Ellie. »Sie hat eine Apfelallergie – sie wollte uns also mitteilen, dass sie in Gefahr ist. Und das mit den unbequemen Schuhen …« Sie rieb sich die Stirn. »Ich weiß, dass sie mir damit etwas sagen wollte. Sie sind maßgefertigt, sie liebt sie. Ich –«

»Das ist Cinderella, ihr Idioten!«, bellte Anastasia. Tränen liefen ihr über die Wangen, und sie wischte sich die Nase, redete jedoch weiter, als wäre nichts. »Wahrscheinlich hat sie irgendwo ihre Schuhe als Hinweis hinterlassen.«

Jamie nickte. »Wir dürfen die Wachen noch nicht informieren. Saskia hat garantiert einen Fluchtplan für den Fall, dass der Palast abgeriegelt wird, und dann wäre Lottie in noch größerer Gefahr.«

»Woher weißt du das?«, fragte Ellie.

»Weil ich selbst auch einen hätte«, erwiderte er trocken. »Also los, finden wir die Schuhe.«

Sie brauchten zehn Minuten für den ersten Schuh. Jamie hatte vorgeschlagen, im Westflügel anzufangen, da dort die Gästezimmer lagen und außerdem die Auffahrt in Reichweite war, so dass man leicht mit einem Auto vorfahren konnte.

Zuerst entdeckte Ellie die zerbrochene Teetasse, dann den Schuh unterm Bett. Da war er, kaum zu sehen, doch sein Glitzern hatte ihren Blick angezogen. Aufgeregt rief sie nach den anderen.

»Meinst du wirklich, sie ist durchs Fenster geflohen?«, fragte sie ungläubig, als Jamie und Anastasia bei ihr waren.

»Ja«, sagte Jamie. Saskias Plan war für ihn jetzt sonnenklar. »Das heißt, dass sie jeden Moment verschwinden können.«

»Warum informieren wir dann nicht die Wachen, dass niemand das Gelände verlassen darf?«, schlug Anastasia vor. Sie hatte sich gefasst und war fest entschlossen zu helfen. Vermutlich hatte sie ein schlechtes Gewissen.

»Weil sie dann die Kontrolle verlieren und ihr etwas antun könnte«, erwiderte er.

Anastasia schnaubte empört. »Saskia würde nie –«

»Du hättest sicher auch nicht gedacht, dass sie jemanden entführen würde.«

Anastasia biss sich auf die Lippe. Jamie wusste, dass er grob war, doch der Stress setzte ihm zu. Lottie war in Gefangenschaft einer kaltblütigen Partistin, sie war in Lebensgefahr, und er musste sie retten, ohne dabei Ellies Sicherheit aufs Spiel zu setzen.

»He, Leute«, rief Ellie. »Ich glaube, ich sehe sie!«

Jamie sprang über das Bett und stürzte neben Ellie ans Fenster. Er folgte ihrem Blick. Es war schwer, in der Dunkelheit etwas zu erkennen. Doch dann sah er es auch.

Die Umrisse eines dunklen Lieferwagens, kaum hundert Meter vom Schloss entfernt im Schatten der Bäume. So schnell sie konnten, rannten sie durch die Marmorgänge zum Haupteingang. Als sie nach draußen traten, peitschte ihnen eisiger Wind ins Gesicht.

Anastasia hielt die Tür fest, damit sie nicht ins Schloss fiel. »Seid ihr sicher, dass sie es sind?« Ihre Augen schimmerten ängstlich. Sie wusste, dass ihre Partistin verloren war.

»Ganz sicher«, erwiderte Ellie.

Anastasia senkte den Kopf. »Ich informiere die Wachen. Ihr behaltet das Auto im Auge.« Sie drehte sich um, um loszulaufen, doch dann packte sie Jamie am Ärmel. »Bitte tu ihr nichts«, flüsterte sie.

Er zögerte kurz, doch dann entschied er sich, ehrlich zu sein. »Vielleicht habe ich keine andere Wahl.«

53

»Im Augenblick können wir hier nichts tun. Wir müssen warten, bis die Wachen kommen.«

Jamie versuchte, die zitternde Ellie zu überreden, wieder ins Schloss zu gehen, doch sie weigerte sich. Störrisch rieb sie sich die nackten Arme, um sich zu wärmen. Sie hielten sich im Schatten einer Säule und spähten gelegentlich dahinter hervor, um zu überprüfen, ob der Lieferwagen noch immer am selben Fleck stand. Ellie hatte irgendwo einen Golfschläger aufgegabelt und hielt ihn fest umklammert.

»Aber was, wenn es dann zu spät ist?«, zischte sie aufgebracht.

Jamie schüttelte den Kopf. Er wusste, was sie befürchtete, doch sie mussten jetzt ruhig bleiben.

Er konnte Lotties Sicherheit nicht über Ellies stellen. Das durfte er nicht, obwohl er es wollte. Er musste Ellie beschützen, um jeden Preis.

»Ich muss bei dir bleiben, Ellie«, sagte er fest, obwohl es sein dringlichster Wunsch war, hinunter zum Lieferwagen zu rennen. In diesem Augenblick hörten sie das leise Knattern eines startenden Motors.

Dann machte es *Ratsch*. Jamie drehte sich zu Ellie und sah, dass sie ihr bodenlanges Kleid auf Kniélänge riss.

»Tut mir leid, Jamie, aber das kann ich nicht riskieren«, sagte sie und schnappte sich wieder ihren Golfschläger.

Jamie wollte sie festhalten, doch es war zu spät. Ellie hatte bereits die Schuhe von ihren Füßen geschleudert, sprang über die Balustrade und stürmte zum Lieferwagen.

Sie tat, was Jamie getan hätte, wäre er frei gewesen. Sie rannte los, um Lottie zu retten.

Saskia hatte Lottie auf den Beifahrersitz gezerrt und ihre Handgelenke mit einem Schal umwickelt, damit man die Fesseln nicht sah.

Lottie zitterte. Ob vor Kälte oder vor Angst, konnte sie nicht sagen. Die Anweisungen waren einfach: Sie musste den Wachen am Tor sagen, dass sie den Palast aus persönlichen Gründen dringend verlassen musste und dass Saskia, eine offiziell registrierte Partistin, so freundlich war, sie zu fahren. Wenn es Lottie nicht gelang, die Wachen zu überzeugen, würde Saskia zu härteren Mitteln greifen.

Saskia hatte erklärt, dass jeder, der die Bilder der Überwachungskameras sah, denken musste, sie habe nur der betrunkenen Prinzessin geholfen. Keine schlechte Geschichte in Anbetracht von Ellies Ruf und der Szene mit Edmund.

Hoffentlich hatten die anderen Lotties Code entschlüsselt!

Saskia schaute auf die Uhr und wartete noch einige Augenblicke, dann steckte sie den Schlüssel ins Zündschloss.

»Okay, Prinzessin, bereit für die Show?«

Hätte Lottie nicht solche Angst gehabt, hätte sie gelacht. Das war doch sowieso alles eine einzige Show!

Doch sie nickte nur. Es würde ihr nicht schwerfallen, die

aufgelöste Prinzessin zu spielen, die den Palast verlassen wollte. Der Lieferwagen setzte sich schnurrend in Bewegung.

Das war's dann wohl, dachte Lottie.

Saskia setzte zurück, schaltete in den ersten Gang und steuerte die Auffahrt hinunter.

Sie waren erst wenige Meter gefahren, als das Chaos begann.

Eine dunkle Gestalt tauchte vor der Frontscheibe auf. Sie stieß einen Urschrei aus und stürzte sich mit ausgebreiteten Armen auf den Lieferwagen.

»Was zur …«, schrie Saskia und trat hart auf die Bremse.

Der Wagen kam abrupt zum Stehen, und Lottie wurde nach vorn geschleudert. Die Gestalt glänzte im Scheinwerferlicht. Sie hatte eine wilde schwarze Mähne und zornig gebleckte Zähne.

Ellie!

Ihr Kleid war zerrissen, und sie stand barfuß im Schnee und schwang einen Golfschläger über den Kopf, den sie wild auf die Scheinwerfer niedersausen ließ.

Sie war grauenerregend.

»WAS HAST DU GETAN?«, kreischte Saskia und schüttelte Lottie, die kein Wort herausbrachte.

Was zur Hölle machte Ellie da?

»Ich –«

Weiter kam Lottie nicht, da in diesem Augenblick das Fenster auf der Fahrerseite eingeschlagen wurde und Glassplitter herumwirbelten. Beißender Wind wehte herein.

»Saskia, komm raus. SOFORT!«, brüllte Ellie und holte wieder mit dem Golfschläger aus.

Saskias Gesicht wurde eiskalt. Lottie lief ein Schauder über den Rücken, der nichts mit der Kälte zu tun hatte. Sie wurde bei den gefesselten Armen gepackt und in den Laderaum des Wagens gestoßen. Da sie sich nicht mit den Händen abfangen konnte, schlug sie hart mit dem Kopf auf, und ihre Krone fiel zu Boden. Sie hörte, dass die Fahrertür geöffnet wurde, und rief Ellie zu, sie solle weglaufen.

Dann wurde die Ladeklappe geöffnet. Binnen Sekunden hatte Saskia Ellie den Golfschläger abgenommen und ihr die Arme auf den Rücken gedreht. Ellie warf den Kopf zurück und spuckte sie an. Saskia ließ sie abrupt los und schlug ihr brutal ins Gesicht, bevor sie sie zu Lottie in den Lieferwagen schubste.

Ellies Lippe blutete, doch sie sah Saskia grinsend von unten an. »Dumm gelaufen«, sagte sie nur.

Saskia zog die Augenbrauen hoch. Dann sah sie, was Ellie meinte.

Jamie sprintete geradezu mit Lichtgeschwindigkeit über die vereiste Auffahrt. Saskia wirbelte herum, zog etwas aus ihrer inneren Jackentasche und zielte.

»JAMIE, PASS AUF!«

Lottie schrie mit aller Kraft, doch ihre Worte verhallten ungehört. Bevor sie verstand, was geschah, war Jamie auch schon bei ihnen, duckte sich unter einem Schuss hinweg und richtete sich wieder auf.

Mit der linken Hand schob er den Pistolenlauf beiseite, mit der rechten Hand umklammerte er Saskias Handgelenk. Er verdrehte ihren Arm, bis sie die Pistole auf sich selbst richtete. Das alles ging so schnell, dass Lottie kaum folgen konnte. Saskia trat Jamie auf den Fuß und riss die Arme ruckartig nach unten, so dass die Pistole auf den Boden fiel. Sie kickte sie außer Reichweite.

Jamie umklammerte Saskias Taille und schleuderte sie so weit wie möglich von Lottie und Ellie weg, bevor er auf sie zustürmte.

Und dann begann der Tanz.

Ihre Schritte waren elegant und kraftvoll, jede Bewegung gekonnt und präzise, ein schönes, aber gefährliches Duell.

Lottie verfolgte entsetzt und fasziniert zugleich, wie sie angriffen und auswichen, sich vorbeugten und zurücklehnten.

Das ist ein Partistenkampf, und er ist tödlich.

Die beiden Gegner schienen einander ebenbürtig zu sein, bis es Jamie gelang, Saskias Faust mit dem Ellbogen abzuwehren und ihr in den Magen zu boxen. Saskia krümmte sich, und er nutzte die Gelegenheit, um ihr das Knie unters Kinn zu rammen. Lottie schlug entsetzt die Hände vors Gesicht. Bevor Saskia sich wieder aufrichten konnte, sprang Jamie in die Luft, als wäre er schwerelos. Er hob ein Bein, wirbelte herum und trat Saskia gegen die Schulter, bevor er landete und eine Pistole aus seinem Smoking zog.

Saskia fiel auf die Knie, hob den Kopf und blickte in den Lauf der Pistole. Der letzte Funke Überlegenheit war verschwunden. Sie verzog das Gesicht zu einem verrückten, blutverschmierten Grinsen und lachte, doch es klang eher nach einem Röcheln.

»Du braver kleiner Partist!« Beim Sprechen lief ihr Blut aus den Mundwinkeln, und sie spuckte auf den Boden.

»Du hast verloren, Saskia«, entgegnete Jamie kalt. Sein Gesicht war ganz ruhig, während der eisige Wind an seinen Haaren zerrte.

Wieder lachte sie röchelnd. Lottie zuckte zusammen, doch Jamie hielt ungerührt die Waffe auf sie gerichtet.

»Ich habe überhaupt nichts verloren«, krächzte sie. »Ich habe mich schon vor Jahren gefunden. *Du* bist der Verlierer.«

Jamie erwiderte nichts. Es war schwer zu sagen, ob ihre Worte irgendeine Wirkung auf ihn hatten.

»Du könntest frei sein«, fuhr Saskia fort. »Du könntest deine Ausbildung nutzen, um für Gerechtigkeit zu kämpfen, statt dein Leben diesen verblendeten Idioten zu opfern.« Tränen stiegen ihr in die Augen. »Wir sind ihnen egal. Wir sind für sie nur ein Mittel zum Zweck. Alle sind für sie nur ein Mittel zum Zweck. Sie werden uns nie so leben lassen, wie wir wollen.« Sie streckte verzweifelt die Hand aus. »Du solltest dich uns anschließen.«

Lottie hielt den Atem an. Der Wind peitschte um die beiden Partisten, während sie gefesselt im Lieferwagen saß. Ihr Herz machte einen Satz, als er den Mund öffnete, und sie glaubte zu sehen, dass seine Hände zitterten.

Doch bevor er etwas erwidern konnte, ertönte eine dröhnende Stimme. »Hände hoch!«

Blendende Lichter leuchteten auf, und mindestens zwanzig schwarzmaskierte Gestalten in Uniformen stürmten auf sie zu. In Windeseile hatten sie Saskia Handschellen angelegt und sie an die Seite des Lieferwagens gedrückt. Jamie legte vorsichtig seine Waffe nieder und setzte sich neben Lottie auf die Ladefläche. Er wirkte gänzlich unbeeindruckt, als hätte er die ganze Zeit gewusst, dass sie kommen würden.

Sie wurden zum Palast gebracht, und Lottie sah, wie eine der vermummten Gestalten die Maske abzog und ein wettergegerbtes Gesicht mit einer tiefen Narbe zum Vorschein kam. Der Mann nickte Jamie zu, der grüßend die Hand an die Stirn legte.

Irgendjemand band Lotties Hände los und legte ihr eine Decke um. Alles verschwamm zu einem warmen Wirbel aus besorgten Stimmen. Jamie und Ellie bestürmten Lottie mit Fragen.

»Geht es dir gut? Bist du verletzt? O Ellie … deine Lippe!« Jamie sprang besorgt um sie herum, was gar nicht zu ihm passte.

Ellie winkte sorglos ab. Sie streckte die Arme aus und zog Lottie fest an sich.

»Lottie! O Gott, es tut mir so leid. Es tut mir so unglaublich leid«, wiederholte sie immer wieder, während sie sie an sich drückte.

Doch Lottie hörte sie kaum. Sie war abgelenkt von dem, was sie über Ellies Schulter sah.

Neben dem Haupteingang stand, aufrecht und reglos, Anastasia. Sie sah weder Lottie noch Ellie oder Jamie. Ihr Blick ruhte auf Saskia, ihre Wangen glänzten vor Tränen, und ihr tiefrotes Kleid flatterte um sie herum. Zwei schwarzgekleidete Wächter brachten Saskia zu ihr. Sie blieben vor ihr stehen, und einer der Männer verbeugte sich.

»Wir bringen sie zum Verhör. Man wird Ihren Vater informieren.«

Anastasia erwiderte nichts. Sie starrte Saskia mit brennenden Augen an.

Das Gesicht ihrer Partistin spiegelte Entschlossenheit. Als sie weitergeführt wurde, drehte sie sich um und rief: »Ani, ich hätte dich nicht zurückgelassen. Ani!«

Doch Anastasia sah ihr nicht nach. Sie ballte die Fäuste so fest, dass ihre Fingerknöchel weiß wurden. Dann brach sie in Tränen aus. Es waren nicht nur die Tränen eines entsetzten jungen Mädchens. Da war noch mehr.

Lottie musste an das Foto denken, das Anastasia aus der Tasche gefallen war. Plötzlich verstand sie es, und sie konnte nicht fassen, dass es ihr bisher entgangen war.

Anastasia und Saskia waren ein Liebespaar.

54

Nun schon zum zweiten Mal standen Lottie, Jamie und Ellie vor dem Thronsaal und warteten darauf, zur Audienz gebeten zu werden. Seit dem Ball waren weniger als vierundzwanzig Stunden vergangen. Die Feierlichkeiten waren vorzeitig beendet und die Gäste nach Hause geschickt worden. Eine schlaflose Nacht voller Fragen war gefolgt. Lottie hätte am liebsten auf der Stelle ihren Schlafanzug angezogen und hundert Jahre geschlafen. Ihre Welt hatte sich drastisch verändert, und sie wusste, dass von nun an alles anders sein würde.

Sie waren übereingekommen, sich an die Geschichte zu halten, dass sie – und auch Anastasia – nichts von dem Angriff gewusst hatten. Und eigentlich war es ja auch keine Geschichte. Es war die Wahrheit.

Ellie und Lottie hatten leichte Verletzungen davongetragen: Ellies Lippe war aufgeplatzt, es würde jedoch keine Narbe zurückbleiben, und Lottie hatte eine Schürfwunde an der Wange und eine Beule von ihrem Sturz auf den Kopf. Jamie war unversehrt – zumindest äußerlich.

Lottie hielt den Atem an, als die Türflügel sich langsam öffneten. Wieder flutete ihnen helles Licht entgegen, doch diesmal wich sie nicht zurück. Sie ging tapfer ihrem Schicksal entgegen.

Im Saal saß der König auf seinem Thron, neben ihm seine Frau und seine Mutter, und hinter ihm Simien Smirnov, der Mann mit dem Glasauge. Zu Lotties Überraschung war noch eine fünfte Person anwesend: der schroffe Mann, den Jamie am Vorabend gegrüßt hatte und dessen finstere Miene in seinem Gesicht festgewachsen schien.

»Nach den Ereignissen der gestrigen Nacht steht es außer Frage, dass eine ernsthafte Bedrohung vorliegt.« Der König sprach so eindringlich, dass niemand es wagte, auch nur einen Mucks zu machen.

Lottie stand ruhig und aufrecht da, ihr Blick war fest und gleichmütig, wie sie es so oft bei Jamie gesehen hatte. Mit einem Mal verstand sie, wie wichtig es war, sich unerschütterlich zu zeigen. Es war wie eine Rüstung, die nicht nur sie selbst schützte, sondern auch diejenigen, die sich um sie sorgten. Als Ellies Porterin durfte sie nicht zulassen, dass Ellie Angst um sie hatte. Sie musste Ellie und ihre Familie davon überzeugen, dass sie die Ereignisse der letzten Nacht mühelos abschütteln konnte und sich, ohne zu zögern, wieder für Ellie in Gefahr begeben würde.

Doch das stimmte nicht. Lottie hatte noch nie in ihrem Leben solche Angst gehabt. Aber genau deshalb war sie hier: Damit Ellie so etwas nicht zustieß.

»Sir Olav«, der König deutete mit der Hand auf den Mann mit der Narbe, »hat die verbrecherische Partistin in Verwahrung genommen, doch sie verweigert die Aussage.«

Lottie dachte an Saskia. Sie war eifersüchtig auf sie gewesen und hatte ihr doch vertraut. Ihr Herz schlingerte. Sie wollte sich gar nicht vorstellen, wie Anastasia sich jetzt fühlte.

Sir Olav rieb sich nachdenklich die Hände, und Lottie konnte eine Tätowierung in der Form eines Dolchs über seinem Handgelenk erkennen.

»Bisher wissen wir nur, was die Porterin uns sagen konnte.«

Lottie speicherte die Information ab, dass er von ihrer Stellung wusste. Es war wichtig zu wissen, wer eingeweiht war.

»Mr und Mrs Alcroft sind aus allen Wolken gefallen«, fuhr Sir Olav fort. »Ihre Tochter Anastasia hat zu Protokoll gegeben, dass ihre Partistin ein ungewöhnlich großes Interesse an der Prinzessin gezeigt hat, wobei sie sich jedoch nichts weiter gedacht habe.«

Lottie wusste mittlerweile, dass das eine Lüge war. Jamie und Ellie hatten ihr berichtet, was sie von Anastasia erfahren hatten.

Der König wandte sich an Lottie und musterte sie scharf. »Ich verstehe. Was wissen wir also, Miss Pumpkin?«

Lottie holte tief Luft. »Wir wissen, dass eine Gruppe dahintersteckt, die sich Leviathan nennt, Eure Majestät«, begann sie. »Wir wissen, dass sie die Kinder wichtiger Familien, insbesondere aus Königshäusern, im Blick hat, und ...« – sie wappnete sich dafür, dass ihre nächsten Worte besorgte Reaktionen hervorrufen würden – »wir wissen, dass sie ein besonderes Interesse daran hat, die Prinzessin von Maradova in ihre Gewalt zu bringen. Wir wissen allerdings nicht, warum.«

Der König nickte. »Gute Arbeit.«

Lottie musste sich zusammenreißen, um nicht laut zu quieken. War das ein Lob vom König?

Trotz der ernsten Lage konnte sie ein Gefühl des Stolzes nicht unterdrücken. Die Königin lächelte sie an, als könnte sie ihre Gedanken lesen. Lottie erwiderte ihren Blick mit einem respektvollen Nicken, das sie sich von Jamie abgeguckt hatte.

»Nun gut!«

Die kratzige Stimme der Königsmutter schüchterte Lottie schnell wieder ein.

Sie trommelte gereizt mit den Fingern auf ihren Stock und ließ ihren bohrenden Blick über ihre Enkelin und ihre Beschützer gleiten. Heute trug sie die Haare offen, ein silberner Wasserfall, der ihr bis zur Taille reichte und sie aussehen ließ, als könnte sie jederzeit einen bösen Fluch aussprechen. »Dann sollten wir zu dringlicheren Fragen übergehen.«

Lottie, Ellie und Jamie hielten den Atem an.

»Wie um alles in der Welt konnte es dazu kommen, dass sich die Prinzessin, unsere Eleanor, für dieses Mädchen in Gefahr begeben hat?«

Lottie spürte, dass ihr heiß wurde. Jamies Fähigkeit, ruhig zu bleiben, beeindruckte sie immer mehr.

»Es ist völlig inakzeptabel, dass eine Prinzessin sich für ihre *Porterin* in Gefahr begibt.« Sie sagte es wie ein Schimpfwort. »Allein die Vorstellung ist abscheulich.« Sie musterte sie nacheinander und klopfte mit ihrem Stock auf den Boden. »Hast du irgendetwas zu deiner Verteidigung zu sagen?«

Lottie schluckte. Sie war wütend und beschämt zugleich. Sie hatte sich eingeredet, dass sie Ellie unmöglich davon hätte abhalten können, zum Lieferwagen zu laufen, doch das stimmte nicht. Sie hätte am Telefon so tun können, als wäre wirklich alles in Ordnung – doch das war ihr gar nicht in den Sinn gekommen. Sie durfte nie vergessen, dass sie verzichtbar war. »Es tut mir leid, Majestät. Ich –«

»Doch nicht du!«, kreischte die Königsmutter. »Ihr Partist!« Sie sah Jamie streng an, bevor sie sich wieder an Lottie wandte. »*Du* hast dich genau so verhalten, wie sich ein Porter in einer solchen Situation verhalten sollte. Porter sind schwer zu finden. Es wäre höchst unpraktisch, wenn wir dich verlieren würden.«

Unpraktisch.

Lottie war völlig verdattert. Sie wussten nicht, dass sie im Lieferwagen keinen einzigen Gedanken daran verschwendet hatte, dass sie eine Porterin war. Nie wäre ihr eingefallen, dass es für die Königsfamilie *unpraktisch* wäre, sie zu verlieren. Sie hatte nicht an ihre Prinzessin gedacht. Sie hatte nur an sich selbst gedacht. Sie war nicht die, für die Ellies Großmutter sie hielt, und aus irgendeinem Grund verabscheute sie sie dafür – vor allem aber verabscheute sie sich selbst. Sie wollte sich nicht verhalten wie eine x-beliebige Stellvertreterin. Sie wollte stark sein, und sie wollte ihren Platz in dieser außergewöhnlichen Welt verdienen, selbst wenn es gefährlich wurde.

Sie sah Jamie aus dem Augenwinkel an. Er stand sehr aufrecht und ließ die Schelte über sich ergehen, ohne mit der Wimper zu zucken.

»Das ist wahr«, sagte der König mit einer Miene, die verriet, wie ungern er zustimmte. »Sir Olav, bitte lassen Sie sich eine angemessene Strafe für Ihren Schüler einfallen.«

Lottie spürte Wut in sich aufsteigen. Das war so ungerecht. Jamie hatte sie gerettet. Er hatte getan, was er konnte …

Jamie warf ihr einen warnenden Blick zu, und sie biss sich fest in die Wange. Bevor er Ellie denselben Blick zuwerfen konnte, trat die vor. Doch zu Lotties Überraschung widersprach sie nicht. Sie erhob nicht einmal die Stimme. »Dürfen wir jetzt gehen?«, fragte sie nur. Ihre geballten Fäuste waren der einzige Hinweis auf ihren Gemütszustand.

König Alexander rieb sich die Stirn, als hätte er Kopfschmerzen, und seufzte. »Ihr dürft gehen.«

Als sie sich zur Tür wandten, ergriff der König noch einmal das Wort.

»Ich bin sehr froh, dass niemand zu Schaden gekommen ist, und ich bin wirklich beeindruckt, wie gut ihr die Situation gelöst habt – aber so sind nun einmal die Regeln.«

Ellie blieb kurz vor der Tür stehen, ohne sich umzudrehen. Dann setzten die drei ihren Weg fort und ließen ein unbehagliches Schweigen zurück.

55

Bevor sie in Ellies Zimmer zurückgingen, bat Ellie Jamie, sie und Lottie einen Moment allein zu lassen. Er nickte zögerlich und ging allein weiter.

»Komm«, sagte Ellie sanft und griff nach Lotties Hand.

Sie führte sie eine Wendeltreppe hinauf in ein Turmzimmer, von dem aus man den weitläufigen Garten überblicken konnte, der unter einer dicken Schneedecke lag. Ellie trat auf den Balkon und lehnte sich über die steinerne Brüstung. Ihr Gesicht war undurchdringlich. Sie sah Jamie plötzlich sehr ähnlich. Lottie folgte ihrem Blick über den Garten und fragte sich, wie es sein würde, wenn der Schnee geschmolzen war.

»Lottie«, sagte Ellie. »Ich muss dich etwas Wichtiges fragen, aber erst musst du mir versprechen, dass du mir ehrlich antwortest.« Sie drehte sich um und sah Lottie so durchdringend an, dass sie den Blick nicht abwenden konnte.

»Natürlich«, versprach sie mit wachsendem Unbehagen.

Ellie schüttelte den Kopf. »Nein, Lottie … versprich es nicht leichtfertig«, sagte sie seufzend. Die schlaflose Nacht war ihr jetzt deutlich anzumerken. »Versprich mir aufrichtig, dass du nicht an mich denkst, wenn du meine Frage beantwortest. Achte nur auf dich und deine Gefühle.«

Lottie schluckte. Sie musste an das Versprechen denken,

das sie ihrer Mutter auf dem Sterbebett gegeben hatte. Ihre Haut kribbelte. Sie wusste, dass sie *dieses* Versprechen unmöglich halten konnte. Sie konnte es Ellie nicht erklären – das war etwas, das nur Jamie verstehen würde. Sie konnte nicht nur für sich antworten, weil das jetzt ihr Leben war – für Ellie da zu sein. Aber das sagte sie nicht. Sie hielt nur den Atem an und nickte.

»Ich verspreche es«, sagte sie langsam.

»Gut.« Ellie sah nervös aus, ihre Bewegungen wirkten fahrig. »Ich will, dass du ernsthaft darüber nachdenkst, bevor du mir antwortest.«

Wieder nickte Lottie.

Ellie atmete tief durch, dann fragte sie: »Glaubst du, du wärst glücklicher, wenn du nicht meine Porterin geworden wärst?«

»Nein«, erwiderte Lottie, noch bevor Ellie die Frage beendet hatte.

Darüber musste sie nicht nachdenken, und es hatte nichts damit zu tun, dass sie ihr Leben für Ellie opferte. Sie wusste tief in ihrem Inneren, dass es stimmte. Es war ihr egal, wie gefährlich ihr neues Leben war oder was sie aufgeben musste. Das Jahr mit Ellie war das glücklichste gewesen, seit ihre Mutter gestorben war. Nie war sie so nahe daran gewesen, ihr Versprechen einzulösen. Sie hatte das Gefühl, einen Teil von sich gefunden zu haben, von dem sie nicht einmal gewusst hatte, dass er ihr fehlte.

»Hier ist mein Platz«, sagte sie ernst und drückte Ellies Hand. Tränen traten ihr in die Augen, doch sie kümmerte sich nicht darum. »Mit dir bin ich glücklicher, als ich es jemals gewesen bin. Du machst mich zu einem besseren Menschen.«

Ellie hielt nur mühsam die Tränen zurück und schniefte laut. Sie zog Lottie an sich und umarmte sie so fest, dass sie kaum noch Luft bekam.

»Du mich auch«, flüsterte sie.

56

Lottie, Ellie und Jamie saßen schweigend in Ellies schwarzbezogenem Himmelbett.

Jamie hatte den Kopf in die Hände gestützt und sah Rodins Skulptur *Der Denker* verblüffend ähnlich. Ellie lag ausgestreckt in der Mitte, den Kopf auf Lotties Schoß, und starrte an die getäfelte Decke, während Lottie ihr gedankenversunken über die Haare strich.

»Das ist alles meine Schuld!«, rief Ellie.

Lottie hörte auf zu streicheln. Sie wusste nicht, was sie sagen sollte.

»Wir wissen doch alle, dass es meine Schuld ist«, fuhr Ellie fort. »Sie wissen es auch – eigentlich machen sie das, um *mich* zu bestrafen.«

Jamie lachte rau. »Sir Olav wird mich nur ein bisschen härter trainieren lassen als sonst.« Er strich sich die Haare aus der Stirn. »Und ich trainiere gern, also ist es gar keine richtige Strafe.«

Ellie grummelte. »Aber es geht ums Prinzip!«, brummte sie, boxte in die Luft und verzog ihre geschwollene Lippe.

Lottie grinste. »Ich finde ja, das war es wert«, warf sie kichernd ein.

Ellie und Jamie sahen sie fragend an.

»Ich meine nicht die Strafe«, erklärte Lottie schnell. »Aber diese ganze Entführungsgeschichte – die war es definitiv wert.«

»In welcher Hinsicht, bitte?«, fragte Ellie entrüstet.

»Na ja, weil ...« – Lottie setzte sich aufrechter hin – »mir sonst die Wahnsinnsshow entgangen wäre, wie du barfuß und im Ballkleid ein Auto demolierst!« Lottie prustete. Je länger sie darüber nachdachte, desto lustiger fand sie das alles. Wenn sie sich zwischen traumatisch und saukomisch entscheiden musste, war sie eindeutig für letztere Option. »Als du vor den Scheinwerfern aufgetaucht bist, dachte ich zuerst ...« – sie musste innehalten, um sich zu beruhigen –, »dass du ein Racheengel wärst!« Sie wischte sich die Tränen aus den Augenwinkeln und kicherte weiter.

Auf Jamies Lippen erschien ein trockenes Lächeln. Er verstand, dass das ihre Art war, mit der Situation umzugehen. Er verstand es, weil es seine Art war, kalt zu bleiben.

»Ein Engel?«, fragte er ironisch. »Wenn, dann ein Dämon. Wer geht denn bitte mit einem Golfschläger auf einen Partisten los?«

Lottie begann erneut zu kichern und ließ sich rückwärts aufs Bett fallen.

»He!«, rief Ellie und versuchte, empört auszusehen. »Das sollte eine Furie sein, vielen Dank auch!«

»Ach so! Deshalb das wilde Geschrei«, gluckste Lottie.

Ellie warf ihr einen verächtlichen Blick zu, bevor sie sich auf sie stürzte. »Wir werden ja sehen, wer hier gleich wild schreit!«, sagte sie drohend und hob angriffslustig die Hände.

»Nein, nein, nein, ich ergebe mich!«, rief Lottie. »Du warst eine ganz wunderbare Furie.«

»Das reicht!«, heulte Ellie mit einem dämonischen Grinsen. »Das wirst du mir büßen!«

Den ganzen restlichen Tag verbrachten die drei in Ellies Zimmer, schauten Filme und spielten Computerspiele. Lottie war der Meinung, dass sie Spaß haben und die letzte Nacht vergessen sollten. Sie würden früh genug in die Realität zurückkehren müssen.

Gegen Mitternacht schlummerte Ellie in der Deckenburg ein, die sie gebaut hatten. Lottie wusste, dass auch sie schlafen sollte, doch sie spürte, dass sie zu aufgedreht war.

»Lottie.« Jamies Stimme klang ungewohnt zaghaft und erinnerte sie an den Abend am Schwimmbecken. »Lottie, ich muss dich etwas fragen.« Sein Gesicht war ernst, aber sanft.

»Dann frag«, sagte sie vorsichtig.

»Du hast nicht an Ellie gedacht, als du in Gefahr warst – du hast nur an dein eigenes Überleben gedacht. Richtig?«

Lottie starrte ihm in die Augen und unterdrückte das unangenehme Gefühl der Scham, das in ihr aufstieg.

»Ja.« Sie zwang sich, ehrlich zu sein, auch wenn es weh tat. Es stimmte – sie hatte kein einziges Mal an ihre Verantwortung gedacht, nur an ihre Flucht. Vor dem Ball hatte Jamie sie auf die Probe gestellt, um zu sehen, ob sie ihre eigene Sicherheit an zweite Stelle setzte, doch als es darauf ankam, hatte sie ihre Pflichten vergessen, und Jamie wusste es. Ellies Familie hatte nichts gemerkt, doch Jamie kannte sie besser, als ihr lieb war.

»Gut«, sagte er kurz.

»*Wie bitte?*« Lottie hätte sich fast verschluckt. »Ich habe versagt. Ich bin genau die Enttäuschung, die du erwartet hast.«

Jamie schüttelte den Kopf. Ein kleines Lächeln erschien auf seinen Lippen. »Lottie.« Er legte ihr die Hände auf die Schultern und hielt ihren Blick fest. »Enttäuscht wäre ich nur, wenn ich dich verlieren würde.« Die Intensität seines Blicks nahm ihr fast den Atem. »Ich meine nicht, wenn wir dich als Porterin verlieren würden. Ich meine *dich* – deinen Charakter, deinen unerschütterlichen Optimismus. Den darfst du dir niemals nehmen lassen.«

Sein Gesicht war aufrichtig, und Lottie wurde warm bei dem Gedanken, dass es für ihn eben nicht in Ordnung war, wenn sie an Ellies Stelle verletzt wurde. Doch dann wurde sie wütend. Die ganze Zeit hatte sie sich Arme und Beine ausgerissen, um ihn zu beeindrucken, und jetzt sagte er ihr, er mache sich Sorgen um sie! Es gab nur eine Lösung.

»Tja«, sagte sie bissig, »wenn du solche Angst um mich hast, musst du mir eben beibringen, wie man kämpft.«

»Ich … was?« Mit dieser Antwort hatte er nicht gerechnet.

Lottie genoss seine Verblüffung. »Du hast richtig gehört. Ich will, dass du mir beibringst, wie man kämpft, damit ich Ellie und mich und dich beschützen kann. In dem Lieferwagen hatte ich schreckliche Angst. Ich hatte keine Ahnung, was passieren würde. Ellie darf niemals in so eine Situation kommen. Und meine Entscheidungen dürfen nicht zu deinen Schwächen werden, ist das klar?«

Einen Augenblick lang sah er so verwirrt aus, als stellte er sein gesamtes Leben in Frage. Dann lachte er. Er lachte aufrichtig und offen, und Lottie spürte ein Kribbeln im Bauch, als ihr klarwurde, dass sie ihn zum ersten Mal von ganzem Herzen lachen hörte. Schließlich beruhigte er sich und lächelte sie an.

»Du bist der unberechenbarste Mensch, den ich je kennengelernt habe, und ich lebe seit fünfzehn Jahren mit Ellie zusammen«, sagte er liebevoll.

»Ist das ein Ja? Bringst du es mir bei?«

Er verdrehte die Augen, doch er lächelte weiter. »Ja, ich bringe es dir bei.«

Ende Buch eins

Liebe Leserin, lieber Leser!

Ich möchte mich ganz herzlich bei Dir bedanken, dass Du mein Buch gelesen hast! Ob Du mich bereits von meinem YouTube-Kanal kennst oder jetzt erst kennengelernt hast, ich hoffe, Du hattest viel Spaß beim Lesen und bist gespannt auf die Fortsetzung.

Wie Du bestimmt gemerkt hast, sind Rosewood Hall und auch Lottie von einer Art Zauber umgeben. Es ist nicht die Magie aus Fantasy-Büchern – es ist der Zauber, den man spürt, wenn man auf einen Menschen oder einen Ort trifft, zu dem man eine unerklärliche Verbundenheit spürt. Eine uralte, rätselhafte Kraft leitet unsere Heldinnen, und ihre Geschichte reicht Jahrhunderte zurück. Sie verbindet unsere Figuren auf überraschende Weise.

Noch immer gibt es in der Welt von Rosewood Hall viele Rätsel, alte und neue, die gelöst werden müssen, und es warten noch einige Gefahren auf unsere Heldinnen. Wenn Du im zweiten Band nach Rosewood Hall zurückkommst, wirst Du mehr über die anderen Schüler und ihre eigenen Kämpfe erfahren – und Bekanntschaft mit ein paar unerwarteten Verbündeten unseres königlichen Trios machen.

Vielleicht hast Du auch jetzt schon ein paar brennende Fragen. *Was wird aus Saskia? Welche Leute stecken hinter Levia-*

than, und was wollen sie? Wer ist William Tufty, und was weiß Binah?

Darauf kann ich nur sagen … abwarten und Tee trinken!

Bis dahin sei freundlich, sei mutig und gib niemals auf!

Connie x

Alle Bücher von Connie Glynn

Habe ich		Wünsche ich mir
	›Prinzessin undercover – Geheimnisse‹ (Band 1)	
	›Prinzessin undercover – Enthüllungen‹ (Band 2)	
	›Prinzessin undercover – Entscheidungen‹ (Band 3)	
	›Prinzessin undercover – Hoffnungen‹ (Band 4)	
	›Prinzessin undercover – Versprechen‹ (Band 5)	

Deine Wunschliste bitte hier ausschneiden.